REBECCA RYAN

Weil morgen ein neuer Tag beginnt

Über die Autorin:

Rebecca Ryan wuchs im Nordosten Großbritanniens mit einer Schwester und einer kleinen Horde Katzen, die nach diversen Star-Trek-Charakteren benannt waren, auf. Heute lebt sie mit ihrem Partner zusammen und ist Mutter von drei kleinen Kindern. Rebecca Ryan studierte Geschichte an der Universität von Nottingham und arbeitet als Lehrerin an einer Gesamtschule in Bradford. WEIL MORGEN EIN NEUER TAG BEGINNT ist ihr erster Roman.

Weil morgen ein neuer Tag beginnt

REBECCA RYAN

ROMAN

LÜBBE

Dieser Titel ist auch als Hörbuch und E-Book erschienen

Die Bastei Lübbe AG verfolgt eine nachhaltige Buchproduktion. Wir verwenden Papiere aus nachhaltiger Forstwirtschaft und verzichten darauf, Bücher einzeln in Folie zu verpacken. Wir stellen unsere Bücher in Deutschland und Europa (EU) her und arbeiten mit den Druckereien kontinuierlich an einer positiven Ökobilanz.

MIX
Papier | Fördert gute Waldnutzung
FSC
www.fsc.org
FSC® C014496

Deutsche Erstausgabe

Titel der englischen Originalausgabe: »My (Extra)Ordinary Life«
Originalverlag: Simon & Schuster, London

Textredaktion: Dr. Ulrike Strerath-Bolz, Friedberg
Titelillustrationen: © shutterstock: alien.art | Bohdana Seheda | Msnty studioX
Umschlaggestaltung: Christin Wilhelm, www.grafic4u.de
Satz: hanseatenSatz-bremen, Bremen
Gesetzt aus der Adobe Garamond Pro
Druck und Verarbeitung: GGP Media GmbH, Pößneck
Printed in Germany
ISBN 978-3-404-18868-0

1 2 3 4 5

Sie finden uns im Internet unter luebbe.de
Bitte beachten Sie auch: lesejury.de

1

Offenbar ist es ein wesentliches Element des menschlichen Daseins, sich zu fragen, wann und wie man sterben wird. Es sei denn, man ist ich. Ich weiß bereits, dass ich exakt noch vierundfünfzig Jahre zu leben habe.

Sehr wahrscheinlich werde ich am Ende einem Herzleiden erliegen. Und wenn man danach geht, wie absolut durchschnittlich mein Leben ist, beiße ich vermutlich in einem Krankenhaus ins Gras und verlebe die letzten Momente meines sterblichen Daseins in irgendeinem Krankensaal des Huddersfield General.

»Und das war's. Der Tod. Die einzige Gewissheit im Leben eines Menschen«, rattert der Moderator, eine Art David Attenborough für Arme, die letzten Worte seines Skripts herunter, und der Abspann der BBC-Sendung setzt ein. Ich fühle mich, als hätte mir jemand einen Faustschlag verpasst. Nicht dass ich Erfahrungen mit Faustschlägen hätte, Gott behüte, ich bin nicht diese Art Mädchen. (Oder besser: Frau. Gott, jetzt fühle ich mich alt.) Ich stelle mir eben vor, dass es sich so anfühlen würde. Ins Gesicht geschlagen zu werden. Ich stehe auf wackeligen Beinen. Mir ist schwindelig. Ich will mich an der Couch festhalten, doch die ist so billig, dass sie sofort nachgibt, und so sinke ich auf den Boden.

Es war eine Dokumentation. Eine, die so tut, als wären menschliche Gewohnheiten ebenso interessant wie die von

Tieren, obwohl wirklich niemand weiß oder wissen will, dass der Durchschnittsmensch 28 000 Mal am Tag blinzelt. (Memo an mich: weniger blinzeln.)

Alles in allem war die Sendung ziemlich langweilig. Der Grund, warum ich jetzt völlig fertig auf dem Teppich im Wohnzimmer liege, ist das Zeug, das Mr David Attenborough für Arme gesagt hat: »Der durchschnittliche Mensch dieses …« und »Der durchschnittliche Mensch jenes …«, und jedes einzelne Detail eines Durchschnittslebens schien genau auf mein eigenes mittelmäßiges Dasein zu passen. Meine Güte, sogar meine *beiden* Namen sind in den Top fünf der üblichsten Namen. Emily Turner. So spannend wie Graubrot.

Ich bin jetzt wieder auf den Beinen und erleichtert, dass Kaz nicht hier ist und Zeugin wird, dass ich wie eine Irre auf und ab renne.

Versteht mich nicht falsch, es ist nicht so, als hätte ich mich je der Illusion hingegeben, für etwas Großes bestimmt zu sein. Ich bin ein gewöhnlicher Mensch mit gewöhnlichen Gedanken, der ein gewöhnliches Leben lebt. Ich hatte niemals vor, ein Heilmittel für Krebs zu finden oder etwas ähnlich Beeindruckendes zu leisten. Aber niemand will, dass sein bedeutungsloses Leben vollkommen durchschnittlich ist, oder?

Es ist Mums Schuld, dass ich überhaupt so viel über den Beginn und das Ende meines eigenen Daseins weiß. Die meisten Menschen vergessen doch sicher viel von dem, was in ihren ersten zehn Lebensjahren passiert. Dieses Glück ist mir nicht vergönnt. Meine Mum muss alles zwanghaft dokumentieren. Jeder Moment meines Lebens wurde sorgsam festgehalten. Früher fand ich das komisch. Heute denke ich mir, wenigstens hat sie eine Macke. *Ich* habe nicht mal eine Macke.

Wie dem auch sei, im Esszimmer meiner Eltern gibt es eine ganze Wand mit Fotoalben, jedes davon penibel beschriftet. Gäbe es sie nicht, würde ich vielleicht nicht wissen, wie lange sie und Dad es versucht haben, bis sie schwanger wurde (Schauder), wie lange ihre Wehen gedauert haben (Newsflash, Mum, das war nicht meine Schuld), wann ich meinen ersten Zahn bekommen und das erste Mal geredet habe, wann ich angefangen habe zu laufen. Sie hat mich sogar am Tag meiner ersten Periode fotografiert.

Mum die Schuld zu geben verschafft mir eine gewisse Erleichterung. Es ist ihre Schuld, dass ich durchschnittlich groß bin. Ihre Schuld, dass ich ziemlich durchschnittlich aussehe. Auf einer dieser total sexistischen Skalen, die Männer benutzen, um Frauen rein nach ihrem Aussehen zu bewerten, würde ich mich als eine solide Sechs bezeichnen. Eine Fünf an einem schlechten Tag. Ich habe braune Augen und Haare, die irgendetwas zwischen glatt und lockig sind. So eine Art weniger attraktive und alternde Hermine Granger. Manchmal denke ich, ich wäre die perfekte Kandidatin, um ungestraft mit einem Mord davonzukommen. Ich habe so wenige auffällige Merkmale, dass Augenzeugen sich nicht an mich erinnern würden. Das einzig Ungewöhnliche an mir ist eine Sommersprosse auf meiner rechten Wange. Und selbst da muss man schon sehr nah dran sein, um sie zu entdecken.

Ich habe nicht mal einen spannenden Beruf. Ich bin Lehrerin. Ja, ich weiß, dass manche Leute darin so eine Art Berufung sehen. Eine Bestimmung. Ich bewundere diese Menschen wirklich. Diese Leute verdienen einen Orden. Leider gehöre ich nicht dazu.

Kurz spüre ich ein Stechen, das sich verdammt nach einem schlechten Gewissen anfühlt. Direkt unter den Rippen. Wo das schlechte Gewissen einen für gewöhnlich packt. Nur dass ich jetzt keine Zeit für ein schlechtes Gewissen habe. Eine egozentrische Panikattacke ist da schon angenehmer.

Ohne dass ich es je geplant hätte, ist aus mir der durchschnittlichste Mensch der Welt geworden. Und was bleibt jetzt noch? Hochzeit mit einunddreißig, in drei Jahren. Ganz toll. Dann werde ich vermutlich dieses Jahr meinen Seelenverwandten treffen. Zwei Kinder. Und von da an schleppe ich mich dann zur Rente. Unterrichte jeden Tag meines Lebens *Von Mäusen und Menschen,* bis ich mit sechsundfünfzig in den Ruhestand gehe, ein paar Jahrzehnte durch den Garten spaziere, bis ich schließlich genau nach Plan in den tiefen Abgrund des Nichts gerissen werde.

Das ist schlimm. Richtig schlimm.

Kaz! Sie wird dafür sorgen, dass ich mich besser fühle.

Ich: *Kaz, erzähl mir etwas Interessantes über mich.*

Kaz: *Das ist eine ziemlich komische Nachricht.*

Ich: *Jetzt komm schon!*

Kaz: *Ich muss Leben retten.*

Ich: *Bitte.*

Diese kleinen Pünktchen, die anzeigen, dass sie schreibt, erscheinen und verschwinden wieder und wieder. Kaz ist meine Mitbewohnerin, meine beste und einzige Freundin. Und nichts an ihr ist normal. Zum einen ist sie Krankenschwester in der Notaufnahme. Sie bekommt sogar Gratiszeug im Sandwichladen, weil ihr Job so beeindruckend ist. Und sie hat rotes Haar und große grüne Augen. Wie eine sexy moderne *kleine Meerjungfrau.*

Schließlich eine Antwort.

Kaz: *Du warst Zweitplatzierte in diesem Gedichtwettbewerb.*

Kaz' Feststellung ist auf vielen Ebenen ein Reinfall.

Erstens: Sie ist der Mensch, der mich am besten kennt. Kaz war diejenige, der ich mich anvertraut habe, als Martin Stevens in der neunten Klasse allen erzählt hat, ich könne nicht küssen. Es war Kaz, der ich die Schmuddelheftchen gezeigt habe, die

Matt unter seiner Matratze versteckt hatte. Und es war Kaz, die meine Hand bei der Beerdigung ganz fest gedrückt hat, als Mom und Dad anscheinend vergessen hatten, dass ich da war. Und trotz all der Dinge, die uns verbinden, ist das das Beste, was ihr einfällt. Meine Güte, ich habe noch nicht mal gewonnen. Der Teufel steckt im Detail. *Zweitplatzierte.*

Zweitens: Dieser Wettbewerb fand in der zehnten Klasse statt. Das lässt darauf schließen, dass ich ihrer Meinung nach in den letzten fünfzehn Jahren nichts auch nur annähernd Interessantes getan habe.

Ich bekomme keine Luft mehr. Ich habe das Gefühl, ein Elefant sitzt auf meiner Brust. Wie machen sie das immer in dieser Arztserie? Sie sagen den Leuten, dass sie atmen sollen. Ein und aus. Ein und aus.

Ja nun, das klappt nicht.

Sicher, es war nur eine Fernsehsendung. Aber niemand, ich wiederhole, niemand sollte abends um zehn Uhr dazu gezwungen werden, der Mittelmäßigkeit seines eigenen Daseins ins Auge zu blicken.

Ich laufe die Treppe hinauf und presse mir dabei theatralisch die Hand aufs Herz. Nur dass hier niemand ist, der es sehen könnte.

In dem kleinen Bad putze ich mir die Zähne und drehe mich dabei wie immer vom Spiegel weg. Natürlich habe ich noch kein eigenes Haus. Wenn man nach den mein Leben bestimmenden Regeln der Durchschnittlichkeit geht, eines der weniger bekannten physikalischen Prinzipien, liegen noch drei Jahre vor mir, bevor ich diesen Punkt auf der Liste abhaken kann. Ich meine, es wäre wirklich nett, ein Bad mit weniger Schimmel zu haben. Egal, was Mr McGee, unser Vermieter, sagt, mit moderner Kunst hat das nicht viel zu tun. Aber vielleicht bleibe ich trotzdem noch ein Jahr.

Es ist Viertel nach zehn. Ich habe meinen Nervenzusammenbruch jetzt schon seit ganzen fünfzehn Minuten.

Ich schreibe noch einmal an Kaz.

Ich: *Das ist nicht sehr spannend.*

Diese drei kleinen Punkte. Ich hasse diese kleinen Punkte.

Kaz: *Du bist heute aber echt komisch. Es ist, wie meine Großtante Mary immer gesagt hat: Manche Menschen sind Stilettos und andere eher Hausschuhe.*

Ich: *Hat Mary das echt gesagt?*

Kaz: *Sie hat doch immer diese gigantischen Absätze getragen, erinnerst du dich? Selbst im Pflegeheim noch.*

Ich: *Demnach bin ich also ein Hausschuh, ja?*

Kaz: *Ja, aber was wärst du lieber auf lange Sicht?*

Ich: *Ja nun, natürlich kein Hausschuh!*

Kaz: *Du hast zwölf Paar Hausschuhe und ein Paar Stilettos.*

Ich: *Aber nur, weil bei dem anderen der Absatz kaputtgegangen ist. Du willst damit also sagen, dass mein Leben so interessant ist wie ein Paar Omahausschuhe? Was sonst noch? Ein Einteiler? Ein Waschlappen? Welche anderen Gegenstände würdest du hinzuziehen, um zu beschreiben, wie langweilig ich bin?*

Ich koche vor Wut. Gewissermaßen. Ich bin zumindest ziemlich verstimmt.

Wieder drei Punkte.

Kaz: *Sorry, ich muss los. Medizinischer Notfall.*

Na toll. Ich lasse mich aufs Bett fallen. Es ächzt unter dem Gewicht von mir und meinen Existenzängsten.

Mir bleibt nur noch eine Option.

Mum geht beim dritten Klingeln ran.

»Emily, Liebes. Ist was passiert?«

Ich zucke zusammen, als ich die Panik in ihrer Stimme höre.

»Nein, alles gut. Eigentlich sogar besser als gut. So richtig toll.«

»Liebes?«

Ich bemühe mich, die Hysterie in den Griff zu bekommen. »Tut mir leid. Es ist nur so, weißt du noch, als ich klein war?«

Sie atmet hörbar auf.

»Mmm hmmm.« Sie rumort ein wenig herum.

»Na ja, gab da es etwas, was ungewöhnlich an mir war? Habe ich vielleicht irgendetwas besonders früh gemacht? Oder war ich mit etwas besonders spät dran? Ich hatte nicht vielleicht eine zusätzliche Zehe, die weggelasert werden musste?«, frage ich hoffnungsvoll.

»Oh nein, Liebes. Nichts dergleichen. Ich habe immer zu eurem Dad gesagt, dass du und Claire all die Babyratgeber gelesen haben müsst, bevor ihr rauskamt. Ihr habt alles auf die Minute gemacht, ihr beiden.«

Ich zucke zusammen. Und nicht nur, weil Mum meine Befürchtungen bestätigt.

»Aber hatte ich vielleicht seltsame Gewohnheiten? Irgendetwas, weswegen ihr euch insgeheim Sorgen gemacht habt?«

»Nein, gar nichts«, verkündet Mum stolz, ohne zu merken, worum es bei dieser Unterhaltung wirklich geht. »Du hast uns nie Grund zur Sorge gegeben. Keine von euch beiden. Nicht, bis … du weißt schon.«

Sie wird leiser, und ich habe mit einem Mal das Bedürfnis, so schnell wie möglich aufzulegen. Mir fällt plötzlich ein, dass Eltern vermutlich nie zugeben würden, ein merkwürdiges Kind hervorgebracht zu haben.

»Das ist ja toll, Mum. Na ja, ich muss jetzt leider Schluss machen, bye!«

»Warte mal. Liebes, jetzt da ich dich schon mal dran habe, könnten wir vielleicht über die Gedenkfeier sprechen.«

Ich tue so, als müsste ich gähnen. Weil ich ein schrecklicher Mensch bin.

»Sorry, Mum. Ich bin wirklich müde.«

Ich zögere. Ganz so fürchterlich bin ich dann doch nicht, dass ich Mum so einfach enttäuschen kann. »Wir sprechen bald mal darüber, mach dir keine Sorgen.«

»Okay, Liebes. Gute Nacht.«

»Gute Nacht, Mum.«

Ich lege auf und lasse die Luft raus, die ich angehalten habe.

Es ist offiziell. Ich habe wirklich absolut nichts Spektakuläres an mir.

Plötzlich wird mir klar, dass ich ein Luxusproblem habe, und ich fühle mich schlecht deswegen. Irgendwann musste es ja so weit kommen. Um ehrlich zu sein, sind fünfundzwanzig Minuten vermutlich mehr als genug für Selbstmitleid dieser Sorte. Immerhin gibt es Menschen, die für ein nettes, normales – sprich *langweiliges* – Leben töten würden. Zum Beispiel diese Frau, die berühmt wurde, nachdem sie versucht hatte, aus dem Fenster zu klettern, um ein Geschäft zurückzuholen, das sie im Klo ihres Dates nicht runterspülen konnte und deshalb aus dem Fenster geworfen hatte, nur um dann steckenzubleiben. Und Leute, die in Kriegsgebieten wohnen.

Ärgerlicherweise bin ich zwar gewöhnlich, aber eindeutig nicht selbstlos genug, als dass es mir helfen würde, die Dinge in eine Perspektive zu rücken.

Und ich habe schon alle gefragt, die mir hätten helfen können, mich besser zu fühlen.

Mein Handy hat sich in meiner Hand ausgeschaltet, und unbeabsichtigt sehe ich mein Spiegelbild, als ich auf das Display blicke. Ich hasse es, wenn das passiert. Wenn mein Spiegelbild mich unerwartet überfällt. Ich knalle das Handy energischer, als ich sollte, auf den Nachttisch.

Claire.

Das stechende Gefühl zwischen meinen Rippen wird intensiver.

Wann habe ich das letzte Mal an sie gedacht?

Es ist zu lange her. Und obwohl ich mittlerweile verdammt gut darin bin, nicht an sie zu denken oder über sie zu reden oder irgendetwas zu tun, was mich an sie erinnern könnte, möchte *ich* diejenige sein, die sich bewusst entscheidet, nicht an sie zu denken. Nicht mein Unterbewusstsein, das sie ausblendet.

Argh, das ist fürchterlich. Mittelmäßigkeit und Gewissensbisse sind keine gute Mischung.

Claire hätte jetzt keine Krise.

Sie müsste keine haben. Sie wäre nicht mittelmäßig.

Und dann kommen die Tränen.

Weil es eine solche Verschwendung ist. Von zwei Leben, nicht nur von einem.

2

Als ich am nächsten Morgen aufwache, ist mein Kissen nass. Kurz frage ich mich, warum ich im Schlaf geweint habe, bis mir nach und nach wieder einfällt, dass ich der langweiligste Mensch auf der Welt bin. Und obwohl es nett wäre, nur eine niederschmetternde Erkenntnis pro Woche zu haben, gibt es da noch eine andere. Die über Claire.

Ich blinzle gegen weitere Tränen in meinen ohnehin schon brennenden Augen an und rolle mich aus dem Bett, um in meine vertraute Arbeitskleidung zu schlüpfen: schwarze Hosen, weiße Bluse, schwarze Schuhe. Kein Spiegel nötig, vielen Dank.

Ich habe mich immer gefragt, ob ich mal eine dieser Frauen sein würde, die in einem schicken Bleistiftrock und hohen Absätzen zur Arbeit stöckeln, bereit, es mit der ganzen Welt aufzunehmen. Leider stellte sich heraus, dass Bleistiftröcke null dehnbar sind und Absatzschuhe schon nach drei Minuten höllisch wehtun. Und um ehrlich zu sein: Ich brauche nicht noch mehr Schmerz in meinem Leben.

Es ist Freitag, der mit Abstand beste Tag der Woche. Und trotzdem fühle ich nicht mehr als eine leichte Niedergeschlagenheit, während ich meine Cornflakes esse. Ich google die Marke, während ich darauf herumknuspere, und bin nicht im Mindesten überrascht festzustellen, dass es die beliebtesten Frühstücksflocken im Vereinigten Königreich sind. Ich sollte mich bemühen, zu weniger durchschnittlichen Lebensmitteln zu greifen. Ich habe mal irgendwo gesehen, dass man Zucchini zu Porridge raspeln kann. Zoats, oder wie sie es genannt haben. Damals hielt ich das für ein Zeichen, dass uns die letzten Tage der Menschheit bevorstehen, aber jetzt bin ich mir nicht mehr so sicher. Vielleicht würde mir eine Veränderung guttun.

Ich schaffe es rechtzeitig zur Mitarbeiterbesprechung auf die Arbeit, obwohl ich gelinde gesagt schlecht vorbereitet bin auf den Tag, der vor mir liegt. Ich hatte immer die vage Vorstellung, dass man als Englischlehrerin die Aufgabe hat, in Kindern die Liebe zu Büchern zu wecken. Leider musste ich feststellen, dass ich da in mehr als einer Beziehung falschlag. Und jetzt, fünf Jahre später, weiß ich nicht mehr, wie ich die angemessene Begeisterung für den neuesten pädagogischen Durchbruch aufbringen soll. PLTS, Blooms Taxonomie, Lernziele, Effektgrößen, Personalisierung. Wer hätte gedacht, dass Kindern Bücher nahezubringen so verdammt kompliziert sein kann?

Auf dem Weg starte ich eine weitere Google-Suche. *Lehrerin ist der Beruf, den Frauen am häufigsten ergreifen.* Scheiße.

Ich betrete das Lehrerzimmer. Hier in der Mitte der Schule gibt es kein natürliches Licht und eine wilde Mischung unterschiedlicher Stühle in verschiedensten Stadien des Verfalls. Der blaue Teppich ist so abgewetzt, dass er fast schon schwarz ist, und von den Wänden blättert die Farbe. In einem Aufsteller für das Wohlergehen des Kollegiums liegen ein paar ausgeblichene Flyer über den Umgang mit Angstzuständen und Stress. Der ganze Ort kündet laut und kräftig von Budgetkürzungen.

Ich steuere schnurstracks auf mein Verteilerfach zu, das schon für sich ein wahrer Quell der Freude ist. Sechzig Fortschrittsberichte der Achtklässler, die noch auf meine Kommentare warten. Außerdem ein Ausdruck meiner Halbjahresbeurteilung, der hervorhebt, dass ich noch mit keinem meiner drei Jahresziele auch nur begonnen habe. Und schließlich ein Poster für die diesjährige Schulaufführung von *Der kleine Horrorladen.* Vorne drauf klebt ein Post-it, das vermutlich von meinem Chef stammt und auf dem steht: »Könnten Sie helfen?« Nicht wenn es sich vermeiden lässt. Obwohl ich schon mein ganzes Leben lang Musicals liebe, weigere ich mich, auch nur daran zu denken, mehr Zeit an diesem Ort zu verbringen, als ich unbedingt muss.

»Guten Morgen, ihr Lieben«, beginnt Mr Hughes, der Direktor. Ich lasse mich in den nächsten Stuhl fallen und ernte ein paar schiefe Blicke. Jeder hat seinen eigenen Stuhl hier im Lehrerzimmer. Neben seinen besten Freunden. Außer mir. Ich habe keinen Stuhl. Allein schon hier zu sein ist für mich wie jenseits der Feindeslinie zu stranden, und das bedeutet: immer in Bewegung bleiben. Wenn ich glaube, es riskieren zu können, schwänze ich die Besprechungen, weil ich festgestellt habe, dass es einen direkten Zusammenhang zwischen der Zeit, die ich in Mr Hughes' Gegenwart verbringe, und einem gewissen Gefühl der Trostlosigkeit tief in mir gibt.

»Sie werden enttäuscht sein zu hören, dass wir den Fokusfreitag heute ausfallen lassen.« Ein paar geben Geräusche von sich, als wären sie ehrlich enttäuscht, um diese Freitagstradition gebracht zu werden, bei der wir uns Schüler herauspicken, die ungewöhnlich geringe Fortschritte machen, und uns Strategien überlegen, wie wir sie unterstützen können. Mit »unterstützen« meine ich, sich zu überlegen, wie man sie an eine andere Schule abschieben kann, damit sie die Durchschnittsleistung unserer Institution nicht drücken.

Mr Hughes fährt fort: »Doch wie Sie vermutlich bereits wissen, wird heute Morgen Andrea Heatshill nach einer großartigen Laufbahn ihren Abschied nehmen. Komm her, Andrea.« Na toll. Eine Abschiedsrede. Es gibt keinen geeigneteren Moment, einer ganzen Laufbahn zu gedenken, als drei Minuten vor der ersten Schulglocke am Morgen.

Sittsam und mit leicht geröteten Wangen gesellt Andrea sich zu Mr Hughes. Ich erinnere mich daran, wie sie ihn nach einem besonders harten Unterrichtsbesuch auf der Toilette »Arschloch, Wichser, Vollidiot« nannte.

An diesem Morgen jedoch scheinen alle Gedanken an Mr Hughes als Arschloch, Wichser und Vollidiot vergessen zu sein. Andrea nimmt die Gemeinschaftsblumen und eine Flasche Mittelklassewein unter wiederholtem »Das wäre doch nicht nötig gewesen« und höflichem Applaus entgegen.

»Vielen Dank, Mr Hughes«, beginnt Andrea und entfaltet ein einzelnes DIN-A5-Blatt. Allgemeines Aufatmen. Niemand mag lange Reden. Je weniger Worte man über Mr Flerrins extravaganten musikalischen Abschied verliert, desto besser.

»Ich wollte nur sagen, dass ich wirklich gerne hier gearbeitet habe.« Mr Hughes lächelt, als hätte sie ihm persönlich ein Kompliment gemacht. Dabei ist es eher so, dass Andrea trotz und nicht wegen ihm ihre wie auch immer geartete Freude am Job hatte.

»Ich werde den Fachbereich Mathematik und natürlich meine Damenrunde in der Kuchenecke sehr vermissen.« Aus einem entfernten Winkel des Lehrerzimmers kommt ein Jubelruf. Ich arbeite seit fünf Jahren hier und wusste nicht mal, dass es eine Kuchenclique gibt. Normalerweise finden ich und Kuchen immer zueinander. »Aber jetzt ist es Zeit, meinen Whiteboard-Marker, oder meine Kreide, wie wir in der guten alten Zeit gesagt haben, an den Nagel zu hängen.« Leises Lachen. »Deshalb vielen Dank. Ich werde euch alle vermissen. Vielleicht schaue ich sogar mal mit einem Kuchen vorbei!« Sie hebt triumphierend den Blumenstrauß.

Ein weiterer Jubelruf von den loyalen Damen in der Kuchenecke, und dann ist es vorbei. Eine über dreißigjährige Karriere reduziert auf ein paar Plattitüden und falsche Versprechungen. Das ist es, was auch mich erwartet. Und ich habe nicht mal Kucheneckendamen, die mich während meiner unterdurchschnittlichen Abschiedsrede bejubeln würden.

Ich rutsche tiefer in meinen Stuhl. Ich bin Simba aus dem *König der Löwen,* dem Teil, als die Sterne sich zu einem Bild seines Vaters formen, das ihm sein Schicksal verkündet. Nur dass in meiner Welt alle Zeichen auf »Dein Leben ist scheiße« hindeuten.

Für einen Freitag ist der Tag ungewöhnlich anstrengend. Mittags esse ich allein in meinem Klassenzimmer und scrolle dabei durch Google, wo ich Sachen nachschlage, in denen ich durchschnittlich sein kann. Größe, um die eins dreiundsechzig. Check. Schuhgröße, 38. Check. Hauttyp, Mischhaut. Check. Braunes Haar, blaue Augen, check, check. Ich bin gerade tief in einem Artikel über die am weitesten verbreitete Blutgruppe versunken, als mir klar wird, dass ich meine nicht mal kenne.

Ich klicke auf Facebook. Das während so einer Art persönlicher Krise zu tun, kommt zugegebenermaßen dem Verhalten der Flagellanten im 13. Jahrhundert gleich, die durch die Straßen marschierten und sich selbst geißelten, aber ich lasse mich trotzdem nicht davon abbringen.

Da sind die üblichen inspirierenden Zitate, die vor allem von meinem Dad geteilt werden. Und ein paar versprengte politische Texte, in denen sich die Links-von-der-Mitte-Tendenz aller guten Millennials abzeichnet.

Ich beginne wahllos auf Profilbilder zu klicken.

Angela Senior: fühlt sich emotional. Ich habe JA gesagt!!! Darunter ein Bild, das sie und ihren Jetzt-Verlobten strahlend an einem Strand zeigt.

Nun, Angela, ich gebe euch fünfzig Jahre. Dann seid ihr vielleicht nicht mehr so außer euch vor Freude über eure vorhersehbaren Lebensentscheidungen.

Katie Small: fühlt sich nervös. Wünscht mir Glück! #abenteuer #aufnachkanada #beförderung. Dazu ein Bild von ihrem Reisepass für den Fall, dass einige ihrer Facebook-Freunde schwer von Begriff sind.

Steven Whitward: fühlt sich erschöpft. Mit in die Luft gereckten Armen überquert er die Ziellinie eines von einer Krankenkasse veranstalteten Rennens. Wohl eher: fühlt sich angeberisch.

Ich will die App gerade schließen, als ich einen Repost von meinem Dad entdecke. Und es ist nicht sein üblicher »Lebe, Lache, Liebe«-Quatsch. Es geht um Matt, meinen Bruder. Matt hat auf der Arbeit einen Preis bekommen. *Pete Turner: fühlt sich stolz. Stolzer Papa! Gratuliere Matthew Turner zum Titel »Buchhalter des Jahres«.*

Nein. Das kann nicht sein. Matt ist wie ich. Sterbenslangweilig. Wenigstens bin ich langweilig und ansatzweise nett. Matt ist langweilig und fies. Unser Verhältnis lässt sich am besten als »angespannt« beschreiben. Und doch steht er jetzt da und gewinnt Preise. Okay, Buchhalter des Jahres ist jetzt nicht gerade der Friedensnobelpreis. Aber er hat eine kleine Gedenktafel und das alles bekommen. Und ich sitze hier völlig gedenktafellos.

Meine Hände werden schweißnass, während ich über Matts Verrat nachdenke. Meine Güte, ich bin wirklich zu einem schrecklichen Menschen geworden. Ich spüre mein Herz heftig pochen und frage mich ernsthaft, ob es gleich den Geist aufgibt. Als würde es überlegen, ob es überhaupt noch Sinn macht, mich am Leben zu erhalten. Und jetzt schiebt sich diese andere Erkenntnis, die, die ich eigentlich ganz vermeiden wollte, mit aller Macht in den Vordergrund. Bohrt sich direkt ins Zentrum meines Gehirns.

Claire. Claires Leben wäre nicht so verlaufen.

Und jetzt, da sie da ist, werde ich sie nicht mehr los. Meine Haut kribbelt, als die Glocke das Ende der Mittagspause verkündet. Ich zwinge mich, mehrmals tief einzuatmen, sauge Luft in meine Lunge. Meine Siebtklässler sind an der Tür, und ich setze ein gezwungenes Lächeln auf und winke sie herein.

Ein paar von ihnen werfen mir nervöse Blicke zu, und ich frage mich, ob ich so aussehe, als hätte ich nicht mehr alle Tassen im Schrank.

Ich bringe irgendwie eine gedankenverlorene Interpretation meines Adverblieds zustande, das ich vor ein paar Jahren selbst geschrieben habe. Ohne mir schmeicheln zu wollen: Es ist ein ziemlicher Ohrwurm. Aber meiner Vorstellung mangelt es an Begeisterung, selbst für die letzte Stunde des Tages.

Normalerweise rase ich freitags nach Hause und sehe zu, dass ich um vier im Pyjama auf der Couch sitze. Nicht dass meine Wochenenden besonders spannend wären. Aber die Aussicht darauf, ein paar Tage lang keinen BH tragen zu müssen, ist schon ziemlich verlockend.

Ich verziehe das Gesicht, als ich meinen Ford Fiesta auf dem Parkplatz sehe, denn dank meines vorherigen Internetstreifzugs weiß ich bereits, dass es der beliebteste Wagen auf dem Markt ist. Und er ist silbergrau. Ich überlege, den Verkäufer zu verklagen. Er hat die Farbe als »gewagt« bezeichnet.

Im letzten Moment entscheide ich mich für einen Abstecher zu Mum und Dad. Die Doppelhaushälfte, in der ich aufgewachsen bin, taucht vor mir auf. Vorhin beim Googeln von Immobilienpreisen hatte ich einen kurzen Moment der Freude. Offenbar kostet ein Durchschnittshaus dieser Tage 251 000 Pfund. Niemals ist Mums und Dads Haus das wert.

Was wiederum bedeutet, dass wir ärmer sind als der Durchschnitt, was nicht unbedingt ein Grund zum Feiern ist, aber an diesem Punkt nehme ich, was ich kriegen kann. Aber natürlich erinnerte ich mich dann an all diese Wohnungen in London, bei denen der Kühlschrank im Bad steht und die eine Million kosten. Die treiben den Durchschnitt vermutlich in die Höhe. Also schränkte ich die Suche auf Yorkshire ein. Ich verglich meine Ergebnisse mit den Daten einer Immobilienwebsite, nur um zu dem Schluss zu kommen, dass ich an einem durchschnittlichen Ort aufgewachsen bin.

Als ich in die Auffahrt einbiege, frage ich mich, wie ich meinen Spontanbesuch erklären soll. Ich komme nie spontan. Ich tue nie *irgendetwas* spontan. Mum wird sicher das Schlimmste annehmen. Die Sache mit Claire hat sie verändert. Sie ist an meinem Fenster, bevor ich auch nur den Motor abgestellt habe.

»Emily, Liebes. Was ist los? Ist etwas passiert? Du kannst es mir sagen, ich bin für dich da«, sagt sie, ohne Luft zu holen, als ich die Autotür öffne.

»Nein, keine Sorge. Nichts ist passiert. Ich dachte nur, ich komme auf eine Tasse Tee vorbei.«

»Aber warum? Es ist Freitag! Wir dachten, du kommst Sonntag, oder? Ich wollte Rinderbraten machen.«

Bei den Sonntagsessen gibt es immer abwechselnd Hühnchen, Schwein und Rind. Vor zehn Jahren hat Gran verkündet, dass Lamm ihr zu fettig sei, also fiel es aus der Rotation. Dass ich mich ganz plötzlich gegen eine Zacke der fleischlichen Dreieinigkeit wenden könnte, erscheint Mum geradezu aberwitzig.

»Ja, ich werde Sonntag trotzdem kommen, und Rinderbraten klingt toll. Ernsthaft, es ist alles gut. Ich hatte nur Lust auf eine Tasse Tee. Ist Dad noch bei der Arbeit?«

Ich sehe, wie sie mich noch einmal mustert, zweifellos auf

der Suche nach ernsthaften Verletzungen, die ich bislang verborgen habe.

»Ja.« Sie entspannt sich. »Nun, was für eine schöne Überraschung. Komm rein, ich stelle den Teekessel auf den Herd.«

Ich sitze angespannt am Esstisch und zupfe an meinen Fingern, bis Mum mit Tee und Keksen kommt. Nicht mal der Anblick von Cremetörtchen kann mich aus meiner Melancholie holen.

»Geht es dir gut, Liebes?«

»Mmm hmm, es ist nur … Denkst du nicht auch manchmal, dass ich ein wenig, na ja, langweilig bin?«

Statt einer Bestätigung ernte ich mütterliche Empörung. »Was?! Natürlich nicht. Du bist schlau und lustig und nett. Du bist vieles.« Sie lügt. Ich bin bestenfalls eines dieser Dinge. Und selbst dabei fürchte ich, dass *ich* mich lustiger finde als irgendjemand sonst.

»Aber ich *mache* nichts. Ich meine, schau dir mal mein Leben an. Total durchschnittlich.«

Sie will mich unterbrechen, aber ich hindere sie daran. »Ich habe sogar gezählt, wie oft ich heute aufs Klo musste. Siebenmal. Absoluter Durchschnitt. Was ist meine Blutgruppe?«, verlange ich zu wissen.

»Äh, Null positiv, glaube ich.«

»Ich wusste es, gewöhnlich wie Dreck.«

»Aber das ist, du weißt schon, biologisch bedingt, oder?«

»Es ist nicht nur das. Auch alles andere ist durchschnittlich. Rate mal, was der durchschnittlichste Ort zum Einkaufen ist?«

Sie sagt nichts, spürt vermutlich, dass jetzt nicht der beste Zeitpunkt für einen Einwand ist.

»Next. Neunzig Prozent meines Kleiderschranks stammen aus diesem Laden. Und der Rest kommt von Primark, dem zweitdurchschnittlichsten.«

Meine Wangen werden heiß. Das klägliche Elend von vorhin verschwindet und wird durch Wut ersetzt. Auf was oder wen, keine Ahnung.

»Und lass mich gar nicht von Colgate anfangen.«

»Ich … äh … nun«, stammelt Mum. Sie kann nicht dagegenhalten, weil sie nichts hat, womit sie es könnte. »Du hast doch mal fast diesen Gedicht-Wettbewerb gewonnen, weißt du noch? Ich und Dad waren beide der Meinung, dass du den Sieg verdient hattest.«

Verdammt noch mal.

Ich lasse den Kopf auf den Tisch fallen, sodass das Tablett mit dem Tee klirrt.

»Woher kommt das alles, Emily, Liebes? Hat es etwas mit deinem Anruf von gestern Nacht zu tun? Ich weiß, dass du nicht gerne über sie redest, aber ich glaube nicht, dass Claire das alles so gesehen …«

Ich springe auf. Ich weiß nicht, warum ich hier bin. Vielleicht aus der vergeblichen Hoffnung heraus, dass Mum etwas wissen könnte, was ich nicht weiß. Dass ich Claire nicht auf ganzer Linie verraten habe. Dass ich vielleicht doch ein Leben führe, auf das sie stolz wäre. Stattdessen habe ich möglicherweise nur noch offensichtlicher gemacht, dass ich das nicht tue. Ich möchte wetten, alle anderen wissen es schon.

»Okay, war schön, mal wieder mit dir zu reden. Bis … äh … Sonntag dann.« Ich bin aus der Tür und halb die Auffahrt hinunter, bevor Mum begreift, was passiert. Sie taucht irritiert blinzelnd am Fenster auf, als ich wende. Und mein Herz rast schon wieder.

3

1997

Der Talentwettbewerb war für Claire immer das Beste an unserem Urlaub in einem Butlin's Resort. Und für mich war er das, was ich am wenigsten mochte.

»Okay, und dann schlägst du ein Rad in diese Richtung und ich eines in die andere Richtung. Und dann, kurz bevor der Song vorbei ist, schlittern wir ganz vorne auf die Knie. Aber denk dran, die Arme gestreckt zu lassen. Das ist ganz wichtig.«

»Aber ich bin nicht besonders gut im Radschlagen. Nicht so wie du.«

Ich bin in keinem der Dinge besonders gut, die Claire kann. Wie Singen. Oder Tanzen. Oder Radschlagen. Ich würde es gerne vermeiden, dass viele Menschen mir dabei zuschauen, wie ich die Dinge mache, die ich nicht besonders gut kann.

»Du bist ganz okay darin. Du musst nur mehr üben, das ist alles. Ich habe heute schon siebenundzwanzig gemacht. Obwohl ich immer wieder umgefallen bin. Bist du dir sicher, dass du dich an den Text erinnern kannst?«

Ich nicke.

Zu Hause haben wir den Film wieder und wieder angesehen. Und Claire hat darauf bestanden, dass wir den Song auf dem ganzen Weg hierher üben. Als wir auf halbem Wege für ein Happy Meal anhielten, meinte Dad, seine Ohren würden bluten. Ich konnte sie allerdings sehen, und da war gar kein Blut.

Ein Mann und ein Bär in nahezu identischen leuchtend roten Anzügen betreten die Bühne.

Der Skyline Pavillon riecht nach Zuckerwatte und Rauch, obwohl die Rauchersitze ziemlich weit weg sind.

»Okay Leute, gleich ist es so weit«, sagt der Mann in dem roten Frack. »Filbert und ich sind so gespannt darauf, was ihr alles könnt.«

Filbert der Bär reckt einen großen Daumen nach oben, um zu zeigen, wie gespannt er ist. Großer Jubel. Claire jubelt auch.

»Okay, jeder, der mitmachen will, kommt jetzt her und schreibt seinen Namen auf die Liste, und dann rufen wir euch der Reihe nach auf die Bühne. Noch mal zur Erinnerung: Ihr müsst älter als drei und jünger als dreizehn sein! Viel Spaß!«

Er zeigt auf ein Tischchen neben den Stufen zur Bühne. Eine Frau mit einem auf ihn abgestimmten roten Frack und blonden Haaren lächelt und winkt.

Ich gehe auf sie zu.

»Warte.« Claire hält mich am Arm fest. »Wir wollen am Ende dran sein, damit wir einen bleibenden Eindruck hinterlassen. So gewinnt man.« Sie verzieht das Gesicht und kneift die Augen zusammen. Dad nennt es ihr Genialer-Bösewicht-Gesicht.

Letztes Jahr haben wir nicht gewonnen. Ich habe den Text vergessen und dann aufgehört zu tanzen. Wenn wir dieses Mal nicht gewinnen, dann ist es meine Schuld, das weiß ich.

Als nur noch eine Person bei dem Tischchen steht, ein größeres Mädchen in einem Fußballtrikot, gehen wir hinüber.

»Claire und Emily Turner«, sagte Claire zu der Frau. »Wir werden *It's a Hard Knock Life* aus *Annie* singen.« Claire reicht ihr unsere Kassette.

»Sehr schön, Mädchen. Und wie alt seid ihr beide?«

»Fünf.« Claire hebt fünf Finger, für den Fall, dass die Frau die Zahlen nicht kennt.

Die Frau blickt auf, und ihre Augen werden groß. Mum sagt immer, man darf nicht starren, aber Claire und ich sind daran gewöhnt, weil wir Zwillinge sind. Und auch nicht irgendeine Art Zwillinge. Eineiige Zwillinge. Ich habe eine Sommersprosse auf einer Seite meines Gesichts, Claire eine auf der anderen. Claire mag, dass wir nicht einfach nur Zwillinge sind. Wir sind ganz besondere Zwillinge. Ich mag es auch, ein Zwilling zu sein. Wenn man ein Zwilling ist, dann hat man schon eine beste Freundin. Aber ich will gar nicht so dringend besonders sein.

Claire ist der ältere Zwilling. Sie wurde sieben Minuten früher geboren als ich. Claire sagt, das macht sie weiser. Ich weiß nicht, ob sie wirklich weiser ist, aber sie ist gut darin, den Ton anzugeben.

»Na dann, viel Glück«, sagt die Frau in dem roten Frack, nachdem sie mit Starren fertig ist.

»Komm.« Claire zieht mich mit sich zur Tanzfläche. »Lass uns die Konkurrenz ansehen.«

Wir winken Mum und Dad und Matt zu, die an einem Tisch am Rand der Tanzfläche sitzen. Mum trinkt Orangensaft mit einem pinken Schirmchen darin, und Dad hat ein Lager, wie er es auch zu Hause trinkt, nur dass es hier in einem Glas ist.

Die Musik wird richtig laut, und die Lichter gehen aus, bis auf die auf der Bühne.

»SEID IHR BEREIT FÜR DIE SHOW?«, schreit der Mann in dem roten Jackett, obwohl er das gar nicht müsste, schließlich hat er ein Mikrofon.

Alle jubeln. Alle außer mir. Mein Bauch fühlt sich an wie auf der Raupen-Achterbahn, obwohl ich ganz still sitze.

»ICH HABE GEFRAGT, OB IHR BEREIT SEID?«

Claire neben mir wippt aufgeregt auf und ab.

Der schreiende Mann stellt die drei Juroren vor. Sie sitzen direkt an der Bühne. Auch sie tragen hübsche rote Jacketts.

Alle sitzen auf der Tanzfläche und warten auf den ersten Auftritt. Claire und ich überkreuzen die Beine wie in der Vorlesestunde. Fröhliche Musik ertönt, und ein großes Mädchen dreht und wendet sich in einem Ballerina-Outfit. Sie ist so schön wie eine Prinzessin. Ich wackle mit dem Bein, wie ich es mache, wenn wir zum Zahnarzt müssen. Auf keinen Fall kann ich die Ballerinaprinzessin schlagen.

Ich glaube, ich mache mir gleich in die Hosen.

»Claire, ich muss mal.«

»Aber was, wenn sie unsere Namen aufrufen? Du musst es dir verkneifen.« Die Ballerinaprinzessin macht einen Knicks.

Jetzt führt ein Junge in einem zu großen Anzug Zaubertricks vor. Einer davon geht allerdings schief, und er lässt den weißen Plüschhasen, den er eigentlich aus seinem Hut ziehen wollte, fallen. Danach verlässt er die Bühne.

Sie werden uns bald aufrufen. Ich weiß es.

»Claire, ich muss wirklich aufs Klo. Ich mache auch schnell.« Und bevor sie Nein sagen kann, springe ich auf und renne zu den Toiletten. Mum hat gesagt, dass wir nicht allein aufs Klo dürfen, aber das hier ist ein Notfall, also glaube ich, dass ich darf.

Die Toilettensitze sind richtig hoch, und es ist schwierig, mit dem Po draufzukommen. Aber ich pinkle und bleibe dann noch etwas dort, obwohl die Toiletten kein schöner Ort zum Sitzen sind.

Es klopft an der Tür.

»Bist du dadrin, Süße?« Es ist Mum.

»Ja«, sagte ich und frage mich, ob ich Ärger bekomme, weil ich allein auf die Toilette gegangen bin.

»Kommst du raus?«

»Glaub schon.«

Ich öffne die Tür. Mum sieht nicht sauer aus.

»Wie wäre es, wenn wir ein Weilchen zusammen hierbleiben?«, fragt sie.

»Aber wird Claire dann nicht sauer?«

»Überlass Claire mal …«

Aber Mum kann ihren Satz nicht beenden, weil Claire jetzt auch bei den Toiletten ist.

»EMILY! Sie rufen uns auf. Komm schon!«

»Claire, Liebes, Emily will nicht auf die Bühne«, sagt Mum.

Claire hebt eine Augenbraue, wie sie es immer tut, wenn sie will, dass ich etwas mache. Ich sage nie Nein zu Claire.

»Nein, Mum, ist gut. Ich will auf die Bühne. Ich hatte es mir nur kurz überlegt.«

Jetzt lächelt Claire.

»Sicher, Liebes?«

Ich nicke.

»Na dann komm, du Schnecke, sie warten auf uns.«

Claire redet richtig schnell.

»Ein Mädchen hat versucht, einen Ball auf dem Fuß zu balancieren, aber dann hat sie ihn fallen lassen und ist weinend weggerannt, und diese drei Schwestern von Splash World haben die Spice Girls aufgeführt, aber sie waren nicht sehr gut.« Wir sind jetzt an der Treppe zur Bühne angekommen. Der Teppich klebt ein bisschen, und ich glaube festzustecken, bis Claire mir einen Schubs gibt.

»Em, komm schon! Trau dich!« Claire strahlt, als sie mich auf meine Position in der Mitte der Bühne zerrt. Die Lichter sind so grell, dass ich Mum und Dad und Matt nicht sehen kann. Ich blinzle ganz fest, wie man es macht, wenn man ganz dringend schlafen gehen will, aber so tut, als wollte man nicht.

Dann fängt die Musik an, und meine Arme und Beine bewegen sich. Aus dem Augenwinkel sehe ich Claire, und ich versuche, mit ihr mitzuhalten. Alles, was sie macht, ist größer. Ihre Singstimme ist laut und klar.

Ich öffne und schließe den Mund, aber ich weiß nicht, ob Geräusche rauskommen. Ich kann nichts hören. Ich bewege die Arme von Seite zu Seite und mache ein paar Tanzschritte. Wir springen über die Bühne, halten uns dann in der Mitte an den Händen und drehen uns darunter hinweg.

Und dann kommt der Teil, bei dem wir das Rad schlagen müssen. Ich werfe die Arme in die Luft, und für einen Moment stehen die Lichter kopf. Ich lande mit einem dumpfen Aufprall und schlittere auf die Knie für die Schlusspose.

Claire fällt nach ihrem Rad zur Seite, und ich habe Angst, dass es wieder schiefgeht, aber dann ist sie auch auf den Knien und strahlt.

Mein Mund tut weh, weil ich so sehr versuche, sie nachzumachen.

Wir halten uns an den Händen und verbeugen uns. Als wir die Treppe hinuntergehen, sagt sie, dass bei uns am lautesten geklatscht wurde und dass hoffentlich niemand gemerkt hat, dass sie ein bisschen ausgerutscht ist.

Wieder ertönt Discomusik, während die Juroren die Köpfe zusammenstecken, um die Gewinner zu bestimmen.

»Ich hoffe, Dad lässt uns ein paar Pommes haben.« Jetzt, wo sich mein Magen nicht mehr komisch anfühlt, bin ich wirklich hungrig.

»Natürlich wird er das. Vor allem nach dem Talentwettbewerb. Die Jury nimmt bestimmt uns.«

Wir gehen zu Mums und Dads Tisch. Dort steht bereits ein riesiger Korb Pommes.

»Da sind ja meine kleinen Stars!« Mum lächelt uns an. »Ihr wart ganz toll da oben, Mädchen.«

»Danke. Ich hoffe, wir gewinnen. Niemand sonst war so gut wie wir.«

»Meine Lehrerin sagt immer: ›Dabeisein ist alles‹«, meint Matt und blickt von seinem Sega auf. Matt ist vier Jahre älter als wir. Er erzählt uns gerne Sachen, die seine Lehrerin gesagt hat. Claire sagt, dass Matt ein Streber ist, aber mir ist das egal.

Claire kneift die Augen zusammen und reibt sich den Kopf.

»Alles okay, Süße?«, fragt Mum und will sie in den Arm nehmen.

»Mum!« Sie macht sich los. »Die Jury kommt auf die Bühne – schaut mal!«

Mum hört nicht auf, die Stirn zu runzeln. Sie entdeckt, dass ich sie ansehe, und lächelt wieder, also glaube ich, dass danach alles okay ist.

Die Jury liest den dritten Platz vor. Der Junge mit den Zaubertricks.

Der zweite Platz geht an die Ballerina.

Claire hat die Augen geschlossen und die Hände an den Seiten zu Fäusten geballt. Als sie unseren Namen für den ersten Platz ausrufen, quietscht sie und rennt mich hinter sich her ziehend auf die Bühne. Ich mag es nicht, wieder auf der Bühne zu sein, aber wenigstens muss ich diesmal nicht singen.

Claire übernimmt das Mikrofon und dankt allen, dass sie für uns gestimmt haben. Aber ich glaube, es hat nicht wirklich jemand für uns abgestimmt. Wir bekommen beide eine Goldmedaille, und Claire sieht so glücklich aus, dass ich auch glücklich bin, weil sie glücklich ist und weil die Talentshow vorbei ist und weil wir in Butlin's sind, unserem Lieblingsort. Und jetzt können wir uns für den Rest des Urlaubs entspannen.

4

»Schlimme Nacht?«, fragt Kaz, als ich Samstagmorgen auftauche. Sie nickt in Richtung des Stapels Pizzaschachteln neben der Spüle. Bei Tageslicht betrachtet sieht es wirklich nach einer ganzen Menge Essen für eine Person aus.

Ich stöhne und halte mir den Magen. »Nie wieder Pizza.« Das ist eine Lüge. Eine, die ich wöchentlich wiederhole.

»Was ist los?« Kaz, die gerade vom Laufen im Park zurückgekommen ist, hat gerötete Wangen. Sie trinkt ein grünliches Gebräu – Teil ihrer Neujahrsvorsätze. Ich selbst habe gar nicht erst welche aufgestellt. Wir haben gerade mal zwanzig Tage hinter uns, und dieses Jahr verspricht genauso enttäuschend zu werden wie alle anderen auch.

»Willst du was?«, fragt Kaz und nickt in Richtung Toaster.

»Drei Scheiben bitte.« Fressgelage machen mich immer hungrig.

Kaz ist superaktiv. Der Toast liegt bereit, der Wasserkessel ist an, und sie sortiert ihre Wäsche auf dem Frühstückstresen, an dem ich gerade zusammengesunken bin. Wenn wir Tiere wären, dann wäre sie einer dieser wunderschönen Kolibris, die wie verrückt flattern, während ich ein leicht angepisstes Faultier mit zwei Zehen wäre.

»Musst du das hier machen?«

»Was machen?«

»Deine Unterhosen vor mir sortieren. Mir ist nicht ganz wohl.«

»Es sind nur Unterhosen, sie werden dich nicht beißen.«

»Die möglicherweise schon«, sage ich und zeige auf eine rote aus Satin. »Von der kriegt man mindestens Scheidenpilz.«

Kaz lacht, und als das Brot aus dem Toaster springt, macht sie sich ans Buttern. Mein Blick wandert zu den skandalösen Höschen. Keines von meinen sieht so aus. Meine bewegen sich alle im Farbspektrum zwischen Grau und Schwarz. Und ich hatte bestimmt seit einem Jahrzehnt keinen Tanga mehr an.

»Na komm schon, raus damit.«

Mir wird klar, dass ich meinen Toast anstarre.

Kaz ist meine beste Freundin. Ich vertraue ihr fast alles an. Zum Teil, weil ich niemanden sonst habe, dem ich es erzählen könnte. Aber darum geht es nicht.

»Kaz, ich glaube, ich bin langweilig.«

»Auf keinen Fall. Ich würde mich niemals mit einer langweiligen besten Freundin abgeben.«

Ich fahre fort, als hätte ich sie nicht gehört. »Neulich habe ich diese Sendung gesehen. Über den Durchschnittsmenschen, du weißt schon?«

Sie nickt und gibt mir mit einem Wink ihrer Tasse zu verstehen, ich solle schneller machen. »Und da wurde mir klar, dass ich der Durchschnittsmensch bin. Ich bin in allem genau Durchschnitt.«

»Nö. Definitiv nicht. Was ist mit deiner Musical-Sammlung?«

Musicals? Oh bitte! Wem, der bei klarem Verstand ist, schlägt nicht das Herz etwas höher, wenn Sandy sich komplett neu erfindet – wenn auch nur, um Danny zu gefallen. Oder wenn Maria von Trapp sich mit sieben Kindern im Schlepptau über die Alpen singt.

»Fünf der Top-zwanzig-Filme aller Zeiten sind Musicals. Ich entspreche damit der Mehrheit.«

Ich habe den Ellbogen auf den Tresen gestützt, und mein Kopf fühlt sich schrecklich schwer in meiner Hand an. Ich frage mich, ob mein Kopf vielleicht schwerer als der Durchschnitt ist.

»Was ist mit Claire?«

»Was ist mit ihr?« Ich hebe ruckartig den Kopf.

»Es gibt definitiv nicht viele Menschen mit einem Zwilling.« Ich entspanne mich wieder etwas.

»Nein, du hast recht. Nur null Komma zwei Prozent der Bevölkerung sind eineiige Zwillinge.« Ich bin ein lebendes Lexikon irrelevanter Informationen über die Menschheit. »Aber ich bin kein eineiiger Zwilling.«

»Glaubst du das echt?«

Die Zeit dehnt sich, während wir einander über Kaz' Smoothie hinweg anstarren. Ich gebe zuerst auf. Weil ich eine Lusche bin, die sich niemals mit Kaz anlegen würde. Ich brauche sie viel mehr als sie mich.

»Was machst du dieses Wochenende?«, frage ich in einem meiner besten Ausweichmanöver.

Sie hält meinen Blick noch eine weitere Sekunde fest, ehe sie von mir ablässt. »Ich treffe mich später mit ein paar Kolleginnen zu einem Kaffee in der Stadt. Wenn dir langweilig ist, kannst du gerne mitkommen.«

»Nein, danke.«

»Warum, weil du uns in deinem vollen Terminplan nicht mehr unterkriegst?«

Ich sehe sie streng an. Das Ausmaß meiner Krise kann nicht mit einem Kaffee in der Stadt überwunden werden.

»Würde dir vielleicht guttun.«

»Genau wie eine Darmspülung.«

»Wie sieht es mit der Mülldeponie aus? Ich bringe später meine Kommode hin.«

Vor einigen Wochen fand Kaz' Kommode ein trauriges Ende. Der sexuellen Leistungsfähigkeit von Steve, dem Brummifahrer, hatte das zehn Jahre alte Möbelstück nichts entgegenzusetzen.

»Kaz, ich bin vielleicht ein ziemlich jämmerliches Exemplar von Mensch, aber selbst ich habe meine Grenzen, wenn es um einen Ausflug zur Huddersfield-Mülldeponie geht.«

»Wie du meinst. Versprich mir einfach nur, dass du dich heute noch anziehst, ja?«

Kaz spült ihre Tasse aus und lässt sie neben der Spüle stehen.

»Ich kann nichts versprechen.«

»Weißt du, Em, ich meine das nicht böse, aber wenn du wirklich unglücklich bist, musst du etwas ändern.«

Ich schnaube, um ihr mitzuteilen, wie falsch sie mit diesem Gedanken liegt. Ich wüsste ja nicht mal, wo ich anfangen sollte. Wieder nähert sich mein Kopf Zentimeter um Zentimeter der Marmorimitatplatte. Mr McGee ist eines Tages mit einer Rolle Klebefolie aufgetaucht und verkündete, dass die Küche ein »Makeover« bekommen würde. Und dann hat er die Monatsmiete um 50 Pfund erhöht, um die Kosten zu decken.

Kaz geht zur Treppe.

»Claire wäre nicht unglücklich gewesen. Ich mein ja nur.« Sie reißt die Hände hoch, als erwartete sie, dass ich gleich schieße. Mein Kopf ist so ruckartig nach oben geschnellt, dass ich gute Chancen auf ein Schleudertrauma habe. Sie rennt die Treppe hoch und vertraut darauf, dass meine Energie nicht ausreicht, um ihr zu folgen.

Sie hat recht.

Über die Jahre habe ich mich zunehmend damit abgefunden, dass das Leben nicht sehr vielversprechend ist. Wenn man das einmal akzeptiert hat, ist man viel besser auf das vorbereitet, was es einem zwischen die Beine wirft. Deshalb betrachte ich jeden Tag, der lediglich eine kleine Anzahl Enttäuschungen bereithält, als Gewinn. Claire hätte das niemals so gesehen.

Noch lange nachdem ich auf die Couch übergesiedelt bin, habe ich Kaz' Worte im Ohr.

Ich mache *West Side Story* an und sehe nur halb zu, während die Jets und die Sharks einen tanzbasierten Kampf gegeneinander ausfechten. Ich bekomme auch nur halb mit, als Kaz sich auf den Weg zum Wertstoffhof macht.

Der Film endet, und auf Channel 4 läuft irgendeine Sendung über Leute, die an entlegene Orte auf dem Globus ziehen. Ich bin mir sicher, dass selbst der Fernseher sich über mich lustig macht. Ich habe mein ganzes Leben in Huddersfield verbracht.

Die Mittagszeit zieht vorüber. Zum ersten Mal in meinem Leben bewege ich mich nicht einmal für Essen.

Claire wäre jetzt nicht unglücklich. Auf keinen Fall. Sie wäre eine supererfolgreiche Schauspielerin. Eine, die sowohl den Respekt der Branche genießt als auch gut beim Publikum ankommt. Wie dieser Typ aus *Der letzte Mohikaner,* der einen ganzen Sack voller Oscars gewonnen hat, aber auch oben ohne ausgezeichnet aussah. Oder sie würde irgendwo ab vom Schuss in einem fernen Land leben und ihr Dasein einem hehren Ziel widmen. Für sie wäre *das hier* nicht einmal ein Leben.

»Du bist eine gute Schwester, Emily …«

Worte aus fast vergessenen Erinnerungen wabern zu mir zurück.

Das ist der Moment, in dem ich die Schuldgefühle nicht mehr unterdrücken kann. Und sie geben sich auch nicht damit zufrieden, mir zwischen die Rippen zu stechen. Sie erdrücken mich, bis ich kaum noch atmen kann. Alles, was ich tun muss, ist leben. Claire war nicht mal das vergönnt.

Wie versagt man beim Leben, wenn man doch lebendig ist?

Ich schleppe mich nach oben, um nach einer Rolle Klopapier zu suchen. Menschen wie ich haben keine säuberlichen kleinen Boxen mit Taschentüchern.

Ich wische mir über die Augen, fange dabei einen Blick auf mich selbst im Spiegel ein und zucke zusammen. Meine Wangen sind rot, mein Gesicht ist aufgequollen. In meiner Vorstellung sieht Claire nicht so aus. Ihre Haut ist weniger grau, ihr Haar weniger matt, und ihre Augen sind lebendiger als meine. Allein durch die schiere Lust am Leben ist sie attraktiver.

Ich bezwinge den Drang wegzusehen.

Nun?

Mein Spiegelbild-Ich hat recht. Ich kann so nicht weitermachen und durch die durchschnittlichste aller Existenzen schlafwandeln.

Etwas muss sich ändern.

5

Als ich Montagmorgen aufwache, platze ich fast vor Entschlossenheit. Es ist, als hätte jemand in meinem Gehirn einen Schalter umgelegt. Ich werde mein Leben interessant machen. Und wenn es mich umbringt. Im Grunde wäre es sogar ein Bonus, wenn es mich umbringt. Wenigstens wäre das eine interessante Geschichte.

Ich bin es nicht gewohnt, motiviert aufzuwachen. Mit so etwas wie Gefühlen. Auch wenn diese Gefühle sich vor allem um die völlige Überflüssigkeit meiner Existenz gepaart mit einer ordentlichen Portion Schuldgefühle drehen. Oh, und da ist auch noch ein Schuss Hoffnungslosigkeit. Gar nicht mal so schlecht.

Sie prickeln mir im Nacken, all diese Gefühle. Als würden die Zellen meines limbischen Systems nach einem Jahr Winterschlaf aufwachen, sich abklatschen und brüllen: *Ahoi Jungs, wir sind wieder im Geschäft!*

Gleich nach meinem Entschluss, irgendeine Art von Veränderung herbeizuführen, hatte ich darauf gehofft, dass mich augenblicklich ein Blitz der Erkenntnis treffen würde, was ich mit meinem zukünftigen Leben anfangen soll. Stattdessen hat er den Verlust von Claire in den Vordergrund meines Gehirns gerückt, und ich bin mit Warpgeschwindigkeit durch das ganze Gefühlsspektrum gerast. Verzweifelt, aufgeregt, weinerlich, inspiriert, wieder verzweifelt. Es ist noch nicht mal acht Uhr morgens, und ich bin schon erschöpft.

Und doch muss ich weiterkämpfen, wie eine Armee in den letzten Stunden der Schlacht.

Als ich mich anziehe, pfeife ich auf die Kleidungsvorschriften der Schule, die besagen, dass alle Mitarbeiter Anzug oder Kostüm tragen müssen, als befänden wir uns noch in viktorianischen Zeiten. Eine gepunktete Strickjacke – das Leuchtfeuer meiner Rebellion.

Und ich höre absichtlich mit dem Zähneputzen auf, bevor der kleine Alarm losgeht, der mir sagt, dass zwei Minuten vorbei sind. Zahnfäule. Das haut rein.

Ich entdecke mich im Spiegel. Ich habe große Ringe unter den Augen. Meine große Mission dauert erst zwei Tage an, aber sie ist schon drauf und dran, mich kaputt zu machen.

Als ich schließlich meine Käsebrote und Marmeladenbrötchen einpacke, bin ich schon spät dran. Stumm schwöre ich mir, dass mein Mittagessen morgen einen Wow-Faktor haben wird. Instagram sagt, Grünkohl ist out, Avocados sind in. Ich verbringe die Fahrt zur Arbeit damit, mir zu überlegen, womit ich den Geschmack von Avocados übertünchen kann, damit sie essbar für mich werden.

Ich parke und trommle mit den Händen auf das Lenkrad, um noch nicht aussteigen zu müssen.

Das Grundproblem, das ich sehe, ist folgendes: Wie soll ausgerechnet ich mein Leben interessanter machen, wenn ich doch in den letzten achtundzwanzig Jahren in dieser Hinsicht so sehr versagt habe? Himmel, möglicherweise muss ich einen dieser Lebensberater engagieren, von denen ich gelesen habe. Ich frage mich, wie viele davon sich hier in Huddersfield herumtreiben. Man kann mir eindeutig nicht die Verantwortung für mein eigenes Schicksal überlassen.

Die erste Glocke ertönt und weist mich darauf hin, dass ich die Morgenbesprechung verpasst habe. Egal, ich glaube, ich habe gerade genug zu kämpfen, ohne mir den Motivations-Montag anzutun. Seit dem einen Mal, als Mr Hughes uns die Aufnahme einer Rede von Maggie Thatcher vorspielte, nachdem bekannt wurde, dass jemand von der Schulbehörde in der Gegend war, finde ich Motivations-Montage nicht mehr besonders motivierend.

Meine Gedanken sind auf Abwegen unterwegs, als es mich plötzlich wie ein Schlag trifft.

Teenager.

Überall sind Teenager. Ich bin umzingelt, und zwar buchstäblich. Sie schwärmen auf dem Weg zur Schule an meinem Auto vorbei. Ich ignoriere die gelegentlichen Schläge auf meine Motorhaube, alles andere würde zu viel Papierkram erfordern. Hier bin ich also, eingekesselt von der aktuellsten aller Generationen. Sie sind ein regelrechter Bienenstock dummer, aber interessanter Ideen.

Ich schaffe es gerade so zur ersten Stunde und hänge meinen Mantel beim zweiten Klingeln auf. Schnell öffne ich die Jalousien und mache meinen Laptop an, der gute zehn Minuten zum Hochfahren braucht. Alles ist, wie ich es Freitag zurückgelassen habe, wenn auch etwas sauberer. Die Pulte sind abgenutzt. Mehr als ein Penis ist in ihre Holzoberflächen geritzt. Einzelne Elemente der Schaubilder und Collagen an den Wänden lösen sich bereits. Ich erinnere mich, als ich ganz frisch im Job war und ein ganzes Pinterest-Board mit Ideen für Klassenzimmerdekorationen erstellte. Damals hat mich die Aussicht darauf, mein *Sommernachtstraum*-Motto umzusetzen, richtig begeistert. Ich bin sogar im Sommer hin, um an einer Collage zu arbeiten.

Doch als ich am 1. September dort ankam, fand ich meinen Puck im Müll und an seiner Stelle ein riesiges Poster, auf dem ausführlich der Verhaltenskodex der Schule und die gnadenlosen Konsequenzen für Regelverstöße dargelegt wurden. Ich bin ja der Meinung, dass es der Motivation nicht gerade zuträglich ist, wenn man Kinder auf eine umgekehrte Pyramide mit dem Wort SCHULVERWEIS am Ende starren lässt, aber ich habe schon lange aufgehört zu behaupten, ich wüsste irgendetwas.

Alles kommt mir jetzt so klein vor. Als würde das Klassenzimmer um mich herum schrumpfen und mich in dieser Existenz einsperren. Aber nicht mehr lange. Ich wedle mit den Fingern Richtung Wand wie eine Verrückte. Ich habe einen Plan.

Ich öffne die Tür und finde entlang der Wand meine Klasse vor, die sich nicht viel darum schert, dass sie aufgereiht und stumm warten soll, bevor sie eintreten darf.

»Guten Morgen! Kommt rein.«

Wenn sie meine ungewöhnlich fröhliche Begrüßung verwirrt, lassen sie sich in jedem Fall nichts anmerken, als sie an mir vorbeischlurfen.

Die erste Stunde an einem Montag verbringen alle Lehrer mit ihrer Klasse. Es gibt Lebensunterricht. Im Prinzip ist das so eine Mischung aus Bürgerkunde und der Vermittlung von Lebensfertigkeiten, wo wir so wichtige Themen lehren sollen wie den Umgang mit Geld oder wie man ein Kondom über eine Banane rollt. So Zeug eben. Für mindestens neunzig Prozent der Inhalte bin ich nicht qualifiziert, also haben meine Klasse und ich während der letzten fünf Jahre unseren eigenen Rhythmus gefunden. Wir gehen kurz die von der Schule vorgeschriebene Lektion durch, und dann dürfen sie sich still beschäftigen, während ich noch ein wenig Arbeiten korrigiere und wir darüber diskutieren, welche Musik wir über YouTube abspielen sollen.

»Also gut, ihr Lieben, heute versuchen wir mal etwas anderes.« Ich klatsche in die Hände und spreche mit meiner besten Lehrerinnenstimme.

Ich höre ein aufgeregtes Summen. Ich habe einen gewissen Ruf, wenn es um »etwas anderes« geht. Wie das eine Mal, als wir über Alkoholismus gesprochen und ein Video von einem Typen gefunden haben, der sich Wodka durch die Augäpfel einverleibt hat.

Doch als ich dann liniertes Papier austeile, stöhnen alle.

»Och, Miss Turner, wir dachten, Sie wären eine von den coolen Lehrerinnen.«

Definitiv nicht.

»Ja, Sie schimpfen nie mit uns, wenn wir die Hausaufgaben vergessen.«

Schon beim Gedanken an eine Konfrontation bricht mir der Schweiß aus.

»Sie sehen müde aus, Miss, Sie müssen heute wirklich keinen Unterricht machen.«

Stimmt, aber ich muss eure Gehirne melken. Ich bin sehr froh, dass der letzte Satz nur in meinem Kopf stattgefunden hat.

»Also gut.« Ich klatsche wieder in die Hände, ignoriere ihre Proteste und setze ein falsches Lächeln auf. »Was wir heute durchnehmen *sollten,* ist die Bedeutung der Redefreiheit für eine Demokratie.«

Besonders lautes Stöhnen, als ich den offiziellen Titel der heutigen Unterrichtsstunde verlese.

»Stattdessen möchte ich, dass ihr mir eine Antwort auf die Frage ›Was macht das Leben interessant?‹ aufschreibt. Im Prinzip möchte ich eine Liste von Dingen, die ihr von einem interessanten Leben erwarten würdet.« In meinem Kopf klang das gerade noch klarer.

»Zum Beispiel ein Drogenbaron sein und auf der Liste der meistgesuchten Verbrecher des FBI stehen?«

»Nein, nicht ganz. Eher ›gut‹ interessant.«

»Kann ich Kim Kardashian aufschreiben?«

»Wenn du möchtest. Vielleicht könntet ihr euch auch von ein paar literarischen Figuren inspirieren lassen, über die wir in den letzten Jahren gesprochen haben.«

Ausdruckslose Gesichter.

»Warum machen wir das?«, fragt einer zweifelnd.

»Es könnte hilfreich sein, ihr wisst schon«, sage ich und wedle vage mit den Händen. »Später im Leben.«

Sie riechen Blut. Sie wissen jetzt, dass das hier nicht einmal annähernd eine normale Unterrichtsstunde ist.

»Können wir zu zweit arbeiten?«

»Wenn ihr möchtet.« Die darauf folgende Lärmwelle schleudert mich förmlich zurück gegen das Whiteboard.

Irgendwo in der ganzen Kakophonie treffe ich die einzig vernünftige Entscheidung. Ich setze mich an den Schreibtisch, schließe die Augen und massiere mir die Schläfen. Was absolut gar nicht gegen die Kopfschmerzen hilft, die jetzt durch meinen Schädel pulsieren.

Es dauert einen Moment, bis mir klar wird, dass es kein Fünfzehnjähriger ist, der meinen Namen ruft.

»MISS TURNER!«

Ich kneife mich in den Nasenrücken, eine weitere vergebliche Geste, bis mir klar wird, dass es Mr Hughes ist, der Direktor, der mich anbrüllt.

»Mr Hughes!« Ich springe fast aus meinem Stuhl. »Was für eine schöne Überraschung.«

In der Klasse ist es still geworfen. Sie wissen, dass ich in Schwierigkeiten stecke. Ich habe nicht mal die PowerPoint-Präsentation für die Stunde über Redefreiheit aufgerufen. Mein verräterisches Whiteboard ist immer noch aus.

»Mir ist aufgefallen, dass Sie heute Morgen nicht bei der

Besprechung waren. Wir beginnen die Woche mit Unterrichtsbesuchen.« Er zeigt auf Miss Higginbottom, seine Stellvertreterin. Während Mr Hughes ein riesiger Berg von einem Mann mit einem verkniffenen roten Gesicht und kurzen grauen Haaren ist, wirkt Miss Higginbottom wie ein Zweig. Winzig, mit spitzen Kanten. Ich bin mir sicher, sie treiben es miteinander. Jeden Tag verbringen sie mehrere Stunden eingesperrt in Mr Hughes' Büro. Offiziell heißt es, dass sie sich auf die Inspektion durch die Schulbehörde vorbereiten, was zugegebenermaßen eine Aufgabe ist, die ein ähnliches Maß an Vorbereitung erfordert wie die D-Day-Landung in der Normandie. Trotzdem erklärt das nicht das ganze Stöhnen, das von dort drin zu hören ist. Miss Higginbottom schenkt mir ein schmallippiges Lächeln.

»Miss Turner, wie ich sehe, haben Sie beschlossen, heute nicht den vorgeschriebenen Inhalten zu folgen. Würden Sie uns bitte das Ziel Ihrer eigenen Unterrichtsstunde erklären?«, fragt sie mit einer süßlichen Stimme, die niemanden täuschen kann.

Evan, einer der Elftklässler, der direkt vor mir sitzt, hebt die Augenbrauen. Keine Frage, was er damit sagen will: *Sie sind im Arsch.*

Ein Unterrichtsbesuch klingt nach einem ziemlich harmlosen Vorgang. Sogar ganz nett eigentlich. Wer würde nicht gerne Besuch im Unterricht bekommen? Tatsächlich ist es aber die Schulversion eines Tarnkappenbombers. Sie kommen, um einen zu zerstören. Man weiß nur nicht, wann.

»Das Ziel ist, *äh,* die Schüler erarbeiten zu lassen, was einen, *äh,* Charakter interessant macht.«

Falls der Klasse aufgefallen ist, dass ich einen wesentlichen Punkt der Stunde verändert habe, und es besteht eine sehr gute Chance, dass sie es schlicht nicht mitbekommen hat, lässt sie es sich auf jeden Fall nicht anmerken. Ich glaube, wenn es hart auf hart käme, wären sie auf meiner Seite.

»Dann lassen Sie uns mal Ihre Vorschläge anhören.«

»Ja, sehr gute Idee, Mr Hughes.« Ich werfe der Klasse einen warnenden Blick zu, von dem ich hoffe, dass er schreit: *Und wehe, einer erwähnt auch nur eine Kardashian.*

Khloe hebt die Hand.

»Ja, Khloe.«

»Nun, Miss, ich denke ein interessanter«, sie zögert kurz, »*Charakter* ist jemand, der kein normales Leben führt.« Khloe, ein Mädchen genau nach meinem Herzen. »Ich meine, vielleicht geht er ja an einen ganz exotischen Ort. Aber in erster Linie würde er nicht machen, was von ihm erwartet wird. Niemand will eine Geschichte über jemanden lesen, der heiratet und ein paar Kinder rausploppen lässt.«

Ich habe *One Born Every Minute – Die Babystation* gesehen, deshalb bin ich nicht ganz einverstanden damit, wie einfach die Wendung »rausploppen lassen« Kinderkriegen klingen lässt. Allerdings ist jetzt nicht der richtige Zeitpunkt, das anzumerken. Stattdessen nicke ich weise und kritzle ihre Idee auf das Whiteboard. Ein guter Anfang.

»Danke, Khloe. Sonst noch jemand?«

Tim, dessen Zungenpiercing ich entschieden ignoriert habe, meldet sich. Wenn ich ihn aufrufe, riskiere ich, dass Mr Hughes und seine fiese Gefolgsfrau den Silberstab in seiner Zunge entdecken. Zu sagen, dass sie Tims Eigenwilligkeit nicht schätzen, wäre eine Untertreibung. Aber sonst meldet sich niemand.

»Ja, Tim.«

»Was ist mit einem Influencer oder einem Gamer oder so was? Sie wissen schon, wie der Junge, der zwei Millionen mit Fortnitespielen gewonnen hat. Der ist interessant.«

Wir nähern uns gefährlichem Kardashian-Territorium, aber ich nicke und schreibe Tims Vorschlag auf. Influencer, Fortnite.

»Und ich muss schon sagen, Miss, geiler Unterricht, wie immer. Niemand bringt mich dazu, Zeugs zu lernen, wie Sie es tun«, fügt Tim noch hinzu. Das ist sehr offensichtlich für Hughes und Higginbottom gedacht, und ich widerstehe dem Drang, den Kopf auf die Tischplatte zu knallen.

»Danke, Tim. Sonst noch wer?«

Sie werden langsam selbstbewusster, jetzt, da sie gemerkt haben, dass ich alles durchgehen lasse, nur um Mr Hughes hier rauszubekommen.

Mehr Hände.

»Vielleicht macht die Person einen Bungee-Sprung.«

»Oder was richtig Sportliches.«

»Was ist mit Hitler?«

Warum muss in jeder Unterrichtsstunde jemand Hitler erwähnen? Ich schreibe »Faschist?« auf und beginne zu schwitzen.

»Trump!«

»Zombies!«

»Danke, das reicht«, kann ich sie nur mit Mühe unterbrechen. Ich verliere die Kontrolle. Einen Moment lang hinterfrage ich die Entscheidungen, die mich an diesen Punkt geführt haben. Dann erinnere ich mich, dass »Entscheidungen« vielleicht ein zu starkes Wort für die Art ist, wie ich durchs Leben taumle. Trotzdem, und ich habe keine Ahnung, was ich mich da reitet, füge ich meiner Mindmap das Wort »untot« hinzu.

»Die Person könnte Veganer sein«, ruft Casey mit den Dreadlocks.

Tim wirft sie mit einem zusammengeknüllten Arbeitsblatt ab. »Jeder weiß, dass Veganer Nulpen sind.«

»Aber, aber, Tim.« Ich werfe ihm einen flehenden Blick

zu. Tim sollte auf meiner Seite sein. Ich bringe ihm jeden Tag Frühstück mit. Seit ich ihn dabei erwischt habe, wie er in der achten Klasse versucht hat, drei trockene Weetabix zu schlucken. »Ich will dich nicht betrafen müssen.«

Den Verhaltenskodex der Schule nicht durchzusetzen gehört zu den Dingen, die einen durch einen Unterrichtsbesuch fallen lassen können. Ich riskiere einen Blick auf Mr Hughes, der eifrig etwas auf sein Clipboard schreibt. Tim und ich wissen beide, dass ich eine bestenfalls entspannte Einstellung zum Verhaltenskodex habe. Ich habe meine liebe Mühe damit, den nötigen Hass für die falsche Sockenfarbe aufzubringen.

»Tut mir leid, Casey, das war nicht okay«, sagt er übermäßig nett.

Casey reagiert mit einer unanständigen Geste.

»Nun, ich denke, das sind genug Vorschläge. Danke.« Ich blicke auf die spärliche Mindmap auf der Tafel. Da sind gute Sachen dabei, zumindest etwas, an das ich anknüpfen kann. Solange ich das mit dem Faschismus ignoriere.

Die Stunde dauert noch zehn weitere Minuten. Ich hatte gehofft, der Unterrichtsbesuch wäre jetzt vorbei, aber Morticia und Lurch stehen immer noch erwartungsvoll da.

»Also«, beginne ich und dränge mein Gehirn, sich etwas einfallen zu lassen, irgendetwas, was mir den Job rettet, von dem ich nicht mal weiß, ob ich ihn mag und in dem ich ohnehin nur mäßig erfolgreich bin.

»Als Nächstes hätte ich gerne, dass ihr mir eine Geschichte schreibt. Erfindet euren eigenen Charakter und schreibt eine Kurzversion seiner Lebensgeschichte auf. Die einzige Bedingung ist, dass er interessant sein muss.« Das hat rein gar nichts mit Lebensunterricht zu tun. Trotzdem danke, liebes Gehirn. Ich verspreche dem Universum, die Redefreiheit irgendwie in dem unterzubringen, was wir nächste Woche behandeln sollen.

Verständnislose Blicke.

»Sie wollen, dass wir was schreiben?«

»Deshalb sind wir hier, Tim, oder?«, sage ich munter. Mit dem Rücken zu Mr Hughes forme ich die Worte DVD und nicke zur Seite, um ihnen zu verstehen zu geben, dass nächste Woche gemeint ist. Vielleicht schauen wir ja *The West Wing*.

Das reicht als Anreiz. Plötzlich haben sie alle die Nase aufs Papier gepresst und kritzeln los.

»Danke, Miss Turner«, nickt der Direktor und zieht sich zurück. »Ich lege Ihnen dann Ihre Beurteilung ins Fach.« Er winkt mir mit dem Clipboard zu. »Kommen Sie zu mir, wenn Sie darüber reden wollen.«

Lieber würde ich mir die Augen mit einem rostigen Löffel ausstechen.

Die Tür fällt zu.

»Was ein Blödmann.«

»Tim!«

»Aber das ist er, Miss.«

Die Tür öffnet sich noch einmal.

»Tim, kommst du bitte in mein Büro? Und nimm unterwegs das Zungenpiercing raus.«

Tim macht sich auf den Weg und holt sich im Vorbeigehen noch sein Marmeladenbrötchen ab.

»Ich hab's Ihnen gesagt«, meint er, ehe die Tür sich hinter ihm schließt.

Ausnahmsweise einmal, und es ist beunruhigend, das zuzugeben, glaube ich, dass Tim recht haben könnte.

6

In der Pause hole ich mir meine Bewertung des Unterrichtsbesuchs ab. »Verbesserungswürdig.« Was ziemlich genau meiner Einstellung zum Leben entspricht. Im Bereich »Nächste Schritte« steht ein Wort, das Angst im Herzen jedes Lehrers sät: »Befähigungsprüfung.« Im Moment ist es noch eine Drohung, aber falls ich weiter verbesserungswürdig bleibe, bin ich mir sicher, dass Hughes sie wahr macht.

Die Befähigungsprüfung ist das Erste, was ein Schuldirektor tut, wenn er einen eigentlich rauswerfen, aber keinen Ärger mit irgendeinem Berufsverband riskieren will. Es ist das Bildungseinrichtungs-Äquivalent zur Streckbank in der Folterkammer der Tudors. Wenn man sich in der Befähigungsprüfung befindet, kann man jederzeit aus heiterem Himmel von einem Unterrichtsbesuch überfallen werden. Man muss sich Wochenziele setzen und Nachweise liefern, die darüber hinausgehen, dass man jeden Tag in der Klasse war. Man muss Tausende von Unterrichtsstandards erfüllen. Diese Prüfung ist dazu gedacht, einem das Leben so sehr zur Hölle zu machen, dass man freiwillig geht. Nicht dass Gehen jetzt so schlimm wäre. Zumindest wenn ich wüsste, was ich stattdessen machen will.

Stan, die Hilfskraft für den Fachbereich Englisch, sieht, wie ich das Gesicht verziehe, und reicht mir meine Kopien für den Rest der Woche. Er erledigt meine immer zuerst. Ich habe ihn einmal nach dem Grund gefragt, und er meinte, weil ich so sexy Knöchel hätte. Ich weiß nicht, ob das eine Anspielung auf etwas sein soll, und es kümmert mich nicht genug, um es herauszufinden. Geringfügige sexuelle Belästigung ist etwas, was ich bereitwillig durchgehen lasse, wenn ich dafür Kopien bekomme.

Natürlich ist Hilfskraft für den Bereich Englisch kein echter Job. Aber Stan ist außerdem noch Mr Hughes' zweiundzwanzigjähriger Neffe. Das ganze Kollegium ignoriert die offensichtliche Vetternwirtschaft, weil Stan eine nie versiegende Quelle für Laminierfolien ist und man dieser Art geschenktem Gaul einfach nicht ins Maul schaut. Ich murmle einfach nur ein Dankeschön und ignoriere Stans Zwinkern entschlossen. Er kriegt es ohnehin nur halb hin. Sein anderes Auge schließt sich etwas zu sehr mit. Eine Erinnerung zum richtigen Zeitpunkt, dass es immer noch jemanden gibt, der noch schlechter in Sachen Leben ist als ich.

Als ich zurück in die Wohnung komme, ist Kaz fertig für die Arbeit.

»Wie kannst du für eine Nachtschicht so aussehen?«, frage ich und werfe meine Tasche auf die Kücheninsel.

Kaz hat ihr rotes Haar zu einem unordentlichen Knoten gebunden. Strähnen fallen kunstvoll um ihr Gesicht. Sie lehnt am Tresen und scrollt durch ihr Handy. Gran hat sie einmal als »die mit den leuchtenden Augen und dem buschigen Pferdeschwanz« beschrieben, was mir sehr zutreffend erscheint. Im Gegenzug ist »abgespannt« das Adjektiv, das am häufigsten in Bezug auf mein Aussehen verwendet wird.

»Ich esse gelegentlich Gemüse. Du solltest es mal versuchen. Im Kühlschrank sind Auberginen-Nudeln.«

»Danke.« Ich stelle die Schüssel gleich in die Mikrowelle und hole den Käse heraus. Kaz tut nie genug rein.

Ich starre aufmerksam auf mein Handy und warte auf den Ping der Mikrowelle. Ich habe ein Foto von der Mindmap aus der ersten Stunde heute gemacht, mit all den Dingen, die ein Leben interessant machen.

»Emily, *Emily!*«, sagt Kaz.

»Hm?«

»Wir haben fast kein Klopapier mehr. Wie ich sehe, bist du immer noch ein wenig seltsamer als sonst. Wie geht es dir?«

Ich atme dramatisch ein.

»Nun, wie du weißt, mache ich gerade so eine Art Lebenskrise durch.«

Sie legt ihr Handy weg.

»Dahin gehend, dass ich ein absolut durchschnittlicher, komplett langweiliger Mensch bin.«

»Ach ja. Aber du bist *nicht* langweilig.«

»Doch, das bin ich. Also habe ich beschlossen, etwas dagegen zu unternehmen. Hast du mein neues Notizbuch gesehen?« Ich wühle in den Küchenschubläden.

»Wofür?«

»Für meine Liste.«

»Deine Liste?«

»Ja, die Liste, die ich schreiben werde, um mein Leben interessant zu machen.«

Ich stoße ein unfreiwilliges Quietschen aus, als ich das Notizbuch entdecke, das Kaz mir zu Weihnachten geschenkt hat. Ich rieche an der ersten Seite.

»Ja, weil nichts so sehr ›Seht euch mein außergewöhnlich gewöhnliches Leben an!‹ schreit wie eine hübsche Liste in einem neuen Notizbuch, an dem du gerade geschnüffelt hast.«

»Weißt du was? Gar kein schlechter Gedanke.« Ich zeige mit dem Stift auf sie, ehe ich beginne, die Ideen abzuschreiben.

»Faschist?« Sie späht über meine Schulter.

»Ah, du lenkst mich ab.« Schnell streiche ich *Faschist* durch und ärgere mich, dass ich die erste Seite ruiniert habe.

Ich füge noch die Kategorie »Vermeiden« hinzu und unterstreiche sie.

Triff nicht deinen Zukünftigen.

Kaz schnaubt belustig.

»Was? Schau mal, der Durchschnittsbürger heiratet mit einunddreißig das erste Mal, ja? Und davor ist man mindestens ein Jahr lang verlobt, weil Hochzeiten heutzutage so verdammt teuer sind. Und dem geht eine zweijährige Beziehung voraus, also könnte ich jetzt praktisch jeden Tag meinen Seelenverwandten treffen.

»Und das wäre so schlimm, weil …?«

»Ich weigere mich, das zu tun. Ich werde nicht mehr durchschnittlich sein.« Ich knalle den Stift auf den Tresen, um meinen Punkt zu unterstreichen.

Die Mikrowelle pingt, und ich streue reichlich Käse über mein Essen. Käse enttäuscht mich nie.

»Und der Grund für das alles ist eine Sendung, die du angeschaut hast, und nicht die Tatsache, dass jetzt zwanzig Jahre seit Claires Tod vergangen sind?«

Kaz legt die Arme auf die Kücheninsel und kneift die Augen zusammen. Ich zucke unter ihrem stählernen Blick zusammen.

»Absolut nicht. Nur die Sendung.«

Auf keinen Fall werde ich zugeben, dass die Liste mit Claire zu tun hat. Niemandem gegenüber. Ich bin ohnehin schon gefährlich nahe dran anzumerken, wie viel besser sie das mit dem Lebendigsein gemacht hätte.

»Wenn du das sagst.«

Klingt nicht so, als würde sie mir glauben.

Gott. Ich wünschte, das hier wäre so klar wie eine Midlife-Crisis. Wenn ich fünfzig wäre, dann könnte ich mir vielleicht einen roten Sportwagen kaufen und gut. Niemand würde zu viele Fragen stellen. Aber kann man mit achtundzwanzig eine glaubhafte Midlife-Crisis haben? Eine Drittel-Life-Crisis vielleicht? Wie dem auch sei, einen Sportwagen kann ich mir nicht leisten. Ich kann ja kaum die laufenden Kosten für meinen Ford begleichen.

Ich stehe wie erstarrt da, und Kaz kommt herüber und wedelt mit der Hand vor meinen Augen herum.

»Hast du so etwas wie einen Anfall, um den ich mich kümmern müsste?«

»Ich glaube nicht.«

»Gut. Sollen wir mal über deinen Zusammenbruch am Freitag reden, und zwar in dieser neuen Bar in der Stadt? Ich muss los.«

»Ist das nicht ein neues Wetherspoons?« Kaz hat es nicht so mit Wetherspoons.

»Komm schon, wir waren schon ewig nicht mehr aus. Ich habe versprochen, dass ich mich dort mit Brian treffe.«

»Brian?«

»Ich habe ihn kennengelernt, als ich die Kommode weggebracht habe.«

»Also, nur damit ich das richtig verstehe: Du hast ihn bei der Mülldeponie getroffen?«

»Ist ja nicht so, als würde er da wohnen. Jetzt schau nicht so entsetzt drein.«

Sie schnappt sich ihr Handy und geht zur Treppe.

»Zur Müllkippe gehen und mit einer Telefonnummer zurückkommen, das kriegst auch nur du hin.«

»Na, danke auch.«

»Aber wofür brauchst du mich dabei? Klingt, als bräuchtest du keine Unterstützung mehr, seine Nummer hast du ja schon.«

»Er hat dort gerade zu arbeiten angefangen. Ich meinte, ich würde auf ihn warten, bis seine Schicht vorbei ist. Sein Bruder wird anscheinend auch da sein.«

»Ah, jetzt verstehe ich. Ich babysitte den Bruder, damit du mit Brian anbandeln kannst.«

Sie zögert mit dem Fuß auf der untersten Stufe.

»Das Wort benutzt seit den Achtzigern keiner mehr. Komm schon, was ist das Schlimmste, das passieren könnte?«

»Ich verliebe mich Hals über Kopf in den Bruder, und er bringt mich dazu, dass ich ihn in drei Jahren heirate.« Ich werfe einen bezeichnenden Blick auf meine Liste.

»Ja, das wäre echt fürchterlich. Und vielleicht sogar illegal, wenn er dich gegen deinen Willen zwingt, ihn zu heiraten. Aber ernsthaft, wie wahrscheinlich ist das? Und überhaupt, lass uns einfach einen draufmachen, bevor wir uns mit ihnen treffen. Ich dachte, ich habe es hier mit der neuen Emily zu tun.«

Ich schlucke. »Okay.«

»Super. Ich sehe dich dann nach der Arbeit und mache dir das Haar, sodass es aller Welt entgegenschreit: ›Seelengefährten nicht willkommen, alle anderen bitte eine ordentliche Reihe bilden.‹«

»Okay. Oh, dann kann ich dir auch meine fertige Liste zeigen.«

»Deal. Ich bin eine gute Freundin. Ich unterstütze dich in dieser Krise.«

Und damit hüpft sie die Treppe hinauf.

Ich verkrümle mich mit meinen Nudeln auf die Couch und nehme das Notizbuch mit. Die Liste ist zweifellos etwas spärlich. Niedergeschlagenheit macht sich breit, als mir klar wird, dass das nicht genug ist, um durch die nächsten vierundfünfzig Jahre zu kommen.

Ich beschließe, die Sendung noch einmal anzusehen und mir dieses Mal Notizen zu machen.

Kaz geht und schüttelt den Kopf, als sie mich auf dem Sofa hocken sieht, in einer Hand das in Metallfolie gebundene Notizbuch, mit der anderen die Fernbedienung fest umklammert.

Ich spule bis zu der Stelle vor, wo der Moderator all das Zeug über den durchschnittlichen Erwachsenen herunterrattert. Ich mache mir Notizen. Drücke Pause, wenn ich muss. Das letzte Drittel über das Alter spare ich mir. Wenn alles gut geht, hatte ich bis dahin ein tolles Leben und ruhe mich einfach nur aus.

Meine Notizen sind mehr ein »Was ich nicht tun will«, ich kann aber ein paar wichtige Punkte herausarbeiten.

- Der Durchschnittsmensch (DM) besucht im Lauf seines Lebens sieben Länder.

Okay, hier bin ich nicht besonders durchschnittlich. Ich hasse schon die Vorstellung, in Urlaub zu fahren. Bislang war ich nur in Ayia Napa, und zwar mit Kaz, als wir achtzehn waren. Und ich bin mir nicht sicher, ob sieben vollgedröhnte Nächte im Nachtclub *Temple of Doom* überhaupt als Griechenlandurlaub zählen. Technisch gesehen bin ich hier also hinter dem Durchschnitt.

- Der DM hat sieben Sexpartner und verbringt 117 Tage seines Lebens mit Sex.

Also, ich hatte zweieinhalb. Der halbe war beim Abschlussball in der elften Klasse, als ich bei einer überenthusiastischen Interpretation von Macarena versehentlich Jason Stanfords Penis gestreift habe. Wir haben einander gegenüber getanzt, und er war irre groß. Abgesehen von diversen Grabschereien glaube ich nicht, dass meine bisherigen Erfahrungen sich überhaupt auf siebzehn Minuten aufaddieren, geschweige denn mehr. Ich habe keine Ahnung, warum alle so ein Gewese darum machen.

Ich bekomme langsam den Eindruck, dass selbst der Durchschnitt eine hochgesteckte Marke ist, die ich erst erreichen muss.

- Der DM verbringt 180 Tage seines Lebens mit Sport.

  Ja nun, das überspringen wir mal lieber.

- Der DM verbringt einundvierzig Prozent seiner wachen Stunden damit, auf technische Geräte zu starren.

  Hmm, ich habe schon vor einer ganzen Weile diese verurteilenden kleinen Nachrichten deaktiviert, die mich darüber informieren, wie lange ich schon am Handy bin, deshalb bin ich mir hier nicht sicher. Aus der Erfahrung weiß ich, dass es ganz schön schwierig ist, Handy und Unterrichten in Einklang zu bringen. Allerdings sagt mein Instinkt mir, dass ich das in meiner Freizeit mehr als wettmache. Selbst in diesem Moment vergibt mein Daumen ganz automatisch ein Like. Ich weiß immer noch nicht, wie es dazu kommen konnte, dass ich so besessen vom Leben einer gottesfürchtigen texanischen Mutter von sieben Kindern bin.

  Ich habe zwei Seiten mit unzusammenhängenden Fakten gefüllt. Bislang hat sich daraus allerdings nichts ergeben, was einer ordentlichen Liste ähnelt. Kein Wunder, dass ich schon so lange langweilig bin: Interessante Dinge erfordern echte Hingabe und Bemühungen.

  Claire war die Außergewöhnliche. Die Extrovertierte. Ich bin die andere. Langsam wird mir etwas klar. Ohne sie hatte ich in den letzten zwanzig Jahren niemanden mehr, der mich dazu gedrängt hätte, Dinge zu tun, die ich nicht tun wollte. Trauer ist wirklich die hinterlistigste aller menschlichen Emotionen. Sie ist die verrückte Wendung in einer Geschichte, die man nicht kommen sieht. Ich wische mir Tränen aus dem Gesicht und mache mich wieder an meine Liste.

An der Uni hatte ich einen »unkonventionellen« Dozenten, bei dem wir in all unseren Seminaren herumlaufen mussten. Anscheinend hat Friedrich Nietzsche mal gesagt, dass einem alle großen Gedanken beim Gehen kommen. Ich würde Professor Stebbins und Nietzsche da entschieden widersprechen. Stattdessen würde ich sagen, dass alle großen Gedanken bereits gedacht und in Google hochgeladen wurden, damit wir darauf zugreifen können, wenn wir sie brauchen. Kein Gehen nötig. Mit verschwommenem Blick rufe ich Google auf.

Es gibt nichts, was unser Herr und Meister Google nicht weiß. Ich bin verblüfft, dass ich daran nicht früher gedacht habe. Und doch sitze ich jetzt hier und tippe: *Was macht einen Menschen interessant?* Erfreulicherweise bekomme ich viele Millionen Ergebnisse. So werde ich im Nullkommanichts interessant.

Mit dieser ganzen Masse an Informationen vor mir habe ich das Bedürfnis, die engen Dimensionen meines Notizbuchs zu erweitern. Ich schnappe mir einen Block Post-its und beginne eine Mindmap mit verschiedenen Ideen zu erstellen, während ich mich Treffer um Treffer vorarbeite, bis ich finde, wonach ich suche. *Sei spontan,* rät eine Seite mir. *Erkunde die Welt,* sagte eine andere. *Mach deinen Frieden mit deiner Vergangenheit.* Okay, das ignorieren wir mal lieber. Ich ergänze das mit meinen eigenen Notizen und beginne Ideen auf den Wohnzimmertisch zu kleben. Ich fühle mich nicht schuldig dabei, weil er lediglich aus Plastik besteht.

Reihenweise Seiten predigen wieder und wieder, wie wichtig es ist, sich der Liebe zu öffnen. Obwohl eine sogar darauf hinweist, dass Liebe und Verlust Hand in Hand gehen. »Trotz aller Risiken«, heißt es, »ist Liebe die womöglich bedeutsamste Facette menschlicher Erfahrungen.« Ich schließe die Seite mit einem wütenden Klicken.

Eine Stunde später lehne ich mich erschöpft zurück. Für einen unbeteiligten Beobachter muss das hier aussehen, als wäre ich eine Amateurdetektivin, die das Muster in den Morden eines Serienmörders sucht. Aber es ist alles da. Alles, was ich brauche, um mein neues, interessantes Leben zu beginnen.

Ich halte einen Moment inne und blättere zu einer frischen Seite um. Jede gute Liste braucht einen Titel. Nach einigen Momenten der Unentschlossenheit schreibe ich »Die Lebensliste« ganz oben auf die Seite. Auf Wiedersehen, triste Existenz. Ich habe eine Liste, und ich habe keine Skrupel, sie einzusetzen.

Die Lebensliste, von Emily Turner

Sei spontan
- *Zur Spontaneität gehört auch, positiv auf Fragen zu antworten, auf die man zuvor zögerlich reagiert hätte.*

Sei erfolgreich
- *Gib deinen Job als Lehrerin auf, um nach höheren Ambitionen/Zielen zu streben.*
- *Finde heraus, worin diese Ambitionen/Ziele bestehen.*

Sei mutig
- *Hierzu könnte ein Bungee-Sprung gehören. Aber nur, falls sich keine anderen Gelegenheiten zum Mutigsein ergeben.*

Sei mitfühlend

- *Werde Veganerin und hebe dich damit von 93 Prozent der Bewohner des Vereinigten Königreichs ab.*

Sei inspirierend

- *Profikarriere in Fortnite unwahrscheinlich. Möglicherweise irgendeine sportliche Leistung als Notlösung.*

Sei hilfsbereit

- *Achte darauf, dass das auch alle mitbekommen, damit du das angemessene Ansehen für deine Bemühungen bekommst.*

Erkunde die Welt

- *Reise in andere Länder und setze alles daran, nicht nur Nachtclubs und McDonald's-Filialen zu besuchen.*

Sei authentisch

- *VERLIEBE DICH NICHT.*
- *Sei authentisch und zeige allen die »neue« Emily.*

7

Kaz ist in einen Konturierwahn verfallen. Ihre Nase ist geschrumpft. Da ist ein Glow an ihrem Haaransatz. Sie trägt ein enges grünes Satinkleid, das an mir schrecklich aussehen würde. Es ist immer irgendwie entlastend, mit ihr das Haus zu verlassen, wenn sie so aussieht. Buchstäblich niemand achtet auf mich, wenn ich mit Kaz unterwegs bin.

Sie sitzt vor dem Spiegel, den ich an meine Schlafzimmerwand gelehnt habe. (Nägel und Schrauben sind laut Mietvertrag ausdrücklich verboten.)

»Was willst du anziehen?«, fragt sie.

»Jeans und ein hübsches Top?«

»Dein lila Top? Das du immer trägst?«

Ich nicke stumm.

Sie stößt ein frustriertes Knurren aus. »Weißt du was, ich glaube, du hast recht.«

»Womit?«

»Vielleicht musst du wirklich mal was ändern.«

»Natürlich habe ich recht.«

Mein Handy pingt.

Mum: *Hast du gestern meine Nachricht bekommen, Liebes? Xxx*

Ich scrolle hoch. Auch Mum: *Hallo, Liebes, ich hoffe, auf der Arbeit ist alles okay. Der Zehennagel deiner Großmutter wurde endlich behandelt. Ich habe mir überlegt, dass wir einen Termin für ein Familientreffen wegen der Gedenkfeier festlegen sollten. Wir haben letzten Sonntag darüber gesprochen. Du wolltest mich doch wissen lassen, wann du Zeit hast? Xxx*

Normalerweise beantworte ich Nachrichten sehr gewissenhaft, vor allem, weil ich fast nie Nachrichten bekomme, die eine Antwort wert wären. Meine Bank schreibt mir öfter als alle anderen, und das auch nur, um mir mitzuteilen, dass ich mein Konto überzogen habe. Und doch habe ich buchstäblich keine Erinnerung an die erste Nachricht meiner Mum. Wenn ich sie noch länger ignoriere, ruft sie die Polizei, deshalb antworte ich schnell.

Tut mir leid, Mum, deine Nachricht muss mir durchgerutscht sein. Gut zu hören, dass das mit Grans Zehennagel erledigt ist. Ich schaue in meinen Kalender und melde mich dann mit ein paar Vorschlägen bei dir. Gehe jetzt mit Kaz aus. Xxx

Mum, ungefähr eine Nanosekunde später: *Okay, Liebes! Viel Spaß! Xxx*

»Schlechte Nachrichten?«, fragt Kaz. Ich starre auf mein Handy. Ich sage meinem Kopf, dass er sich schütteln soll. Er tut nichts.

»Nein, nur Mum. Sie will ein Familientreffen wegen der Gedenkfeier.«

Kaz und ihre Mum sind allein, deshalb belustigt es sie sehr, dass meine Familie ständig Treffen einberuft. Doch dieses Mal versucht sie nicht einmal, mich damit aufzuziehen. Stattdessen hört sie mit dem Verblenden auf und dreht sich zu mir um.

»Äh. Weißt du, Em …«

Ich unterbreche sie. »Ich will nicht darüber reden. Ich will diesen Abend hier einfach nur hinter mich bringen.«

»Okay, aber sei nicht zu begeistert, ja? Ist ja kaum auszuhalten.« Sie blendet weiter.

Ich schnaube wie ein launischer Teenie. »Wenn ich nicht das hier anziehen soll«, ich halte das fließende Halterneck-Top hoch, das ich schon so oft anhatte, dass es fusselt, »was soll ich dann tragen?«

Kaz tappst in ihr eigenes Zimmer und kommt ein paar Minuten später mit etwas zurück, das einem winzigen Stück Kettenrüstung ähnelt.

»Das hier, mit denen da.« Sie hält mir das Kleid hin, das aussieht, als wäre es aus Metall, ohne es wirklich zu sein, und dazu ein Paar schwarze Highheels. Ich schlucke. Anscheinend gut sichtbar, denn sie fügt hinzu: »Komm schon, du wirst gut darin aussehen.«

»Keine Chance.«

»Vertraust du mir?«

»Bist du beleidigt, wenn ich Nein sage?«

Kaz bewegt sich sehr eindeutig im einstelligen Bereich, wenn es um Kleidergrößen geht, ich dagegen sehr eindeutig nicht.

»Wie wäre es, wenn du es mal mit Strumpfhosen anprobierst? Du kannst sie ja immer noch ausziehen.«

»Okay, in Ordnung.« Ich nehme das schockierende Kleid entgegen. *Sei spontan,* singe ich auf dem Weg zum Badezimmer vor mich hin.

»Führst du jetzt schon Selbstgespräche?«

Ich höre auf mit dem Singsang.

Im Bad schlüpfe ich in das Kleid. Es ist eng an Stellen, wo es das vermutlich nicht sein sollte, aber nicht zu anstößig.

Ich mustere mich einmal von oben bis unten und bemühe mich, die Teile zu übergehen, von denen ich mir wünschte, sie wären etwas größer oder kleiner, je nach Teil. Body Positivity ist anstrengend. Das Leben war so viel einfacher, als wir alle noch Sklavinnen der Diätindustrie waren. Wir waren hungrig, aber wir hatten wenigstens nicht die Energie nachzudenken.

Kaz pfeift, als ich wieder ins Schlafzimmer komme. »Du siehst heiß aus.«

»Ich habe noch nie in meinem Leben heiß ausgesehen.«

Sie ist damit beschäftigt, das Zimmer einzuparfümieren und dann durch den Nebel zu laufen.

»Also bitte! Falsche Bescheidenheit ist out.«

Ich achte nicht auf sie und blicke stattdessen an meinem Kleid hinunter.

Das ist die Art Kleidungsstück, das die neue Emily tragen würde. Mutig, gewagt. Das Kleid rasselt, und ich bin mir nicht sicher, ob ich zittere oder ob mir nur kalt ist.

»Komm her, ich kümmere mich um deine Haare.«

Brav tapse ich hinüber und setze mich vor den Spiegel.

Normalerweise binde ich mein Haar einfach nur zu einem Knödel. Deshalb ist es auch keine Überraschung, dass Kaz mich besser frisieren kann als ich mich selbst. Sie hat es geflochten und oben um meinen Kopf gelegt. Würde ich Lederhosen tragen, sähe ich aus wie eine aus der Form geratene Heidi.

»Passt.« Kaz macht sich auf den Weg zur Tür. »Und jetzt lass uns dafür sorgen, dass du heute Abend alle, nur nicht deinen Seelengefährten triffst.«

»Eine Sekunde, lass mich mein Notizbuch holen. Du hast versprochen, mit mir über meine Liste zu sprechen, erinnerst du dich?«

Ihre Augen rollen so weit zurück in ihren Kopf, dass ich erstaunt bin, dass sich die Netzhaut nicht ablöst.

»Darf ich mir eine Tasse Tee bestellen?«

»Nein, darfst du nicht.«

»Aber die alte Frau da hat auch einen.«

»Sie ist wegen des Fischfreitags hier. Er gehört zum Menü.«

Ich stöhne und zittere vor Kälte. Meine gewagte Entschlossenheit hat sich drei Meter von der Haustür entfernt verabschiedet, als mir klar wurde, dass es Januar ist und ich praktisch nackt in den Straßen von Huddersfield herumlaufe.

»Lass uns kuscheln gegen die Kälte.«

Das neue Wetherspoons sieht exakt genauso aus wie alle anderen Wetherspoons. Wenn auch etwas sauberer, weil neu.

Kaz und ich klammern uns aneinander wie zwei Verrückte, als der Bartender auf uns zukommt. Er ist eher der raue Typ mit etwas längerem Haar und einer blassen Narbe unter dem Auge. Ich erkenne Kaz' Typ aus einem Kilometer Entfernung.

»Du hast es geschafft.« Bingo. Brian.

»Bis wann musst du noch mal arbeiten?«, fragt Kaz und beugt sich über die Bar.

»Bis zehn. Josh trifft sich hier mit uns.«

Ach ja. Ich hatte fast den Bruder vergessen.

»Was kann ich euch bringen? Geht aufs Haus.«

Ich sage nicht, dass es vermutlich nicht besonders klug ist, so früh in seiner Barkeeper-Karriere schon Leuten Drinks auszugeben. Vor allem, weil ich wirklich einen Gratis-Drink will.

Ein entschlossenes Kopfschütteln von Kaz beendet meine Teeträume ein für alle Mal.

»Ähm, ein Glas Rotwein, bitte.«

»Mach eine Flasche draus.«

»Eine bestimmte Sorte?«

»Äh, einen, der warm macht.«

»Kein Problem.«

Er macht sich an die Arbeit.

»Er wirkt nett.« Über die Jahre habe ich gelernt, mich nicht zu sehr an Kaz' Affären zu gewöhnen, weil sie absolut gegen Beziehungen ist. Ich würde sagen, das liegt daran, dass Ben Stevens ihr in der sechsten Klasse das Herz gebrochen hat. Sie würde sagen, dass sie einfach lieber One-Night-Stands hat. So oder so bewundere ich sie dafür. Wie gesagt, ich verstehe nicht, warum alle so ein Gewese darum machen.

»Ach, das ist mir ehrlich gesagt egal. Ich hatte zu lange niemanden mehr.«

»Es sind erst drei Wochen seit Brummifahrer Steve.«

»Sag ich doch, zu lange.«

Brian kommt mit unserem Wein zurück.

»Bis später«, sagt er, und die Aussicht scheint ihn extrem zu beglücken.

»Irre ich mich, oder ist es hier sehr hell?« Wir sehen uns von der Bar aus nach einem Tisch um.

»Ich glaube, wir sind einfach nur etwas früh dran. Vielleicht ist später mehr los.«

Es ist erst acht. Ich habe gehört, dass die jungen Leute vor Mitternacht gar nicht erst das Haus verlassen oder so. In diesen Schuhen halte ich bis dahin gar nicht durch. Es ist, als würde ich auf Glas laufen. Ich hüpfe von einem Fuß auf den anderen.

»Komm, wir setzen uns in die Nische da.« Kaz nickt in die Ecke, und wir streben auf die Sicherheit des Tisches zu.

»Trink schnell«, fordert Kaz mich auf, als wir uns hinsetzen. »Dann wird dir warm.«

Wir stürzen unser erstes Glas Wein hinunter. Sie hat recht, mir wird beinahe sofort wärmer. Aber auch schwummerig im Kopf. Rotwein ist kein Getränk, das dafür gemacht ist, hinuntergestürzt zu werden.

Kaz schenkt uns ein weiteres Glas ein.

»Also gut, komm her, Zeit für die große Enthüllung.«

Als ich meine Tasche öffne, merke ich, dass meine Hände schon etwas unsicher sind. Aber nach nicht mal zwei Gläsern Wein kann das doch gar nicht sein! Ich trinke zu Hause nicht besonders viel, es sei denn, Kaz ist dabei. Wenn man ein so trauriges Leben hat wie ich, dann ist allein zu trinken der direkte Weg in den Alkoholismus.

»Also, ich habe mich für ein paar allgemeine Prinzipien entschieden, und die Unterpunkte sind die Mittel und Wege, wie ich sie umsetzen könnte.«

»Hmmm, guter Plan. Obwohl ich noch einmal ganz offiziell anmerken möchte, dass du bereits sehr interessant bist.« Das ist eine glatte Lüge. Aber sie prostet mir zu, und ich tue es ihr gleich.

Okay, eine halbe Flasche Wein. Jetzt ist es in Ordnung, sich betrunken zu fühlen. Obwohl es erst halb neun ist. Wenigstens ist mir nicht mehr kalt, und ich bin auch nicht trauriger als sonst. Vielleicht war ich zu voreilig, was Alkohol als emotionale Krücke angeht. Tatsächlich ist er sehr effektiv.

Kaz liest sich meine Liste durch.

»Hast du dir das alles ausgedacht?«

»O Gott, nein! Es ist eine Mischung aus der Sendung, meinen Elftklässlern und Google.«

Sie schaut zwischen der Liste und mir hin und her. Ich habe eine Blumengirlande an den Rand gemalt, und ich finde, das rundet sie sehr schön ab.

»Nun, sie ist sehr … lang.«

Ich nicke. »Ich weiß. Das muss sie auch sein. Man kann mir einfach nicht trauen, wenn es um die verschiedenen Aspekte meines Schicksals geht.«

»Du bist wie Stalin, aber mit einem Acht-Punkte-Plan.«

»Und ohne die Neigung zum Massenmord.«

»Willst du der Reihe nach vorgehen?«

Ich schüttle den Kopf. »Ich dachte, ich nehme mir ein bis zwei pro Monat vor.« Ich schlucke schwer. Ich war so damit beschäftigt, die Liste zu erstellen, dass ich gar nicht daran gedacht habe, dass ich all diese Dinge dann auch wirklich machen muss. Ich setze mein bestes falsches Lächeln auf. »Bis zum Sommer bin ich hoffentlich voll und ganz in meinem neuen Leben angekommen.«

»Verstehe. Also willst du Veganerin werden?« Sie sieht sich immer noch die Liste an.

»Ich kann immer noch Pommes essen.«

»Das stimmt.«

»Und ich habe noch Zeit, mich emotional von Käse zu verabschieden.«

»Guter Plan.« Ich bin mir nicht sicher, ob Kaz es wirklich für einen guten Plan hält. Aber sie ist gerade in diesem fröhlichen Stadium der Betrunkenheit, in dem sie einfach allem zustimmt, was ich sage. »Dir ist bewusst, dass du ein paar von den Sachen schon bist?«

»Nenn mir eines.«

»Du bist mitfühlend. Du spendest an das Hospiz Geld für kranke Kinder. Du bist der Inbegriff des Mitgefühls. Du könntest den Veganismus überspringen.«

»Das Hospiz zählt nicht«, flüstere ich. »Außerdem bin ich nicht sichtbar mitfühlend. Niemand schaut mich an und denkt: ›Wow, Emily ist so nett.‹«

»Jesus würde sich im Grab umdrehen.«

»Er hat sich buchstäblich selbst wiederauferstehen lassen, Kaz. Genau darum geht es.«

»Weißt du, genau das ist das Problem.« Kaz sticht mit dem Finger auf meine Liste.

»Was, warum?«

»Wir haben heutzutage alle zu viel Druck. Die ganze verdammte Zeit über sollen wir überragend sein.«

»Vielleicht. Aber was ist falsch daran, etwas mehr Ehrgeiz zu entwickeln?« Ich bin erfreut festzustellen, dass ich meine Lüge auch noch in meinem fast betrunkenen Zustand aufrechterhalten kann.

»Nichts. Es ist nur …« Sie wedelt mit den Armen in einer Geste, die das Wetherspoons meinen könnte, aber vermutlich das ganze Universum einschließen soll. »Vor hundert Jahren hätte es niemanden gekümmert, ob er besonders ist. Die Leute waren zufriedener.«

Sie nimmt einen großen Schluck.

»Waren sie das? Ich dachte, da sind alle an den Masern und Mandelentzündungen gestorben. Wie dem auch sei, ist es nicht gut, dass wir heute Träume haben? Vor allem Frauen.«

Ich nehme einen großen Schluck.

»Ja, verdammt! Aber damit kommt auch der Druck. Das ist der Preis dafür. Der Fluch unserer Generation.«

»Toll, jetzt ist nicht mal mehr meine Drittel-Life-Crisis besonders außergewöhnlich.«

»Nun, andere Leute würden vielleicht eine Minute lang denken: ›Hmm, was mache ich eigentlich aus meinem Leben?‹ Und dann bestellen sie sich chinesisches Essen und schauen ihre Castingshow weiter. Ich bezweifle, dass viele mit der Hilfe von Fünfzehnjährigen und Google eine Liste aufstellen und sie dann als Basis ihrer gesamten Zukunft benutzen würden.«

»Danke auch.«

»Gern geschehen.«

Ich will trinken. »Oh nein. Leer.«

»Mehr Wein?«

»Definitiv.«

Während Kaz an der Bar ist und ungewöhnlich lange dort

bleibt, denke ich über ihre Kritik nach. Sie hat recht. Die meisten Menschen hätten wenigstens ihre eigene Liste erstellt. Aber ohne Claire wusste ich nie etwas mit meinem Leben anzufangen. Ich brauche die Hilfestellung also wirklich. Und überhaupt, das Entscheidende ist doch wohl, wie ich sie umsetze. Die Liste wird mich verändern. Meine Metamorphose von einer kleinen, traurigen Raupe in einen fröhlichen, bunten Claire-förmigen Schmetterling.

»Hast du gerade Metamorphose gesagt? Du bist noch nicht betrunken genug.«

Ich lache nervös, um die Tatsache zu verbergen, dass ich möglicherweise verrückt geworden bin.

»Du hast dir Zeit gelassen.«

»Hab mit Brian geplaudert.«

Brian sieht Kaz immer noch mit einem dümmlichen Lächeln an und ignoriert die anderen Kunden. Armer, liebeskranker Narr.

Eine weitere halbe Flasche Wein, und ich knalle mein Glas auf den Tisch.

»Ich werde es tun!«

»Was tun?«

»Die Lebensliste. Und es wird großartig.«

»Ich dachte, zu dem Entschluss wären wir schon vor einer Weile gekommen, aber okay. Auf die Lebensliste!«

Wir tun so, als würden wir anstoßen. Möglicherweise brüllen wir, denn die Leute drehen sich nach uns um.

»Lass uns ein Selfie machen«, bestimmt Kaz mit dem Handy in der Hand.

»Absolut nicht«, antworte ich.

»Warum?«

»Weil wir achtundzwanzig sind und das ziemlich traurig ist.« Ich versuche Kaz' Handy auszuweichen, als sie losknipst.

»Schau mal, Brian winkt uns. Komm.«

»Ich muss mal. Wartet vorne auf mich.«

Ich war schon seit einer Weile nicht mehr so betrunken. Und mit jedem Schritt scheine ich betrunkener zu werden.

Auf dem Klo erreicht mich eine weitere Nachricht von Mum mit einer riesigen Liste von möglichen Tagen für die Gedenkfeier, die sie vom Rest des Turner-Clans zusammengesammelt hat. Geschlagen schalte ich das Handy aus.

Allein der Gedanke an eine Gedenkfeier ist unfassbar hart für mich. Ich habe meine eigene kleine Routine, wenn es um Claires Todestag geht. Dazu gehört, immer deprimierter zu werden, je näher der Tag rückt, und mir dann ein Musical anzusehen. Letztes Jahr habe ich mir bei einer Vorstellung von *Annie Get Your Gun* der hiesigen Theatertruppe die Augen ausgeheult.

Als ich die Toiletten verlasse, bin ich ungewöhnlich zornig. Diese Woche ist wirklich von einem regelrechten Ansturm unwillkommener Emotionen geprägt.

Gleichzeitig mit mir kommt ein Mann aus dem Männerklo. Er schenkt mir ein leichtes Lächeln, bei dem ein paar durchaus attraktive Grübchen zum Vorschein kommen.

Ich werfe ihm einen finsteren Blick zu.

Schnell gehe ich weiter, um von ihm wegzukommen, und taumle durch den Pub wie ein betrunkenes Bambi.

Kaz winkt mir zu. Und der verwegene Brian auch.

Das ist nett. Ich bin Brian erst einmal begegnet. Ich winke zurück und bleibe dann stehen, als ich merke, dass der Grübchenmann mir folgt.

Wir kommen beide direkt vor Kaz und Brian zum Halten.

»Argh«, rufe ich, als ich in meinen Schuhen umknicke und beinahe mit dem Gesicht voraus auf dem Wetherspoons-Teppich lande. Der Grübchenmann fängt mich auf und hilft mir, wieder aufrecht zu stehen. Ich zucke zusammen, als mir klar wird, dass ich seine Unterarme wie ein Schraubstock umklammere.

Brian räuspert sich. »Kaz, das ist mein Bruder Josh. Josh, das ist Kaz und … tut mir leid, ich habe deinen Namen nicht mitbekommen.«

»Emily«, sage ich kleinlaut.

Josh hält mir die Hand hin, und ich nutze die Chance, einen Blick zu riskieren, als ich sie schüttle. Schöne blaue Augen. Tatsächlich sehr schöne. Und Grübchen. Bis jetzt wusste ich gar nicht, dass ich Grübchen wirklich sehr mag. Vorne hat er eine widerspenstige Haarsträhne, die etwas absteht, und ich muss den lächerlichen Drang bekämpfen, die Hand auszustrecken und sie glattzustreichen.

Ich stehe da und glotze Josh an. Er trägt ein ausgeblichenes T-Shirt und dunkle Jeans. Ich starre, und wir versperren die Tür, also zieht Kaz mich zur Seite. Brian und Josh folgen uns.

Oh, Schicksal, du hinterlistiges Ding, beinahe hättest du mich gehabt.

»Nein, definitiv nicht. Auf keinen Fall können wir Zeit mit dir verbringen.«

In den Sekunden, die ich gebraucht habe, um das zu sagen, hat Kaz angefangen, mit Brian zu knutschen.

»Ähm«, sagt Josh.

»Auf keinen Fall. Tut mir leid. Es liegt an den Grübchen, verstehst du?«

»Nein, eigentlich nicht.«

Irgendwie muss ich ihm das erklären.

»Hier ist meine Lebensliste. Und wie du sehen kannst, steht da ausdrücklich, dass Seelengefährten ausgeschlossen sind. Stimmt doch, Kaz, oder?«

Sie macht »Mmmm«, und ich kann nicht sagen, ob das Zustimmung oder ein Stöhnen ist.

Josh bekommt große Augen.

»Ooo-kay«, sagt er vorsichtig. »Und du denkst, das bin ich, ja? Der Seelengefährte?«

Ich höre ein Jubeln und klirrende Geräusche, als jemand an der Slot Machine den großen Gewinn macht. Wir sind immer noch in dieser Ecke an der Tür eingeklemmt. Und mit jeder Minute kommt mir der Pub kleiner vor.

»Es sind die Grübchen«, antworte ich schwach.

Er lacht erneut leise.

Ich höre ein Geräusch wie von einem Saugnapf, der sich löst, und Brian fragt: »Hey, können wir sehen, dass wir hier rauskommen?«

»Lasst uns zu uns nach Hause gehen!«, ruf Kaz. Verräterin.

»Kaz, ich habe dir doch gesagt, ich kann keine Zeit mit Josh verbringen.« Ich sehe ihn an. »Nichts für ungut.«

»Kein Problem. Aber dürfte ich kurz einwerfen, dass ich erstens schon eine Freundin habe und du zweitens nicht wirklich mein Typ bist? Nichts für ungut.«

Wie schmeichelhaft!

»Okay, dann lasst uns zu uns nach Hause gehen«, lenke ich ein.

Josh sieht aus, als würde er lieber alles, wirklich alles andere tun, als den Rest des Abends in meiner Gesellschaft zu verbringen. Und es ist eindeutig, dass es meine Gesellschaft sein wird, denn Kaz und Brian rammeln schon halb, als sie durch die Tür stolpern. Beeindruckendes Multitasking, wirklich.

»Du brauchst nicht mitzukommen«, sage ich zu ihm, als wir in die arktisch kalte Nacht hinaustreten. In meinem Kopf bin ich freundlich und entbinde ihn von der Verpflichtung mitzukommen. In Wirklichkeit klinge ich wie ein trotziger Teenie.

»Ist schon okay. Ich habe versprochen, auf Bri zu warten. Wir teilen uns ein Taxi.«

Mir fällt keine Antwort ein, die nicht die Frage ist, warum ein erwachsener Mann einen Babysitter braucht, also gebe ich einfach nur ein »Hmpf« von mir. Was zweifellos seine Überzeugung, dass ich nicht sein Typ bin, noch verstärkt.

Ich riskiere einen Blick auf Josh, während wir laufen. Er ist etwas größer als ich. Durchschnittlich groß, würde ich sagen. Er erwischt mich beim Schauen, also gebe ich vor zu husten. Ich kann mich nicht erinnern, wann ich das letzte Mal einen Abend mit jemandem verbracht habe, der kein Blutsverwandter oder Kaz war.

Vor mir liegt eine lange Nacht.

8

»Da wären wir!«, verkündet Kaz und braucht dann ewig mit dem Schloss. Ob es daran liegt, dass sie immer noch betrunken ist, oder ob sie mittlerweile Erfrierungen hat, bleibt ihr Geheimnis. Ich persönlich empfinde Kälte ja immer als eine sehr ernüchternde Erfahrung.

Es ist zehn nach zehn. Unsere wilde Nacht dauerte ganze zwei Stunden und zehn Minuten. Nun, genau genommen *meine* wilde Nacht. Sieht nicht so aus, als hätte Kaz vor, den Abend in nächster Zeit ausklingen zu lassen.

Im Wohnzimmer fallen Kaz und Brian sofort auf die Couch. Ein wildes Durcheinander aus Armen und Beinen. Der Fleece-Überwurf, den wir benutzen, um einen Rotweinfleck zu verdecken, liegt binnen Sekunden am Boden. Josh drückt sich unbehaglich neben der IKEA-Lampe herum.

»Ich, äh, zieh mich nur mal kurz um.« Ich taumle Richtung Treppe.

»Mach schnell, ja?« Josh versucht, nicht zu Kaz und Brian zu schauen. Kaz sitzt jetzt breitbeinig auf Brians Schoß. Mir wird das Herz schwer. Eigentlich hatte ich vorgehabt, mich den Rest des Abends oben zu verstecken.

Ich rumore in meinem Schlafzimmer herum, und die vertraute Umgebung beruhigt mich. Ich sehe mich nach meinem Rosenkohl-Pyjama um. Er ist mit niedlichen kleinen Rosenkohl-Röschen bedruckt, die Nikolausmützen tragen. Und obwohl es Januar ist, ist es mir plötzlich ungemein wichtig, ihn zu tragen. Er ist wie eine Umarmung in Form eines Pyjamas.

Ich höre eine Tür im Flur zufallen und stelle erleichtert fest, dass Kaz und Brian das Schlafzimmer gefunden haben.

Als ich mich im Flurspiegel sehe, entfährt mir ein erschrockener Laut. Ich sehe völlig fertig aus. Meine Mascara ist auf Abwegen, und Teile der Zöpfe haben sich gelöst, sodass ich aussehe, als hätte ich einen Stromschlag bekommen. Meine Zähne sind praktisch schwarz vom Wein. Kein Wunder, dass Josh meinte, ich sei nicht sein Typ. Ich bin niemandes Typ.

Unten steuere ich direkt auf ihn zu. Er hockt auf der Außenkante des Wohnzimmersessels.

»Nur fürs Protokoll, meine Zähne sind schwarz vom Rotwein. Ich habe keine Zahnfäule.«

Josh wirkt verstört.

»Ist das da Rosenkohl auf deinem Pyjama?«

»Jep. Und nicht irgendein Rosenkohl, Nikolausrosenkohl«, verkünde ich ernst nickend. »Ich trage ihn, wenn ich meine Menstruation kriege.« Halt den Mund, Frau! »Viel Platz, wenn man aufgebläht ist.« Und zur Demonstration ziehe ich am Hosenbund und zeige ihm dabei vermutlich meine Unterhose, was den letzten Nagel in den Sarg meiner Anziehungskraft auf Josh treiben dürfte.

Er wirkt angemessen entsetzt.

»Aber mal weg von meinem Menstruations-Pyjama.« Warum sage ich ständig das Wort Menstruation? »Möchtest du, äh, Pizza bestellen? Ich glaube, die brauchen da oben eine Weile.« Ich lege den Kopf in den Nacken und zeige nach oben.

»Klar.« Josh entspannt sich ein wenig. Ich glaube, er hatte schon seine Flucht geplant. »Ich bestelle. Welche Sorte?«

»Salami, bitte.«

»Kein Problem.«

Ich gebe ihm unsere Adresse, und er tippt auf seinem Handy herum. Als er fertig ist, setzt er sich auf die Couch. Es ist wirklich gut, dass er glaubt, ich sei hässlich. Denn ich kann nicht anders, als zu bemerken, dass er *nicht* hässlich ist. Nicht mal annähernd. Da ist nichts Bestimmtes, das ihn nicht hässlich macht, er ist einfach nur eine Summe aus Einzelteilen geringfügig über dem Durchschnitt. Wie seine Augen. Perfektes Blau. Und die Grübchen werten sein Gesicht definitiv auf. Im Grunde ist sogar sein Hals besser als der Durchschnitt. Nicht zu dick, aber auch nicht dürr.

Er legt das Handy weg. Ich glaube, ich glotze ihn an.

»Willst du was trinken?«, rette ich mich und nutze auf dem Weg zur Küche die Gelegenheit, ein paar ernüchternde Atemzüge einzusaugen.

Es ist lange her, seit ich Gäste hatte. Lange wie in: noch nie.

»Klar, was habt ihr?«

»Wein, Wasser oder … Milch?«, rufe ich.

Er lacht. »Ich glaube, dann nehme ich den Wein.«

Ich komme mit einem Glas Wein für Josh und Wasser für mich zurück. Denn um ehrlich zu sein, hatte ich genug.

»Also, äh, hast du einen Job?«

Er legt den Kopf schräg, antwortet aber trotzdem. »Ja, in der IT. Ich arbeite für Microsofts Outreach-Team. Ich helfe vor allem beim Einrichten von neuen Systemen in Organisationen um West Yorkshire herum.« Halb durch seine Antwort nicke ich beinahe ein. Sein Job klingt verdammt langweilig. Wir sind praktisch wie füreinander geschaffen.

»Und du sagtest, du bist mit jemandem zusammen?«

»Jep. Amy. Seit drei Jahren.«

»Wow, ganz schön lange.«

Angespannte Stille.

»Was ist mit dir?«

»Nope. Single.« Ich schätze mal, diese Information überrascht niemanden. Die Sache ist die, ich wollte nie einen Freund. Nicht wirklich. Ich hasse ganz grundsätzlich die Vorstellung, meine innersten Gedanken und Gefühle mit einem anderen Menschen zu teilen. Meistens melden sich die Typen einfach nicht mehr, und das passt mir gut.

»Aber du erwartest, dass praktisch jeden Tag dein Seelengefährte auftauchen könnte.«

»Ziemlicher Quatsch, oder? Ich muss einfach wachsam bleiben und dafür sorgen, dass niemand mich in einem unachtsamen Moment erwischt.«

Er muss lachen, obwohl ich es ernst gemeint habe. Vielleicht bin ich doch betrunkener, als ich dachte.

»Dann erzähl mir von dir«, sagt er. Ich glaube, nicht mal *er* mag seine eigene Frage, er hat gerade das Gesicht verzogen. Aber es könnte auch an der Mascara liegen, die mir über das Gesicht läuft. In der Küche habe ich erfolglos versucht, sie abzuwischen.

»Da gibt es absolut nichts zu erzählen, fürchte ich. Ich bin wie jede andere. Moderat niedergeschlagen.«

Er runzelt die Stirn auf eine Weise, die anzudeuten scheint, dass sich vielleicht gar nicht jeder so fühlt. Aber wir haben uns eben erst kennengelernt, deshalb muss er höflich bleiben.

»Okay, was hat es dann mit dieser Lebensliste auf sich?«

»Ich habe diese Sendung gesehen, in der es im Prinzip um all die durchschnittlichen Dinge ging, die Menschen so machen, und da wurde mir klar, dass ich absolut durchschnittlich bin. Ziemlicher Mist, oder?«

»Ich weiß nicht, gibt Schlimmeres.«

»Ja, aber nur wirklich schlimme Dinge. Wie einer von diesen Leuten zu sein, die auf Tote stehen.«

»Du wirkst nicht langweilig auf mich. Du trägst Rosenkohl-Pyjamas.«

Ich lache nervös. Einmal mehr gehe ich der Tatsache aus dem Weg, dass meine tote Zwillingsschwester das Leben so viel besser gemeistert hätte als ich. Ich mag in den letzten zehn Jahren nicht viel rausgekommen sein, aber selbst mir ist klar, dass das kein angemessenes Gesprächsthema für ein erstes Treffen ist.

Es herrscht angespannte Stille. Als die Pizza kommt, sind wir beide erleichtert. Ich wünschte, ich hätte das mit der Niedergeschlagenheit nicht erwähnt. Aber wenigstens haben wir Pizza. Es ist schwer, auch nur moderat niedergeschlagen zu sein, wenn man Pizza hat.

Josh stürzt sich gleich darauf wie ein Amateur.

Ich packe seinen Arm. »Die ist von Fat Joe's, richtig?«

Er nickt.

»Dachte ich mir, ich kenne die Schrift.«

Fat Joe hat unsere Adresse mit einem kleinen x darunter auf die Schachtel geschrieben. Ich bin eine äußerst treue Kundin.

»Du musst sie drei Minuten stehen lassen, damit sie fester werden kann.« Ich hebe den Deckel. »Siehst du, da ist so viel Käse drauf, dass die Salami im Moment einfach nur runterrutschen würde, und dann hast du nur noch matschiges Tomatenbrot.«

»Okay …«

»Zwischen Minute drei und elf ist sie genau richtig, dann ist der Käse fest. Danach wird er hart und lebensgefährlich. Sieh es mehr als Esswettbewerb und nicht als genussvolle Mahlzeit.«

Wir sitzen da und warten pflichtbewusst die drei Minuten ab. »Hau rein.«

Käse macht alle glücklich. Ich habe mal gehört, dass er die Opiatrezeptoren im Gehirn stimuliert. Im Prinzip ist er so süchtig machend wie Crack.

Josh sagt: »Was willst du zuerst machen – von der Liste, meine ich?«

Ich hebe die Finger an die Lippen. Reden muss warten. Der gefüllte Rand wird schon hart. Das merkt man an der Durchzugskraft, die im Kiefer benötigt wird, um zu kauen.

Als alles verloren ist, nehme ich die Unterhaltung da wieder auf, wo wir aufgehört haben. Wir haben uns redlich Mühe gegeben.

»Keine Ahnung. Aber ich werde mir einen Punkt pro Monat vornehmen.«

»Und wann wirst du also interessant sein?«

Ich habe das Gefühl, er macht sich möglicherweise über mich lustig. »Im Juli.«

»Okay.«

Josh versucht immer noch zu kauen. Ich sehe, wie sein Kiefer sich anstrengen muss. Narr.

Oben ist ein Klatschen zu hören, dann ein Aufschrei und ein Lachen von Brian.

»Warum bist du hier?«, frage ich zu laut.

»Verzeihung?«, antwortet er genauso laut.

»Heute Abend. Es war offensichtlich, dass die beiden Spaß miteinander haben würden.«

»Oh, ich, äh …« Er wirkt unangenehm berührt, und ich habe ein schlechtes Gewissen.

»Du musst es mir natürlich nicht sagen.«

»Nein, ich wollte einfach nur sichergehen, dass Brian gut nach Hause kommt, das ist alles.«

Ich bezweifle, dass das alles ist, aber ich hake nicht nach. Die Wahrscheinlichkeit, dass ich nach heute Nacht nie wieder etwas von Josh und Brian höre oder sehe, ist ziemlich hoch.

Ich empfinde eine seltsame Mischung aus Erleichterung und einem Hauch Traurigkeit.

»Möchtest du ein Musical schauen?«, frage ich.

»Äh. Okay …«

Er sagt das auf eine Art, die förmlich schreit: Ich bin nur höflich, bitte zwing mich nicht, eines zu schauen. Aber ich ignoriere sein stilles Flehen und mache *La La Land* an. Und ganz ehrlich, er sollte dankbar sein, dass ich mich für eines der trendigen Musicals entschieden habe. Wenn ich in der Laune dafür wäre, dann müsste er jetzt *Brigadoon* anschauen.

»Es ist mein Lieblingsgenre.«

»Ziemlich ungewöhnliche Wahl für jemanden, der sagt, er sei niedergeschlagen.«

»Vielleicht. Aber ich schaue es trotzdem. Vielleicht gefällt es dir ja auch.«

Joshs Augen, die ich bewusst den ganzen Abend über ignoriert habe, sagen mir, dass das sehr, sehr unwahrscheinlich ist.

Wir sind erst bei der Stelle, als Emma Stone sich fürs Ausgehen fertig macht, als ich müde werde. Es ist die Pizza. Der Energieverbrauch, der erforderlich ist, um derartige Mengen an Käse zu verdauen, führt dazu, dass andere Grundfunktionen heruntergefahren werden müssen. Wie Wachbleiben. Und ich konnte schon immer in der Gesellschaft anderer besser schlafen. Ich bekomme nur selten die Gelegenheit dazu. Aber jetzt sollte ich absolut nicht einschlafen. Ich neige zum Sabbern, wenn ich schlafe.

Ich wache auf, als Brian die Treppe herunterpoltert. Der Abspann von *La La Land* läuft, und wenn mich nicht alles täuscht, hat Josh sich gerade eine Träne aus dem Auge gewischt. Und obwohl toxische Männlichkeit noch nie für irgendjemanden gut war, tue ich so, als hätte ich es nicht gemerkt.

»Bereit?«, fragt Brian strahlend. Er könnte auch einfach ein Schild hochhalten, auf dem steht: »Ich hatte gerade Sex!«

Josh nickt, und ich rapple mich von der Couch hoch.

»War schön, euch kennenzulernen, Josh, Brian.« Ich halte ihnen in einer seltsam förmlichen Geste beiden die Hand hin.

Josh lächelt und nimmt sie, während Brian schon auf dem Weg zur Tür ist.

»Bis bald. Und viel Glück mit der Liste.«

»Danke schön. Bye, Josh.«

»Bye.«

Ich neige wirklich nicht zum Fluchen, aber scheiße, bin ich froh, dass dieser Abend vorbei ist.

9

1997

»Aber Mom, ich will nicht ohne Claire in die Schule!«

»Sei nicht albern, Liebes. Deine anderen Freunde werden alle da sein. Katherine, die Tochter von unserer Nachbarin, fängt heute an.«

Mich interessiert die doofe Katherine von unserer doofen Nachbarin nicht. Ich will nicht ohne Claire gehen.

»Claire, CLAIRE«, rufe ich dem unteren Bett zu. Claire rollt sich herum und sieht mich an, und sie sieht wirklich krank aus, und da bekomme ich ein bisschen Angst.

»Claire«, flüstere ich. »Geht's dir gut? Willst du ein Glas Milch und ein KitKat?« Das bekommen wir immer, wenn wir krank sind. »Vielleicht könnte Mom dir *Annie* reintun?«

Sie stöhnt nur und rollt sich auf die andere Seite. Mum runzelt die Stirn, und da muss ich auch die Stirn runzeln.

»Okay, du gehst jetzt in die Schule, Emily. Katherines Mum nimmt dich mit.«

Ich strecke die Beine richtig doll, als Mum mich aus unserem Zimmer schiebt. Matt wartet schon mit seiner Tasche an der Tür. Er geht ab heute in die fünfte.

»Komm schon, Emily, wir sind spät dran.« Ich lasse ihn meine Hand halten.

Mum küsst uns beide. Sie geht heute nicht zur Arbeit in

dem großen Supermarkt, sondern bleibt zu Hause, um sich um Claire zu kümmern, obwohl sonst, wenn wir krank sind, Granny kommt und auf uns aufpasst. Mum schiebt uns aus der Tür.

»Habt Spaß, ihr beiden!«

Meine neuen Schulschuhe sind steif und quietschen, und meine Uniform ist mir etwas zu groß. Mum sagt, ich werde reinwachsen, also ist das schon okay.

Wir klopfen nebenan und warten.

Matt sagt, dass es heute Mittag vielleicht Cornflakes-Kuchen mit Vanillesoße gibt, weil er weiß, dass das mein Lieblingsessen ist.

Katherine macht die Tür auf. Ich weiß schon, wer sie ist, weil Claire und ich schon einmal Verkleiden und dreimal Piraten mit ihr gespielt haben, seit sie hier eingezogen ist, nachdem wir aus Butlin's zurück waren. Claire meinte, wir müssen ihre Freundinnen sein, weil sie sonst keine Freunde wie uns hat und kein Zwilling ist.

Katherine hat keinen Dad, nur eine Mum. Aber meine Mum sagt, das ist okay, und dass nicht jeder eine Mum und einen Dad hat. Sie meinte, dass manche Leute sogar zwei Mummys oder zwei Daddys haben, und dass auch das egal ist. Ich hätte gerne zwei Mummys, aber keine zwei Daddys. Weil Dad mir nicht die Kruste vom Brot schneidet, wie er sollte.

»Hi«, sagte Katherine. »Wir sind jetzt fertig.«

Katherines Mum kommt aus der Tür gehastet. Sie hat es immer eilig. Sie zieht blaue Pyjamas für die Arbeit an, weil sie eine Krankenschwester ist. Katherine sagt, ihre Mum arbeitet mit Leuten, denen es nie wieder besser gehen wird. Das kommt mir wie ein dummer Ort für eine Krankenschwester vor.

»Kommt schon, ihr drei.« Sie scheucht uns in den Wagen. »Wie geht es Claire?«, fragt sie dann.

»Sie hat schon wieder Kopfschmerzen, das ist alles. Aber dieses Mal scheint es schlimmer zu sein. Ich hab ihr gesagt, sie soll ein Glas Milch trinken.«

»Schon wieder? Hatte sie vorher schon mal Kopfschmerzen?«

»Jep. Hatte sie den ganzen Sommer. Sogar an unserem letzten Abend in Butlin's. Ich dachte, es kommt davon, dass sie immer umfällt, aber ich weiß nicht genau.«

»Umfällt ...« Ich weiß nicht, ob Katherines Mum noch mit mir oder mit sich selbst spricht.

Katherines Mum fährt, als hätte sie es eilig, und trommelt mit dem Finger auf das Lenkrad, als wir an einer Ampel warten müssen. »Hier sind wir.« Sie fährt vor dem Tor vor und hält dort, wo man nicht halten soll. »Seid brav heute.«

Wir klettern aus dem Auto. Matt geht in das Gebäude für die Jugendlichen, Katherine und ich gehen in die andere Richtung, weil wir noch Kinder sind. Kinder ist besser als Jugendliche, weil wir ein Himmel-und-Hölle-Spiel auf dem Boden von unserem Spielplatz haben, und sie haben nichts.

»Bist du traurig, weil Claire nicht da ist?«, fragt Katherine.

Ich schniefe laut und nicke.

»Du kannst mich Kaz nennen«, sagt sie, als wir dorthin gehen, wo die anderen Erstklässler sich anstellen.

»Okay, Kaz.« Es klingt wie ein Erwachsenenname. Nicht wie ein Name für jemanden, der fünf, fast sechs, ist.

Mr Jones, unser neuer Lehrer, läutet die Glocke, und wir stellen uns in einer Reihe auf, wie wir es gelernt haben. Mr Jones geht die Reihe entlang, und ich glaube, ihm fällt auf, dass Claire nicht da ist, weil er mich etwas länger ansieht als alle anderen.

Ich setze mich während der Teppichstunde neben Kaz. Und in der Spielstunde teilen wir uns Chips. Ihre schmecken nach Krabben und meine nach Käse.

Wir machen Plusrechnungen und malen Schmetterlinge, und ich mache meinen lila für Claire. Es ist nicht schlecht, Zeit mit Kaz zu verbringen, aber es ist nicht so gut, wie mit Claire zu spielen.

Am Ende des Tages stehen Kaz, Matt und ich nebeneinander und warten, dass ihre Mum kommt und uns abholt. Wir sind die Einzigen, die außer Mr Jones noch da sind. Das ist ein bisschen komisch, weil Kaz' Mum doch immer in Eile ist, also sollte sie nicht zu spät sein.

Die Sekretärin kommt aus der Schule gerannt und flüstert Mr Jones etwas zu. Aber obwohl sie mit ihm redet, schaut sie dabei mich und Matt an.

»Okay, ich nehme sie mit«, nickt er.

Mr Jones wirkt ganz nett, aber ich weiß nicht, ob ich irgendwo mit ihm hingehen will. Ich will nach Hause zu Claire und ihr den Schmetterling geben, den ich ihr gemacht habe.

»Also gut, Kinder. Kleine Planänderung. Eure Mum und euer Dad mussten Claire ins Krankenhaus bringen. Katherine, deine Mum ist auch dort. Und ich werde euch jetzt hinbringen.«

Matt sagt nur: »Ja, Sir«, aber ich würde am liebsten heulen.

Mr Jones hat ein Auto, das lang und golden ist. Meine Beine schlagen *flump, flump, flump* gegen den Sitz, und Matt sieht mich an.

Als wir am Krankenhaus ankommen, wartet Dad vor den großen Glastüren auf uns, und ich springe fast aus dem Wagen, bevor Mr Jones überhaupt gebremst hat. Dads Augen sind ganz rot.

Dad schüttelt Mr Jones die Hand, und Mr Jones sagt: »Wenn es etwas gibt, was ich tun kann, lassen Sie es mich wissen.« Und ich finde das komisch, weil wir ihn ja erst heute kennengelernt haben.

Dad hält meine Hand, ich halte die von Kaz.

Ich will weglaufen. Stattdessen gehen wir durch die Glastüren ins Krankenhaus. Ich will Claire nehmen und ganz weit wegrennen, wo es nicht nach den Reinigungsmitteln riecht, die wir nicht anfassen dürfen. Und wo die Leute richtige Kleidung tragen und keine Pyjamas.

Ich glaube nicht, dass ich das Krankenhaus auch nur ein winziges bisschen mögen werde.

Januar: Sei hilfsbereit

10

Als ich mich morgens nach unten schleppe, ist Kaz bereits vom Joggen im Park zurück.

»Schläfst du nachts überhaupt, oder stecken sie dich einfach aus und ein, um die Systeme neu hochzufahren?«

»Systeme neu hochfahren.«

Sie stellt mir Orangensaft hin. »Hab kurz im Supermarkt vorbeigeschaut und dachte mir, du brauchst das jetzt.«

Ich nicke dankbar. »Also, war die Nacht gut?«, wage ich zu fragen.

»Mmm-hmmm. Brian war überraschend … gelenkig.«

Kurz frage ich mich, was Gelenkigkeit damit zu tun hat.

»Ich will's nicht wissen.«

»Wie du meinst. Und du und Josh, hm?« Sie wackelt mit den Augenbrauen.

»Nichts ich und Josh. Er hat eine Freundin und meinte, dass ich nicht sein Typ bin, und ich habe ihn gezwungen, *La La Land* mit mir anzusehen, während ich mich in meinem Menstruations-Pyjama mit Pizza vollgestopft habe. Wenn er schon zu Beginn des Abends nicht besonders begeistert von mir war, bin ich mir ziemlich sicher, dass er mich jetzt geradezu abstoßend findet.«

»Ich fand, ihr würdet ein schönes Paar abgeben.« Die Tatsache, dass Kaz mich wegen dem eben erwähnten merkwürdigen Mist, den ich gestern Abend veranstaltet habe, nicht runtermacht, ist der Beweis, dass sie wirklich meine beste Freundin ist.

»Blödsinn, der ist so was von nicht meine Liga.«

»Gar nicht wahr.«

Sie zieht den Orangensaft zu sich.

»Egal, auf jeden Fall ist er viel zu normal. Er arbeitet in der IT, verdammt noch mal. Normal mache ich nicht mehr, erinnerst du dich? Wer in Zukunft mein Freund sein will, muss interessant sein, etwa ein Surfer, oder heißen wie ein Gegenstand.«

»Okay, wir suchen also nach einem Surfheini namens Tisch, obwohl es von hier aus drei Stunden bis zum Meer sind. Und selbst dann, wird in der Nordsee eigentlich gesurft?«

»Hör auf, so pedantisch zu sein. Er muss nicht *Tisch* heißen.«

Sie lacht.

»Könntest du mich in ein paar der Bilder von letzter Nacht taggen? Alles, was schreit: ›Ich liebe mein neues, außergewöhnliches Leben.‹«

»Verstehe. Liebst du dein Leben denn?«

»Natürlich nicht. Es ist ein Witz. Hauptsache, ich sehe aus, als wäre ich glücklich.«

»Nun, deine Chancen stehen schlecht, du bist all meinen Selfie-Versuchen ausgewichen.«

»Mist. Ich war mir sicher, dass du mich auf einem erwischt hast.«

»Ich habe vielleicht mal ein Ohr und eine Augenbraue.«

Kaz scrollt durch die Bilder auf ihrem Handy.

»Auf dem hier sehe ich verdammt gut aus, oder?« Sie hält mir das Display hin, damit ich es mir ansehen kann. Sie sieht wirklich toll aus. Sie hat den Arm um meine Schulter gelegt und den Kopf etwas zur Seite geneigt. Meine Augen sind irgendwo zwischen geschlossen und offen.

Ich meine, auf der einen Seite ist es vermutlich unverantwortlich, zu dem Mythos beizutragen, dass unser Leben so toll ist, wie es im Internet aussieht. Aber auf der anderen Seite ist gespielter Erfolg vielleicht alles, was ich je kriegen werde. Und dann …

»Ja, das ist okay.«

»Okay, Spinnerin. Was hast du heute vor?«

»Erst mal diesen fürchterlichen Kater loswerden. Könntest du mir bitte die Paracetamol geben?« Ich sage es Kaz nicht, aber ich kann nicht aufhören, an Claire zu denken. Es ist, als wäre mein vom Alkohol geschwächtes Gehirn einem Angriff von Claire-Erinnerungen ausgesetzt. Schon den ganzen Morgen summe ich die Melodie von *Annie*. Es ist von höchster Wichtigkeit, dass ich sofort mit der Lebensliste anfange.

Ich nehme einen großen Schluck Orangensaft und schlucke die Tabletten, bevor ich den Kalender von der Küchenwand nehme. Die glasigen Augen des Januarkätzchens, das mit einem Wollknäuel spielt, starren mich an.

»Kannst du mir mal einen Stift geben?«

Kaz gehorcht.

»Was tust du?«

»Einen Plan erstellen.«

Der Kalender ist in vier Spalten eingeteilt, es ist so eine Art Familienplaner. Kaz benutzt eine für ihre Schichten auf der Arbeit und eine für ihr Sozialleben. Ich habe nur eine. In der absolut nichts steht.

Ich hole mein Notizbuch heraus und frage mich, womit ich anfangen soll.

Lautlos sage ich einen Auszählreim auf, was aus meiner Sicht so gut geeignet ist, lebensverändernde Entscheidungen zu treffen, wie jede andere Methode, und am Ende trägt die

Januar-Spalte den Titel »Sei hilfsbereit«. Der entsprechende Eintrag in meinem Notizbuch wird mit einem Haken versehen.

Hilfsbereit sein. Nett und einfach für den Anfang. Der Januar ist nur noch eine gute Woche lang, aber selbst ich sollte es hinkriegen, in einer Woche sichtbar hilfsbereit zu sein.

Ich weiß nicht genau, womit ich weitermachen soll.

Kaz stellt sich hinter mich.

»Weißt du, das mit dem Welterkunden kannst du nur machen, wenn du nicht arbeiten musst. Osterferien?«

»Vielleicht ein bisschen früh.« Die Welt zu erkunden kommt mir wie ein großer Schritt vor. »Die Ferien danach vielleicht?« Mai kommt mir beruhigend weit weg vor.

Bevor ich es mir ausreden kann, habe ich zu dem niedlichen Mai-Kätzchen geblättert und »Erkunde die Welt« in die Spalte geschrieben. Wieder ein Haken.

»Ich brauche noch einen leichten für Februar. Zum Eingewöhnen.«

»Wie wäre es mit Spontaneität? Wenn du nicht weiterkommst, können wir dir die Hälfte deines Schädels kahl scheren oder dir ein Gesichtstattoo machen lassen.«

»Gute Idee.«

Ich trage »Sei spontan« im Februar ein und schwöre mir im Stillen, dass ich niemals in die Situation kommen werde, Kaz' Hilfe dabei zu brauchen.

»Ich denke, ›Sei mutig‹ wäre ein guter Punkt für den Juni.«

Kaz nickt, sie versteht mich.

»Was ist dann noch übrig?«

Ich sehe auf die Lebensliste. »Sei erfolgreich, sei inspirierend, sei mitfühlend, das ist das Ding mit dem vegan leben, du erinnerst dich, und sei authentisch.«

»Nun, du kannst nicht authentisch sein, während du diese

Sache noch durchziehst, also würde ich sagen, authentisch muss ans Ende.«

»Einverstanden.« Ich blättere in den Juli.

»Ähm, wenn du einen Punkt pro Monat machst, dann ist der letzte Monat August.«

»Ja?«

»Acht Punkte auf der Liste, acht Monate. August.«

»Aber zu Josh habe ich Juli gesagt.«

»Ich glaube nicht, dass er wiederkommt, um deinen Fortschritt zu prüfen.«

Nach letzter Nacht kommt er unter gar keinen Umständen wieder.

Aber mir gefiel der Gedanke, pünktlich zum Sommer fertig zu sein.

»Vielleicht könnte ich ja zwei in einem Monat machen. Zum Beispiel kann ich im Mai ohnehin nur während der Ferien die Welt erkunden. Sicherlich bringe ich in dem Monat noch etwas unter.«

»Hey, es ist dein Rodeo.«

Ich schreibe »Sei erfolgreich« in den Mai, weil ich glaube, dass ich sicherlich Zeit brauche, um daran zu arbeiten.

»Okay, damit bleiben ›Sei inspirierend‹ und ›Sei mitfühlend‹.«

»Und du hast noch März und April übrig.«

»Ich denke, ich schiebe die Sache mit dem vegan Leben so weit raus wie möglich.«

Ich schreibe »Sei inspirierend« in den März, und der April bekommt »Sei mitfühlend«.

»Sieht aus, als wärst du so bereit, wie du nur sein kannst. Was hast du vor, um, wie nanntest du es, sichtbar hilfsbereit zu sein?«

»Keine Ahnung.«

Jetzt, da ich einen Plan habe und nichts mich mehr davon abhält loszulegen, überkommt mich panische Angst. Ich blättere wie eine Irre in dem Kalender hin und her. Ich habe nicht das Zeug, um irgendetwas davon zu tun.

Ich knalle ihn zu.

»Oh nein, auf keinen Fall! Komm schon. Mach es jetzt, sonst machst du es nie.«

Sie klingt so sehr wie Claire, dass ich ein spontanes Schluchzen erst im letzten Moment unterdrücken kann. Kaz beäugt mich wachsam.

»Ich schätze, ich *könnte* in die Stadt gehen und sehen, ob es jemanden gibt, der meine Hilfe braucht. Solange ich dran denke, ein Foto für Instagram zu machen, ist alles paletti.«

»Und es wäre eine nette Abwechslung von all den Katzenfotos.«

Ich bewege mich immer noch nicht vom Fleck.

»Also gut, ich gehe in die Stadt.«

»Genau das tust du, und vorher ziehst du dich noch an, ja?«

»Jep.«

Ich bewege mich langsam. Selbst für meine Verhältnisse. Oben ziehe ich meine Jeggins an, weil ich heute wirklich einen Gummibund gebrauchen kann, und dazu einen netten Pulli, der eigentlich Kaz gehört. Allein die Tatsache, dass ich mich anziehe, macht dies zu meinem produktivsten Samstag seit Langem.

Huddersfield Town brüstet sich damit, eine der größten Städte Englands zu sein. Was in etwa vergleichbar damit ist, den ersten Preis für die größten Rüben auf einem Bauernmarkt zu bekommen. Buchstäblich niemanden interessiert es, aber man fühlt sich trotzdem wichtig. Britische Städte sind bestenfalls profan mit ihren ewig gleichen Läden, die das ewig gleiche

Zeug verkaufen. Aber an einem grauen Januartag mit der Art Regen, die besonders nass macht, kommt es einem hier noch trostloser vor.

Vielleicht liegt es daran, dass ich nie rausgekommen bin. Nicht mal, um an die Uni zu gehen. Kaz hat mich angefleht, mit ihr nach Sheffield zu kommen. Aber ich habe es nicht über mich gebracht. Also bin ich geblieben und habe mich schuldig gefühlt, weil ich jede Minute hasste. Der Tag, an dem Kaz zurückkam, war ungelogen einer der besten meines Lebens. Ich hörte erst auf zu weinen, als ich Kaz mit Mum telefonieren hörte und sie fragte, ob ich eine psychotische Episode hätte.

Wir wohnen nur fünf Minuten Fußweg vom Zentrum entfernt. In einem dieser seelenlosen Neubauten-Viertel voller Leute, für die der Immobilienmarkt so greifbar wie Narnia ist. Innerhalb kürzester Zeit bin ich auf der Hauptstraße.

Viele der Läden gehören zu Ketten und brauchen garantiert nicht meine Hilfe. Selbst ich stürme nicht in eine Topshop-Filiale und biete dort meine Hilfe an. Ich habe schon seit Langem aufgehört, dort einzukaufen. Sie haben einen miesen Sinn für Humor, wenn es um ihre Größen geht.

»Emily! Lange nicht mehr gesehen!«

Percy aus der Bäckerei grüßt mich. Er klebt gerade ein Schild mit der Aufschrift »Ausverkauft« über die Tafel mit dem Tagesangebot. Percy hat uns wegen Claires *Sache* immer Gratiskuchen gegeben, und ich mag Kuchen natürlich. Nur Psychopathen mögen keinen Kuchen.

All diese Dinge bedeuten, dass Percy praktisch einer meiner besten Bekannten ist, deshalb winke ich ihm kurz zu, bevor ich abrupt die Richtung wechsle.

»Ah, Vorsicht!« Ich knalle mit Josh zusammen. Natürlich. Weil das Universum mich ganz eindeutig hasst. Und obwohl das hier eine Kleinigkeit im Vergleich zu dem anderen Mist ist, den es abgezogen hat, ist es immer noch ziemlich unangenehm. Ich brauche einen Moment länger, als ich sollte, bis ich loslasse. Er ist fest und warm. Kurz stelle ich mir vor, wie es wäre, gar nicht mehr loszulassen. Ich könnte den Rest meines Lebens damit verbringen, in seine blauen Augen zu blicken. Ich entdecke ein paar dunklere Sprenkel. Sie sind wirklich sehr …

»Hi, Emily.« Josh hat eine Falte zwischen den Augenbrauen.

Huh. So wie ich mich an die Dinge erinnere, muss ich letzte Nacht verschroben gewirkt haben. Ein bisschen durchgeknallt vielleicht. Aber so finster, wie Josh mich ansieht, vermute ich, dass meine Erinnerung die Dinge beschönigt.

»Wie abgefahren, dass wir uns so wiedersehen!« Ich stupse seinen Ellbogen an und zwinkere übertrieben, als wäre ich Dick Van Dyke in der Neunzehntes-Jahrhundert-Kaminkehrer-Version.

»Äh, ja, ich, äh, gehe dann besser.« Er zeigt mit dem Daumen über seine Schulter, als ob jemand mit meinen intellektuellen Kapazitäten Probleme haben könnte, das Konzept des Wortes »gehen« zu erfassen.

»Klar, klar. So viel zu tun.« Warum wedeln meine Arme so viel herum?

»Josh, mit wem redest du da?«

Aus der Topshop-Filiale kommt eine Frau. Etwas, was sich anfühlt wie ein Ziegelstein, landet in meiner Magengrube. Josh und ich erstarren, als wären wir gerade bei einem Diamantenraub ertappt worden. Mit drei Schritten ist sie bei uns und reicht Josh ihre Einkaufstaschen, der sie ohne ein Wort nimmt. Mir war es bislang nicht aufgefallen, aber er ist bereits ziemlich beladen. Die Frau ist beinahe so groß wie er, und sie ist absolut atemberaubend. Mit langem blondem Haar, das aussieht, als wäre es auf eine natürliche Weise gelockt, für die bei mir ein Team von Profis nötig wäre. Josh hat keine Witze gemacht, als er meinte, ich sei nicht sein Typ.

»Emily, das ist Amy. Meine Freundin.«

Amy sieht mich stirnrunzelnd an und rümpft die Nase, als würde ich stinken. Was durchaus sein kann.

Attraktive Menschen haben so ein Glück, sie müssen sich nicht die Mühe machen, höflich zu sein, wie wir anderen.

Da ist eine merkliche Anspannung in der Luft, die ich auflockern will, indem ich sage: »Kuchen ist super, oder?«

Sie starren mich beide ausdruckslos aus. Und da sie meine vorausgegangenen privaten Gedankengänge nicht kennen, schätze ich, dass die Frage wirklich etwas seltsam ist.

Josh stößt ein kurzes Lachen aus, verstummt aber sofort, als Amy ihm einen Todesblick zuwirft. Nun, das war nett. Echt nett.

»Okay.« Ich setze mich abrupt in Bewegung. »Ich muss los, ich treffe mich noch mit Freunden.« Ich gestikuliere die Straße hinauf. »Da drüben.«

»Ich glaube, das sind Zeugen Jehovas.« Josh hat den Blick auf eine Gruppe von Männern und Frauen gerichtet, die im Regen Flugblätter verteilen.

»Ja, nun, ich überlege, ihnen beizutreten.« Ich sprinte förmlich auf die Gruppe zu und lasse Josh und Amy hinter mir zurück. Und wenn meine Ohren mich nicht täuschen, fangen sie noch im Weitergehen an zu streiten.

Himmel. Das Haus zu verlassen ist purer Stress.

11

Ich komme bis auf einen Meter an die Zeugen Jehovas heran, ehe ich eine abrupte Drehung in die andere Richtung mache.

Kurz höre ich jemanden hinter mir herbrüllen: »Die Lebenden wissen, dass sie sterben werden, aber die Toten wissen nichts mehr!« Meine Toleranz ist schon jetzt an ihrem absoluten Tiefpunkt angelangt.

Ich eile auf das etwas heruntergekommenere Ende der Straße zu und sehe dabei zufällig mein Spiegelbild im Schaufenster eines aufgegebenen Ladens. Ich wirke verstört.

Claire wäre so viel besser mit der Situation umgegangen als ich. Selbst *ich* wäre früher so viel besser mit der Situation umgegangen als ich. Ich schätze, ich habe einfach über die Jahre immer weniger gemacht und bin, ohne es zu merken, in einen ziemlich zurückgezogenen Lebensstil abgerutscht, ohne mir Gedanken darüber zu machen, ob ich wirklich für das Einsiedlerdasein gemacht bin.

Vor dem letzten Laden in der Straße bleibe ich stehen. Es ist eines dieser Geschäfte, die gebrauchte Dinge für einen guten Zweck verkaufen. Hier geht es um Hilfe für Katzen.

Mir kommt ein Gedanke.

Hilfsbereite Menschen spenden doch an solche Läden? Und wirklich hilfsbereite Menschen arbeiten vielleicht sogar ehrenamtlich dort mit.

Ich meine, ich *bin* ein Mensch, der spendet. Vor fünf Jahren hat mich einer dieser Typen auf der Straße dazu gebracht, eine Einzugsermächtigung für eine Stiftung für Schneeleoparden zu erteilen. Und obwohl meine finanzielle Lage oft so dünn ist, dass man praktisch hindurchblicken kann, weigere ich mich, sie zu widerrufen. Die Schneeleoparden brauchen mich und meine 7,99 Pfund im Monat. Zu schade, dass ich meinen Kontoauszug nicht veröffentlichen kann. Aber selbst ich weiß, dass das eine Einladung für Betrüger ist. Ich würde die nächsten zehn Jahre damit verbringen, mit der Bank zu debattieren, dass ich nicht wirklich ein Diamantfußkettchen in Bora Bora gekauft habe.

Und dann ist da noch das, was ich dem Hospiz spende. Aber das werde ich nicht bekannt machen.

Dieser gemeinnützige Laden für Katzen könnte meine letzte Hoffnung auf sichtbare Hilfsbereitschaft sein.

Bevor ich es mir anders überlegen kann, stoße ich die Tür auf. Überall riecht es nach Katzen, obwohl, soweit ich das sehen kann, keine Katzen auf der Fläche gehalten werden. Eine Frau mit einer richtiggehenden Mähne schwarzen Haars bellt Anweisungen in Richtung eines missmutigen jungen Mannes, den man nicht als Freiwilligen hier vermuten würde. Wenn man jemand ist, der vorschnell urteilt. Was ich ganz eindeutig bin.

»Kommst du zurecht, Liebes?«, fragt sie mich. Hier ist so viel Staub, dass er in der Luft hängt und nicht weiß, wo er sich niederlassen soll. Es sieht nicht aus, als wären die Stangen mit Klamotten in den letzten Jahrzehnten aktualisiert worden.

»Ja, ich, äh, sehe mich nur um.«

»Nun, willkommen, ich bin Sandra.« Sie reicht mir ihre Hand.

»Äh, schön, dich kennenzulernen. Emily.« Ich schüttle sie verlegen.

Ich gehe zwischen den Kleiderstangen hindurch und fasse

nichts an. Es dauert ungefähr dreizehn Sekunden, bis ich wieder vor Sandra stehe und sie komisch ansehe.

»Komm her, ja? Schau, ob die Kundin hier Hilfe braucht!«, blökt Sandra den jungen Mann an, ehe sie mir verschwörerisch zuflüstert: »Sie schicken mir ständig Kriminelle, aber unter uns gesagt, sind sie absolut nichtsnutzig.«

Das ist eindeutig keine Unterhaltung nur unter uns beiden, denn der Kriminelle steht nur einen halben Meter entfernt. Ich frage mich, was er angestellt hat, aber vermutlich wäre es unhöflich, ihn danach zu fragen.

»Willste was kaufen?«, verlangt er zu wissen.

»Äh, ich glaube nicht.«

»Scheiße, was machst du dann hier?«

»Pass auf, was du sagst, junger Mann.« Das kommt von Sandra, nicht von mir. Ich bin so damit beschäftigt, den Laden rückwärts zu verlassen, dass ich in eine Kleiderstange knalle.

»Tut mir leid, dass ich eure Zeit verschwendet habe, ich dachte nur, äh, dass ihr vielleicht Hilfe braucht, aber ihr scheint alles unter Kontrolle zu haben.« Ich habe mich in etwas verheddert, das nach einem alten Pelzmantel aussieht. Vielleicht ist es auch ein Reststück Teppich.

Sandra kommt mir zu Hilfe und klatscht in die Hände. »Wie schön! Wir können immer ein weiteres Paar Hände gebrauchen. Was hältst du von Samstagvormittag?«

Endlich kann ich mich aus dem Mantel befreien.

»Äh.«

»Scheiße, ey«, murmelt der Kriminelle.

»Magst du Katzen?«, fragt Sandra.

Ich lasse einen Atemzug entweichen, von dem ich nicht wusste, dass ich ihn angehalten hatte. Ich *mag* Katzen. »Ja, das tue ich. Hast du dieses Video auf YouTube gesehen, mit den Kätzchen, die zu ›Gangnam Style‹ tanzen?«

»Natürlich, wer hat das nicht gesehen?«, lacht sie, und ich merke, dass ich mich ein wenig entspanne.

Der Kriminelle rollt genervt mit den Augen.

»Wir viele hast du?«

»Keine. Mein Vermieter erlaubt es nicht. Aber wenn ich könnte, hätte ich welche«, sage ich schnell. Sandra wirkt auf mich wie die Sorte Mensch, die niemandem traut, der keine Katzen mag.

Der Kriminelle atmet jetzt ganz langsam aus. Es wirkt wie eine Technik aus einem Anti-Aggressions-Kurs.

»Klingt, als wärst du perfekt.«

Es besteht die verdammt gute Chance, dass ich gerade irgendwie manipuliert wurde. Aber Sandra hat recht, also nicke ich nur.

Der Kriminelle, dessen Namen ich in Erfahrung bringen muss, um ihn nicht noch mehr zu entmenschlichen, sieht sich im Raum um. Vermutlich nach Dingen, die körperlichen Schaden herbeiführen können. An uns. An ihm. Wer weiß das schon an diesem Punkt?

Ich räuspere mich. »Nächsten Samstag, sagtest du?«

»Genau. Um neun Uhr. Der Trottel wird auch da sein.«

Kurz verspüre ich Mitleid mit dem jungen Mann, der jetzt unanständige Gesten hinter Sandras Rücken macht.

»Super. Nachdem wir ja jetzt Kollegen sind«, ich beginne mich zu fragen, ob meine Van-Dyke-Persönlichkeit immer zum Vorschein kommt, wenn ich nervös bin, »solltest du mir vielleicht deinen Namen sagen?« Ich setze mein strahlendstes Lächeln auf, und dabei wird mir klar, dass ich schon seit einer Weile nicht mehr besonders strahlend gelächelt habe. Ich glaube, mir ist die Lippe eingerissen.

Der Kriminelle kneift die Augen zusammen. »Scheiße Mann, Leon.«

»Schön, dich kennenzulernen, Scheißemann Leon.«

Er sieht mich finster an.

»Nur Leon.«

»Verstanden, nur Leon.«

Der Witz wird gerade schrecklich alt, aber wenigstens knirscht er nicht mehr hörbar mit den Zähnen.

Ich verabschiede mich verlegen und verlasse den Laden. Draußen mache ich ein schnelles Selfie und zucke zusammen, als ich es sehe. Und nicht nur aus dem üblichen Grund. Meine Pupillen sind riesig, meine Wangen rot. Ich sehe aus wie jemand, der gerade aus einer Opiumhöhle gestolpert ist. Ich werde höllisch viele Filter drauflegen müssen. Vielleicht auch noch so ein Snapchat-Ding, das mir einen Blumenkranz aufsetzt, der die Leute von meinem fürchterlichen Zustand ablenkt.

Mir kommt der Gedanke, dass Claire keinen solchen Aufwand für ein klein wenig sichtbare Hilfsbereitschaft betrieben hätte. Tatsächlich hätte sie sich, was den sichtbaren Teil angeht, vermutlich gar nicht anstrengen müssen. Sie *war* hilfsbereit. Wie das eine Mal, als sie Mr Tibbits Zimmerpflanzen gegossen hatte, als er im Urlaub war. Er war unser Nachbar im Haus gegenüber und wurde hundertdrei Jahre alt.

Ich könnte meine aktuellen Nachbarn nicht mal bei einer polizeilichen Gegenüberstellung identifizieren.

Ich muss mich jetzt hinlegen, aber wenigstens habe ich es geschafft. Ich musste mich mehr anstrengen als gehofft, und der Zusammenstoß mit Josh war unangenehm, aber wenigstens habe ich eine Möglichkeit gefunden, sichtbar hilfsbereit zu sein. Emily Turner, Retterin der Katzen von Huddersfield, das klingt doch ganz nett.

12

»Also, damit ich das richtig verstehe«, sagt Matt zum fünfzehnten Mal. »Diese Liste, oder wie auch immer du sie nennst …«

»Die Lebensliste«, antworte ich auch zum fünfzehnten Mal.

»Die ist dazu gedacht, dich irgendwie weniger langweilig zu machen.«

Matt ist wie ich. Von seinen überragenden Buchhalterfähigkeiten mal abgesehen, hat er vor allem langweilige Gene abbekommen. Um ganz ehrlich zu sein, leidet die ganze Familie mit Ausnahme von Claire und Gran an einem chronischen Fall von Normalo-itis. Er ist mit Sarah verlobt, wie es sich gehört. Auch wenn mir schleierhaft ist, wie er diese extrem schüchterne Frau überzeugt hat, ihn zu heiraten. In meinem Kopf ist das so eine Art Prinzessin-Andromeda-und-der-Krake-Situation.

»Wir sind schrecklich stolz auf dich, das weißt du, ja?«, sagt Mum aus keinem erkennbaren Grund.

»Natürlich seid ihr das, ihr seid ja auch meine Eltern. Das Stolz-auf-mich-Sein ist genetisch einprogrammiert. Ihr würdet das auch sagen, hätte ich die Schule aufgegeben, um eine Crack-Hure zu werden.«

»Wer ist eine Crack-Hure?«, meldet sich Gran, die gerade an dem Versuch scheitert, unauffällig den Deckel auf den Flachmann zu schrauben, den sie immer mitbringt. Im Gegenzug tun wir so, als wäre es uns nicht aufgefallen.

»NEIN, MUM«, schreit Dad, obwohl wir keinen medizinischen Beweis dafür haben, dass Gran schwerhörig ist. »Emily sagte Gebäckfuhre!« Er wirft mir einen strengen Blick zu, der sagen soll, dass Crack-Hure kein angemessenes Wort für die Unterhaltung am sonntäglichen Mittagstisch ist. Ich bin heute ziemlich leicht genervt. Was vermutlich an der Ungläubigkeit liegt, mit der Matt meiner Liste begegnet. Und an der Tatsache, dass ich letzte Nacht nicht richtig schlafen konnte.

Seit ich die Lebensliste aufgesetzt habe, kann ich nicht mehr aufhören, an Claire zu denken. Mir vorzustellen, wie Claire Dinge auf der Liste tut. Es ist beunruhigend. Normalerweise kann ich besser kontrollieren, in welchem Maße sie in meinem Kopf herumspukt. Meine Haut ist heiß und empfindlich.

So war es schon immer. In der Schule wurde ich gezwungen, zu der schrecklichen Frau in dem kleinen Büro bei der Bibliothek zu gehen, die immer nur über Claire sprechen wollte. Heute weiß ich natürlich, dass sie Kinderpsychologin war oder so etwas. Sie war gnadenlos. Sprich über Claire. Lies Geschichten über Menschen wie Claire. Mal ein Bild von Claire. Claire. Claire. Claire. Aber sie konnte mich nicht brechen. Nicht ein einziges Mal habe ich gemacht, was sie von mir wollte. Trotzdem ist sie nie wütend geworden oder so. Ich schätze, das dürfen die gar nicht. Und nach einem guten Jahr hat sie mich als hoffnungslosen Fall aufgegeben. Allerdings habe ich in dieser Zeit eine Menge Übung bekommen, was die Kontrolle meiner Claire-Gedanken angeht.

Matt hingegen hat gemacht, was man ihm gesagt hat. Wie dieser nervige Gutmensch, der er immer vorgibt zu sein.

»Nun, ja, ich schätze schon. Will noch wer Kartoffelbrei?« Mum redet weiter, als wären die letzten zwei Minuten nicht passiert.

»Ich verstehe es nur nicht«, fährt Matt fort. »Warum willst du denn nicht normal sein? Was ist falsch daran?«

Er scheint ernsthaft besorgt. Als ob es das Gleichgewicht des Universums durcheinanderbringen könnte, wenn ich ehrenamtlich in einem Second-Hand-Laden jobbe. Aber Matt ist auch ein Mensch, der eine Tabelle für jeden Aspekt seines Lebens hat. Nicht einmal ich bin *so* langweilig. Excel weckt Furcht in meinem Herzen.

Natürlich habe ich das Bild von mir vor dem Katzenladen ins Netz gestellt. Mit vielen Filtern und strahlendem Blumenkranz. Gutes zu tun, nur um anderen davon erzählen zu können, ist wirklich furchtbar. Aber wichtig ist, dass ich mir dieser Tatsache bewusst bin.

»Es ist alles in Ordnung damit. Alles«, fauche ich beinahe. »Ich will einfach nur etwas anderes ausprobieren. Ein wenig meine Komfortzone verlassen.«

»Das ist, was Claire gewollt hätte«, sagt Gran. Gran hat den Großteil ihrer über achtzig Jahre der Aufgabe gewidmet, immer das zu sagen, was einer maximalen Anzahl von Menschen zum jeweiligen Zeitpunkt unangenehm ist, deshalb kommt ihr Kommentar über Claire alles andere als unerwartet. Trotzdem nervt es mich, dass jeder am Tisch nickt. Besonders die unsicheren Blicke, die sie mir zuwerfen, machen mich aggressiv. Es ist, als wüssten sie Bescheid. Sie wissen, dass Claire keine Liste gebraucht hätte.

Ich stopfe mir etwas Yorkshire Pudding in den Mund und kaue zornig, damit ich etwas zu tun habe.

»Ich denke, eine ehrenamtliche Tätigkeit ist eine wundervolle Idee. Wir vermitteln viele solcher Stellen auf der Arbeit. Um der Gemeinschaft etwas zurückzugeben«, quiekt Sarah und schaut dann hinunter auf ihren Teller. Wir ignorieren sie einfach. Ihr scheint es so lieber zu sein.

»Was willst du sonst noch ausprobieren, Liebes?«, fragt Dad.

»Im Februar will ich etwas Spontanes machen, deshalb kann ich dafür nicht viel planen. Und dann im März muss ich etwas Inspirierendes machen. Ich dachte an eine sportliche Leistung oder so etwas.«

Ich stopfe noch mehr Essen in meinen Mund. Alles, um mich davon abzulenken, dass Dad gerade seine Hand auf Mums gelegt und sie gedrückt hat.

»Auf der Arbeit organisieren wir demnächst eine Wanderung mit Sponsoren. Für Alzheimer's UK. Wenn du magst, könntest du mitkommen«, schlägt Dad vor.

»Wie weit ist es?«

»Nur eineinhalb Kilometer. Aber Briefträger im ganzen Land machen sie mit ein paar Leuten aus dem Altenheim.«

Ich erinnere mich an Stephen Witwards Facebook-Foto. Es sah so aus, als hätte er deutlich mehr geleistet, als mit einer Gruppe Achtzigjähriger spazieren zu gehen. Aber eineinhalb Kilometer sind sicherlich beeindruckend, wenn man eine künstliche Hüfte hat.

»Um ehrlich zu sein, bin ich mir nicht sicher, ob das weit genug ist.«

»Was ist mit dieser Sache, die sie jedes Jahr im Lake District veranstalten? Rough Mudder oder so. Ich finde es immer sehr beeindruckend, wenn ich die mit Schlamm bedeckten Leute sehe.«

Mum hat recht. Jedes Jahr während unseres Familienausflugs nach Keswick ist da ein Tough Mudder Event – so heißt das nämlich wirklich. Und ich habe jedes Jahr angesichts der durch die Straßen humpelnden Teilnehmer höhnisch die Nase gerümpft.

Aber ein Bild von mir, wie ich dieses Rennen bezwinge, wäre sicher inspirierend, wenn auch definitiv sehr, sehr unangenehm.

»Ja, vielleicht«, sage ich vage.

»Na ja, vergiss nicht, mir zu sagen, wann du Zeit für das Familientreffen hast, Liebes. Du hast nicht auf meine Textnachricht geantwortet.« Meine Mum. Eine Frau, die kein Gespür für den falschen Moment hat.

Mein Herz beginnt zu pochen. »Ich denke, ich werde bis nach dem Tough Mudder beschäftigt sein«, platze ich heraus.

»Ich bin letztes Jahr acht Kilometer gelaufen, um Geld für AstroTurf zu sammeln«, sagt Sarah, und ihr Blick wandert hektisch im Raum herum, als könnte sie nicht fassen, gerade etwas gesagt zu haben. Ich habe absolut keine Ahnung, wie sie dazu kommt, Geld für AstroTurf zu sammeln. Aber ich bin im Moment viel zu sehr mit mir selbst beschäftigt, um Fragen zu stellen.

»Das ist schön, Liebes«, sagt meine Mum und tätschelt ihren Arm.

»Also hast du dich entschieden?«, fragt Matt. Er schiebt Sarah eine Haarsträhne hinters Ohr, und ich sehe sie beide mit zusammengekniffenen Augen an. Matt zärtlich zu sehen macht mich nervös. Ich bevorzuge die hochfunktionale KI-Persönlichkeit, mit der er mir in der Regel begegnet. Ich stoße seinen Arm mit dem Zeigefinger an. Er schlägt nach meiner Hand.

»Mum«, jammere ich, »mein Roboterbruder ist mal wieder kaputt. Er ist liebevoll.«

»Hört auf zu streiten, ihr zwei. Im Ernst jetzt.«

Heimlich informiere ich mich mit meinem Handy unter dem Tisch über das Rennen.

Es ist ein Tough Mudder classic. Sechzehn Kilometer. Das klingt gar nicht mal so schlecht.

»Hast du meine Vorschläge für das Treffen bekommen?«, sagt Matt zu Mum, und seine Stimme trieft vor Herablassung.

»Ja, mein Schatz. Wir warten nur noch auf Emily.«

»Ehrlich, Mum, ich glaube, ich kann vor dem Rennen wirklich nicht mehr. Ich werde eine Menge Stress mit dem Training und allem haben.« Ich bin eine schreckliche Tochter. Meine Mum dagegen ist eine tolle Mum. Sie ignoriert meine offensichtliche Verzögerungstaktik einfach und sagt: »Denkst du, das Rennen ist sicher?«

»Das muss es sein. Solche Veranstaltungen gibt es doch ständig.«

»Training ist alles«, merkt Matt, der Stimmungskiller, wenig hilfreich an. »Du musst deinen Kreislauf auf die gesteigerte Aktivität vorbereiten. Es sind schon Leute gestorben, die es ohne richtiges Training versucht haben.«

Ich schlucke. Sicherlich stirbt der Durchschnittsmensch nicht bei so was. Es ist sehr viel wahrscheinlicher, dass wir von etwas wesentlich Unspektakulärerem dahingerafft werden. Niemand mit der durchschnittlichen Anzahl von Leberflecken – dreißig, ich habe nachgezählt – würde beim Überqueren einer Ziellinie den Löffel abgeben.

»Ich glaube nicht, dass es das Risiko wert ist, Schätzchen«, sagt Mum.

»Ich auch nicht«, meint Matt.

»Uh«, macht Dad.

Gran nimmt einen Schluck aus dem Flachmann. »Gibt schlechtere Arten zu sterben.«

»Danke für euer Vertrauen.«

»Wir sorgen uns nur um dich, Schatz.« Dad sieht mir in die Augen.

»Nun, ich bin erwachsen. Vielleicht muss man sich um mich nicht mehr so viele Sorgen machen.«

Es ist das erste Mal, dass wir einem offenen Streit so nahe kommen. Sarah umklammert mit weißen Fingerknöcheln ihr Besteck.

»Schaut mal.« Mein Ton wird sanfter. Es würde meine Lebensliste wirklich in ein schlechtes Licht rücken, sollte allein der Gedanke daran bei einem nahen Familienmitglied ein Aneurysma auslösen. »Wenn ich das Rennen nicht laufen kann, dann werde ich eben gehen. Wir gehen dort eh immer eine Menge spazieren. Es ist nur anders, weil sie es ein Rennen nennen. Aber ich werde mit niemandem um die Wette laufen. Und ihr könnt alle kommen und zugucken. Ehrlich, es ist keine so große Sache.«

Niemand merkt an, dass das mit dem »eine Menge« spazieren gehen allein auf Matt, Dad und Sarah zutrifft. Mum und ich essen vor allem Scones. So funktioniert die Welt eben. Und weil meine Mum eine erstklassige Mutter ist, gibt sie nach und sagt: »Ich muss daran denken, meine Kamera mitzunehmen.« Sie nickt in Richtung der Wand mit den Fotoalben hinter dem Esstisch.

»Das ist die richtige Einstellung. Können wir jetzt weiteressen? Ihr müsst euch wirklich keine Sorgen machen.«

13

»Ein Tough Mudder!? Was zur Hölle hast du dir dabei gedacht?«, fragt Kaz, während ich unglücklich auf meine Liste starre.

»Keine Ahnung, um ehrlich zu sein. Hilfst du mir?«

»Ich bin mir nicht sicher, ob ich das kann. Die Route durch den Park ist nur ein Fünf-Kilometer-Lauf. Das da ist jenseits meiner Liga. Du weißt, dass es da alle möglichen Hindernisse gibt, ja?«

Kaz ist der einzige Mensch, den ich kenne, der freiwillig irgendwohin läuft. Ich dagegen habe körperliche Aktivitäten schon vor Jahren aufgegeben. Die Bleep-Tests im Sportunterricht haben ausgereicht, um mich auf Lebenszeit zu traumatisieren.

»Na klar«, lüge ich. Ich hatte darauf gehofft, dass das »tough« im Titel bedeutet, dass man sich hinterher tough fühlt. Nicht dass das Rennen buchstäblich »tough« ist.

Es ist Sonntagabend, und ich bin erschöpft. Wenn die Leute davon sprechen, dass man seine Komfortzone verlassen soll, erwähnen sie nicht, dass man sich dabei nicht nur mies fühlt, sondern danach auch todmüde ist.

Ich breche auf dem Frühstückstresen zusammen.

»Was hat dich dazu getrieben, dir ausgerechnet das auszusuchen? Ich dachte, mit ›sportliche Leistung‹ meinst du so was wie einen Benefiz-Spaziergang.«

»Ich wollte mich einer Herausforderung stellen.« Noch eine Lüge. Im Prinzip habe ich mich dazu verurteilt, sechzehn Kilometer durch den Schlamm zu kriechen, damit ich nicht über Claire sprechen musste. Ich brauche wirklich professionelle Hilfe. »Aber es ist erst Ende März. Ich muss mir also im Moment noch keine Gedanken darum machen. Ich habe noch nicht mal die spontane Aktivität für Februar geplant.«

»Du kannst nicht bis März warten, bevor du mit dem Training anfängst.« Kaz umschließt ihre Teetasse mit beiden Händen. Sie bläst auf die Oberfläche und nippt daran, ehe sie sich zurück gegen die Arbeitsfläche lehnt. Sie schaut mir unverwandt in die Augen. »Sonst überlebst du das nicht.«

Warum sagen das immer alle?

»Also hast du noch …?«

»Acht Wochen.«

»Acht Wochen! Da fängst du besser mal an zu laufen.«

Ich verziehe das Gesicht. Ich habe mich schon mal vorsichtig online umgesehen. Leider gibt es keinen »… *für Dummies*«-Ratgeber für einen Fall wie meinen: *Rennen und sich dabei nicht fühlen, als hätte man einen Lungenriss, für Dummies.* Es hat keinen Sinn. Und ich habe mich auch schon gefragt, ob der Katzenpopulation in Huddersfield zu helfen gut genug ist, um damit Hilfsbereitschaft zu demonstrieren. Katzen sind die Art Spezies, die im Geheimen plant, wie sie die Menschheit versklaven und die Weltherrschaft an sich reißen kann. Als wir noch Kinder waren, hatte unser Nachbar eine Katze, die mit nur einem Auge und Schilddrüsenproblemen ein halbes Jahrzehnt überlebt hat.

Und jetzt sieht es so aus, als könnte ich nur dann inspirierend sein, wenn ich dafür mit meinem vorzeitigen Ableben bezahle.

»Ich weiß! Du solltest ein Bootcamp mitmachen.«

»Äh …« Es gibt nicht viel, was ich weniger gern tun würde.

»Es wird dir guttun. Vielleicht findest du sogar Freunde.«

»Ich habe jede Menge Freunde. Ich habe dich und Sandra und Leon.« Ich rede nicht weiter. Okay, ich habe nicht wirklich Freunde. Wenn man so eng mit einer Tragödie verknüpft ist, sind die Leute vorsichtig. Plötzlich ist man die schwarze Katze im Raum. Die dunkle Wolke am Horizont. Man macht die Leute nervös. Ich tue der Menschheit einen Gefallen, indem ich mich von ihr fernhalte.

»Und zwei davon hast du erst gestern kennengelernt.«

»Und Brian. Ich bin mit Brian befreundet.«

»Eine gewagte Behauptung.«

Ich nehme mir noch einen Keks, obwohl ich noch voll vom Mittagessen bin, aber ich kann Essen nicht einfach liegen lassen.

»Hier, schau mal.« Kaz zeigt mir ihr Handy. »Birkby Brutal Bootcamp. Treffen sich jeden Dienstag und Donnerstag im Zentrum. Alle Leistungsstufen willkommen.«

»Und mit *alle* meinen sie auch Stufe null?«

»Jeder fängt mal klein an.«

»Das ist nichts für mich. Allein der Name macht schon deutlich, dass es da brutal zugeht. Außerdem sind zwei Abende in der Woche ziemlich viel.«

»Du hast buchstäblich nichts anderes vor. Außerdem brauchst du *brutal.* Brutal ist, was dich auf diese Sache vorbereiten wird.«

»Ich denk drüber nach«, lüge ich. Unter gar keinen Umständen melde ich mich für ein Bootcamp an.

Dienstagabend erwäge ich den drastischen Schritt, jeglichen Kontakt zu Kaz abzubrechen. Wäre sie nicht die Person, die mein Netflix-Passwort kennt, dann wäre sie für mich gestorben.

Sie hat mich nicht nur in der fürchterlichen Bootcamp-

Gruppe angemeldet, sie hat sogar dem Leiter eine E-Mail geschrieben und sich dabei als ich ausgegeben.

»Geh einmal hin. Wenn du es hasst, gehst du einfach nie wieder. Ganz einfach.«

»Aber ich will nicht. Nicht mal einmal. Alle werden mich auslachen.«

»Niemand wird sich überhaupt für dich interessieren. Die werden viel zu viel schwitzen.«

Sie beginnt, mich zur Tür zu schieben.

»Ich habe mal gelesen, dass zu viel körperliche Betätigung schädlich ist.«

Sie drückt mir die Schlüssel in die Hand.

»Ja, klar.«

Sie schiebt mich hinaus. Ich packe den Türrahmen und klammere mich daran fest.

»Denk an die Arthritis in meinen Knien!«, flehe ich.

Kaz tritt zurück.

»Mach, was du willst. Aber nur damit du Bescheid weißt: Brian kommt vorbei. Wir haben diese neue tolle Stellung entdeckt. Dafür muss ich nur seinen …«

»Okay, okay, ich geh ja schon.« Ich hebe die Hände. »Aber nur fürs Protokoll: Du bist eine fürchterliche Freundin.«

»Damit kann ich leben … Ich bin mir sicher, dass die Geschichte milde über mich richten wird.«

Eine halbe Stunde später dränge ich mich mit einer kleinen Gruppe am Eingang zu der alten Kirche in der Stadt. Wie Motten streben alle auf die hellen Lichter am vorderen Teil des Gebäudes zu. Außer mir. Ich halte etwas Abstand vom Rest des Rudels und schicke ein stummes Gebet nach oben, dass die Dunkelheit mich verschlucken möge.

Wenigstens ist die Gruppe gemischter, als ich erwartet hätte.

Klar sind da ein paar Brocken, die aussehen, als könnten sie einen mit ihren Unterschenkelmuskeln umbringen. Sie haben sich in die neuesten Hightech-Klamotten geworfen, die überall im Dunkeln leuchten, und sich sogar Lampen an den Kopf geschnallt. Aber es sind auch Leute unterschiedlicher Altersgruppen da. Und auch verschiedene Größen und Körperformen. Das hier wird vielleicht kein Spaß, aber möglicherweise überlebe ich es.

Mein Optimismus erfährt beinahe augenblicklich einen Dämpfer.

»Guten Abend allerseits! Und willkommen an alle Neuen.« Ich nehme an, dass ich die einzige Neue bin, weil sich für einen Moment alle umdrehen, um mich anzustarren. Ich bekämpfe den Drang, einfach wegzurennen.

Der Leiter der Gruppe vermittelt mir nicht die Hoffnung, dass ich am Ende dieser Stunde noch an einem Stück sein werde. Er trägt Armeehosen und ein Tanktop. Im Januar. Um seinen Hals hängt eine neonorange Pfeife. Dicke Adern platzen förmlich aus seinen Armen, als würden die ganzen Muskeln dadrin sie verdrängen.

»Für alle, die mich noch nicht kennen: Ich bin Bruce. Heute Abend machen wir nur das Übliche.« Bruce lächelt, was seinen Hals noch angespannter wirken lässt. »Wir wärmen uns schnell auf und fangen dann gleich mit dem HIT-Training an. Hochintensitäts-Training besteht im Prinzip aus kurzen Intervallen intensiver Aktivität, gefolgt von Ruheperioden.«

Bei diesen Worten geht ein leises Lachen durch die Menge, und ich werde noch unsicherer.

Ich könnte jetzt gleich nach Hause rennen. Sicherlich würde ich diesem Bruce-Typen entkommen, selbst wenn er mich verfolgt. Ich bin fasziniert, dass er noch stehen kann, bei all dem Gewicht im Oberkörper.

Ein Pfeifen durchschneidet die Luft.

»Und LOS!«, brüllt er. Bevor ich überhaupt begreife, was eigentlich passiert, rennt die ganze Gruppe los.

Ich bewege mich nicht vom Fleck. Ich bin festgefroren.

»Ich habe gesagt, los, Turner, LOS!« Er schrillt mich mit seiner Pfeife an. Bruce lächelt nicht mehr. Stattdessen ist sein Hals noch massiver geworden und sein Gesicht vor Wut verzerrt.

Ich verstehe gar nicht, was passiert. Ich will nicht rennen, aber da ist dieser riesige Soldat, der mir ins Gesicht brüllt.

»Komm schon.«

Jemand packt mich am Arm und zerrt mich mit. Meine Beine bewegen sich automatisch. Ich glaube, ich stehe unter Schock. Ich spüre die Kälte gar nicht mehr.

»Es ist besser, einfach zu machen, was er sagt. Wenn er einmal in der *Zone* ist, hat er keine Geduld mit Leuten, die herumtrödeln.«

Ich schaue hinüber. Meine Retterin trägt Sportklamotten, die ich bei Primark gesehen habe. Ich glaube, ich liebe sie. Wir rennen stumm nebeneinanderher. Die Hauptstraße hinunter. An Percys Bäckerei und dem Secondhand-Laden vorbei.

Einen Moment lang glaube ich, dass ich das hier wirklich schaffen kann. Angetrieben von der Todesangst, dass Bruce uns erwischen könnte, laufe ich tatsächlich. Ich versuche, ihre Armbewegungen zu imitieren. Leider haben sie bei mir nicht den gewünschten Effekt, mich vorwärtszutreiben.

Innerhalb von fünf Minuten sind meine Jogginghosen und der Fleecepulli mit Schweiß durchtränkt. Ich frage mich, ob jeder Punkt meiner Lebensliste mit Schwitzen zu tun haben wird.

Aua. Ich spüre ein Stechen gleich unter den Rippen. Jeder Atemzug tut weh. *Stich. Stich. Stich.*

Ich krümme mich und komme humpelnd zum Stehen, als wir wieder auf dem Rasen vor der alten Kirche ankommen.

Panik überfällt mich. In diesem Zustand ist eine Flucht unmöglich. *Stich. Stich.*

»Und das war es mit dem Aufwärmen. Auf den Boden. Situps für sechzig Sekunden. LOS!« Die Pfeife kreischt. Alle legen sich gehorsam auf den Boden und beginnen hektisch, sich wieder aufzurichten. Bruce macht die Runde und die Leute fertig. So sieht es in unserer heutigen Welt aus. Die Menschen sind bereit, ihr schwer verdientes Geld auszugeben, um sich an einem Dienstagabend beleidigen zu lassen.

Ich bringe es zu einem Sit-up.

»Und RUHE!« Wieder die Pfeife.

So gut wie alle springen sofort auf und beginnen auf der Stelle zu joggen. Das Gegenteil von Ruhe.

Ich bewege mich nicht vom Fleck.

»Ich bin Sophie.« Meine Retterin liegt auch noch.

»Emily«, keuche ich. »Kommst du schon lange hierher?«

»Zweite Woche. Ich muss bis zur Hochzeit noch zweieinhalb Zentimeter verlieren.«

»Ah, okay.« Zweieinhalb Zentimeter klingen nach einer ernsthaften Angelegenheit. Sophie hat große dunkle Augen und ist fünfzigmal attraktiver als ich. Sie sieht nicht aus, als hätte sie zweieinhalb Zentimeter, die sie verlieren könnte.

Die Pfeife. »KNIEBEUGEN!«

Ich versuche, die Bewegungen der erfahreneren Kniebeuger nachzuahmen. Sollte ich je wiederkommen, was ich natürlich nicht tun werde, würde ich etwas mehr Anleitung erwarten.

Stattdessen brüllt Bruce mir ins Gesicht. »Tiefer!«, schreit er.

Ich habe ehrlich keine Ahnung, wovon der Mann redet.

»Tiefer! Härter!«

Was er sagt, ergibt keinen Sinn. Wie genau macht man härtere Kniebeugen?

Die Panik, vor allen bloßgestellt zu werden, überkommt mich. Erneut erstarre ich.

»Was machst du da, Turner?« Gleich fange ich an zu heulen. Nur mein Schamgefühl hindert meine Tränen daran, sich aus ihren Drüsen zu befreien.

»Ich … ich … ich …«

»Ich hab auch keinen Bock.«

Sophie hat mit den Kniebeugen aufgehört. Der Kursleiter fährt zu ihr herum, doch dann veranlasst ihn ein kleines Piepsen seiner Uhr dazu, erneut seine Pfeife zu blasen.

»RUHE!«, kreischt er.

»Komm, lass uns weiter nach hinten gehen.«

Sophie und ich verziehen uns nach hinten, während alle anderen auf der Stelle laufen. Einige lachen. Meine Lunge fühlt sich an, als würde sie in Flammen stehen. Wenn das hier der Preis ist, den ich bezahlen muss, um inspirierend zu sein, dann ist es das nicht wert.

Der Rest der Stunde vergeht wie in einem Fiebertraum. Stimmen hallen um mich herum, aber ich höre sie kaum. Sollte Sophie mich etwas fragen, antworte ich nicht. Ich bin ständig fünf Sekunden hinter allen anderen. Ich spüre nichts als Schmerzen. Meine Beine zittern. Lang vergessene Muskeln schreien nach Erlösung. Shirt und Hosen kleben an mir. Kein Wunder, dass alle immer sagen, Sport sei gut für die mentale Gesundheit. Mein Gehirn ist nicht in der Lage, klare Gedanken zu fassen, ob nun depressive oder anderweitige. Es hat sich komplett heruntergefahren.

»Ich sterbe«, keucht Sophie.

Zu diesem Zeitpunkt würde ich den Tod als eine süße Erlösung betrachten.

»Und das war's, Leute. Gute Arbeit!« Bruce schreit uns nicht mehr an. Er lächelt. Lediglich eine pochende Ader an seiner Stirn verrät, dass er noch vor wenigen Sekunden einer Sechzigjährigen entgegengebrüllt hat, dass niemand fette Ärsche schön findet. Ich beschließe, dass er eine Persönlichkeitsstörung haben muss.

»Denkt dran, Donnerstag laufen wir, also bringt bitte eure Rucksäcke mit. Und zwingt mich nicht, euch da was reinzutun«, lacht er und droht uns scherzhaft mit dem Finger. Die anderen lachen übermütig zurück. Es ist, als wäre ich in der Twilight Zone gelandet. Ich suche am Himmel nach dem Vollmond, aber da ist natürlich weit und breit nichts zu sehen.

»Das meint er ernst«, sagt Sophie. Ich drehe mich langsam zu ihr um, denn langsam ist das Beste, wozu ich imstande bin. »Letzte Woche hatte ich einfach nur einen leeren Rucksack dabei, und er hat eine Hantel reingetan.« Sie schluckt bei der Erinnerung daran.

»Ich komme nicht.«

»Was, am Donnerstag?«

»Nie mehr.«

»Gut gemacht, Ladys.« Bruce taucht auf, als alle anderen sich zum Gehen wenden. »Denkt dran, bei den Kniebeugen müssen die Knie immer hinter den Füßen bleiben, sonst tut ihr euch weh.« Das kommt mir wie ein Tipp vor, den er uns besser vor vierzig Minuten gegeben hätte. »Und du solltest dir besser etwas atmungsaktivere Kleidung besorgen«, sagt er und nickt in Richtung meines Fleece-Shirts, das jetzt so mit Schweiß durchtränkt ist, dass es sich anfühlt, als hätte es jemand mit Blei gefüttert.

Ich nicke einfach nur, weil ich nicht darauf vertraue, dass er sich nicht jeden Moment wieder in einen verrückten Soldaten verwandelt.

Sophie gibt ihm fünf Pfund. Ich greife in meine Tasche, aber Bruce hebt die Hand.

»Du hast zehn Wochen im Voraus bezahlt, erinnerst du dich?«

»Habe ich?«, stammle ich.

Er lacht, als würde ich Witze machen.

»Bis Donnerstag, Mädels. Schön, dich persönlich kennengelernt zu haben, Emily.«

Und damit sprintet er davon.

Manche Menschen sind echt seltsam.

»Warum sagst du, dass du nicht wiederkommst, wo du doch schon bezahlt hast?«, will Sophie wissen.

»Ich äh … habe nur einen Witz gemacht.« In Wirklichkeit habe ich vor, nach Hause zu gehen und jede Spur von Kaz aus meinem Leben zu tilgen, ehe ich nach Australien auswandere. Ich werde sehr viel glücklicher sein, sobald ein paar Kontinente zwischen mir und Bruce liegen.

»Scheiße, bin ich froh. Du bist echt die Einzige, die ich hier auch nur ansatzweise leiden kann.«

Ich bin mir fast sicher, dass Sophies Kompliment einzig damit zu tun hat, dass ich so unfähig bin wie sie. Es ist definitiv nicht meine spannende Persönlichkeit.

Wir verlassen den Rasen. In meinem Kopf dehnt sich die Stille unangenehm.

»Also … wann … ist … die Hochzeit?«

»Juni.«

Ich kann den Juni schon aus Prinzip nicht leiden. Claire ist im Juni gestorben.

»Soll ich dich wohin mitnehmen?«, fragt Sophie.

»Danke, aber ich … äh … habe nur fünf Minuten Laufweg.« Plötzlich will ich allein sein.

»Okay, bye, bis Donnerstag.«

Ich humple nach Hause und bereue es etwas, ihr Angebot nicht angenommen zu haben. Den heutigen Abend kann man kaum als strahlenden Erfolg bezeichnen.

Ich schniefe laut. Die kalte Nachtluft brennt in meinen feuchten Augen.

14

»Würdest du mal bitte das Regal dort abstauben?«, sagt Sandra zu mir.

Ich bin im Katzenladen, und das Regal, das Sandra meint, ist mit einem Sammelsurium von Krimskrams gefüllt, von dem ich das meiste als Happy-Meal-Spielzeug aus längst vergangenen Zeiten identifiziere. Daneben hängt ein handgeschriebenes Schild, auf dem steht: »Alles 50 Pence«.

Obwohl die Hindernisse, die sich meinem Staublappen in den Weg stellen, nur von winziger Statur sind, ist diese Aufgabe möglicherweise zu viel für mich und meine rebellierende Armmuskulatur. Wider besseres Wissen in jeder Faser meiner Existenz bin ich am Donnerstag zu der zweiten Bootcamp-Stunde gegangen. Zum Teil, weil Sophie mir eine Freundschaftsanfrage auf Facebook geschickt hatte. Meine erste ernsthafte Freundschaftsanfrage seit mindestens einem halben Jahrzehnt. Aber auch, weil es mir mehr als jämmerlich vorgekommen wäre, die Sache mit der Lebensliste nach nur vier Tagen wieder abzublasen. Und ganz bestimmt *nicht,* weil ich herausgefunden habe, dass Kaz hundert Mäuse hingeblättert hat, um mich für zehn Wochen anzumelden.

Hätte Dante im 21. Jahrhundert gelebt, dann hätte er Hügelsprints als einen Kreis der Hölle ausgewählt. In Huddersfield gibt es einen schönen, bei Nacht allerdings etwas zwielichtigen Weg am Kanal entlang. Er verläuft vollkommen eben.

Warum wir nicht einfach dort rennen konnten, wird mir auf ewig ein Rätsel bleiben. Stattdessen zwingt uns Bruce, Berge hinaufzusprinten, als würden wir uns auf eine Everest-Besteigung vorbereiten. Er ist sowohl mir als auch Sophie gefolgt und hat uns Beschimpfungen hinterhergerufen, um dann am Ende der Stunde höflich zu fragen, ob wir die letzte Episode von *Call the Midwife* gesehen hätten.

Man würde meinen, ich wäre erschöpft, aber ich schaffe es keine Nacht durchzuschlafen. Überall sehe ich Claire. Mein eigenes Spiegelbild, das plötzlich unerwartet vor mir auftaucht. Der Bonbonladen die Straße runter hat ihre Lieblingssüßigkeiten im Angebot, Erdbeerschnüre. Rothaarige Kinder laufen herum – *Annie* war ihr Lieblingsfilm.

Übertrieben lange bin ich meinen Gedanken nachgehangen.

Wir hatten noch keinen einzigen Kunden. Ich bin seit über einer Stunde hier, und niemand redet. Sandra scheint die Stille nichts auszumachen. Sie trägt ein gestreiftes Leinenkleid, das ihr einige Größen zu klein ist, und ohne BH, möchte ich anmerken. Dicke weiße Socken und Velcro-Sandalen komplettieren den Look. Sie sitzt am Tresen und liest *Das Kommunistische Manifest.* Im Gegensatz zu ihr ist Leon eher schlaksig. Er trägt einen verdächtig makellosen Jogginganzug und riesige weiße Turnschuhe. Er hat diese Striche in die Seiten seiner Haare rasiert, die praktisch schon die Grundausstattung für eine Verbrecherkarriere sind.

Von Zeit zu Zeit läuft er von einer Seite des Ladens zur anderen. Spannender wird es nicht.

Ich sehe auf die Uhr an der Wand. Neun Minuten sind vergangen, seit ich das letzte Mal nachgesehen habe.

»Ich gehe mal und setze heißes Wasser auf, ja?« Sandra schließt ihr Buch abrupt. »Warum verbringt ihr beiden nicht Zeit miteinander und lernt euch besser kennen? Ich habe mir überlegt, jetzt da wir Zuwachs in der Menschschaft haben, verzeih, wenn ich nicht ›Mannschaft‹ sage, Leon, könnten wir den Laden etwas aufmöbeln. Das Geschäft ankurbeln. Uns was einfallen lassen.«

»Was, mit ihr?«, blafft Leon.

Sandra ignoriert ihn und macht sich stattdessen auf den Weg in die Küche im hinteren Bereich des Ladens. Leon und ich sehen uns an. Er starrt mehr, aber ich lasse das als Ansehen durchgehen. Er ist jung. Vielleicht ein oder zwei Jahre älter als die Jugendlichen, die ich unterrichte.

Etwas in mir entspannt sich bei dieser Erkenntnis. Er ist nur ein Jugendlicher. Und ich kann gut mit Jugendlichen wie Leon. Die, die keiner sonst zu mögen scheint. Wenn irgendwer versteht, wie es sich anfühlt, als ewiger Außenseiter immer den anderen zuzusehen, dann bin ich das.

»Ich mag wetten, du hast noch nicht mal jemals Süßigkeiten bei Pic'n'mix geklaut. Siehst aus wie eine langweilige Kuh«, macht Leon mich runter.

»Äh«, ist alles, was ich rausbringe, bevor er wieder zu sprechen anfängt.

»Wenigstens hab ich ein bisschen gelebt.«

Ah, er denkt, ich verurteile ihn.

»Wo denn? Im Gefängnis, wo Hoffnungen und Träume wahr werden? Das ist nicht Disneyland, Leon.« Ich lache schnaubend.

Kurz überlege ich, ob Leon mir gleich eine verpassen wird, aber dann fängt er auch an zu lachen. Und obwohl die gesamte Unterhaltung komplett daneben und im Prinzip ein Angriff auf mein ganzes Leben war, strömen plötzlich Lachtränen über meine Wangen. Ich glaube, ich bin im Delirium.

»Ist hier immer so wenig los?«, frage ich, als ich endlich wieder Luft bekomme.

»Nein, normalerweise rennen sie uns die Bude ein.«

»Achte auf deine Worte, junger Mann.« Sandra kommt aus der Küche zurück.

Leon seufzt.

»Wir haben nicht viele Kunden, nein«, sagt Sandra. »Vormittags bringe ich Fred sein Frühstück und eine Tasse Tee.«

Fred ist der Obdachlose hier in Huddersfield Town. Natürlich gibt es noch viele mehr, was ehrlich gesagt eine Schande ist. Aber niemand hat Freds Charisma. Er hat ein Schild, auf dem er um ausschließlich glutenfreie Essensspenden bittet. Gerüchten zufolge wurde er von seiner Millionärsfamilie enterbt, weil er eine Affäre mit einem Mann hatte. Ich kann mir gut vorstellen, dass er und Sandra dicke miteinander sind.

»Ich dachte mir, ihr zwei könntet euch einen Schlachtplan überlegen, solange ich weg bin. Ihr müsstet doch wissen, was junge Leute heutzutage in einem Laden sehen wollen.«

Dem Grinsen auf Leons Gesicht entnehme ich, dass ein sträflicher Mangel an Sicherheitsvorkehrungen ganz oben auf seiner Liste steht.

Ich nicke. Ich bin hier, um hilfsbereit zu sein, also helfe ich.

»Leon, sei ein Schatz und hol das Flipchart von hinten. Ich bin gleich wieder da.« Und damit verlässt Sandra den Laden.

Ich warte beim Tresen auf Leon und wühle in meiner Tasche, bis ich ein paar versprengte Tafel-Marker gefunden habe.

»Scheiße, ist das jämmerlich«, sagt Leon nur. Ich nehme an, er meint die Sache mit den Stiften.

Er zerrt das rostige alte Flipchart vor die Kasse. Ganz eindeutig ist es ausgeschlossen, dass hier ein echter, zahlender Kunde vorbeikommt.

»Also, was kannst du so?«, frage ich.

»Nichts.«

»Natürlich kannst du was, jeder kann was. Worin bist du gut?«

»Im Klauen. Aber hier gibt es nichts, was ich klauen will.«

»Schicken sie Leute heutzutage fürs Klauen ins Gefängnis? Ganz schön hart. Obwohl ich Diebstahl natürlich nicht gutheiße.« Ich drehe den Stift zwischen den Händen.

»Klar.« Er wirft mir einen bezeichnenden Blick zu und stützt die Ellbogen auf den Tresen. Er ist praktisch in der Horizontalen. »Nee, fürs Klauen kriegt man nur Sozialstunden. Gefängnis war für was anderes.«

»Echt?« Ich beuge mich etwas vor.

»Ich mag wetten, du würdest gern wissen, was.«

»Ganz und gar nicht.« Ich zögere. »Okay, ein bisschen.«

Er rollt mit den Augen.

»Nichts Großes. Kennst du den Sandwichladen, Time for Lunch?«

»Leon, sag mir bitte nicht, dass du im Gefängnis warst, weil du einen Sandwichladen überfallen hast.«

»Nicht ich allein. Ich war nur da, um die Kasse leer zu räumen. Da waren noch ein paar andere, und als der Typ das Geld nicht rausrücken wollte, wurde es brenzlig.«

»Tut mir leid, dass du da reingezogen wurdest.«

Ich räuspere mich.

Leon auch.

»Wie lange hast du bekommen?«

»Zwölf Monate. Sechs hab ich abgesessen.«

Ich huste.

»Okay, der Plan ist, diesen Laden zu einem zu machen, in dem die Leute was klauen wollen.«

»Du hast 'nen Knall.«

Ich ignoriere ihn und ziehe die Kappe von meinem Stift. »Wie wäre es, wenn wir einfach etwas Brainstorming machen?«

»Tu dir keinen Zwang an, Bonzenkind.«

Wenn er nur den Schimmel sehen könnte, der mit der feindlichen Übernahme meines Badezimmers beschäftigt ist!

»Ich weiß was – wie wäre es, wenn wir die Schaufenster neu dekorieren, damit sie ein wenig, äh, schicker werden?«

Ein Nicken. Ich schreibe es auf das Board.

»Okay. Du bist dran.«

»Ich hab nix.« Er hebt die Hände.

»Hmmm, und vielleicht könnten wir dem Laden ein kleines Make-over verpassen?« Die Wände sind in einer Art Babyblau gestrichen, aber die Farbe blättert bereits ab, und ein Leck in einer Rohrleitung hat eine Spur gelben Schimmels an einer Wand hinterlassen. »Vielleicht ein hübsches Violett?«

Wieder ein Nicken.

»Und die Umkleidekabinen sollten vielleicht etwas blickdichter sein. Für den Fall, dass unsere neuen Kunden etwas anprobieren möchten.« Im Moment besteht die Umkleidekabine lediglich aus drei Gipskarton-Ständerwänden um einen Schreibtischstuhl. Ein Vorhang schließt die Hälfte der offenen Seite.

»Hast du auch eigene Ideen, Leon?« Ich bin jetzt im Lehrerinnenmodus.

»Nope.« Na toll.

Sandra kommt zurück und strahlt über unseren Drei-Punkte-Schlachtplan. »Vielleicht reicht das auch fürs Erste?«, fragt sie.

»Okay«, nicke ich.

»Wisst ihr was, dann fangt doch mal gleich mit dem Fenster an?«

»Okay.«

»Leon, hilfst du Emily, Kleidung für die Puppen zu finden?«

Er grunzt, was ich als ein Ja verstehe.

»Ich gehe und setze Wasser auf.« Das scheint 99 Prozent von Sandras Jobbeschreibung auszumachen.

Leon und ich widmen uns den Kleiderstangen.

»Was suchen wir?«

»Etwas, was die Leute jetzt im Winter tragen würden. Pullis und so was.« Ich senke die Stimme zu einem Flüstern. »Wenn Sandra es tragen würde, häng es zurück.«

Das ringt ihm ein Grinsen ab.

Als Sandra wiederkommt, ziehen wir der Puppe gerade einen dunkelroten Pulli an. Wir haben eine dazu passende Jeans und braune Stiefel gefunden. Ich hänge der Puppe noch einen staubigen braunen Mantel um die Schultern und ergänze das Outfit mit einer falschen Bernsteinkette.

»Das sieht toll aus. Gut gemacht.«

»Sind wir dann fertig?«, fragt Leon.

»Wie wäre es, wenn wir die Regale etwas aufräumen und Platz schaffen fürs Streichen?«

Er nickt, und wir arbeiten in möglicherweise geselliger Stille. Nun, er ist still. Ich bezweifle, dass er gesellig ist. Und ich tue, was jede gebildete Person am Rande der Mittelklasse tun würde. Ich überlege mir, wie ich ihn retten kann.

Könnte er vielleicht zu mir kommen und bei mir wohnen wie in dem Film *Blind Side* mit Sandra Bullock? Nein, schließlich durchlebe ich gerade buchstäblich einen Nervenzusammenbruch.

Könnte ich vielleicht meine Kontakte nutzen, um ihm einen Job zu suchen, in dem er voll und ganz aufgehen kann?

Unwahrscheinlich. Ich wohne in einer heruntergekommenen Mietwohnung. Und meine Kontakte haben nicht mal *mir* zu einem Job verholfen, in dem ich voll und ganz aufgehe. Abgesehen davon habe ich keine Kontakte.

»Ich kann dich von hier denken hören. Hör auf.«

»Womit?«

»Was auch immer du planst.« Ich fange an zu glauben, dass ich ein Gesicht habe, von dem man alles ablesen kann.

»Uff, Emily, schau mal, es ist schon nach zwölf. Mach jetzt Feierabend.« Sandra taucht wieder auf.

Mir wird klar, dass ich in den letzten eineinhalb Stunden nicht auf die Uhr geschaut habe, und ich frage mich, ob das bedeutet, dass ich Spaß hatte. Fühlt sich nicht unbedingt so an.

»Leon, könntest du bitte am Nachmittag das Lager aufräumen? Wir bekommen eine Lieferung.«

Er grunzt, was ich mittlerweile als ein Ja erkenne.

»Du kannst gut mit ihm«, sagt Sandra, als sie mir nach hinten folgt, wo ich meinen Mantel hole. »Wirklich«, fügt sie hinzu. »Vor heute habe ich ihn kaum zwei Worte sagen hören. Er mag dich.«

Ich zucke mit den Schultern und frage mich, wie Leon sich verhält, wenn er jemanden nicht mag.

»Wäre es okay, wenn ich nächste Woche eine halbe Stunde später komme? Wir haben Freitag ein Abendessen mit den Kollegen.« Das Essen mit dem Fachbereich Englisch ist vielleicht das einzige wiederkehrende soziale Ereignis in meinem Leben. Tatsächlich ist es unser Weihnachtsessen, aber weil die Leitung darauf besteht, dass alle anwesend sein müssen, konnten wir bis Anfang Februar keinen Termin finden.

»Klar. Ausnahmsweise«, antwortet Sandra nachsichtig. Ich unterdrücke den Impuls, ihr zu sagen, dass ich für das hier nicht bezahlt werde.

Auf dem Nachhauseweg wird mir klar, dass ich einen Knoten im Bauch habe. Das Essen mit den Kollegen markiert den Beginn des Februars und damit eine weitere Herausforderung von der Lebensliste. Ich habe keine Ahnung, wie ich Spontansein überhaupt angehen soll. Ich erinnere mich an das eine Mal, als Claire uns mit Mums Nähset Ohrlöcher stechen wollte. Oder als sie irgendwo einen gelben Textmarker gefunden und sich damit das Haar gefärbt hat. Das Spontanste, was ich in diesem Jahr getan habe, war, mir eine Pizza mit dünnem Boden bei Fat Joe's zu bestellen. Ich hatte versucht, gesünder zu leben. Und selbst das habe ich bereut.

Ich seufze. Das gute Gefühl von vorhin verdampft so schnell wie eine Pfütze in der Wüste. Die Lebensliste führt mir vor Augen, dass mein Leben noch beschissener ist, als ich dachte. Das, und außerdem hat sie mir leichte Schlaflosigkeit und einen beinahe andauernden dumpfen Kopfschmerz beschert. Ich gehe weiter und frage mich, wie zum Teufel ich weitere sechs Monate damit durchhalten soll.

15

1998

Als wir ins Zimmer kommen, setzt Claire sich in ihrem riesigen Krankenhausbett auf. Mum zuckt zusammen. Sie hat bis eben in ihrem Stuhl gedöst, aber sie tut so, als wäre sie wach gewesen.

»Em, bitte sag, dass du die Bücher mitgebracht hast. Ich kann nicht einen Tag länger ohne sie leben.«

Ich hebe die Tesco-Tüte hoch, in der so viele Bibliotheksbücher sind, wie ich tragen konnte. Sie quietscht glücklich.

Claire hat seit unserem ersten Schultag eine Menge Zeit im Krankenhaus verbracht. Sie hat jetzt ein eigenes Zimmer, und es ist ziemlich groß, aber es sind keine Stockbetten drin wie in unserem Zimmer zu Hause. Sie war im Krankenhaus, als wir unseren sechsten Geburtstag feierten. Claire ging es an diesem Tag zu schlecht zum Kuchenessen, also wollte ich auch keinen.

Weihnachten war Claire auch im Krankenhaus. Sie hat sich Sorgen gemacht, dass Santa nicht wissen würde, wohin er die Geschenke bringen soll, aber Mum hat sie beruhigt und gemeint, Santa wisse alles. Es war nicht schön, an Weihnachten nur mit Dad und Matt aufzustehen. Aber dann sind wir ins Krankenhaus gefahren, um mit Claire zu Mittag zu essen. Und niemand hat sie gezwungen, Rosenkohl zu essen, weil es ihr zu schlecht ging, also hatte sie nur Wackelpudding.

Jetzt schlägt die Behandlung an. Es macht mir nichts aus, dass Claire im Krankenhaus ist, solange die Behandlung wirkt. Es geht ihr wieder besser, weil der Krebs in ihrem Kopf am Verschwinden ist. Die Ärzte haben auch bei mir Tests gemacht, mit einer Nadel. Sie hatten die Befürchtung, dass Claire und ich gleich sein könnten. Aber ich habe nichts im Kopf, also sind wir es nicht.

»Und, was ist in der Schule passiert? Erzähl mir alles – ich kann hier nichts machen außer Lesen.«

Claire und ich mochten es immer, uns Geschichten zu erzählen, aber jetzt tun wir nichts anderes mehr. Zeichentrickserien gibt es nur zur Teestunde am Nachmittag.

Dad verlangt, dass ich mir noch einmal die Hände wasche, obwohl ich das erst vor einer Minute gemacht habe. Und dann darf ich zu Claire gehen und mich neben sie setzen.

»Wir haben gekocht. Obstsalat. Und Christopher Simmins hat Orangensaft ins Auge gekriegt und geheult. Der Lehrer hat ihm ein Papierhandtuch gegeben, das er dann dagegenpressen musste.«

Sie lacht, und das macht mich glücklich.

»Was sonst noch?«

Claire beginnt zu husten, und Mum muss ihr sagen, dass sie sich kurz hinlegen soll.

»Willst du Zeichentrickserien anschauen?«

Mum sagt, das bedeutet, dass Claire zu müde zum Reden ist, also sitze ich einfach nur neben ihr, und wir schauen uns *Als die Tiere den Wald verließen* an, obwohl es so viel gibt, worüber ich gerne mit ihr sprechen würde.

Zum Beispiel, wie einsam ich mich fühle, wenn nur Matt und Dad bei mir zu Hause sind. Und dass ich diese Woche vier Happy Meals hatte, was erst mal nicht schlecht klingt. Aber nach dem dritten hatte ich Bauchweh.

Und dass ich nachts nicht mehr einschlafen kann, weil ich nicht mag, wie leise es in unserem Zimmer ohne sie ist.

Und dass ich sie schrecklich vermisse. Und Mum. Mum ist nämlich immer im Krankenhaus, wenn Claire dort ist. Sie geht nicht mal mehr zur Arbeit im großen Supermarkt und macht auch sonst nichts mehr.

Ein paar Ärzte kommen rein. Man sieht ihnen an, dass sie Ärzte sind, weil sie einen langen weißen Mantel tragen und ein Stethoskop um den Hals haben.

Sie waschen sich alle auch erst mal die Hände. Immer waschen sich alle in Claires Zimmer die Hände.

»Und, wie geht es unserer Lieblingspatientin?«

Claire strahlt. Ihr Lächeln sieht jetzt noch riesiger in ihrem Gesicht aus.

»Heute hast du aber einen schönen Schal an.« Claire trägt einen rot-weiß gepunkteten Schal, mit dem sie wie eine Piratin aussehen würde, wenn sie auch eine Augenklappe hätte.

»Mum sagt, dass bald alle so einen tragen werden, um mich zu imitieren.« Claire hustet wieder.

»Das möchte ich wetten.« Die Ärzte lesen ein kleines Stück Papier, das sie aus einem Behälter am Fußende von Claires Bett holen.

»Gut. Immer noch sehr gut.« Sie reden mit Mum und Dad.

»Wann kann ich nach Hause?«, fragt Claire. »Ich will nicht länger hierbleiben, weil es wichtige Dinge gibt, die ich tun muss.« Die Ärzte lachen, aber ich weiß nicht, warum, weil Claire doch gar keinen Witz erzählt hat.

»Ein bisschen wird es noch dauern. Wir brauchen noch einen Behandlungszyklus. Und wir müssen sicherstellen, dass dein Immunsystem stark genug ist, um mit all den Keimen, die da draußen lauern, fertig zu werden.«

Mir gefällt die Vorstellung von lauernden Keimen nicht.

Vielleicht könnte ich ja ab jetzt vor Claire gehen, damit die Keime, wenn sie kommen, erst mich erwischen.

Ein anderer Arzt kontrolliert die Maschinen um Claire herum, hört ihren Herzschlag ab und macht leuchtende Klammern an ihre Finger.

»Alles gut.« Ein Arzt nickt dem anderen zu.

»Bald kannst du nach Hause.« Er tätschelt Claire den Fuß.

Alle im Zimmer lächeln, und ich bin so glücklich, dass ich richtig, richtig laut schreien möchte. *Bald.* Sie haben gesagt, dass Claire bald nach Hause kommt.

Februar: Sei spontan

16

Durch den Schlafmangel merke ich kaum, wie die Woche an mir vorbeizieht. Mein geschwächter Körper wird von Gedanken an Claire geplagt. Ich versuche nicht einmal mehr, sie abzuwehren. Ich merke, wie ich Erinnerungen an sie hervorhole, wenn ich eigentlich unterrichten sollte, und ganz entgegen meiner Gewohnheit, Spiegeln aus dem Weg zu gehen, verbringe ich unangemessen viel Zeit damit, mein Abbild anzustarren. Es kostet mich unglaubliche Mühe, mich wie ein halbwegs normaler Mensch zu verhalten.

Diese Woche markiert zudem den Beginn des Februars. Normalerweise wäre das ein Grund zum Feiern, endlich ist der Januar vorbei, der mindestens viermal so lange dauert wie einer der guten Monate. Die Ferien stehen an, und eine ganze Woche auf der Couch ist zum Greifen nahe. Aber in diesem Jahr gibt sich der Februar wie ein trauriger Verwandter des Januars. Rückblickend wird mir klar, dass Hilfsbereitschaft ein deutlich leichteres Ziel ist als Spontaneität. Wir leben schließlich in einer Welt voller Ungerechtigkeiten – da gibt es immer jemanden, der Hilfe braucht. Wenn es um Spontaneität geht, weiß ich nicht, wo ich anfangen soll.

Vor unserem gemeinsamen Abendessen am Freitag kommt so etwas wie Aufregung im Englisch-Kollegium auf. Es ist echt kein Wunder, dass unsere Schüler uns für ziemlich traurige

Gestalten halten. Die Aussicht auf Spaghetti Bolognese und ein Glas Rotwein bei Danchino reicht aus, um alle in freudige Erwartung zu versetzen.

Ich bin bestenfalls unentschlossen, ob ich hingehen soll. Einerseits sind Danchinos Spaghetti Bolognese ein echter Genuss, andererseits könnte ich den Abend auch mit Kuschelsocken auf dem Sofa verbringen.

Aber die Zeit, die ich auf dem Sofa unter einer Decke verbringe, ist nicht mehr die tröstliche Zuflucht, die sie einmal war. Was ich auch tue, meinen Gedanken entkomme ich nicht.

Also sollte ich wohl hingehen.

Freitag nach der fünften Stunde kommt Stan, unsere technische Hilfskraft, in mein Klassenzimmer. Ich packe so schnell wie ich nur kann meine Sachen zusammen und hoffe, dass ich noch einen Powernap einschieben kann, bevor ich mich fertig machen muss. Die Tatsache, dass mein Körper sich gegen den Schlaf sträubt, eine der grundlegendsten seiner Funktionen, ist sehr ärgerlich.

»Hi, Emily, ich habe deine Kopien für nächste Woche fertig.«

»Stan, das … das wäre wirklich nicht nötig gewesen.« Stan bemüht sich im Moment extra, wenn es um meine Kopien geht.

Er legt den sauberen Stapel Papier auf einem der Pulte ab.

»Also, kommst du heute Abend?«

Er gleitet mit dem Arm den Türrahmen hinauf. Ich schätze mal, er hat sich für den provokanten Ansatz entschieden. Bei jemand anderem würde das vielleicht funktionieren, aber nicht bei Stan. Zum einen heißt er Stan. Zum anderen ist er mehrere Jahre jünger als ich und hat schwarzes Haar, das ihm bis auf die Schultern reicht. Das an sich wäre noch kein Problem, aber er verwendet jeden Morgen mehrere Handvoll Haarpflegeprodukt, um sie nach hinten zu gelen. Entweder das, oder sie sind einfach nur sehr fettig.

»Jep. Und du?« Wir kennen die Antworten auf diese Fragen bereits. Wir hatten diese Unterhaltung schon zur Mittagszeit.

»Ja. Ich freue mich schon.«

»Ich auch.« Ich setze ein falsches Lächeln auf. Diese Gratwanderung mit Stan absolviere ich beinahe täglich. Er ist in mich verschossen und macht auch kein Geheimnis daraus. Er klebt Post-its auf meine Ausdrucke, auf denen STA Herz TUR steht, unsere offiziellen Namenskürzel. Ich kann ihn dabei weder ermutigen noch seine Hoffnungen zerstören. Ich will nicht mit ihm ausgehen, aber ich möchte auch nicht selbst laminieren müssen.

»Äh, ich mache mich dann mal besser auf den Weg. Bis später.«

»Wie wäre es«, flüstert er, als ich an ihm vorbeigehe, »wenn wir die Party danach noch fortsetzen würden? Zusammen?« Seine Stimme ist jetzt ein paar Oktaven tiefer.

Ich bin mir nicht sicher, ob englische Weihnachtsfeiern wirklich als Partys durchgehen, und gebe ein unbestimmtes Brummen von mir.

Stan bewegt sich nicht vom Fleck, als ich mich an ihm vorbei durch die Tür quetsche. Er riecht eigentlich nicht schlecht. Es ist ja nicht so, dass er optisch abstoßend wäre, von den Haaren mal abgesehen. Es würde mir nur nicht im Traum einfallen, etwas mit jemandem anzufangen, der genetische Gemeinsamkeiten mit Mr Hughes hat. Ich fange so gut wie nie etwas mit irgendjemandem an. Daher auch die 2,5 Sexpartner.

Sex.

Ich klatsche mir in einer *Warum-habe-ich-daran-nicht-gleich-gedacht*-Geste mit der Hand gegen die Stirn. Stan könnte mein Ticket zur Spontaneität sein. Und meine Statistik aufbessern.

Ich könnte mir zwar niemals eine Beziehung mit Stan vorstellen, aber wenn ich die Augen zumache, wären vielleicht ein paar andere Sachen drin. Es ist wirklich schon sehr lange her, seit ich die anderen Sachen gemacht habe. Bestimmt würde das mein Gehirn für eine Weile zum Schweigen bringen. Vielleicht ist das ja eine Win-win-Situation.

Auf dem Heimweg lasse ich mir die Idee weiter durch den Kopf gehen. Sie hat definitiv ihre Vorzüge. Im schlechtesten Fall bekomme ich vielleicht eine Nacht Schlaf mit jemand anderem im Raum.

»Kaz«, platze ich in den Flur, der uns auch als Wohnzimmer dient, »weißt du was? Ich glaube, ich werde heute Nacht meinen ersten spontanen One-Night-Stand haben.«

Kaz, die sich gerade *Friends – Pizza und Erotik* ansieht, drückt auf Pause. »Ich habe das Gefühl, dass diese Unterhaltung meine volle Aufmerksamkeit verdient. Also, wer ist der Glückliche, mit dem du spontan schlafen wirst?«

»Stan, du weißt schon, unsere technische Hilfskraft.«

»Fetthaar-Stan?«

»Ich glaube, es ist Gel.«

»Verstehe. Und wie kam es zu dieser wichtigen Entscheidung? Es war die Lebensliste, nehme ich an.«

»Jep. Die Herausforderung für den Februar. Sei spontan.«

»Nun, dieser Plan klingt mir *sehr* spontan. Es ist erst der dritte Tag des Monats. Sicher, dass du nicht noch etwas warten willst? Vielleicht suchst du dir etwas weniger Drastisches? Ich bin immer noch der Meinung, dass pinke Augenbrauen dir gut stehen würden.«

Ich komme zu ihr, setze mich auf den Ikea-Sessel und lasse meine Tasche danebenfallen.

»Überleg doch mal, wenn ich mit Stan schlafe, dann bin ich nicht nur spontan, sondern auch auf dem besten Weg, eine überdurchschnittlich sexuell aktive Person zu werden. Es ist noch Zeit, aber warum warten, wenn ich es auch jetzt tun kann? Ich muss einfach nur den Stier bei den Hörnern packen.«

»Stan kommt mir jetzt nicht gerade wie ein Stier vor, aber man weiß nie, manchmal sind es die Kleinen, die einen überraschen.«

Ich ignoriere diese Bemerkung.

»Egal, auf jeden Fall wirst du meine Augenbrauen nicht pink färben. Dann werfen sie mich raus. Steht im Mitarbeiterhandbuch«, sage ich statt einer Antwort.

Jedes Jahr am ersten Schultag zwingt Mr Hughes uns, das Mitarbeiterhandbuch zu studieren und danach an einem Quiz dazu teilzunehmen. Es steht auf dem »Willkommen zurück«-Plan unter »Fröhliches Miteinander«.

Kaz sieht mich durchdringend an. »Ich glaube, du vergisst etwas ganz Wichtiges. *Willst* du denn mit ihm schlafen?«

»Ich *will* nicht. Ich *muss* nur etwas Unerwartetes tun. Und ehrlich gesagt, hatte ich schon lange keinen Sex mehr.«

»Das stimmt natürlich. Aber dir ist schon klar, dass du das niemandem erzählen kannst? Du hast nicht vor, das in deine Facebook-Bio eintragen?«

»Nein. Aber *ich* werde davon wissen. Dieser Punkt ist für mich gedacht.«

»Sicher?«

Definitiv nicht. »Jep.«

»Dann bin ich dafür. Wie sieht der Angriffsplan aus?«

»Wenn du es so formulierst, klingt es beinahe illegal. Wie stellst *du* das denn normalerweise an?«

»Ich sage ihnen einfach, dass ich mit ihnen schlafen will.«

»Tust du nicht!«

»Na klar. Was soll ich sonst sagen? Ich will deine faszinierende Länge in mir spüren?«

Ich stecke mir die Finger in die Ohren und wippe auf dem Sessel vor und zurück.

»Ich kann das nicht. Ich muss mich auf meine weiblichen Reize verlassen.«

»Na, dann erzähl mal: Welche weiblichen Reize willst du auf den armen Stan loslassen?«

»Ich weiß nicht. Ich lege einfach die Hand auf seinen Arm und lache extralaut über seine Witze.«

»Das wird keine Zweifel offenlassen, dass du es mit ihm treiben willst.«

»So funktioniert es im Film.«

»Em, du schaust nur Musicals. In denen hat niemand Sex.«

»Manchmal küssen sie sich. Warte nur ab.« Ich setze dazu an, mich aus dem Sessel zu hieven. »Ich und Stan. Heute Nacht. Ich nenne es den Stan-Plan. Morgen um diese Zeit werde ich spontan gewesen und auf dem Weg zu einer durchschnittlichen Anzahl Sexualpartner sein. Nach Stan hält mich nichts mehr auf.« Endlich schaffe ich es, mich aus dem Sessel zu befreien.

»Deine Eltern wären so stolz auf dich.«

Ich bin spät dran. Statt eines Naps habe ich ganze zwei Stunden gegrübelt, was Claire wohl von meinem Stan-Plan halten würde. Es ist äußerst seltsam und auch extrem unangebracht, sich überhaupt Gedanken um die sexuelle Abenteuerlust einer Zwillingsschwester zu machen, die starb, als sie noch ein Kind war. Ich weiß nur, dass Claire einmal Tyler Moore geboxt hat, weil er versucht hat, sie bei einer besonders hitzigen Runde *Ochs am Berg* zu küssen. Ich bin mir nicht sicher, ob diese Erinnerung mich er- oder entmutigt.

Als es Zeit ist, mich umzuziehen, bin ich todunglücklich und sehr nervös. Es dauert unfassbar lange, bis ich es geschafft habe, die Wimperntusche abzuwischen, die mir beim Heulen über die Wangen gelaufen ist, und dann stellt sich heraus, dass ich kein einiges Set zueinander passender Unterwäsche besitze. Als ich schließlich im Restaurant ankomme, sitzen alle schon an dem langen Tisch. Jemand hat eine Weihnachtsgirlande in die Mitte gelegt, um zu signalisieren, dass dies unsere Weihnachtsfeier ist. Es ist nur noch ein Platz ganz am Ende frei. Natürlich hat mir niemand einen Platz freigehalten. Zu meiner Verärgerung (und gewissen Erleichterung) sitzen mehrere Kollegen zwischen mir und Stan.

Ich hänge meinen Mantel über die Lehne des Stuhls neben Ebony, unserer jüngsten Kollegin.

Ebony unterrichtet erst seit sieben Monaten. Sie ist bei jedem unserer Fachbereichstreffen voller Ideen für besseres Lernen und Lehren und dafür bekannt, dass sie beglückt quietscht, wenn einer ihrer Schüler unerwartete Fortschritte macht. Allerdings trägt sie auch täglich einen Ravenclaw-Pin, und das finde ich bewundernswert.

»Emily«, wendet sie sich mir sofort zu. »Du musst mir verraten, welche Strategien du für Tim O'Hara hast.«

Oh nein. Schlimmer als Ausgehen mit Lehrern ist nur noch, wenn den ganzen Abend übers Unterrichten gesprochen wird. Ich gieße mir ein außergewöhnlich großes Glas Rotwein aus der Flasche auf dem Tisch ein und werfe einen verzweifelten Blick zu Stan, der einige Plätze weiter sitzt.

»Tim aus der Elften?«, stottere ich.

»Ja, in deinem Unterricht macht er mehr Fortschritte als in allen anderen. Ich habe mir die Zahlen angeschaut. Und ich habe gesehen, wie du dich gestern im Flur mit ihm unterhalten hast. Er ist in deiner Klasse, oder? Ich finde sein Benehmen ja persönlich sehr anstrengend.«

Ich erwähne nicht, dass Tim Bonbons unter der Hand verkauft, nachdem in der Schulkantine alles mit Zucker radikal vom Speiseplan gestrichen wurde. Ich war gezwungen, einen Beutel davon im Austausch gegen 2,50 Pfund zu konfiszieren.

»Manchmal kann er ein bisschen frech sein.«

Ebony rattert eine Liste mit Namen von Schülern herunter, deren Verhalten sie ebenfalls als anstrengend und störend für den Fortschritt ihrer Mitschüler empfindet, wobei sie eine kurze Pause macht, um ihre Bestellung aufzugeben. *Spaghetti Bolognese.*

Ich bestelle dasselbe. Der Kellner geht, und Ebony kann sich wieder ungestört darüber auslassen, inwiefern Tims negative Einstellung die Leistungskennzahlen ihrer ganzen Klasse ruinieren könnte. Ich sehe echte Furcht in ihren Augen.

Ich nehme einen großen Schluck Wein und widerstehe dem Drang anzumerken, dass sie Tim vermutlich nicht für sich gewinnen wird, solange sie ihn als etwas sieht, was sie braucht, um eine bessere Statistik zu erreichen.

»Also, ist er für dich auch so anstrengend? Und welche Strategien wendest du an?«

»Ich, äh, mag Tim eigentlich ganz gern.«

Ebony schaut mich an, als hätte ich ihre Mutter eine Hure genannt. Ich werfe wieder einen Blick zu Stan hinüber. Er bedient sich großzügig am Brotkorb und lacht über etwas. Alle am Tisch haben mehr Spaß als ich.

Ich erbarme mich um Ebonys willen und rudere etwas zurück. Sie ist ja wirklich eine gute Lehrerin. »Ich meine, versteh mich nicht falsch, Tim kann eine Nervensäge sein.« Sie entspannt sich sichtlich. »Aber, äh, ich schätze, er hat eine Menge Stress zu Hause. Und manchmal ist schlechtes Benehmen ein Versuch, Aufmerksamkeit zu bekommen.«

»Ach wirklich, er hat Probleme zu Hause? Das wusste ich gar nicht.«

Ich nicke. »Sein Dad war nie da. Seine Mum kümmert sich nicht viel. Er hat drei Brüder, und sie leben alle in einer dieser Sozialwohnungen gegenüber der Schule.« Ich beiße von einem Stück Brot ab.

»Du hast recht. Ich muss eine bessere Beziehung zu Tim aufbauen, mich hinunter zu ihm auf Augenhöhe begeben.« Das hatte ich eigentlich nicht gemeint, aber ich will die Unterhaltung an dieser Stelle wirklich nicht fortsetzen.

Unangenehme Stille tritt ein.

»Du bist also eine Ravenclaw, ja?« Ich bin mir sicher, meine Stimme ist zu hoch. Ich gestikuliere mit einem Stück Brot in Richtung ihres Ansteckers, als unser Essen gebracht wird.

»Jep, ich habe in der Schule immer Bestleistungen erbracht.« Das überrascht mich nun gar nicht.

»Wie ist das bei dir?«

Ich wickle Spaghetti auf meine Gabel, während mir vom Wein der Kopf schwirrt.

»Ich sehe mich selbst als Hufflepuff.«

Denn ich bin mir ziemlich sicher, dass dieser Facebook-Persönlichkeitstest übelst fehlerhaft war, als er mich als Gryffindor eingeordnet hat. Habe ich gerade in meinen Gedanken das Wort »übelst« benutzt? Echt jetzt?

»Verstehe.« Ich fürchte, dass Ebony so eine Art Hufflepuff-Hasserin ist.

Und jetzt sind uns endgültig die Themen ausgegangen. Ebony wendet sich Mr Nichols zu und erkundigt sich nach seinen Abfragetechniken.

Hoffentlich kann ich jetzt in Ruhe essen.

Ich bringe es zu ein paar himmlischen Gabeln voll, während ich Stan im Auge behalte. Der Mann muss die Blase eines Ochsen haben, er war noch nicht einmal auf dem Klo. Aber dann beugt sich Miss Caroll, die Leiterin des Fachbereichs, zu mir herüber, um mit mir zu sprechen. Sie sitzt einen halben Tisch weit entfernt, deshalb muss sie in ihrer lauten Lehrerinnenstimme sprechen.

»Emily, ich habe mich gerade mit Jan unterhalten. Ich möchte dich um einen Gefallen bitten.«

Ich bin sofort misstrauisch. Wenn deine Chefin dich um etwas bittet, dann ist es im Prinzip nichts anderes als eine nett verpackte Anordnung.

Ich nicke lediglich.

»Wunderbar! Ich habe Jan gesagt, dass du genau die Richtige dafür bist.«

Ich war noch nie »genau die Richtige« für irgendetwas.

»Wofür?«

»Um die Theatergruppe bei ihrem Stück zu unterstützen. Mrs Thomas, die Lehrerin für Ernährungskunde, musste sich zurückziehen, und Jan braucht Unterstützung.«

Ich gebe mit Gesten zu verstehen, dass ich noch kaue und nicht antworten kann. Als ich schließlich schlucke, sage ich: »Ich … ich glaube nicht, dass ich die Zeit dafür habe.«

»Unsinn. Du bist die Einzige, die an allen Terminen für dieses Weihnachtsessen Zeit hatte. Es sind nur zwei Abende die Woche.«

»An welchen Tagen?« Alle am Tisch haben aufgehört zu reden und beobachten uns jetzt.

»Montag und Mittwoch.«

»Äh …«

»Ausgezeichnet. Wir zählen auf dich. Und es wird sich gut auf deiner Beurteilung machen.«

Ich füge mich in mein Schicksal.

»Was wird noch mal gespielt?«

»*Der kleine Horrorladen.*«

Wie passend.

In diesem Moment sehe ich, wie Stan aufsteht und auf die Treppe zusteuert, die zu den Toiletten führt.

»Entschuldigt mich.« Ich stehe umständlich auf und haste ihm hinterher.

Das ist keine gute Idee.

»Stan? STAN!« An der obersten Treppenstufe hole ich ihn ein.

»Emily, du siehst heute Abend bezaubernd aus.« Er versucht nicht einmal zu verbergen, dass er mich von oben bis unten mit den Augen abtastet. Ich setze meinen Vorstoß fort, bevor ich meine Verärgerung zur Kenntnis nehmen kann.

»Danke, äh, du auch.«

Jetzt bin ich an der Reihe, ihn zu mustern, wenn auch etwas subtiler, und Stan sieht wirklich ganz gut aus. Die Jeans sitzen etwas tief, aber er trägt ein sauberes schwarzes Hemd, und solange ich nicht in die Richtung seines Haars schaue, ist der Gesamteffekt nicht unangenehm.

»Nun, äh …«

Stan macht sich auf den Weg zur Tür, und mir wird bewusst, dass der Stan-Plan vor den Toiletten keine Chance hat. Mir bleibt nur eine Wahl.

»Stanwillstdunachhernochmitzumirkommen?« Das Herz pocht mir in den Ohren. Alles Blut strömt in mein Gesicht. Sicherlich werde ich jeden Moment spontan in Flammen aufgehen. Was ein bisschen ironisch wäre, wenn man bedenkt, was mein Motto für diesen Monat ist. Stan reißt die Augen auf, es sieht aus, als hätte ihm jemand Drogen gegeben.

»O Gott, tut mir schrecklich leid.« Ich drehe mich um und will die Flucht ergreifen.

»JA!«

Das ist eindeutig. Das muss man ihm lassen.

Ich spiele an meinen Händen herum und schiebe mir ein

paar Haarsträhnen hinters Ohr. Nur, damit ich etwas zu tun habe. Stan erholt sich schnell. Fixiert sich auf meine Lippen. Ich bin noch nicht so weit. Ich fange an zu reden.

»Schau mal, es sind nur fünf Gehminuten von der Innenstadt aus. Wenn alle fertig mit dem Essen sind, dann, äh, folgst du mir einfach?« Ich presse die letzten Worte so schnell heraus, dass es ein Wunder ist, dass er sie versteht.

Er nickt einfach nur. Langsam.

»Okay.«

»Okay.«

Unsere Unterhaltung sprüht förmlich Funken.

Ich stoße die Tür zur Damentoilette auf, damit ich Stans Reaktion nicht sehen muss, so ganz bin ich nämlich von meinem Plan doch nicht überzeugt.

Aber wenn es so ist wie der andere Sex, den ich hatte, dann ist es ja schnell vorbei.

Augenblicklich fühle ich mich schuldig. Emily Pankhurst und ihre Töchter würden sich in ihren Gräbern umdrehen.

17

Ich verstecke mich eine ganze Weile auf der Toilette und versuche, ausreichend Empfang zu bekommen, um ein paar Pornoseiten zu laden, die mir nützliche Hinweise geben könnten. Mit der Folge, dass meine Spaghetti schon abgeräumt sind, als ich wieder zurückkomme.

Es hat nicht mal geklappt. Ich habe es nur bis zu einer Einladung zu Kellys Webcam-Party geschafft. In der Werbeanzeige hatte Kelly nicht wirklich viel der Fantasie überlassen, also habe ich mich gefragt, was die Party darüber hinaus noch zu bieten haben könnte. Aber obwohl es nett wäre, etwas informierter an die Sache rangehen zu können, bringt es mich wohl nicht wirklich weiter, einer Frau mittleren Alters beim Masturbieren zuzusehen.

Die zweite Hälfte des Abends bin ich nervös. Ich zapple die ganze Zeit herum, während Ebony mich weiter über Lehr- und Lernstrategien für Problemschüler ausquetscht. Eigentlich will ich sagen: *Versuch doch einfach mal, nett zu Kindern zu sein, die ein schreckliches Leben haben.* Heraus kommt aber nur eine Reihe von »Ähms« und »Hmms«.

Es fällt mir schwer, mich zu konzentrieren, während Stan mich mit offenem Mund und voller Verehrung anstarrt. Er versucht, sich verführerisch etwas Tiramisu in den Mund fallen zu lassen. Es landet mit einem Platschen in seinem Schoß.

Und dann ist das Essen vorbei. Wir werfen alle unsere

Zwanziger auf das Silbertablett und nehmen uns eine winzige Tafel Minzschokolade. Ich habe mal einen Artikel gelesen, in dem stand, dass man die Gratissüßigkeiten, die man mit der Rechnung bekommt, nicht annehmen soll, wegen der Kalorien. Doch so ein Verzicht kommt mir vor, als würde man die Stalltür schließen, nachdem das Pferd sich aus dem Staub gemacht hat.

Ich sehe, dass Stan auch eine nimmt. Und mich ansieht, als er sie sich in den Mund schiebt. Ich habe noch nie einen Mann gesehen, der versucht, verführerisch ein After-Eight zu essen. Das sich zunehmend auflösende Quadrat, das er immer wieder zum Vorschein bringt, tut ganz und gar nichts für mich. Aber ich vergebe mental ein Fleißbienchen für den Einfallsreichtum und die Mühe.

Vielleicht hätte ich mehr Wein trinken sollen.

Stan holt zu mir auf, als ich hinter dem Restaurant um die Ecke biege.

»Ich glaube, ich habe es geschafft, ohne dass es jemandem aufgefallen ist.«

»Super.« Ich zeige ihm zwei Daumen hoch, als wäre er fünf.

Wir sprechen nicht viel auf dem Weg nach Hause. Ich erhasche ein paar Seitenblicke auf Stan. Er trägt einen Trenchcoat mit aufgestelltem Kragen. Wie so eine Art Polyester-Spion.

Mein Glaube an den Stan-Plan schwindet rasant. Ich muss ihn nach drinnen schaffen.

Nach nur wenigen weiteren Minuten sind wir an der Wohnung angekommen. Stan wartet hinter mir, während ich mit den Schlüsseln herumfummle.

»Ihr wohnt also nur zu zweit hier?«

Ich nicke. »Mmm hmm, ich und Kaz.«

»Das ist ja cool. Ich hoffe, dass ich bald bei Mum und Dad ausziehen kann.«

Ich hatte vergessen, wie jung Stan ist. Nicht problematisch jung. Aber doch jung.

Wir sind drin. Zum Glück hat Kaz sich rar gemacht.

»Kann ich dir was zu trinken anbieten? Ein Glas Wein?«

»Das wäre toll, danke.« Er schlüpft aus dem Mantel und legt ihn über die Sofalehne.

In der Küche genehmige ich mir erst einmal selbst ein halbes Glas, bevor ich es wieder auffülle und es mit Stans zum Sofa trage. Sie schwappen über, als ich sie auf den Wohnzimmertisch stelle. Stan setzt sich neben mich. Er sieht aus, als würde er schwitzen, aber sein Lächeln ist freundlich.

Ich weiß nicht, wie die Etikette bei solchen Dingen ist. Betreiben wir eine Weile Small Talk, oder sollten wir es hinter uns bringen und einfach loslegen? Offensichtlich habe ich zu lange nachgedacht, denn Stan sagt: »Ich werde dich jetzt küssen, Emily.«

Er sagt es, als wären wir in der alten *Star-Trek*-Serie: »Beam mich hoch, Scotty.«

Trotzdem stottere ich: »Okay.« Ich spüre meinen Puls in meinen Schläfen.

Er beugt sich vor, und ich tue es ihm gleich. Ich schließe die Augen, und dann sind seine Lippen auf meinen. Sie sind weicher, als ich sie mir vorgestellt hätte. Er lässt seine Zunge hineingleiten. Vom Kaffeeatem einmal abgesehen ist es nicht allzu schlimm. Für einen Kuss. Er schiebt die Finger in mein Haar, und ich frage mich, ob ich das auch tun sollte oder ob ich bei all dem Gel eh keinen Halt finden würde.

Er zieht sich zurück und küsst dann meinen Hals. Ich habe keine Ahnung, wie ich reagieren soll. Soll ich stillsitzen und die Augen offen lassen oder nicht? Sollte ich ihn mit einem Stöhnen anfeuern? Ich glaube, ich sitze zu aufrecht. Da ist nichts, was einem Funken auch nur ähneln würde. Mein Hals fühlt sich dort, wo er seinen Sabber hinterlassen hat, nur etwas kalt an.

Stan murmelt an meiner Schulter. »Ja, Emily, ja. Ich brauche das.«

Ich bin mir, was den Stan-Plan betrifft, nicht mehr so sicher.

»Ich kann es nicht erwarten, deine …«

Okay, das reicht.

»Stan, nein, warte.«

Er hält mit der Hand auf meiner Brust inne. Ich schlage danach wie nach einer lästigen Wespe.

»Emily, was ist los? Es geht dir zu schnell, oder? Ich wollte dich nicht drängen. Es ist nur, ich brauche …«

»Bitte. Nicht das schon wieder. Es tut mir leid, Stan. Ich will *das hier«,* ich wedle mit der Hand zwischen uns hin und her, »nicht mehr.«

»Verstehe.« Stan rührt sich nicht vom Fleck. Der Stan-Plan fällt in sich zusammen wie ein Kartenhaus.

»Äh, möchtest du dann nach Hause gehen?«

»Ich schätze, das muss ich dann wohl, oder?«

»Ja, ich schätze schon.«

Stan macht weiterhin keine Anstalten zu gehen. Er sitzt einfach nur da und öffnet und schließt die Faust.

Ich höre ein Geräusch hinter uns.

»Du hast die Frau gehört. Schieb ab.« Kaz taucht im Durchgang zum Wohnzimmer auf. Sie trägt einen Satinpyjama, und ihr Haar steckt in einer Plastiktüte. Trotzdem sieht sie Stan aus zusammengekniffenen Augen an, und bei ihrem Ausdruck bekomme selbst ich einen Fluchtimpuls.

»Also gut. Ich gehe«, schnaubt Stan.

»Tut mir echt leid«, sage ich noch einmal.

»Entschuldige dich bloß nicht«, unterbricht mich Kaz.

Stan und ich schauen beide zu Boden, als wären wir ungezogene Kindergartenkinder, die dabei erwischt wurden, wie sie Wände mit Wachsmalkreiden beschmiert haben.

Nach ein paar Momenten der Stille steht er auf und greift nach seinem Mantel.

»Bye, Stan. Bis Montag.«

Er knallt die Tür zu. Oder versucht es wenigstens. Über die Jahre ist sie aufgequollen, und jetzt knallt sie nicht mehr. Er zieht dreimal fest, bis er die Tür auf halbem Wege sich selbst überlässt. Kaz geht hin und stößt sie mit der Schulter zu.

»Klingt, als wäre es gut gelaufen.« Kaz kommt und setzt sich zu mir auf die Couch.

»Das ist so in die Hose gegangen, Kaz! Ich weiß gar nicht, wo ich anfangen soll. Ich konnte es einfach nicht. Außerdem wollte ich ihn ausnutzen, oder? Das ist schlecht, Kaz. Richtig schlecht.«

Kaz nimmt einen Schluck von Stans Wein. »Ja, ein bisschen schlecht ist es schon, das muss ich zugeben.«

»Ich trete die Liste in die Tonne. Was hat sie mir bislang gebracht? Wir hatten immer noch keinen Kunden im Laden, ich schaffe es nicht mal, den Katzen in Huddersfield zu helfen. Und ich war gerade richtig, richtig mies zu Stan, oder? Außerdem: Worauf soll ich mich überhaupt freuen? Auf ein Rennen durch den Schlamm, bei dem null Prozent Chance besteht, dass ich es beenden kann? Ich kriege ja nicht mal einen Liegestütz hin. Nicht einen. Und Kaz, dabei habe ich noch mit den einfachen Sachen angefangen!«

Ich glaube, ich kriege so eine Art Anfall. Es fühlt sich an, als könnte ich nicht genug Luft in meine Lunge saugen. Wer versagt schon im Leben, wenn er buchstäblich eine Liste hat, die ihm sagt, was er tun soll?

Kaz schiebt meinen Wein zur Seite. »Ich bringe dir ein Glas Wasser. Konzentrier dich erst einmal nur aufs Atmen. Ein durch die Nase und aus durch den Mund. Und schieb erst mal alles andere aus deinem Gehirn.«

Mein Gehirn funktioniert so nicht.

Trotzdem bemühe ich mich um Konzentration. Nase, Mund, Nase, Mund. Meine Atemzüge werden tiefer, während Kaz mir den Rücken reibt. Ich hebe mein Haar. Ich habe so viel geschwitzt, dass es mir im Nacken klebt.

Ich nehme einen großen Schluck Wasser.

»Besser?«

»Ein wenig, danke.«

»Also, diese Stan-Nummer war zugegebenermaßen nicht gerade eine Glanzleistung.«

Ich will antworten, aber sie hebt die Hand. »Du machst einfach immer mit der Nase-Mund-Sache weiter.«

Ich nicke.

»Aber mach dich jetzt deshalb bloß nicht fertig. Du warst nicht im Begriff, ihn auszunutzen, er wollte es genauso wie du. Sogar mehr, so wie es aussah. Aber natürlich kannst du deine Meinung ändern. Natürlich.«

Ich nicke. Weil sie recht hat. Sie fährt fort: »Ich glaube, die Liste ist nicht so katastrophal, wie du sie darstellst. Du leistest Freiwilligenarbeit im Katzenladen. Du weißt, dass du diesen Leon nicht hasst.«

Mein innerer Monolog hört gerade lange genug auf zu jammern, um mir vorzustellen, wie Leon dreinschauen würde, wenn er hörte, dass jemand ihn »dieser Leon« nennt.

Ich muss etwas lächeln, und Kaz redet weiter.

»Außerdem hat du in dem Bootcamp Freunde gefunden.«

»Eine Freundin.«

»Was deinen Freundeskreis um fünfzig Prozent erweitert. Ich glaube, dass du zu streng mit dir selbst bist. Du kannst jetzt noch nicht aufgeben.«

Ich sollte Kaz wirklich sagen, dass es mir nicht gut geht. Seit ich die Lebensliste begonnen habe, bin ich unglücklicher mit meinem Leben als je zuvor. Es ist, als wäre mein Gehirn in Aufruhr. Ich hatte mich an den Verlust gewöhnt. An eine Existenz ohne Claire. Und jetzt kann ich mir nicht einmal eine Tasse Tee machen, ohne mich zu fragen, welchen Tee Claire wohl getrunken hätte. Wäre es der von Tetley gewesen? Vermutlich nicht. Sie hätte Hibiskusblütentee aus einer dieser schicken transparenten Kannen getrunken. Da bin ich mir sicher. Genau wie sie verkündet hatte, dass Passionsfrucht ihre Lieblingseissorte sei, nachdem sie sie einmal probiert hatte. Jedes Mal, wenn wir danach Eis bekamen, beschwerte sie sich, dass es keine Passionsfrucht gab.

Natürlich erzähle ich das Kaz nicht. Es ist eine Sache, das Gefühl zu haben, den Verstand zu verlieren. Aber eine ganz andere, es laut zuzugeben. Ich versuche etwas, von dem ich hoffe, dass es wie ein Lächeln aussieht, und sagte: »Okay, ich gebe noch nicht auf. Wenn du meinst, es bringt was.« Natürlich könnte ich auch einfach aufgeben und Kaz nichts davon erzählen. Vielleicht sollte ich einfach nur so tun, als würde ich das Rennen laufen. Ich könnte mich im Matsch wälzen und mir dann ein Taxi zum Ziel nehmen. Das sollte ich mal recherchieren.

»Das tue ich.« Sie sieht mich durch schmale Augen an. »Und weißt du was, du solltest dir etwas Zeit nehmen und gut darüber nachdenken, *warum* du das hier tust.«

Sie ist mir auf der Spur.

»Ich habe es dir gesagt. Da war diese Sendung.«

»Hmmm.«

Ein paar Momente lang herrscht Stille.

»Bist du aufgeblieben, weil du wusstest, dass mein Plan zum Scheitern verurteilt ist?«

»Nicht unbedingt zum Scheitern verurteilt. Es war nur ein wenig unwahrscheinlich, dass es klappen würde.« Ich entdecke den Ansatz eines unterdrückten Lachens.

»Okay, du kannst also schon Witze darüber machen, wie hoffnungslos ich als sexuelles Wesen bin.«

Kaz korrigiert ihre Miene zu etwas, was man am Totenbett eines Verwandten aufsetzen würde.

»Vielleicht sollte ich mich einfach damit abfinden, dass ich unfähig bin. Ich werde die Energie, die ich für den Sex aufgespart habe, von nun an in andere Dinge stecken. Zum Beispiel in das Rennen.«

»Du brauchst einfach nur den passenden Partner. Aber weil wir gerade vom Rennen sprechen: Ich wollte dir noch sagen, dass ich mir das Wochenende freigenommen habe. Ich komme. Also zieh es besser durch.«

Ich umarme sie spontan. Ohne Vorwarnung. Obwohl die Tatsache, dass sie kommt, meine Betrugspläne noch kniffliger macht. Sie ist gerissener als wir Turners. Mein plötzlicher Gefühlsausbruch überrascht Kaz. Ich bin von Natur aus nicht so die große Umarmerin. Tatsächlich bin ich solchen Menschen gegenüber sogar sehr misstrauisch. Aber sie sagt nichts. Sie erwidert die Umarmung einfach nur.

»Okay, jetzt reicht es mit der Gefühlsduselei. Ich werde mir jetzt diese Maske aus dem Haar waschen. Verbring nicht die ganze Nacht mit Grübeln und Selbstmitleid. Jeder baut mal Scheiße.«

»Wie poetisch.«

»Gern geschehen.«

Und damit macht sie sich auf den Weg nach oben.

18

Am Morgen wache ich auf und frage mich, ob ich überhaupt geschlafen habe. Trotzdem widerstehe ich dem Drang, zum Handy zu greifen, und zwinge mich aus dem Bett.

Als ich mein Spiegelbild sehe, entfährt mir ein stummer Schrei. Ich habe schwarze Ringe um die Augen, und mein Haar sieht aus, als wollte es sich eigenständig von meiner Kopfhaut lösen. Ich bin praktisch *Beetlejuice*.

Ich mache mich an den Versuch, die Mascara der letzten Nacht aus meinem Gesicht zu entfernen, doch meine Bemühungen sind nur teilweise erfolgreich. Obwohl auch schwer zu sagen ist, wo die Mascara endet und meine Augenringe anfangen. Es besteht die Chance, dass ich gerade versuche, mir die Haut vom Gesicht zu schrubben.

Wenigstens muss ich heute nirgendwohin außer zum Katzenladen. Und niemand erwartet glamouröses Aussehen von ehrenamtlichen Helfern. Resigniert schlüpfe ich in Jeans und werfe mir einen »University of Huddersfield«-Hoodie über, der aus einem Haufen mit Klamotten stammt, bei denen sich nicht genau sagen lässt, ob sie sauber sind oder eigentlich in die Wäsche müssten.

Als ich in der Küche nach meinen Schlüsseln suche, verharre ich plötzlich in der Bewegung. Ich höre Gemurmel aus Kaz' Zimmer. Männliches Gemurmel. Wie in aller Welt sie es gestern so spät in der Nacht noch geschafft hat, sich jemanden aufzureißen, werde ich nie verstehen. Die Frau wäre echt in der Lage, sich mal eben einen schnellen Schniedel aus dem Nichts herbeizuzaubern.

Ich lache in mich hinein.

Das Gemurmel verstummt. Stattdessen höre ich den dumpfen Laut, mit dem das Kopfende von Kaz' Bett gegen die Wand prallt. Ich beschleunige meine Schlüsselsuche.

Stöhnen.

Ich finde die Schlüssel neben der Couch und stürme zur Haustür. Mit einem erleichterten Seufzen schließe ich sie hinter mir.

Am Randstein neben unserer Tür steht ein Wagen mit laufendem Motor. Ich mache mich daran, schnell vorbeizugehen, denn jede Frau weiß, dass neben Autos mit laufendem Motor herumzutrödeln praktisch eine Einladung für Axtmörder ist. Ich höre, wie die Scheibe langsam heruntergekurbelt wird, und mache mich bereit, dem Unbekannten mit meinen Schlüsseln das Auge auszustechen.

»Emily! Ist Bri bald fertig?«

Ich wirble herum.

»Josh! Wie schön, dich wiederzusehen!« Meine Stimme trieft vor Heuchelei, obwohl mein Magen bei seinem Anblick einen kleinen Purzelbaum macht. Seat fahrende Männer sind eine seltsame sexuelle Vorliebe, aber es scheint meine zu sein.

»Äh ja, gleichfalls. Hast du Bri dadrin gesehen? Ich hab ihm eine Nachricht geschrieben, aber er antwortet nicht.«

Ich frage mich einmal mehr, warum Josh sich benimmt wie eine Glucke. Aber er lässt das Handy in seinem Schoß nicht aus den Augen und wirkt sichtlich gestresst.

»Es geht ihm gut«, versichere ich. »Sogar besser als gut. Er und Kaz haben, äh …« Ich wedle mit den Händen. Kurz überlege ich, ob ich auch noch meine Hüfte bewegen soll, um deutlich zu machen, was ich meine, aber zum Glück setzt mein Gehirn dieser Idee ein schnelles Ende.

Zum Glück reichen Josh meine Handbewegung und die Tatsache, dass ich dunkelrot angelaufen bin.

Und dann starren wir uns einfach nur an. Nach meinen Begegnungen mit Stan und Josh beginne ich zu überlegen, ob diese Feministinnen, die Männer ausrotten und Babys in Aquarien züchten wollen, vielleicht doch auf dem richtigen Weg sind.

Plötzlich bin ich mir meiner Augenringe und fürchterlichen Frisur sehr bewusst.

»Ich bin sicher, dass Brian bald rauskommt. Ich sollte jetzt wohl besser los.« Ich zeige mit dem Daumen über meine Schulter. »Ich habe gleich Schicht.«

Josh schaut verwirrt drein.

»Ich dachte, du bist Lehrerin?«

»Das tue ich. Ich meine, das bin ich. Aber ich helfe samstags ehrenamtlich in einem gemeinnützigen Laden aus.«

Josh legt den Kopf schräg, und ich glaube, er ist beeindruckt. Kein Wunder, dass Männer uns all die Jahre so verarschen konnten, der hier muss nur einmal den Kopf schräg legen, und mir wird flau im Magen. Ich denke an Stans feuchte Küsse von letzter Nacht. Und zack, erlischt der Funke.

»Okay, bye dann.« Ich laufe los.

»Bye«, ruft er mir hinterher.

Ich eile zum Katzenladen, weil ich nach meiner Begegnung mit Josh spät dran bin. Ich versichere mir selbst, dass ich vermutlich nicht so schlimm aussehe, wie ich denke. Man ist mit sich selbst immer kritischer, oder? Aber dann wird mir klar, dass es wirklich fürchterlich sein muss, denn als Leon mich sieht, sagt er nicht einmal was. Seine Augen werden glasig, während er angestrengt versucht, die beste Beleidigung zu finden.

»Keine Sorge, ich weiß, wie ich aussehe. Ich hatte eine fürchterliche Nacht und einen anstrengenden Morgen, falls es dich interessiert.«

»Tut es nicht«, sagt er. Aber zehn Minuten später stellt er eine Tasse Tee vor mir ab, also glaube ich, dass es ihn vielleicht doch ein wenig interessiert. Männer sind so verdammt verwirrend. Es wäre so viel einfacher, wenn sie alle einen kleinen QR-Code hätten, der uns einen Hinweis gibt, womit wir es zu tun haben. Einmal schnell scannen, und schon weiß man, ob er *nett* ist. Oder ein *Player.* Oder jemand, der eigentlich ganz normal aussieht, aber darauf steht, ein Erwachsenenlätzchen zu tragen und mit Babybrei gefüttert zu werden. So was eben.

»Heilige Scheiße, es ist nur eine Tasse Tee.«

Ich lächle Leon an und proste ihm stumm mit meiner riesigen Sports-Direct-Tasse zu.

»Dann lass uns mal mit dem Streichen weitermachen, ja?«

Allein bei dem Gedanken daran, Stan am Montag zu begegnen, rumort es in meinen Eingeweiden. Aber er wird mit der Sache ja wohl umgehen wie ein Erwachsener.

»Oder etwa nicht?«, frage ich Kaz Samstagabend, während ein Stück von Fat Joe's Pizza von meiner Hand baumelt.

»Ich weiß es nicht. Männer sind wie Außerirdische«, zerstört sie meine Hoffnungen.

»Apropos Männer, ich bin heute Morgen Josh begegnet. Du triffst dich wieder mit Brian?«

»Was soll ich sagen, nach der Maske sahen meine Haare einfach erstklassig aus«, meint sie schulterzuckend.

An Schlaf ist noch weniger zu denken als sonst schon, meine Gedanken springen unaufhaltsam zwischen meinem Versagen in Sachen Spontaneität und dem Ausmaß, wie weit ich für die besagte Spontaneität zu gehen bereit war, hin und her. Damit die Zeit schneller vergeht, backe ich Sonntagmorgen etwa vierhundert Kekse. Kaz blinzelt zweimal nachdrücklich, als sie nach unten kommt und jede freie Fläche mit Backwaren bedeckt vorfindet.

»Was machst du da?«, fragt sie.

»Ich glaube, man nennt es einen Nervenzusammenbruch«, antworte ich fröhlich.

Niemand spricht je über die Vorzüge der Schlaflosigkeit. Ich habe noch nie etwas gebacken, und die Kekse sind fürchterlich. Aber immerhin haben sie mich beschäftigt.

Beim Mittagessen bin ich so im Fieberwahn, dass ich unentwegt rede. Ich höre erst auf, als Mum Dads Unterarm packt und alle am Tisch still werden.

»Alles okay, Emily, Liebes?«, erkundigt sich Mum.

»Erstklassig, danke.«

Problem gelöst.

Montagmorgen frage ich mich, ob ich hätte versuchen sollen, Stan zu kontaktieren, um reinen Tisch zu machen. Ich habe seine Nummer nicht, aber wir sind auf Facebook befreundet, obwohl ich nicht weiß, ob die Kids heutzutage noch den Facebook Messenger benutzen. Natürlich geht es vor allem darum, dass wir uns wie vernünftige Erwachsene benehmen. Okay, es geht vor allem darum, dass er weiterhin meine Kopien macht, aber das mit den vernünftigen Erwachsenen ist auch wichtig.

Diese Hoffnungen werden zumindest teilweise zunichtegemacht, als ich meinen Klassenraum betrete.

Der säuberliche Stapel Kopien, den ich Freitagabend hier zurückgelassen hatte, wurde über den ganzen Boden verteilt, und jemand hat sich die beträchtliche Mühe gemacht, jede Seite mit einem schwarzen Marker durchzustreichen.

Ich werfe meine Tasche aufs Pult und mache mich auf die Suche nach ihm.

Meine Jagd dauert nur dreißig Sekunden. In einer Schule gibt es wirklich nicht viele Verstecke für jemanden, dessen Job es ist, Kopien anzufertigen. Stan und Ebony stehen am Kopierer für den Fachbereich, der gerade Seite um Seite ausspuckt.

»Stan?«, rufe ich vorsichtig.

Er dreht sich um. Er und Ebony sehen mich finster an. Das ist ein wenig unfair, wie ich finde. Ich habe nicht versucht, Ebony wegen ihres Körpers auszunutzen.

»Ich habe dir nichts zu sagen.«

»Das verstehe ich, aber es gibt da etwas, das ich dir sagen möchte.« Ich habe ein wenig geübt.

»Dann sag es.«

»Äh, hier?« Ich habe Ebonys Anwesenheit nicht eingeplant, aber sie bewegt sich nicht vom Fleck. Ich ahne, was sie denkt. Sie zweifelt an meinen Hufflepuff-Referenzen.

Stan nickt.

»Ich hatte einfach nur die Hoffnung, dass wir das, was Freitag passiert ist, hinter uns lassen können. Wir waren immer Kumpel« – ernsthaft, Gehirn, was denkst du dir? – »und ich möchte nicht, dass das, was passiert oder nicht passiert ist, etwas daran ändert.«

Stan schnaubt. »Komm, Ebs, ich kann mir das nicht mehr anhören.«

Jetzt wünsche ich mir ernsthaft, ich hätte mich für Kaz' Version der Rede entschieden. Die Worte »Consent, Bitch!« kamen mehr als einmal darin vor.

So oder so hatte ich nicht erwartet, dass Stan meiner Meinung sein würde, also sage ich nichts, sondern stehe nur da, während er und Ebony zusammen davonstolzieren.

Um mich aufzumuntern, konfisziere ich eine weitere Packung von Tims Bonbons für 2,50 Pfund. Zu meinem Zusammenstoß mit Stan kommt auch noch die erste Probe für den *Kleinen Horrorladen* heute Abend. Ich habe das Gefühl, dass ich den Zucker brauchen werde.

»Wie kommen deine Brüder zurecht, Tim?«

»Ganz gut, Miss. Dan, der mittlere, hat jetzt diese Legasthenie. Haben sie letzte Woche getestet.« Ich unterrichte Dan, er ist in der Achten. Und um ehrlich zu sein, ist es ziemlich lächerlich, dass es so lange gedauert hat, bis jemand diese Diagnose gestellt hat.

»Und Stevie ist ein kleines Arschloch, aber er ist wohl der Schlaue von uns. Er kommt nächstes Jahr in unsere Schule. Ich sag ihm, er soll nett zu Ihnen sein, Miss.«

»Du wirst ja auf deine alten Tage noch soft, Tim.«

»Nee, nicht wirklich, aber für eine Lehrerin sind Sie gar nicht so scheiße.«

Als er geht, fange ich an zu weinen. Das ist vermutlich das Netteste, was jemals jemand zu mir gesagt hat.

Nach Unterrichtsende gehe ich hinunter in die Aula. Die Stühle, die hier normalerweise säuberlich für Versammlungen aufgereiht sind, werden zur Seite geschoben, und eine Schar brüllender Kinder versammelt sich um Jan, eine der anderen Englischlehrerinnen.

Jan ist so breit wie hoch und in dem Getümmel kaum auszumachen. Sie hat den Arm über den Kopf gehoben und wedelt mit etwas, das das Skript sein könnte – oder auch eine weiße Flagge der Kapitulation.

Ich warte am Rand des Rudels, bis Jan mich entdeckt.

»Miss Turner, Gott sei Dank. Diese kleinen Monster!«

Es überrascht mich nicht, dass die Schule Mühe hat, Leute für das Stück zu finden. Trotzdem weiß ich immer noch nicht so recht, was Jan von mir erwartet. Wenn sie glaubt, dass ich hier als Autoritätspersönlichkeit auftreten kann, dann wartet eine herbe Enttäuschung auf sie. Meine Existenz ist das direkte Gegenteil der Wörter Autorität und Persönlichkeit.

Jan verschwindet einmal mehr unter einer trampelnden Horde Teenager. Mr Barnes, der neue Musiklehrer, sitzt am Klavier und hat den Kopf in die Hände gestützt.

Mir pochen die Schläfen. Der dumpfe Schmerz, den ich dieser Tage mit mir herumschleppe, hat sich zu einem regelrechten Pulsieren gesteigert.

Ich muss dafür sorgen, dass dieser Lärm aufhört. Wie auf Autopilot schwinge ich mich auf die Bühne und schreie »Hey!«, während ich mit den Armen wedle. Niemand achtet auf mich.

»MR BARNES«, schreie ich. »MACHEN SIE EIN RICHTIG LAUTES GERÄUSCH AUF DEM KLAVIER!«

»WAS?«

Es bringt nichts. Ich gehe hinüber zum Rand der Bühne, wo das Piano aufgebaut ist, und ziehe die Finger so aggressiv wie möglich über die Tasten.

Endlich schauen ein paar der Jugendlichen in meine Richtung. Noch mehr verstörende Geräusche und Winken, und endlich habe ich ihre Aufmerksamkeit.

»RUHE«, schreie ich. »RUHE!!!!«

Jetzt sehen sie mich alle an. Jan, endlich befreit von dem Mob, keucht.

»Okay, Leute«, schreie ich vom Rand der Bühne aus. »Ich kann schon jetzt sagen, dass unsere Show absolut scheiße wird. Ein riesiger, stinkender Haufen … Scheiße.« Ich hole tief Luft und rede weiter: »Wenn ihr so weitermacht, wird nächstes Jahr niemand kommen wollen, um euer Stück zu sehen, oder im Jahr danach. Wollt ihr das wirklich?« Für einen unbeteiligten

Beobachter könnte es tatsächlich so aussehen, als übernähme ich gerade die Kontrolle über die Situation. »Wie sieht es mit dir aus?« Ich zeige wahllos auf Schüler. »Und mit dir?« Sie alle schütteln den Kopf, während sie mich aus wachsamen Augen ansehen.

»Okay, sofern ihr also nicht Teil der schlechtesten Show in der Geschichte der Schule sein wollt, muss das hier aufhören. Ihr redet nicht, bevor ihr gefragt werdet. Verstanden?«

Halbherziges Nicken.

»Ich habe gefragt, ob ihr verstanden habt.« Ich klinge wie meine eigenen Lehrer früher.

Eifriges Nicken. Besser.

»Ensemble, kommt und stellt euch dorthin.« Ich wedle mit dem rechten Arm. Ich bin jetzt eine Löwenbändigerin und völlig berauscht von der Macht, die ich in den Händen halte. »Ihr werdet jetzt mit der Miss die Tanz-Parts durchgehen. Schnell jetzt. So ist es richtig.«

Weiter geht's. »Die Hauptdarsteller kommen zu mir. Schnappt euch ein Skript, wir gehen euren Text durch. Wissen alle, wo sie zu stehen haben?«

Massenweise richten sich Augen auf den Boden.

»Sehr gut. Lasst es uns anpacken, Leute.« Ich klatsche angestrengt in die Hände wie ein überschwänglicher Zirkusdirektor. Alles, was ich jetzt noch brauche, ist einer dieser unsinnigen schmalen Schals und ein Monokel.

Irgendwie bin ich von der unwilligen Beteiligten zur Alleinherrscherin des Stücks geworden. Es bleibt keine Zeit, mir Gedanken zu machen, denn jetzt lösen sich mehrere Schüler und Schülerinnen aus der Menge und kommen auf die Bühne. Jan sieht mich an, als wäre ich die Auferstehung des Herrn. Ich inhaliere mehrere stärkende Bonbons.

»Also, ihr sagt mir jetzt euren Namen und wen ihr im Stück

spielt. Natürlich kenne ich ein paar von euch schon.« Ich nicke den beiden zu, die ich unterrichte. »Amy, wer bist du?«

»Audrey, Miss.« Gute Wahl. Amy ist fleißig und wird ihren Text lernen. Ich habe sie im Unterricht summen gehört und weiß, dass sie einen Ton halten kann.

»Und du, Steven?«

»Seymour.«

»Okay.« Steven ist zwei Jahre jünger und mehr als einen Kopf kleiner als Amy. Sie geben also ein seltsames Paar ab, aber das macht nichts.

»Und ihr anderen?«

»Dev, ich bin der Zahnarzt.«

»Ich liebe die Stelle im Stück.«

»Uzefa, der Ladenbesitzer.«

»Gut.«

Ein Schüler ist noch übrig, er muss in der siebten sein. Er ist ein winziges Kind mit einer riesigen Brille und Zähnen, bei denen man hofft, dass er noch reinwächst. Ich kann mich allerdings nicht erinnern, dass es noch weitere Rollen gab.

»Cade. Ich bin die Pflanze, Audrey II«, quiekt er. Beim Sprechen wird er auf besorgniserregende Weise rot.

Großartig.

»Okay, ab jetzt rufe ich euch bei der Probe nur noch mit dem Namen eurer Rolle auf. Auf diese Weise seid ihr ganz im Stück, solange ihr hier seid.«

Sie nicken alle.

»Also gut«, fahre ich fort. »Der Ladenbesitzer und Audrey, ihr beide geht in diese Ecke und übt euren Text. Zahnarzt, die Tänzer üben gerade dein Lied, also gehst du besser zu ihnen. Seymour und Audrey II, wir gehen die Szene durch, in der die Pflanze von Seymour verlangt, ihr Blut zu geben. Die ist sehr wichtig. Und das können wir ohne das Klavier machen.«

Pflichtbewusst gehen alle und tun, was ich ihnen gesagt habe. Ebony hat recht, ich habe ein Talent dafür, die kleinen Scheißer zum Gehorchen zu bringen.

Ich drehe mich zu Seymour und Audrey II um.

»Also, in dieser Szene verändert sich die Beziehung zwischen der Pflanze und Seymour. Audrey II ist mittlerweile so groß, dass sie jetzt Forderungen an Seymour stellt und von ihm verlangt, Dinge zu tun, die, äh, nicht gerade nett sind.«

»Es ist ein Blutbad, Miss.« Ich blicke in Augen, die auf eine Weise aufleuchten, die ich möglicherweise in zwanzig Jahren in einem Gerichtssaal beschreiben muss.

»Nun, gewissermaßen. Aber tatsächlich geht es darum, wie Seymour sich von einem guten Menschen in jemanden verwandelt, der bereit ist zu tun, was auch immer nötig ist, um seine Pflanze glücklich zu machen. Denn Seymour glaubt fälschlicherweise, dass diese seltsame und ungewöhnliche Pflanze, die er während eines Gewitters gefunden hat, das einzig Interessante in seinem Leben ist.« Mein enzyklopädisches Wissen über Musicals macht sich hier wirklich bezahlt. Claire wäre so stolz auf mich. Ich schniefe.

Ich sehe Cade aka Audrey II an. »Denkst du, das kriegst du hin?«

»Ganz sicher«, quiekt er und wird irgendwie noch röter.

Die Hoffnung verschrumpelt und stirbt in mir.

»Okay, wir fangen an der Stelle an, wo Audrey II, die Pflanze, Seymour sagt, dass er sie füttern soll. Bereit?«

Sie nicken.

»Am besten schaut ihr euch dabei an. Und denk dran, Seymour, er verlangt von dir, etwas zu tun, was du nicht tun willst. Stell dir einfach vor, dass du achtzehn Seiten Mathehausaufgaben hast oder so was.«

Er verzieht das Gesicht.

»Perfekt. Los geht's.«

Ich kann mir ehrlich nicht erklären, was dann passiert. Ich nehme einfach an, dass möglicherweise ein musikalischer Geist ähnlich dem *Phantom der Oper* in Cades Stimmbänder eindringt. Denn als er *Füttere mich, Seymour,* singt, wackelt ungelogen die Bühne.

Füttere mich, Seymour, füttere mich heute Nacht, fährt er fort. Seymour bekommt das Gesicht nicht recht verzogen. Wie ich hat er den Mund offen stehen angesichts dieses eins zwanzig großen Nichts, das Cade ist.

»Ist das okay, Miss?« Seine Stimme schraubt sich ein paar Oktaven nach oben.

»Okay? Du bist brillant, Cade!«

»Fist Bump, Miss?«

»Na klar.« Wir stoßen die Fäuste zusammen. »Du wirst eine ausgezeichnete Audrey II sein. Wo hast du so singen gelernt?«

»Mein Dad war in einer Band, bevor er sich den Rücken verletzt hat und Sozialhilfe beantragen musste.«

»Nun, offensichtlich hast du sein Talent geerbt. Okay, Seymour, erinnere dich, du musst so dreinschauen, als würde man von dir verlangen, etwas zu tun, was du eigentlich nicht machen willst.«

Wir gehen die Szene noch einmal ganz von Anfang durch. Jetzt, da er sich von dem Schock über Cades Stimme erholt hat, bekommt Seymour einen ausgezeichneten leidenden Ausdruck hin.

»Fantastisch, ihr beiden, ihr habt in eure Rollen gefunden. Seymour, du hast total entsetzt ausgesehen!«

»Ich habe mir Ihre Unterrichtsstunde vorgestellt, Miss, wenn Sie uns zwingen, Shakespeare zu lesen!«

Ich unterdrücke ein Stöhnen.

»Glauben Sie immer noch, dass es das schlechteste Stück

der Welt wird, Miss? Letztes Jahr war ich nämlich bei *Hexenjagd*, und das war echt schlecht.«

Es war wirklich schlecht. Jan hat eindeutig Sinn für das Makabre. *Der kleine Horrorladen* ist eine schwarze Komödie, aber wenigstens verbrennen wir keine Siebtklässler. Im Jahr zuvor war es *Bambi*, einschließlich einer Fotomontage mit Schlachthausthema, die von einem Projektor an die Wand geworfen wurde.

»Es wird definitiv besser als letztes Jahr«, sage ich einigermaßen überzeugt. »Und jetzt kommt, gehen wir zu den anderen.«

Das Tanzen ist, soweit ich sehen kann, ein kleines Durcheinander. Einige der Jugendlichen hatten offensichtlich jahrelanges Training, sie kicken und springen mit der Beweglichkeit einer Katze. Andere sind eindeutig hier, weil man für die Theatertruppe Stunden schwänzen kann, und laufen einfach nur herum und wedeln mit den Armen. Und weil wir gerade von Schülern sprechen, die Stunden schwänzen …

»Tim, ich wusste gar nicht, dass du schauspielerische Ambitionen hast?« Tim sitzt mit dem Rücken zur Wand auf dem Boden. Ich fürchte, er ist hier, um Bonbons an die geschwächten Tänzer zu verscherbeln.

»Ich bin für die Beleuchtung zuständig, Miss. Das vierte Jahr schon.«

»Ah, verstehe. Und deine Anwesenheit hat nichts mit der Tatsache zu tun, dass du für die Proben eine halbe Woche Unterricht schwänzen kannst, oder?«

Er gibt sich empört. »Ich? Natürlich nicht! Sie wissen doch, dass ich Lernen liebe. Ich lebe dafür.«

»Hmm. Nun, dann geh und mach dich nützlich. Schau dich mal im Kostümfundus um, wir brauchen etwas, das nach einer riesigen blutfressenden Pflanze aussieht.«

Er schnaubt, macht sich aber trotzdem auf den Weg.

Ich gehe hinüber zu Jan, die immer noch hektisch mit den Armen wedelnd vor den Tänzern steht.

»Oh, danke, Emily. Ich weiß nicht, was ich ohne dich gemacht hätte.« Sie packt mich so fest an den Oberarmen, dass ihre Finger weiß werden.

»Kein Problem. Ich hatte sogar Spaß.«

»Wirklich?« Sie sieht aus, als würde sie gleich anfangen zu weinen.

Ich nicke und bin über mich selbst überrascht.

19

1998

Claire ist daheim.

Ich sage mir das immer und immer wieder in meinem Kopf, weil es sich dann realer anfühlt. Wenn ich heute von der Schule nach Hause komme, wird Claire dort sein. Im unteren Bett.

Granny holt Kaz, Matt und mich von der Schule ab.

»Katherine, Liebes«, sagt Granny vom Fahrersitz aus, »deine Mum ist nebenan und hilft Claire, sich wieder zu Hause einzufinden. Komm doch mit rein und warte auf sie.«

Kaz nickt. Kaz ist mittlerweile meine zweitbeste Freundin nach Claire. Sie sagt, dass ich ihre allerbeste Freundin bin, es sie aber nicht stört, dass ich eine andere allerbeste Freundin habe. Und dann sind dann noch Charlotte, Haffsah und Ruby aus der Schule, mit denen wir auch befreundet sind.

Ich sitze auf meinen Händen, weil ich es nicht erwarten kann, nach Hause zu kommen.

Ich stürme durch die Eingangstür und ziehe nicht mal die Schuhe aus, wie ich es sollte, bevor ich nach oben stürme. Kaz ist gleich hinter mir.

Granny ruft »Ich stell den Kessel auf den Herd« und macht sich auf den Weg in die Küche.

Ich stoße die Tür zu unserem Schlafzimmer so heftig auf, dass sie gegen die Wand dahinter knallt.

Kaz' Mum rückt gerade Kissen in Claires Rücken zurecht, und meine Mum steht daneben und sieht so aus, als würde sie gleich wieder anfangen zu weinen, aber Claire ist da, sie ist wirklich da!

»Wascht euch die Hände, Mädchen«, verlangt Mum, und wir tun, wie uns gesagt wurde, und waschen uns im Bad die Hände.

»Emily!«, keucht Claire. Jetzt, wo Claire wieder in unserem Zimmer ist, fällt mir auf, dass sie gar nicht mehr wie Claire aussieht. Und sie sieht definitiv nicht wie ich aus. Nach und nach verfliegt meine Freude, weil ich denke, dass Claire aussieht, als würde sie nicht mehr in unser Zimmer gehören. Mit den lila Tapeten und dem Boden, der wirkt wie Holz, aber keines ist.

Aber Mum sagt, dass Claires Haare wieder nachwachsen. Und dass ihre Augenbrauen wieder dort sein werden, wo Augenbrauen hingehören.

»Ist es gut so, Claire?«, fragt Kaz' Mum. Sie trägt ihren blauen Arbeitspyjama.

»Ja, danke.«

Ich weiß nicht, was ich tun soll.

»Em, Kaz, warum setzt ihr euch nicht neben Claires Bett auf den Fußboden, dann könnt ihr euch richtig unterhalten.«

Wir gehen rüber.

»Sehr ihr diesen Knopf?« Kaz' Mum zeigt auf eine kleine Fernsteuerung mit einem großen roten Knopf drauf, der auf unserem Schreibtisch unter dem Fenster liegt. Nah genug, dass Claire von ihrem Bett aus drankommen kann. »Wenn ihr den drückt, dann wissen wir, dass etwas mit Claire nicht stimmt. Wenn ihr also zusammen hier seid und es so aussieht, als würde es ihr nicht gut gehen, dann drückt ihr einfach den Kopf. Verstanden?«

Wir nicken.

»Und Claire, Süße, wann immer es dir nicht gut geht, selbst wenn es mitten in der Nacht ist, drück einfach den Kopf. Mach dir keine Sorgen, dass du jemanden aufweckst, okay?«

Claire nickt auch. Und dann gehen die Erwachsenen, und es sind nur noch Claire und Kaz und ich da, genau wie ich es am liebsten mag.

»Was habt ihr heute in der Schule gemacht?«, fragt Claire. Sie fragt uns das immer zuerst, und ich glaube, sie ist ein bisschen traurig, weil sie nicht zur Schule gehen kann. Obwohl wir normalerweise Ferien lieber mögen.

»Wir haben in der Pause Fangen gespielt und ein neues Lied über Jona und den Wal gelernt. Jona ist von dem Wal gefressen worden, aber am Ende ging es ihm gut.«

»Klingt nach einem lustigen Lied.«

Claire rutscht etwas in ihrem Bett hin und her und kneift die Augen zusammen, als würde ihr was wehtun.

»Soll ich den roten Knopf drücken?«

»Nein! Ich musste mich nur etwas aufsetzen. Du und Kaz, ihr könntet ja Barbie spielen, wenn ihr möchtet, ich glaube, ich will einfach nur ein bisschen die Augen zumachen.«

Und Claire schließt die Augen, obwohl es noch nicht Zeit fürs Bett ist und wir normalerweise nicht gerne schlafen gehen, solange wir nicht müssen und Dad uns nicht kleine Nervensägen genannt hat.

Ich und Kaz spielen mit den Barbies, aber wir reden leise, weil Claire jetzt schläft. Ich frage mich, ob sie heute Nacht auch schlafen wird, das ist nämlich eine ganze Menge Schlaf für einen Menschen.

Unten sagt Kaz' Mum, dass Claire in den nächsten Wochen vermutlich ganz viel schlafen wird, weil das so ist, wenn der Körper sich heilt, und Claires Körper hat nach dem Krebs eine

Menge zu heilen. Nachdem ich das gehört habe, denke ich, dass es gut ist, dass Claire schläft. Ich sage Mum, dass ich extra leise sein werde, wenn Claire schläft, damit ihr Körper alles heilen und ihre Haare nachwachsen können.

Da fängt Mum an zu weinen. Aber ich weiß nicht, was von dem, was ich gesagt habe, sie traurig macht.

März: Sei inspirierend

20

Ich schluchze ungehemmt.

»Hör auf, so ein Baby zu sein, und lass sie mich aufstechen.«

»Nein, das tut weh.«

»Himmel, es ist nur eine Blase. Wer bekommt eine Blase von der Größe Schottlands nach einem Eineinhalb-Kilometer-Lauf?«

Ich kauere nervös auf dem Rand der Badewanne, während Kaz sich mir mit der Nadel nähert. Okay, es ist eine Sicherheitsnadel. Trotzdem. Sie lässt die Flamme ihres Feuerzeugs auf sehr bedrohliche Weise daran entlanggleiten.

Es ist März. Und das bedeutet, dass ich plötzlich inspirierend werden muss. Der Februar war im Endeffekt eine Katastrophe. Ich habe spontan Kaz umarmt, aber der Frauenwelt unsagbaren Schaden zugefügt, indem ich mich nicht gegen Stan behauptet habe. Alles in allem kann man den Monat unmöglich als Erfolg bezeichnen. Ich verliere zunehmend den Verstand und warte immer noch darauf, mal eine Nacht durchzuschlafen.

Aber dieser Monat ist vielversprechend. Obwohl ich es besser wissen sollte, gehe ich immer noch zum Bootcamp. Wenn ich es beim Rennen ins Ziel schaffe, werde ich inspirierend sein. In den frühen Morgenstunden scrolle ich durch die Instagram-Posts von sportlichen Leuten. Im Ziel angekommen, sehen sie immer unglaublich aus. Als würde das Wissen, dass sie besser sind als andere Menschen, ihnen aus jeder Pore strömen. Das sind die Leute, die vor einem Axtmörder davonrennen könnten, ohne auch nur zu schwitzen. Für diese Leute ist Shapewear nur etwas, was Bridget Jones mal getragen hat. Ich muss eine von ihnen werden.

In einer besonders langen Nacht mache ich mir die Mühe, mein Gesicht in ein paar von diesen Bildern einzusetzen. Ich weiß nicht, ob ich es bin oder Claire, die mir daraus entgegenstarrt.

Claire war sportlich. Beim Eierlauf am Sporttag hat sie alle geschlagen, und sie hatte drei Schwimmabzeichen und ich nur eines. Sie *lachte* beim Rennen. Vielleicht ist dies der Monat, in dem ich endlich Frieden mit meinem Spiegelbild finden werde. Die Hoffnung stirbt bekanntlich zuletzt.

Aber zunächst ist da diese dämonische Blase.

»Du weißt, dass ich ohnmächtig werde, wenn sie zu bluten anfängt.«

»Was machst du beim Bluttest?«

»Der ist nur alle drei Jahre. Und ich nehme eine Heuschnupfentablette, die mich schläfrig macht, damit es weniger schlimm ist.«

Weil wir Zwillinge waren, bedeutet Claires Krebs, dass ich ein erhöhtes Risiko habe, ihn auch zu bekommen. Juhu. Auch das ist eine Sache, an die ich angestrengt nicht denke.

»Himmel.« Mit einer schnellen Bewegung packt sie meinen Fuß und sticht in die Blase an meiner Ferse.

»AUAAA! Ah, das fühlt sich schon besser an.«

»Hab ich dir doch gesagt.« Sie presst einen Wattebausch auf die Wunde beziehungsweise das kleine Loch.

»Du genießt das, das weiß ich.«

»Es ist sehr befriedigend, ja. Also, mal abgesehen von der riesigen Blase, wie läuft es mit dem Training?«

»Nun, jetzt bin ich in jedem Fall besser ausgestattet.«

Dank der Stunden, die ich auf Instagram verbracht habe, weiß ich jetzt, welche Ausrüstung die beste für sportlichen Erfolg ist. Weshalb über die letzten Wochen ein stetiger Strom von Sportartikeln hier eintrudelte. Zeug, von dem ich wusste, dass ich es nicht brauche. Nippeltape zum Beispiel. Das war in mehreren Posts getagt. Immer von Männern. Aber ich bin lieber zu vorsichtig, als hinterher Probleme zu haben – vor allem, wenn es um Nippel geht. Und gestern habe ich schicke neue Socken getragen. Die mir diese riesige Blase beschert haben. Im Prinzip bin ich jetzt also arm an Geld, aber reich an Sportartikeln.

»Hat es dich also gepackt?« Kaz klebt das Blasenpflaster auf meine Wunde.

»Ich will, dass es mich packt, wirklich. Aber der einzige Effekt des ständigen Trainings ist, dass ich mich noch weniger bewegen will. Ich möchte es einfach nur hinter mich bringen. Mein Bild bekommen und von wenigstens einem Menschen inspirierend genannt werden.«

»Wann ist das Rennen noch mal?«

»In zwei Wochen.« Bei dem Gedanken wird mir mulmig. Ich war bei diesem Eineinhalb-Kilometer-»Lauf« nicht mal gejoggt. Und ich schaffe immer noch nicht mehr als null Komma fünf Liegestütze. Ich habe es vermieden, irgendwelche Promovideos für den Tough Mudder anzuschauen, und vertraue darauf, dass die Unwissenden wirklich selig sind.

Kaz setzt sich wieder auf den Badezimmerboden.

»Das ist gut. So etwas hast du dir noch nie zuvor vorgenommen. Selbst ich bin inspiriert.«

»Ach, sei still. Wenn du das sagst, zählt es nicht.«

»Ich meine es ernst, ich habe dich noch nie so beschäftigt erlebt.«

Sie hat recht. Mit dem Laufclub, den Theaterproben und dem Katzenladen habe ich gut zu tun.

Warum in aller Welt ich also nicht langsam das Gefühl habe, ein erfülltes, glückliches Leben zu führen, ist mir ein Rätsel. Manchmal habe ich sogar den Eindruck, dass ich mein Leben gar nicht selbst lebe. Es fühlt sich eher an, als würde ich mir selbst dabei zusehen. Wie in der *Truman Show.* Nur dass ich das bin. Ich bin Truman.

Für einfache tägliche Aufgaben brauche ich jetzt viermal so lange wie früher. Letzen Sonntag habe ich vier Stunden gebraucht, um ein Frühstück zuzubereiten, das aus zwei Scheiben Toast und Coco Pops bestand. Absolut niemand würde ich sein wollen. Nicht mal ich will ich sein.

Ich rede mir ein, dass es nur daran liegt, dass die Liste anstrengender ist als erwartet. Wenn ich erst einmal das Rennen hinter mir habe und ein inspirierender Mensch bin, werde ich einen positiveren Blick auf das Leben haben. Mehr so wie Claire.

»Okay, das war's«, sagt Kaz und klatscht sich auf die Oberschenkel.

»Zwing mich nicht zu gehen.«

»Ich zwinge dich zu gar nichts.«

»Der Leiter mobbt mich.«

»Ich glaube, das ist der Sinn der Sache.«

»Er sucht sich die steilsten Hügel aus, die wir raufrennen sollen, nur um mich zu bestrafen.«

»Wofür?«

»Dass ich schwach bin.«

»Vielleicht will er, dass du dich verbesserst?«, gibt sie zurück.

»Nein, er hasst mich. Kommst du mit?«

»Nein, tut mir leid. Brian kommt vorbei.«

»Schon wieder? Ich wusste gar nicht, dass du dich noch mit

ihm triffst.« Normalerweise weiß ich alles über Kaz' Liebesleben. Und normalerweise ist das von einem stetigen Strom an Männern geprägt, die gerade mal ein paar Stunden aktuell sind, abhängig von ihrem Durchhaltevermögen.

»Tue ich auch nicht. Na ja, ich habe ihn jetzt ein paar Wochen nicht getroffen. Er hat vorgeschlagen, dass wir mal wieder miteinander rummachen könnten, und ich habe nichts dagegen.«

»Interessant. Sehr interessant.«

»Warum siehst du mich an wie einer dieser genialen Bösewichte im Film?«

Sie zieht sich an der Badewannenkante hoch.

»Wir befinden uns auf unbekanntem Terrain.«

»Tun wir?«

»Mmm, hmm. Du mochtest noch nie jemanden genug, um dich so oft mit ihm zu treffen.«

Ich kämpfe mit den Tränen, als in meinem Kopf eine Serie von Standbildern aufblitzt, in denen Kaz glücklich mit Brian verheiratet ist. Kaz und Brian, die durch hohes Gras tollen. Kaz und Brian beim Brunch. Nicht dass Kaz und ich je zusammen Brunch hatten, aber eines Tages tun wir das vielleicht. Kaz und Brian auf einem Tandem. Ich schließe die Augen, um die Gedanken auszusperren. Ich kann es mir im Moment nicht leisten, das Trauerspiel meines Lebens auch noch um den Punkt zu erweitern, dass ich eine miese Freundin bin. Ich muss Kaz unterstützen.

»Das ist super!«, strahle ich und klinge dabei wie der Frosties-Tiger.

»Himmel, du brauchst nicht gleich in Panik zu verfallen. Ich hab nur Bock auf Sex.«

Das erscheint mir wie ein guter Zeitpunkt, sie zu fragen, wie sich das anfühlt.

Wenigstens habe *ich* in Sachen Seelenverwandte die nötige Vorsicht walten lassen. Ich gehe nach der Prämisse vor, dass sie wie Ratten nie mehr als zwei Meter entfernt lauern können, und bin besonders auf der Hut. Seit das Schicksal versucht hat, mir Josh unterzuschieben, der mich nicht mal mochte, und seit der unglücklichen Begegnung mit Stan habe ich mit keinem Mann außer Leon mehr gesprochen.

Mein übertriebener Zynismus ist das Einzige an meinem neuen Leben, das ich mit offenen Armen willkommen heiße. Bei den Liebesliedern in Musicals spule ich vor. Ich recherchiere Scheidungsstatistiken, um meine Theorie zu untermauern, dass Liebe zu nichts führt. Ich traumatisiere meine arglosen Siebtklässler, indem ich ihnen *Romeo und Julia* als die Geschichte zweier hormongesteuerter Teenager präsentiere, die sich zu tief reingeritten hatten und damit eine tödliche Familienfehde entfachten, die in einem unnötigen Selbstmordpakt endete.

Kaz starrt mich einfach nur an, während ich darüber nachsinne, dass Liebe den Tod bedeutet. »Die ganze körperliche Anstrengung verwirrt dir das Gehirn. Beeil dich, sonst kommst du zu spät.«

»Du sagst das, als wäre es etwas Schlechtes.« Trotzdem schlüpfe ich in meine neue Asics-Jacke. Ich bin das personifizierte »Außer Spesen nix gewesen«.

»Bis später«, rufe ich die Treppe hinauf zu Kaz, die immer noch im Bad ist, wo sie sich vermutlich auf Brians Ankunft vorbereitet. Obwohl wir beide Feministinnen sind, ist Körperbehaarung immer noch der Feind.

Mit leidender Miene wegen meiner in Mitleidenschaft gezogenen Ferse gehe ich zu dem Treffpunkt vor der Kirche. Sophie ist schon da und absolviert mit schmerzverzerrtem Gesicht merkwürdige breitbeinige Dehnungsübungen. Bruce plaudert und lacht mit ein paar der engagierteren Mitglieder. Ich glaube, er erzählt ihnen von seinem neuen Welpen. Falls ich je ermordet werde, hoffe ich, dass die Polizei zuerst ihn überprüft.

»Hi Em, wie geht's?«, fragt Sophie.

»Gut«, lüge ich zum gefühlt millionsten Mal. »Geht es dir denn gut?« Ich komme neben sie. Normalerweise zieht sie so ein Gesicht erst nach dem Aufwärmen. Wir haben noch nicht mal angefangen.

»Mmm, hmm.« Sie versucht, die Beine auszuschütteln, während Bruce sich vor uns auf die Treppe stellt.

»Heute machen wir Hügelsprints, Leute. Der oder die Letzte, die oben ankommt, muss fünfzig Kniebeugen machen!« Er lacht, aber ich bin mir ziemlich sicher, dass er mich dabei ansieht.

»Auf die Plätze, fertig, LOS!«, brüllt er.

Sophie packt meinen Arm. »Em, ich kann das nicht.«

»Gemeinsam schaffen wir es. Wir machen einfach langsam.«

»Nein, ich meine, ich kann es tatsächlich nicht. Ich habe mir Frischhaltefolie um die Oberschenkel gewickelt. Ich glaube, das schnürt mir das Blut in den Beinen ab.«

»Frischhaltefolie?«

»Ich dachte, damit werde ich ein paar Zentimeter los!« Alle setzen sich in Bewegung. »Hilfe.« Ich kann das Weiße in ihren Augen sehen.

»Willst du schwänzen?«

»Bitte«, fleht sie.

Ich sollte mich schuldig fühlen. Das Rennen ist in zwei Wochen, und ich bin schrecklich unvorbereitet. Aber ich kann ganz ehrlich nur sagen, dass alles, was ich fühle, vollkommenes Glück ist, weil ich jetzt einen Vorwand habe, die Hügelsprints nicht mitmachen zu müssen.

»Okay, wir machen Folgendes: Die Aufwärmrunde führt uns direkt an diesem neuen Wetherspoons vorbei. Wenn du es bis dahin schaffst, dann können wir einfach im Vorbeilaufen durch die Türen reinschlüpfen, und es merkt hoffentlich keiner.«

»Ich denke zwar nicht, dass uns irgendwer zum Mitmachen zwingt, aber deine Idee klingt nach Spaß. Lass uns das machen.«

Wir beginnen langsam zu laufen. Sophies Gesicht ist schmerzverzerrt, während die Frischhaltefolie sich immer enger und enger zuzieht. Ein Glück, dass ich so viel *Grey's Anatomy* schaue. Wenn das hier zum medizinischen Notfall wird, bin ich mehr als vorbereitet.

Wir biegen um die Ecke, und das Wetherspoons kommt in Sicht. Wir müssen uns ranhalten, Bruce dreht sich schon nach uns um. Wenn wir zu langsam sind, kommt er her und schreit uns Beleidigungen entgegen.

»Ein bisschen schneller, wenn es geht.«

»Scheiße, tut das weh«, presst sie zwischen zusammengebissenen Zähnen heraus.

»Okay, wir sind fast da. Auf drei. Eins – zwei – drei!« Wir scheren aus und stürmen durch die Türen, was uns ein paar seltsame Blicke von den Gästen einbringt, die sich hier an diesem Dienstagabend an ihren Biergläsern festhalten.

»Klo«, sage ich und werfe einen nervösen Blick über meine Schulter. Sophie watschelt an der Bar vorbei. Ich schnappe mir ein Messer aus einem Besteckkasten, bereit, sie aus der Folie zu säbeln.

Auf dem Klo quetschen wir uns in eine Kabine, und Sophie zerrt ihre Laufleggins auf eine Weise nach unten, wie es nur Leute können, die keine Zellulite haben.

»Aua!« Die Frischhaltefolie hat sich zu einem straffen Streifen zusammengezogen, der sich in ihre Oberschenkel gräbt.

Die Haut darunter ist weiß, und alles darum herum rot und angeschwollen. Es sieht ziemlich schmerzhaft aus. Mit meinem Messer bewaffnet beginne ich zu schneiden.

»Das sieht nicht gut aus.«

Die Frischhaltefolie hat meinem stumpfen Messer nichts entgegenzusetzen. Sie gibt das erste Bein frei, und Sophies Augenbrauen entspannen sich etwas.

»Ahhh, so ist es besser.« Die zweite Folienpackung löst sich auch. An beiden Oberschenkeln haben sich hässliche Schwellungen gebildet. Sie reibt sie mit den Handflächen. »Ich habe in der *Marie Claire* gelesen, dass man mehr schwitzt, wenn man in Mülltüten trainiert. Aber ich konnte ja nicht in so einer auftauchen, also dachte ich, dass Frischhaltefolie die nächstbeste Lösung ist.« Sie zieht die Hosen wieder hoch, und ihre Augen füllen sich mit Tränen. »Und jetzt hat es nicht geklappt, *und* ich verpasse das Training. Emily«, sie packt mich an den Schultern, »ich werde eine fette Braut sein!«

Ich beginne zu stottern, denn auf ein derartiges Verschwesterungs-Ritual bin ich mehr als miserabel vorbereitet. Aber Sophie ist auf mich angewiesen. Ich versuche mir vorzustellen, was ich zu Kaz sagen würde. Ist es wirklich schon Zeit, meine tiefe Überzeugung mit ihr zu teilen, dass Fettsein nur ein soziales Konstrukt ist, das von der Multimillionen-Pfund-Diätindustrie in die Welt gesetzt wurde, um sicherzustellen, dass Frauen arm, schwach und unglücklich bleiben? Oder ist das ein bisschen zu viel für ein Wetherspoons-Klo?

»Sei nicht albern, Sophie. Ich würde töten für Beine wie deine. Aber selbst wenn du die kürzesten, dicksten Beine auf dem Planeten hättest, was nicht der Fall ist, dann gäbe es auch Schlimmeres. Du könntest einer dieser Menschen sein, die im Verkehr nicht warten, sondern überholen und andere schneiden. Die kann keiner leiden.«

Sie sieht mich überrascht an. »Hm, wusste gar nicht, dass du lustig sein kannst. Aber du hast recht, die sind das Letzte.«

»Vielleicht verlierst du ja auch deshalb kein Gewicht mehr, weil es nichts zu verlieren gibt. Dein Körper klammert sich an jedes Pfund. Er braucht sie. Er will sie. Enthalte sie ihm nicht vor.«

Sie lacht noch einmal. »Willst du was trinken? Und vielleicht auch was essen? Ich habe die Teestunde ausfallen lassen.«

Ich habe die Teestunde nicht ausfallen lassen, ich hatte sogar zwei Portionen. Aber ich schätze mal, dass dies kein Moment für intuitives Essen ist. Hungergefühle werden ohnehin überschätzt.

»Klar, was auch immer du willst.«

21

Zwei Stunden, drei Portionen Nachos und eine Flasche Rosé später bin ich sicher, dass mich entweder ein Herzanfall oder ein schrecklicher Kater erwartet. Was auch immer zuerst eintritt.

»Ohmeingott! Und dann habe ich diese Keto-Diät probiert, bei der man Pizza aus Eiern macht. Aber irgendwann habe ich angefangen komisch zu riechen, also habe ich damit aufgehört.«

»Ja, dünn sein hat keinen Wert, wenn man dafür stinkt.« Ich schiebe mir einen weiteren Nacho in den Mund, jetzt gibt es kein Zurück mehr.

Sophies Handy piept.

»Das ist meine Freundin Amy. Sie hat sich gerade von ihrem Freund getrennt – stört es dich, wenn sie sich uns für einen Drink anschließt?«

»Natürlich nicht, ich hole mehr Wein.«

»Und mehr Nachos!«

Ich schiebe meine Karte über die Bar; nach meinem Großeinkauf in Sachen Sportklamotten besteht nur eine fünfzigprozentige Chance, dass sie akzeptiert wird. Dann herrscht ein paar Minuten Stille, als der Barkeeper nach einer weiteren Flasche Rosé sucht.

Mir ist schwindelig, und ich bahne mir meinen Weg zurück zum Tisch mit äußerster Vorsicht.

Als ich ankomme, ist Amy schon da. Ihre Augen sind rot gerändert und ihr Gesicht fleckig, trotzdem erkenne ich sie sofort.

Amy.

Joshs Amy.

»Amy, das ist Emily.«

»Wir kennen uns schon«, schnieft Amy und schaut mich aus zusammengekniffenen Augen an. »Bist du nicht eine Bekannte von Josh?« Jetzt schnieft sie nicht mehr; eine Anklage schwingt in ihrer Stimme.

»Wir sind uns einmal begegnet. Meine Mitbewohnerin hat etwas mit Brian. Jetzt in diesem Moment, um genau zu sein.«

Sie mustert mich einmal von oben bis unten und nickt dann kurz. Mir wird klar, dass Amy nicht möchte, dass Josh eine bestimmte Art von Frau trifft. Und was auch immer das Level an Attraktivität ist, bei dem sie die Grenze zieht, ich scheine es eindeutig zu unterbieten. Sie nickt und dreht sich wieder zu Sophie.

»Ist es dieses Mal wirklich vorbei?«, fragt Sophie. Ich gieße drei Gläser Wein ein und mache Amys dabei deutlich voller als die anderen.

»Ja, es ist vorbei. Er hat gesagt, für immer.« Schniefen. Ich schließe daraus, dass es hier nicht nur um eine Trennung geht: Ihr wurde der Laufpass gegeben. Ich habe noch nie jemandem beigestanden, der verlassen wurde.

Zum Glück habe ich eine Menge amerikanischer Sitcoms geschaut. Das sollte sich hier als hilfreich erweisen.

»Du weißt ja, dass er schon seit Monaten bei Brian wohnt. Also habe ich ihm ein Ultimatum gestellt. Entweder kommt er zurück und konzentriert sich ganz darauf, mich glücklich zu machen, oder es ist vorbei. Ich habe nur nicht erwartet …« Noch viel mehr Schniefen.

»Er sagte, unsere Beziehung ist ihm nicht wichtig genug, um es zu versuchen. Und wegen diesem Mann habe ich mir die Augen lasern lassen.«

»Er verdient dich nicht.« Das ist mein erster Beitrag. Direkt aus dem Skript von *New Girl.* Rückblickend ist das vielleicht etwas seltsam, schließlich kenne ich Amy gar nicht.

Sie ignorieren mich beide. Sophie reibt Amy den Rücken.

»Ja, aber wenigstens hast du jetzt ein tolles Sehvermögen. Wer zuletzt lacht, lacht am besten, Süße.«

»Ich dachte, da wäre was zwischen uns. Drei Jahre. Wie kann er nach drei Jahren nur sagen, dass er kein Interesse hat, den nächsten Schritt in unserem gemeinsamen Leben zu gehen? Ich dachte, er liebt mich.« Amy weint jetzt, okay, es ist eher ein Heulen, und ich fühle mich etwas schuldig, weil ich neulich Abend so nett zu Josh war. Ich habe ihn *La La Land* anschauen lassen und ihm die beste Esstechnik für Fat Joe's beigebracht. Es hat mich Jahre gekostet, die zu entwickeln. So viel Großzügigkeit verdient er gar nicht. Nicht, wenn Amy sich mit Lasern in die Augen schießen lassen musste, damit er zufrieden ist.

Amy beginnt, den Wein in sich hineinzuschütten. Ihr Gesicht wechselt von Traurigkeit zu einem Stirnrunzeln. Ich glaube, wir sind auf dem besten Weg von Trauer zu Wut, wie bei Rachels und Ross' erster Trennung in der dritten Staffel von *Friends.* Sie knallt das Glas auf den Tisch.

»Du hast recht – wie heißt du noch mal?«

»Emily.«

»Du hast recht, Emily.«

Jetzt bin ich in Fahrt. »Ohne ihn bist du besser dran«, gebe ich zum Besten.

Und weiter geht es: »Er weiß gar nicht, was er verpasst«, und »Sein Verlust«. Ich will lächeln, weil es gerade so gut für mich läuft. Aber das wäre sehr unsensibel Amy gegenüber. Also reiße ich mich zusammen und entscheide mich stattdessen für einen Gesichtsausdruck, von dem ich hoffe, dass er Wut auf Josh und Solidarität mit Amy ausdrückt. So eine Art stirnrunzelndes Nicken.

»Und nie hat er den Toilettensitz runtergeklappt. Du weißt doch, was für ein Problem ich mit Keimen habe.«

»Ich weiß, Süße, total rücksichtslos«, beruhigt sie Sophie.

»Und die Haare auf den Zehen? War es wirklich zu viel verlangt, dass er die mir zuliebe wegmacht?«

»Er weiß gar nicht, was er verpasst.« Ich wieder.

Amy hat jetzt einen Schluckauf und sieht aus, als wollte sie gleich wieder weinen. Stattdessen trinkt sie noch mehr. Was wirklich eine fantastische Idee ist.

Irgendwann später werden wir aus dem Pub geworfen.

Ich taumle nach Hause. Käse und Wein schwappen in meinem Bauch, als ich anhalte, um über einem Abfalleimer zu würgen.

Irgendwie schaffe ich es bis zur Wohnung. Es ist sehr still, was bedeutet, dass Brian entweder wieder weg ist oder dass Kaz ihn geknebelt hat. Ich gehe keine Risiken ein, sondern lasse mich direkt ins Bett fallen. Ich akzeptiere mein Schicksal. Ich weiß, dass der morgige Tag schrecklich wird. Das Einzige, was ich jetzt tun kann, ist versuchen zu schlafen.

22

Ich muss tot sein. Und in der Hölle bin ich auch noch gelandet. Es scheint, dass meine persönliche Strafe darin besteht, dass jemand bis in alle Ewigkeit mit einem Hammer auf meinen Kopf haut, während ein ohrenbetäubendes Geräusch meine Gehörgänge quält.

Da ist das Geräusch wieder. Es klingt verdächtig nach dem Alarm meines Handys. Eines muss man dem Fürsten der Finsternis ja lassen: Er hat einen Sinn fürs Detail.

»Em, bist du schon wach? Du kommst zu spät!«

Kaz. Sie ist auch in der Hölle? Wie traurig, dass wir beide jung sterben mussten.

»EMMM!«

Ich lecke mir über die Lippen, die nach Feuchtigkeit lechzen. Als ich zu schlucken versuche, fühlt meine Kehle sich an wie Glas. Ich habe so einen Durst! Ich drifte wieder weg.

»Em … mein Gott, du bist ja völlig fertig!«

»Bin ich tot?«

»Nein, aber vermutlich wünschst du dir das.« Erfolglos versuche ich, den Kopf vom Kissen zu heben.

Normalerweise wache ich dieser Tage mit einem niederschmetternden Gefühl des Versagens auf. Heute ist es das niederschmetternde Gefühl meines pochenden Schädels.

»Warte, ich hole dir Wasser und Tabletten.«

Kraftlos liege ich einfach nur da und warte auf Kaz' Rückkehr.

»Hier, trink das und schluck die.«

»Wie spät ist es?« Leider werde ich mich damit abfinden müssen, dass es möglich ist, sich so zu fühlen und immer noch am Leben zu sein.

»Das war dein dritter Alarm. Du hast noch fünfzehn Minuten, um dich fertig zu machen. Soll ich dir in die Dusche helfen?«

Fünfzehn Minuten. Arbeit.

»Keine Zeit. Aber könntest du mir beim Anziehen helfen?«

Ich bewege mich nicht, als Kaz mir meine Sportklamotten vom Leib und die Schulhosen meine Beine hinaufzerrt. Sie macht sich nicht die Mühe, mir die Unterwäsche zu wechseln, weil … na ja … das komisch wäre. Unterwäsche, die einen halben Tag alt ist, wird heute mein geringstes Problem sein.

Nachdem sie mir die Haare gebürstet hat, wird klar, dass es schlicht nichts mehr gibt, was sie für mich tun kann, solange ich mit dem Gesicht nach unten auf dem Bett liege. Ich habe keine Wahl. Ich muss aufstehen.

Wir zählen »drei, zwei, eins«, als würde man mich in der Notaufnahme von einer Trage hieven, und Kaz zieht mich an den Armen hoch. Ich schwinge die Beine nach unten.

Der Raum überschlägt sich.

Noch während ich auf dem Bett sitze, muss ich mich übergeben. Kaz hält mir eine Tupperdose unter, und halb verdaute Nachostückchen landen auf meiner Hose.

»Willst du dich noch mal umziehen?«

»Keine Zeit. Kannst du meine Zahnbürste holen?«

Ich kaue eine Minute lang auf der Zahnbürste.

»Du kannst nicht fahren. Ich bring dich hin.«

»Danke. Hattest du eine gute Nacht mit Brian?«, nuschle ich.

»Nicht so gut wie deine, wie es aussieht. Komm, du bist spät dran.«

Die Autofahrt ist qualvoll. Mein Magen überschlägt sich in jeder Kurve. Ich muss es pünktlich zum Briefing schaffen. Mr Hughes hat meine Abwesenheit ausdrücklich auf dem Feedback-Zettel des Unterrichtsbesuchs vermehrt. Es ist Wellness-Mittwoch. Letzte Woche hat Mr Hughes uns mit einer Slideshow von Fotos beglückt, auf denen er selbst in Badehosen beim Schwimmen zu sehen war. Allein bei der Erinnerung muss ich schon wieder würgen.

Kaz reicht mir Wasser und eine Packung Paracetamol.

»Viel Glück.« Dann gibt sie mir Kaugummi. »Den wirst du brauchen.«

Ich nicke, schlucke noch etwas Galle und humple zum Eingang, wobei ich mich auf Motorhauben abstütze. Die Sonne scheint heute ärgerlich hell, dieses strahlende kleine Miststück. Ich schiebe mir die Sonnenbrille auf die Nase und frage mich, ob ich sie den ganzen Tag lang aufbehalten kann.

Durch den Hintereingang taumle ich ins Lehrerzimmer und falle auf den nächstbesten Stuhl. Ich bin immer noch Stuhlnomadin, und heute vertraue ich darauf, dass es nicht sehr wahrscheinlich ist, dass jemand kommt und verlangt, dass ich aufstehe, sollte ich wirklich auf jemandes Platz sitzen. Ich nippe an meinem Wasser.

Mr Hughes nimmt seine Position ganz vorne im Raum ein.

»Guten Morgen allerseits«, beginnt er. »Endlich ist es so weit, der große Tag ist gekommen. Wie Sie alle wissen, werden wir heute offiziell zu einer Microsoft-Schule.« Ich habe keine Erinnerung daran, dass wir jemals darüber gesprochen hätten.

»Damit wir das neue System so schnell wie möglich zum Laufen bringen, werden wir heute größtenteils auf technische Hilfsmittel verzichten müssen.«

Keine Technik. Ich stöhne. Zum Glück ist niemand in Hörweite. Computer sind für Lehrer, was Schokolade für die Menstruation ist. Wir kommen ohne aus, würden das aber lieber vermeiden.

»Ich freue mich in jedem Fall schon auf die Herausforderung.« Mr. Hughes unterrichtet nicht, also weiß ich nicht, welches Element der Herausforderung er meint. »Wie in der guten alten Zeit, als wir noch mit unserem Verstand und einem Stück Kreide unterrichtet haben.«

Ein speichelleckerisches Kichern geht durch den Raum, und ich schlucke noch mehr Galle.

Er fährt fort: »Außerdem möchte ich Ihnen Mr Smith vorstellen. Er wurde uns von Microsoft zur Seite gestellt und wird uns in den kommenden Monaten bei der Umstellung unterstützen.«

Ich konzentriere mich so angestrengt darauf zu blinzeln, dass ich nicht sehe, wie Mr. Smith aufsteht. Als ich endlich den Blick hebe, winkt er gerade ein wenig ungelenk.

Josh.

Nein, das kann nicht sein.

Josh arbeitet jetzt an meiner Schule. Josh mit dem sehr durchschnittlichen Familiennamen, der herumläuft und Frauen zwingt, sich Laserstrahlen in die Augäpfel schießen zu lassen, bevor er mit ihnen ausgeht.

Ich schrumpfe in meinem Stuhl zusammen.

Meine Mission heute ist nicht mehr nur das nackte Überleben, ich muss jetzt auch noch Josh um jeden Preis aus dem Weg gehen.

Mr Hughes redet immer noch.

»Wie ihr alle wisst, ist heute unser letzter Wellness-Mittwoch dieses Halbjahrs, und es geht das Gerücht um, dass jemand von uns sich auf eine große sportliche Leistung vorbereitet.«

Ich sehe mich um und frage mich, über wen er wohl spricht.

»Ich weiß wohl besser als die meisten, wie sehr Körper und Geist von Bewegung profitieren, und jetzt hat unsere Miss Turner hier beschlossen, an einem Tough-Mudder-Rennen teilzunehmen! Stehen Sie auf, Miss Turner, und erzählen Sie uns, was Sie dazu inspiriert hat.« Er lacht, als ob die offensichtliche Antwort *er* wäre. Das Einzige, wozu Mr Hughes mich inspirieren könnte, ist, meinen Kopf in einen Ofen zu stecken.

Ich erstarre. Es wird still im Raum, abgesehen von jemandem, der etwas zu laut flüstert: »Wer ist Miss Turner?«

Es vergeht eine Ewigkeit. Augenpaare, darunter Joshs, richten sich auf mich. Ich rege mich immer noch nicht. Was soll ich sagen? *Dass ich mich durch eine Lebensliste arbeite, weil mein Leben so stinklangweilig ist, dass ich davon überzeugt bin, meine tote Zwillingsschwester verraten zu haben? Dass ich mir irgendwie beweisen muss, dass nicht besser ich gestorben wäre?* Natürlich bin ich in diesem Moment in etwa dem gleichen Maße in der Lage, etwas zu sagen, ohne mich dabei zu übergeben, wie ich diese Liegestütze machen kann, bei der man in der Mitte klatscht.

Ein Jahrtausend vergeht. Immer noch starren mich alle an.

Ich nehme die Sonnenbrille ab und bin beinahe blind von der Beleuchtung im Raum. Von meinem Sitz aus murmle ich: »Ich laufe einfach nur gern.«

Mr Hughes runzelt die Stirn. Ich habe keine Ahnung, woher er überhaupt von dem Rennen weiß. Vielleicht habe ich es Jan gegenüber bei den Proben erwähnt. Ich bin mir nicht sicher. »Nun, dann viel Glück, Emily.«

Ich nicke. Dieser Morgen hätte nicht schlimmer laufen können, hätte Luzifer sich die Zeit genommen, aus den Tiefen der Hölle emporzusteigen, um mich persönlich in die Unterwelt zu geleiten.

»Und das war's! Mögen Sie alle einen guten Tag haben. Noch zweimal schlafen.« Das sagt Mr Hughes immer in der Woche vor den Ferien.

Alle machen sich pflichtbewusst auf den Weg zu ihren Klassenzimmern. Ich stürme los, fest entschlossen, nicht mit Josh zu sprechen. Ernsthaft, was für ein Zufall ist es, dass er ausgerechnet hier eingesetzt wird? In meinem geschwächten Zustand hat mein Gehirn keine Chance auszurechnen, wie wahrscheinlich es ist, dass zwei Menschen sich in einer Stadt mit über hunderttausend Einwohnern ständig über den Weg laufen. Selbst in Topform wäre ich dazu nicht in der Lage. Aber sicherlich dürfte es in etwa der Wahrscheinlichkeit entsprechen, dass Netflix *Chernobyl, das Musical* in Auftrag gibt.

Ich überlebe den Weg zu meinem Klassenzimmer, wo ich sofort die Jalousien schließe und das Licht ausmache. In der Dunkelheit lässt der Druck hinter meinen Augen etwas nach.

Ausnahmsweise habe ich einmal Glück und beginne den Tag mit einer Freistunde. Ich verkrümle mich nach ganz hinten und lege den Kopf auf ein Pult, in das ein deformierter Penis eingeritzt ist. Ich werde kein Schläfchen halten, sondern mich nur etwas sammeln.

Die Glocke klingelt zur ersten Stunde, und zwar direkt in meinem Schädel, da bin ich mir sicher.

»Hi, Emily. Äh, alles gut?«

Josh.

Er hat mich aufgespürt.

»Was machst du hier? Folgst du mir etwa?«

»Hast du Mr Hughes nicht gehört? Ich arbeite jetzt hier. Und ich, äh, folge dir nicht. Du hast einfach nur dein Laptop nicht für das Update eingereicht.« Er trägt bereits zwei Laptops auf den Armen. Warum fällt mir ausgerechnet jetzt auf, wie attraktiv er in Hemd und Krawatte aussieht – warum?

»Sorry, den Teil der Ankündigung habe ich nicht mitbekommen.«

»Schlimme Nacht?«

»Nicht so schlimm wie Amys.«

Er zuckt zusammen.

»Ich wusste gar nicht, dass ihr euch kennt.«

»Sie ist die Freundin einer Freundin. Ich trainiere mit Sophie.«

»Ah.«

Ich hebe die Hände. »Es geht mich wirklich nichts an«, sage ich, obwohl ich ganz in Amys manischem Josh-Hass aufgehe. Das muss es sein, andernfalls hat der Wein den Teil meines Gehirns gekillt, der für angemessenes Verhalten zuständig ist. Ich fahre fort: »Obwohl, weißt du, manche Leute haben wirklich Angst vor Haaren auf den Zehen.«

»Verzeihung?«

»Sicher eine der weniger bekannten Phobien. Das Gegenteil von einem Fußfetisch.« Was zur Hölle rede ich da?

Josh wirkt verwirrt, fängt sich aber schnell wieder. »Ich will nicht unhöflich sein«, sagte er, obwohl das buchstäblich das Erste ist, was Leute sagen, bevor sie tatsächlich unhöflich sind. »Aber ich habe einen beschissenen Tag. Und du hast Zahnpasta in den Haaren.«

Touché.

Und damit geht er zu meinem Laptop, schnappt ihn sich und geht. Irgendwie fühle ich mich jetzt noch schlechter als vor fünf Minuten.

Selbstverständlich muss ich mich bei Josh entschuldigen. Es geht mich wirklich nichts an, was zwischen ihm und Amy war. Ich weiß noch nicht mal, ob ich Amy mag. Nur im Moment kann ich meinen Arsch nicht von meinem Ellbogen unterscheiden, wie Gran sagen würde.

Der Tag ist lang. In der fünften Stunde fühlt mein Kopf sich an, als würde er gleich explodieren. Shakespeare-Monologe sind nichts, was man mit einem Kater angehen sollte. Es ist ziemlich schwierig, einem verärgerten Schüler zu widersprechen, der die Nase voll hat von Hamlets Hybris und verkündet: »Konnte er nicht einfach mal eine scheiß Entscheidung treffen?«

Noch unter dem Einfluss meiner Post-Hamlet-Belastungsstörung mache ich mich auf den Weg, um Josh zu finden. Während der Mittagspause habe ich die Gelegenheit genutzt, mich hinten in meinem Klassenzimmer hinzulegen, also habe ich den ganzen Tag noch nichts gegessen. Ich habe schreckliche Lust auf heiße Schokolade. Mein Magen knurrt. Wirklich schreckliche Lust.

Josh ist im Lehrerzimmer. Ich wahre respektvollen Abstand und bereue es, die Unterwäsche von letzter Nacht nicht gewechselt zu haben.

»Hi, Josh.« Er fummelt gerade am Drucker herum. Er sieht mich an, sagt aber nichts. Ich habe mir meine Entschuldigung den ganzen Tag über Stück für Stück zurechtgelegt.

»Er ist kaputt, du musst gegen die Schublade da treten«, erkläre ich ihm. »Das löst das Problem normalerweise.«

»Tatsächlich glaube ich, dass das der Grund ist, warum er kaputt ist. Was kann ich für dich tun, Emily?«

Unangenehm. »Ich wollte nur, äh, ich wollte mich nur für heute Morgen entschuldigen. Es geht mich wirklich nichts an, was zwischen dir und Amy war. Ich kenne euch ja beide kaum. Ich habe einfach nur den gestrigen Abend mit Amy verbracht und mich zu sehr von dem beeinflussen lassen, was sie gesagt hat. Und ich hatte jede Menge Nachos und Jalapeños, und die machen mich immer zappelig. Ich habe noch nie jemanden getroffen, bei dem das auch so ist, aber egal. Und dann war da noch der Wein. Deshalb ging es mir also nicht gut, aber das hätte ich nicht an dir auslassen sollen. Es tut mir wirklich leid.« Endlich hole ich wieder Luft. Und frage mich, wie ich es geschafft habe, so weit von der zurechtgelegten Entschuldigung abzuweichen.

»Ist okay. Ich akzeptiere diese sehr ausführliche Entschuldigung.«

»Echt?«

»Echt. Es auf die Jalapeños zu schieben war ein interessanter Trick.«

Ich verziehe das Gesicht, und er lacht.

»Nun, gut, dann gehe ich jetzt mal eine heiße Schokolade trinken.« Ich habe keine Ahnung, warum ich ihm das erzähle.

»Okay.« Josh sieht mich blinzelnd an.

»Magst du heiße Schokolade?«

»Denke schon.«

»Du solltest auch welche trinken.« Er zuckt zusammen. »Nicht mit mir!«, brülle ich ihm entgegen. »Ich wollte damit nicht sagen, dass du heiße Schokolade mit mir trinken sollst. Ich meinte, wir sollten jeder unseres Weges gehen und allein flüssige Schokolade genießen. An verschiedenen Orten.«

»Ich meine, ich würde zu Costa mitkommen, wenn du magst? Du scheinst dich wirklich sehr nach heißer Schokolade zu sehnen.«

Ich will nicht gehen. Ich sehe schrecklich aus. Ich bin das *Vorher* einer dieser »Extreme Makeover«-Shows. Aber ich bin nicht im Vollbesitz meiner geistigen Kräfte.

»Also zusammen? Zusammen gehen?«

»Nur freundschaftlich etwas trinken gehen.« Er zuckt mit den Schultern. Der arme, schöne Josh. Ich muss wirklich damit aufhören, ihn bei jedem unserer Treffen in Situationen zu bringen, in denen er mir sagen muss, dass er nicht auf mich steht. Ich reiße mich zusammen.

»Äh, ich weiß nicht, vermutlich sollte ich nach Hause gehen. Ich kann mir nicht vorstellen, dass irgendwer sich heute mit mir in der Öffentlichkeit sehen lassen will.«

Ich habe mich schon von den Theaterproben entschuldigt. Jans mitfühlendes Drängen ließ keinen Zweifel daran, dass sie mir glaubte, dass ich auf der Schwelle zum Tod stand.

»Mein Ansehen wird es verkraften. Komm schon.«

Wir gehen zu der Costa-Filiale die Straße runter. Ich versuche auf Abstand zu bleiben.

»Wie war dein erster Tag?«, frage ich übermäßig laut, um von meinem Magenknurren abzulenken.

»Nicht schlecht, von der kürzlichen Trennung mal abgesehen. Hughes ist ein bisschen extrem. Heute kamen zwischenzeitlich seltsame Geräusche aus seinem Büro.«

»Wie ein Grizzly im Todeskampf?«

Er lacht. »Ja, so in der Art.«

»Das sind er und Higginbottom. Ich warne dich, unterbrich sie niemals bei ihrem Elf-Uhr-Meeting.«

»Ich bin froh, dass ich das nicht auf die harte Tour erfahren musste.«

Ich nicke.

»Du lebst also jetzt mit Brian zusammen?« Na toll, jetzt schreie ich ihm immer neue Fragen entgegen.

»Ja, aber nur bis ich was anderes finde. Der Vertrag für meine und Amys Wohnung läuft noch eine Woche. Ich habe gesagt, dass ich bis dahin noch Miete bezahle. Normalerweise arbeite ich in der Nähe von Leeds, also schaue ich mich da wohl mal um.«

Mein Magen gibt erneut ein zorniges Knurren von sich. Josh ist entweder taub oder taktvoll und sagt nichts.

Als wir den Costa betreten, fragt er: »Was kann ich dir bringen?«

»Das geht auf mich.«

»Mach dir keine Gedanken.«

»Okay, aber nur damit du es weißt, ich unterstütze patriarchale Praktiken nicht. Ich stimme nur zu, weil ich Probleme mit meiner Karte habe, seit Leon versucht hat, mich abzuziehen.«

»Wer ist Leon?«, fragt er stirnrunzelnd.

»Der Kriminelle, mit dem ich Freiwilligenarbeit leiste. Er hatte danach ein ziemlich schlechtes Gewissen.«

»Und du sagst, dein Leben sei langweilig«, beschwert er sich.

»Ich möchte bitte eine heiße Schokolade.« Ich fürchte, das ist, was ein Kind bestellen würde. Eine erwachsene Frau, die ihr Leben im Griff hat, bestellt sicher eine Latte oder so etwas. Aber heiße Schokolade ist der Grund, warum wir überhaupt hier sind, und ich habe mein Leben sowieso nicht im Griff.

Ich setze mich in die hinterste Ecke und bin mir der Tatsache, dass die halbe Schule hier ist, sehr bewusst. Als ich mich setze, habe ich bereits mehrfach mit einem Nicken auf ein »Hi, Miss Turner!« reagiert. Mir ist auch bewusst, dass ich mich morgen dem Gerücht werde stellen müssen, dass ich schwanger mit Joshs Drillingen bin.

»Sie scheinen dich echt zu mögen.«

»Ich mag sie.« Ich kann nicht anders, ich quietsche etwas, als Josh das Tablett abstellt. Eindeutig hat er mein stummes Flehen erhört. Oder meinen Magen. Da sind vier Stücke Kuchen.

»Ich wusste nicht, was du magst, aber dein Magen hat ziemlich laut geknurrt, also dachte ich, es ist besser, wenn du etwas isst.« Sie könnten mich in Flaschen abfüllen und als Anti-Männer-Schutz verkaufen. Ein weibliches Gegengift zu Axe Alaska.

»Danke«, pruste ich durch einen Mund voll Blaubeermuffin.

»Besser?«, fragt er, als ich halb durch den dritten Kuchen bin. Ich blicke in seine Augen, und mir fallen all die Blauschattierungen auf. Sie sind wirklich sehr ansprechend. Seine widerspenstige Haarsträhne hängt heute etwas nach unten. Trauriger Josh.

Ich tupfe mir mit einer Serviette den Mund ab, um wenigstens den Anschein von Etikette zurückzugewinnen.

»Wie kommt es, dass du nicht mehr unterrichten willst, obwohl du die Jugendlichen magst?«, fragt Josh.

»Da spricht jemand, der keine Ahnung vom Unterrichten hat. Sorry.« Mir wird klar, dass ich einmal mehr geringfügig beleidigend war. Ich fahre fort und hoffe, dass es ihm nicht auffällt. »Es ist nicht wegen der Kids. Es ist der ganze andere Kram. Die Statistiken.« Das Wort lässt mir einen Schauer über den Rücken laufen. »Die ganzen Abkürzungen, von denen schon keiner mehr weiß, was sie heißen. Beim Unterrichtsbesuch durchfallen, weil deine PowerPoint-Präsentation die falsche Hintergrundfarbe hat. Mr Hughes, der die Schulbibliothek schließt, um eine Isolierstation einzurichten, in die er dann die Kids schickt, die blaue statt schwarzer Tinte gekauft haben.«

Ich schnappe nach Luft, und als mir klar wird, dass ich nicht Martin Luther King bin, der eine Rede vor Tausenden hält, überkommt mich die Scham. »Also, ja, das sind alles Sachen, die ich nicht mag«, ende ich schwach.

Josh sieht mich komisch an. »Wenn du es so sagst, ist es nachvollziehbar.« In meinem Bauch rumort es.

»Also nur du und Brian, hm?«

»Jep. Wir sind ein paar Jahre auseinander, aber immer gut miteinander zurechtgekommen. Mum wohnt drüben in Mytholmroyd. Dad ist vor ein paar Jahren gestorben. Das Herz.«

»Mein Beileid.«

»Danke. Eine Weile war es ziemlich schwierig für uns. Vor

allem für Bri. Er konnte es nicht akzeptieren. Hat sich Ärger eingehandelt.«

Ich nicke. »Es ist schwer, ein guter Mensch zu sein, wenn man wütend auf das Universum ist.« Ich halte inne und huste leicht. »Ich meine, ich nehme an, dass es so ist. Dass Trauer einen wütend macht.«

Josh schaut mich an, und ich spüre, wie ein roter Stressausschlag meinen Hals hinaufkriecht.

»Das trifft es perfekt.«

Ich lache nervös.

»Und was ist mit dir? Einzelkind?«

Das sollte eigentlich sicheres Terrain sein. Ist es aber natürlich nicht.

»Nein, ich habe eine Schwester und einen älteren Bruder, Matt, der nächstes Jahr heiratet. Ich bin noch nicht ganz sicher, ob seine Verlobte nicht einfach verhext wurde.«

»So schlimm?«

»Ich meine, er ist kein Monster oder so.« Ich übernehme den Akzent eines amerikanischen Gangsters aus den 1920ern, lege ihn aber schnell wieder ab. »Nur eine etwas nervigere Version des nervigen großen Bruders. Matt will nichts anderes als heiraten, zwei Komma vier Kinder kriegen, einen weißen Gartenzaun und diesen ganzen Kram.«

»Hat man heutzutage überhaupt noch weiße Gartenzäune?«

»Vielleicht nicht, aber Matt wird einen haben.«

»Und was ist daran falsch?«

»Nichts. Wenn man das will.«

»Und was ist mit deiner Schwester?«

»Nein, Heiraten ist, äh, nichts für sie.«

Autsch. Stechende Gewissensbisse. Aber so ist es einfacher für alle Beteiligten.

»Bist du okay?«, fragt Josh.

»Ja, super, danke!«

Er zögert einen Moment, und ich setze mein breitestes Lächeln auf. Es besteht eine gute Chance, dass ich völlig geistesgestört aussehe.

»Steht das Rennen auf deiner Lebensliste?«

Ich bemühe mich, den Schleier von Traurigkeit abzuschütteln, der sich gerade auf mich gelegt hat,

»Warum, sehe ich nicht so aus, als hätte ich schon mein ganzes Leben lang eine Vorliebe für Sportwettbewerbe?« Ich gestikuliere an meinem Körper auf und ab und wünsche mir sofort, ich hätte es nicht getan. Damit habe ich nur die Aufmerksamkeit auf das Elend gelenkt.

»So meinte ich das nicht.«

»Ich scherze. Natürlich steht es auf der Liste. Ich hasse Laufen. Meine Beine sind zu kurz dafür.«

Er lacht, und ich fühle mich etwas besser. »Aber ein Tough Mudder ist doch ziemlich beeindruckend!«

»Danke«, strahle ich.

»Glaubst du, du schaffst es ins Ziel?«

»Ich weiß es nicht. Manchmal denke ich, ich ziehe es durch, selbst wenn es mich umbringt, und dann wieder frage ich mich: Warum eigentlich? Warum tue ich mir das an? Ich leide Höllenqualen. Ja, es ist öde, langweilig zu sein, aber wenigstens habe ich noch alle meine Zehennägel.«

»Ich finde nicht, dass du langweilig bist.«

Wow, mich sollte nicht dieses kleine Glücksgefühl durchzucken. Nur weil etwas keine Beleidigung ist, ist es noch lange kein Kompliment.

»Das liegt daran, dass wir uns nur zweimal begegnet sind und ich jedes Mal entweder betrunken oder verkatert war. Du glaubst bestimmt, mein Leben ist Rock 'n' Roll, dabei ist es in Wirklichkeit mehr Ben and Jerry's und *Les Misérables.*

»Wir sind uns dreimal begegnet. Das zweite Mal warst du auf dem Weg zu deinen Freunden, den Zeugen Jehovas.« Ich zucke zusammen. Das hatte ich ganz vergessen.

»Gute Leute«, nicke ich ernst.

»Und einmal, als ich Bri abgeholt habe.«

Der Morgen nach Stan. »Okay, das eine Mal habe ich wohl komplett aus meinem Gedächtnis gelöscht.«

Er lacht. Ich lache auch, obwohl es bei mir erzwungen klingt, weil mir der Klang seines Lachens wirklich gefällt. Etwas zu sehr gefällt. Diese Erkenntnis rüttelt mich auf.

»Ich denke, ich gehe jetzt besser nach Hause. Der heutige Tag war nicht gerade ein Volltreffer.«

»Wow, danke auch. Ich für meinen Teil mochte wenigstens mein Getränk.«

Ich stehe auf und bin jetzt deutlich nervöser als auf dem Weg hierher.

»Danke für das Getränk und den Kuchen, ich meine die Kuchen. Wir sehen uns.«

»Bis bald, Emily.« Er lächelt.

Scheiße.

Scheiße.

Scheiße.

Was zum Teufel habe ich mir nur dabei gedacht?

Mit Josh etwas trinken zu gehen. Mit Josh zu plaudern. Schnell recherchiere ich auf meinem Handy. Natürlich ist Costa fucking Coffee die beliebteste Café-Kette im Vereinigten Königreich. Ich möchte wetten, die meisten Ehen beginnen hier. Es ist, als wäre das Universum ganz versessen darauf, mich zurück in die Durchschnittlichkeit zu zerren, und ich bin ihm direkt in die Falle getappt.

Da ich kein Auto habe, beschließe ich, nach Hause zu laufen. Um einen klaren Kopf zu bekommen. Aber unfähig, wie ich bin, biege ich irgendwo falsch ab und verlaufe mich praktisch in der Stadt, die ich noch nie verlassen habe. Ich muss mir mit Google Maps meinen Heimweg suchen. Als ich über eine Stunde später dort ankomme, bin ich beschämt, und mein Kopf pocht.

Mein Handy pingt. Es ist nicht die Bank.

Unbekannte Nummer: *Hi, Emily, Brian hat Kaz nach deiner Nummer gefragt, ich hoffe, das ist okay. Ich wollte mich nur erkundigen, ob du gut nach Hause gekommen bist. Ich glaube, ich bin beim Kanal an dir vorbeigefahren, und du sahst ein wenig gestresst aus. Konnte nirgendwo anhalten und war mir nicht sicher, ob du das warst.*

Der Kanal liegt in der entgegengesetzten Richtung zu meinem Zuhause. Ich bin dort stehen geblieben, um Gott anzuflehen, weil ich mich verlaufen hatte.

Ich: *Hi Josh, ja danke. Ich hatte nur Lust auf einen Spaziergang.*

Josh: *Klingt gut. Sag Bescheid, wenn du irgendwann noch mal Lust auf einen Kaffee hast.*

Ich starre auf die Nachricht, während die Schmetterlinge in meinem Bauch endgültig freidrehen.

Ich: *Werde ich machen! Ich hoffe, du hast schöne Ostern.*

Na also. So einfach ist das. Ich bin entspannt. Total entspannt.

Josh: *Danke, du auch.*

Argh.

Joshs Namen auf meinem Display zu sehen, bringt eine ganze Ladung Schuldgefühle mit sich.

Mit erhobenem Daumen beschließe ich schlussendlich, die Nachrichten zu löschen. Ich habe mich entschieden, Single zu bleiben. *Nicht* meinen Seelengefährten zu finden ist der einzige Punkt auf meiner Lebensliste, den ich problemlos meistern sollte.

23

Josh, Claire, Josh, Claire. Mein Gehirn führt einen Krieg gegen sich selbst. Egal, wie sehr ich es auch versuche, ich kann die Gedanken an Josh nicht unterdrücken. Ich weiß nicht einmal, warum ich mir Sorgen mache, wo er doch eindeutig kein derartiges Interesse an mir hat. Ich schiebe es auf seine Augen. Nein, die Grübchen. Das Leben wäre so viel einfacher, wenn er durch einen Hundebiss entstellt worden wäre.

Es ist der Abend vor dem Rennen. Alle meine Recherchen raten mir, Nudeln zu essen und mich zu entspannen. Wenigstens das Nudelessen habe ich einwandfrei hinbekommen.

»Alles okay mit dir? Du warst vorhin beim Essen ein bisschen still«, fragt Kaz von ihrem Bett aus. Wir sind in einer Pension, in der wir uns für das Wochenende eingemietet haben. Meine Laufausrüstung liegt auf dem Boden zwischen unseren Betten ausgebreitet. Ich habe online gesehen, wie andere Läufer das gemacht haben, als wäre es schon Energieverschwendung, sich am Morgen ein Paar Socken zu suchen. Das Licht ist aus. Ich weiß, ich sollte versuchen zu schlafen, aber die pure Panik, die mich gerade durchströmt, ist dem nicht gerade zuträglich.

»Ja, mir geht es gut. Richtig gut!«

Kaz macht ihre Nachttischlampe an. Ich klammere mich so fest an die geblümte Bettdecke, dass meine Fingerknöchel weiß hervortreten.

»Dir ist klar, dass du hysterisch klingst, ja?«

»Echt?« Meine Stimme ist so hoch, dass die Chance besteht, dass nur Fledermäuse mich hören können. Ich versuche, sie um ein paar Oktaven zu senken. »Vermutlich sind das nur die Läufernerven. 16 Kilometer sind schrecklich viel, findest du nicht auch?« Jetzt klinge ich wie ein Mann. Vielleicht ein nachdenklicher Schiffskapitän.

»Sind es nur die Läufernerven?«

»Ja«, lüge ich. Ich meine, sie tragen definitiv dazu bei, ich bin schrecklich unvorbereitet. »Was, wenn ich es nicht ins Ziel schaffe?«

»Das wirst du.«

»Aber was, wenn nicht? Was, wenn ich es nicht kann? Was, wenn ich gleich im ersten Schlammloch stecken bleibe und dann alle anderen Läufer wie so eine Stampede über mich drübertrampeln? Das ist schon Männern aus bestem Hause passiert.«

»Wem zum Beispiel?«

»Mufasa.«

»Sieh zu, dass du in der Realität bleibst.«

Ich frage mich, wie ich mich fühlen werde, sollte ich versagen. Natürlich geht es mir dabei nicht um mich, ich bin daran gewöhnt, eine Enttäuschung für mich selbst zu sein. Aber Claire …«

Ich erinnere mich an die kleine Plakette, die die Grundschule nach ihrem Tod im Flur anbringen ließ.

In Erinnerung an Claire Turner. Rekordhalterin im Eierlauf.

Kaz schaut mich immer noch an.

»Ich bin mit Josh zu Costa gegangen.«

»Kein Wunder, dass du einen Zusammenbruch hast. Du hättet etwas sagen sollen.«

»Ich verstehe nicht.«

»Das merke ich. War das Date wirklich so schlimm?«

»Es war kein Date.«

»Verstehe.«

»Wir haben nur was getrunken. Aber Kaz, das ist nicht alles.« Meine Stimme senkt sich zu einem Flüstern. »Danach hat er mir noch eine Textnachricht geschrieben und gefragt, ob ich gut nach Hause gekommen bin.«

»Wow, echt jetzt? Ich bin überrascht, dass dir da nicht gleich das Höschen abgebrannt ist. Dieser ganze Dirty Talk, uff, wie hältst du das nur aus?«

Jetzt fange ich an zu weinen. Ich bemühe mich, es leise zu tun, aber ein paar Schluchzer entfliehen mir.

Kaz kommt und setzt sich neben mich aufs Bett.

»Hey, tut mir leid. Ich hab das mit dem Höschen nicht böse gemeint. Woher kommt das alles? Du stehst kurz davor, etwas richtig Tolles zu machen. Du hilfst Menschen. Du hast mich spontan umarmt. Du schlägst dich super, Em. Und wenn du Josh magst, dann …«

»Nein.«

»Nein, was?«

»Sprich den Satz nicht zu Ende. Gib mir nicht die Erlaubnis.«

»Ich verstehe nur nicht, warum.«

»Weil ich nicht kann. Ich habe gerade keine Zeit für jemanden wie Josh. Die Lebensliste muss mein einziger Fokus sein.«

Wenigstens das verdient Claire.

Claire. Claire. Claire. Jedes Mal, wenn ich an Josh denke, verrate ich sie. Meine Hände klammern sich jetzt nicht mehr an die Decke, ich hab sie vors Gesicht geschlagen und weine. Der Schmerz ist körperlich. Er sitzt tief in meinen Eingeweiden, schlägt seine Klauen in meine Lunge. Es ist wirklich verblüffend, dass die Trauer das immer noch zustande bringt. Kaz breitet die Arme aus, und ich schmiege mich hinein.

»Zwanzig Jahre, Kaz.« Ich sage nichts mehr, sondern kneife

einfach nur die Augen zu, sicher sind die ein Portal für den Schmerz.

»Schhh, ich weiß.«

Mein Schluchzen verwandelt sich in ein heftiges Nach-Luft-Schnappen.

Ich schniefe mächtig und bin sicher, dass ich eine Rotzspur auf Kaz' Schulter hinterlassen habe.

»Ich hätte nichts sagen sollen. Darum geht es nicht.«

Halb will ich, dass Kaz die Wahrheit aus mir herausquetscht. Dass es nicht um eine blöde Fernsehsendung geht. Sondern um Claire. Ich will, dass sie mir sagt, dass ich nicht an mir zweifeln soll. Dass ich mein Leben selbstverständlich so leben kann, wie Claire es getan hätte. Dass es nicht falsch ist, dass ich diejenige bin, die am Leben bleiben durfte.

Aber das tut sie nicht. Also tue ich es auch nicht.

»Ich denke, dass du dich morgen besser fühlen wirst. Wenn du das Rennen hinter dir hast.« Sie versucht, zuversichtlich zu klingen.

»Ja, vermutlich. Wir sollten schlafen.«

Sie macht sich auf den Weg zu ihrem Bett, hält dann jedoch inne. »Alles wird gut.«

»Mmm, hmm.« Jetzt bin ich aber ziemlich müde.« Es klingt etwas zu erzwungen.

»Okay, wenn du meinst.«

»Tue ich. Gute Nacht.«

»Nacht, Em.«

Ich liege regungslos da, während Kaz in den Schlaf gleitet. Als ich sicher bin, dass sie es nicht mehr mitbekommt, hole ich vorsichtig die Lebensliste aus meiner Tasche. Mittlerweile kenne ich sie auswendig. Trotzdem lese ich jedes Wort sorgfältig. Die Liste verbindet mich mit Claire. Sie ist alles, was mir noch bleibt.

Ich tapse ins Bad und benutze die Taschenlampe meines Handys, um mein Abbild in einem dieser winzigen schwenkbaren Spiegel anzusehen.

Claire sieht mich daraus an.

Ich nicke.

Die Liste. Es muss die Liste sein.

Glücklicherweise ist es am nächsten Morgen, als ich an der Startlinie stehe, ziemlich offensichtlich, dass es in den nächsten Stunden nur ums Überleben gehen darf. Ich weiß nicht, ob ich überhaupt geschlafen habe. Kaz hat so getan, als würde sie nichts sehen, als ich das Notizbuch verstohlen wieder in meine Tasche schieben musste. Ich hatte es in meinem Zustand zwischen Schlafen und Wachen an die Brust gepresst.

Man hat uns hinter der Startlinie eingepfercht. Es ist zugleich die Ziellinie, weil die Route im Kreis verläuft. Ich hatte auf eine schöne Bergkulisse als Hintergrund für mein Zieleinlauf-Foto gehofft, stattdessen blicke ich über etwas hinweg, was man am ehesten mit den Schützengräben des Ersten Weltkriegs vergleichen könnte.

Überall ist Matsch. Nasser Matsch. Matschige Hügel erheben sich aus der flachen Landschaft und fallen vor Matschseen ab. Ich sehe Seilgeflecht, das mit Matsch bedeckt ist. Etwas, das nach einem Galgen aussieht, ragt in der Ferne auf. Senkrechte Seilstücke hängen über noch mehr Matsch. Und das ist nur, was ich sehen kann. Ich habe keine Ahnung, was mich bei diesem Rennen erwartet. Plötzlich kommt mir meine Strategie, alle Promo-Videos zu meiden, ziemlich dumm vor.

Fast meine ganze Familie ist hier. Mit Ausnahme von Gran, die sich nicht von ihrem Jill-Mansell-Roman lösen konnte, und Sarah, die später kommen will. Angeblich hat einer ihrer Klienten versucht zu fliehen oder so etwas. Aber ich bin viel zu beschäftigt, um jetzt über Sarah nachzudenken. Stattdessen verfolgen mich Kaz' letzte Worte. »Was immer du auch tust, mach dir nicht in die Hosen.«

Machen das Leute bei Rennen wie dem hier?

In keinem der Instagram-Posts stand, dass das passieren könnte.

Diesmal kann ich mir meinen Ausweg nicht ergoogeln: Kaz hat mein Handy. Außerdem bin ich abgelenkt, weil ein riesiges truckmäßiges Ding an uns vorbeidonnert, während wir uns dem Start nähern. Es heult auf und wirbelt mit seinen riesigen Rädern Matsch auf. Alle um mich herum jubeln, und das macht mich noch nervöser. Ich habe mich für ein Rennen angemeldet, bei dem Leute teilnehmen, die auf nassen Schlamm stehen.

Es gibt ein gemeinsames Aufwärmen. Dance-Musik plärrt aus riesigen Lautsprechern, während alle sich ausgelassen strecken und springen. Einige lachen. Eine Gruppe Frauen trägt Tutus über den Trainingshosen. Ich habe noch keinen Muskel bewegt. Ich bin so weit davon entfernt, aufgewärmt zu sein, wie man nur sein kann.

Aber dann beginnen meine Beine mit dem Beat zu wippen. Ungelenkes Zucken wird zu etwas flüssigeren Beugungen, während etwas, das beinahe Vorfreude ähnelt, meine Glieder erfasst. Ich dehne mich mit den übrigen und frage mich, ob Aufgedrehtsein sich so anfühlt.

»LÄUFER, SEID IHR BEREIT?« Ich will zurückrufen: »ICH DENKE NICHT!« Aber alle um mich herum verfallen in so eine Art Kampfgeheul. »Schlamm, Schlamm, Schlamm!« Sie trommeln sich gegen die Brust, putschen sich auf. Wen interessiert es, dass ich meine tote Schwester im Spiegel sehe? So sieht Wahnsinn aus!

Ich beginne mit den Zähnen zu klappern, obwohl es ein sonniger Frühlingstag ist.

»AN DIE STARTLINIE!«

Die Menge drängt voran und schleift mich mit sich.

»Viel Glück, Em!«, höre ich Kaz aus der Ferne.

»Auf die Plätze, fertig, LOS!« Irgendwo bläst jemand ein Horn, und die Leute schießen los, rutschen sofort aus und gleiten in den nassen Schlamm.

Vorsichtig setze ich einen Fuß auf den Boden hinter der Ziellinie. Der Versuch, auf dem Zeug zu laufen, erscheint mir vollkommen hoffnungslos. Stattdessen bewege ich mich so weit wie möglich an den Rand der Strecke und wanke los. Laufen scheint mir eine vollkommen falsche Beschreibung dessen zu sein, was ich gerade tue.

Andere stürmen an mir vorbei. Die erste »Herausforderung«, ein riesiger Matschberg, ragt direkt vor uns auf, und sie scheinen es nicht erwarten zu können, dort anzukommen. Ich sehe bereits andere Teilnehmer den Hügel hinaufkrabbeln. Jetzt erkenne ich, dass Seile in dem Schlamm verborgen sind, die den Aufstieg erleichtern sollen. Ich entwickle einen Plan. Ich werde außenrum gehen. Ich bin ohnehin schon am Ende des Felds, da kommt es auf die paar Minuten, die ich brauchen werde, um eine klügere Route zu finden, auch nicht mehr an.

Auf halbem Wege begegnet mir so eine Art Riese. Das Wort »Ordner« steht auf seinem schwarzen Outfit. Ich spähe an ihm vorbei. Statt jedoch etwas zu sagen, zeigt er den Hügel hinauf und verschränkt die Arme.

Der Ordner sieht nach einem ziemlich unbeweglichen Objekt aus. Ich beschließe, es auf der anderen Seite des Hügels zu versuchen. Aber entweder ist der Ordner verdammt schnell, oder sie haben ihn geklont und auf beiden Seiten des Hügels abgestellt, damit die Leute, die, wie ich anmerken möchte, zahlende Kunden sind, den Weg über den Hügel nehmen müssen.

Ich bin mittlerweile ganz allein. Also ist es kein Problem, ein Seil zu finden. Es ist bereits völlig mit nassem Schlamm bedeckt. Meine Finger beginnen zu rutschen. Ich mache drei Schritte, und sobald ich versuche, die Hände das Seil hinaufzubewegen, breche ich zusammen. Verdammt. Warum habe ich hierfür neue Sachen angezogen?

Ich blicke hinter mich. Die Startlinie ist niederschmetternd nah. Ich checke die Fitbit, die ich mit meiner Kreditkarte kaufen musste. Wie es scheint, bin ich bereits seit vierzig Minuten unterwegs. Ich bin mir nicht ganz sicher, was die ganzen anderen Informationen mir sagen sollen.

Mir bleibt keine Wahl. Wenn ich diese Sache hier zu Ende bringen will, muss ich kriechen. Ich erinnere mich an das Siegerbild, in das ich mein Gesicht eingesetzt habe, und behalte es im Kopf, während ich mich auf Knien den matschigen Hügel hinaufkämpfe. Meine Armmuskulatur schreit vor Schmerz. Ich schwitze so sehr, dass mir schwummerig wird. Ich wische mir über die Augen und verschmiere Dreck in meinem Gesicht.

Endlich komme ich ganz oben an und spähe hinunter. Die anderen Seite ist mindestens ebenso steil, und ich frage mich, wie zur Hölle ich da in einem Stück runterkommen soll. Ich taste den Untergrund nach einer verborgenen Hilfe ab, wobei es mir völlig egal ist, ob ich dabei noch schmutziger werde. Hinter mir höre ich ein dumpfes Stöhnen und sehe zwei Männer und eine Frau, die sich den Hügel hinaufkämpfen.

Es kommt mir sehr, sehr unwahrscheinlich vor, dass sie es irgendwie geschafft haben, langsamer als ich zu sein.

»Äh, wo kommt ihr denn her?«, frage ich den ersten Mann, der es nach oben schafft.

Er schaut mich nicht mal an, sondern grunzt nur »Zweite Runde«, ehe er auf dem Hintern den Hügel hinunterrutscht.

Zweite Runde. Wie in: Es gibt mehr als nur eine Runde.

Die Frau erreicht den Gipfel.

»Wie viele Runden gibt es?«, frage ich sie hektisch.

»Vier.« Sie wirft mir einen seltsamen Blick zu, und ich schätze, ich sehe ein wenig merkwürdig aus, wie ich mit den Händen im Schlamm auf dem Gipfel des Hügels hocke und so eine Art Zusammenbruch habe. Auch sie rutscht auf dem Hintern hinunter. Ich werfe noch einen Blick auf den Start. Ein stetiger Strom von Läufern nähert sich dem Hügel.

Ich sollte aufhören. Ganz eindeutig besteht keine Chance, dass ich das hier zu Ende bringen kann.

Ich versuche mir vorzustellen, wie alle reagieren würden, wenn ich zum Start zurückginge. Sie würden versuchen, mich zu trösten. Und das wäre vermutlich schlimmer, als wenn sie mir einfach nur die Wahrheit sagen würden. Dass ich eine absolute Versagerin bin.

Mittlerweile sind mehr Läufer hier, die den Hügel besteigen und hinunterrutschen. Und bei ihnen sieht es einfach aus. Einige sehen mich an, sagen aber nichts.

Ich setze mich auf den Hintern, rutsche den matschigen Berg hinunter und komme mit einem dumpfen Aufprall unten an. Ich straffe die Schultern, zapfe mir bislang unbewusste Reserven von Entschlossenheit an und mache mich auf den Weg. Zur nächsten Hürde. Es ist buchstäblich eine Hürde, hinter der ein See aus wässrigem Schlamm wartet. Meine Beine und Arme tun mir jetzt schon weh, aber ich zwinge sie voran. Und wenn es mich umbringt …

Sechs Stunden später ist mehr als klar, dass dieses Rennen zu beenden mich tatsächlich umbringen wird. Mittlerweile ist es später Nachmittag. Ich beginne gerade meine letzte Runde. Alle anderen sind schon fertig.

Tatsächlich besteht eine gute Chance, dass der Wettbewerb vorbei ist und ich disqualifiziert wurde. Zumindest offiziell. Selbst Marshall ist nach Hause gegangen. Auf den Besucherrängen sind nur noch ein paar verstreute Gestalten und meine Familie zu sehen. Sie jubeln mir zu, als ich noch einmal loslege. Es ist das Traurigste, was ich je gehört habe.

Ich hebe meine Knie, eines nach dem anderen, und lasse sie schwer wieder fallen, einmal mehr dem Hügel entgegen. Ich scheine viermal so lange wie in den anderen Runden zu brauchen. Ich bin so müde, dass mir schwindelig wird. Ich habe alle meine Glukosegels gegessen. Der Effekt auf mein Energielevel war vernachlässigbar. Jetzt habe ich nur noch diese kleinen Päckchen Gummibären, die man manchmal geschenkt bekommt. Vor zwei Tagen habe ich aus schierer Panik jede Tasche meiner Laufleggins damit vollgestopft. Am Fuß des Berges hole ich eines davon heraus. Meine Finger sind ungeschickt und steif, aber es gelingt mir, das kleine Tütchen aufzureißen. Ich schütte sie mir alle in den Mund und kaue nur halb, ehe ich schlucke.

Der Aufstieg geht langsam voran. Doch der tröstliche Gedanke, dass ich danach in meinem ganzen Leben keinen Hügel mehr besteigen muss, treibt mich voran. Auf dem Gipfel zittern einmal mehr meine Knie. Irgendwann in Runde drei ist mir das Wasser ausgegangen. Ich nehme einen weiteren Schuss Haribo, um mich zu stärken, bevor es im freien Fall den Hügel hintergeht.

Als ich mich der letzten Hürde nähere, einem schlammverkrusteten Netz, unter dem die Teilnehmer hindurchrobben sollen, bin ich mir ziemlich sicher, eine Nahtoderfahrung zu machen. Meine Sicht ist verschwommen, und obwohl ich fest entschlossen bin, geradeaus zu laufen, scheine ich über den Pfad zu taumeln. Ich habe aufrechtes Gehen schon vor einer

Weile zugunsten von Kriechen aufgegeben, aber selbst das scheine ich nicht zielgerichtet hinzubekommen. Die Zeit hat alle Bedeutung verloren. Ich habe keine Ahnung, wie lange ich schon auf dieser letzten Runde bin. Ich würde ja meine Fitbit checken, aber sie ist so schlammverkrustet, dass ich das Display nicht sehen könnte. So oder so habe ich nicht die Energie, den Arm zu heben.

Endlich berührt meine Hand etwas, das sich wie ein matschiges Netz anfühlt. Mit einem Stöhnen werfe ich es mir über den Kopf und beginne zu schlittern. Das Bedürfnis zu schlafen ist überwältigend. Ich frage mich, ob es für die Organisatoren des Wettbewerbs okay wäre, mich hier die Nacht über liegen zu lassen, damit ich morgen weitermachen kann. Zu Beginn meiner dritten Runde waren sie gerade dabei, die Ziellinie abzubauen. Also sind sie jetzt wohl schon zu Hause.

Der Plan ist nicht schlecht. Ich ruhe mich etwas aus. Und sobald mein Augenlicht zurückkehrt, beende ich das Rennen.

Ich sinke mit dem Gesicht in den kalten Schlamm. Mir ist alles egal. Es heißt doch immer, Schlamm sei gut für die Haut. Also bekomme ich nicht nur Erholung, sondern auch eine Gesichtsbehandlung. Ich schließe die Augen und falle in einen seltsamen Traum.

Man zieht mich unter dem Netz heraus. Ohne Mühe. Ich gleite über den Schlamm wie ein überweltliches Wesen.

»Hoch mit dir.«

In meinem Traum legen zwei Männer jeweils einen meiner Arme um ihren Hals und schleifen mich Richtung Ziel. Ich bewege die Beine nicht. Das muss ich nicht. Mein Kopf fällt zur Seite und trifft auf eine Schulter.

»Aua.«

»Mach dir keine Sorgen, gleich hast du es geschafft.«

Ein Teil von mir will verzweifelt an dem Glauben festhalten, dass das noch immer ein Traum ist. Ich werde von zwei Männern, die aussehen wie Statisten auf dem Set von *Vikings,* zur Ziellinie getragen.

»Halt durch«, sagt der andere. Doch selbst Halten ist im Moment eine Herausforderung. Obwohl ich wach bin, mache ich keine Anstalten, die Beine zu bewegen. Meine rettenden Wikinger nähern sich der Ziellinie in einem Tempo, das ich niemals hätte schaffen können, selbst bevor das Tough Mudder mich ruiniert hat.

Ich höre Jubel und versuche den Kopf zu heben, und meine Augen rollen nach hinten. Bevor sie es sich in meinem Hinterkopf gemütlich machen, sehe ich, wie Mum und Kaz klatschen und Dad Fotos mit dem Handy macht. Ich öffne protestierend den Mund; *das* ist nicht das Zieleinlauffoto, das ich wollte. Aber ich kriege kein Wort raus.

Mit offenem Mund passiere ich die Ziellinie. Die Wikinger legen mich vor meiner Familie ab, und Dad bedankt sich bei ihnen. Kaz kommt herbeigeeilt und deckt mich mit einer Silberfolie zu, und ich höre, wie sie besorgte Worte wechseln, ehe alles schwarz wird.

24

»Arrrghhhhh.«

Kaz setzt sich blinzelnd auf. »Was ist los?«

»Ich glaube, ich habe das Locked-in-Syndrom.«

»Was?«

»Du weißt schon. Das, wo dein Körper unbeweglich, dein Geist aber vollständig aktiv ist. Bitte beende nicht die lebenserhaltenden Maßnahmen, ich will leben.«

Es ist der nächste Morgen. Ich liege völlig erstarrt im Bett. Ich kann keinen Muskel bewegen und habe nur eine vage Erinnerung daran, wie ich hierhergekommen bin. Ich glaube mich dunkel zu entsinnen, dass mich jemand auf dem Weg zurück zur Pension mit Pommes gefüttert hat. Jemand anderes, hoffentlich Kaz, hat versucht, mich auszuziehen und etwas von dem Schlamm wegzuwaschen. Der Großteil der Erinnerungen an die Nacht ist jedoch verschwommen.

»Kaz, was ist passiert?«

»Ach, weißt du, nichts Besonderes. Du bist nur sechzehn Kilometer gelaufen! Du warst toll, Em! Man könnte einen Film daraus machen, wie du dieses Rennen gelaufen bist.«

»Würden sie den Teil rausschneiden, in dem ich über die Ziellinie getragen wurde?«

»Das waren maximal ein paar Hundert Meter. Du hast es geschafft! Und du hast deine Medaille. Die Organisatoren haben sie mir gegeben, bevor sie nach Hause gegangen sind.«

Das ist erfreulich. Natürlich wird es keine inspirierenden Fotos von mir bei dem Wettbewerb geben, aber wenn ich ein Bild der Medaille posten kann, dann wissen alle Fremden auf Facebook, wie beeindruckend ich bin.

Ich versuche mich aufzusetzen, weil ich meine Medaille begutachten will. Den Beweis für meine Leistung. Leider kann ich mich immer noch nicht bewegen.

»Vielleicht hast du dich im Schlaf verkrampft.«

Wir sind in einem Zimmer unter dem Dach, und uns bleibt nicht viel Raum für Rummanövrieren.

»Schwing einfach nur deine Beine zur Seite und setz dich auf die Bettkante.« Aus dem Augenwinkel, weil ich den Kopf nicht drehen kann, sehe ich, wie Kaz aufsteht und in einen Morgenrock schlüpft.

Ich zähle mich an – eins, zwei, drei – und versuche die Beine zu schwingen, aber dabei knallt mein ganzer Körper auf den Boden, und ich stoße mir den Kopf am Nachttisch. Als ich schließlich auf dem Teppich liege, wälze ich mich herum wie ein toter Fisch.

»Gott, Em!« Kaz ist gleich neben mir. »Du bist vollkommen steif. Du brauchst ein Bad.«

Das ist in mehr als einer Hinsicht eine gute Idee. Ich bestehe immer noch zu fünfzig Prozent aus Schlamm.

Kaz bleibt keine Wahl, sie lässt mich am Boden liegen, als sie geht, um mir ein Bad einzulassen.

»Kannst du dich aufsetzen?«, ruft sie im Zurückkommen. Ich blinzle zweimal. »Was ist mit deinem Gesicht?«

»Einmal ist Ja, zweimal ist Nein. Das weiß doch jeder, und du bist dazu noch Krankenschwester. Wie soll ich in das Bad kommen?«

»Ich werde dich hinschleifen müssen. Nimm meine Hand.«

Mir gefällt die Vorstellung ganz und gar nicht, aber ich bin bereit, es zu versuchen.

Ich bin einfach nur froh, dass niemand Zeuge wird, wie Kaz mich über den Boden des Schlafzimmers zerrt. Auf dem Weg ziehe ich mir ein paar ernstliche Reibungsverbrennungen an dem rosafarbenen Nylonteppich zu.

»Au, au, au«, schreie ich.

Als wir im Badezimmer ankommen, ist die Wanne beinahe voll. Kaz streut Badesalz hinein, während ich am Boden liege.

»Wie wäre es, wenn ich einen Stuhl rüberhole und dir reinhelfe? Dann kannst du dich quasi ins Bad rollen?«

Sie dreht das Wasser ab.

»Gute Idee.«

»Ich kann dir auch beim Ausziehen helfen, okay? Ich bin Krankenschwester, ich hab schon die ein oder andere schiefe Titte gesehen.«

»Hey, meine sind nicht schief. Und selbst wenn sie es wären, es ist ziemlich normal, dass eine größer ist als die andere. Sogar ziemlich durchschnittlich.«

»Wie ich bereits sagte: Weiß ich.«

»Ich komme klar, denke ich, hilf mir einfach nur auf das Ding.«

Kaz packt mich unter den Armen und hievt mich hoch und auf den Stuhl. Meine Beine wollen sich nicht abknicken.

»Kannst du meine Medaille dahin tun?« Ich zeige auf den schwenkbaren Spiegel. Sie hängt sie so auf, dass ich sie von der Wanne aus sehen kann.

»Schrei, wenn du zu ertrinken beginnst.«

»Mach ich.«

Ich kann mich gerade genug bewegen, um mir das Nachthemd die Beine runterzuschieben. Dann packe ich die Ränder der Wanne und tauche mit dem Kopf zuerst hinein. Dabei lande ich auf der Seite und stoße mir das Knie. Aber ich bin drin. Und es ist wundervoll.

»Noch am Leben?«

»Gerade so.«

Das Badewasser wird ein wenig braun, aber das kümmert mich nicht. Ich spüre, wie die Wärme in meine Muskeln eindringt und sie sich entspannen. Als ich die Medaille ansehe, spüre ich Stolz in mir aufwallen. Und Wassereinlagerungen, aber vor allem Stolz.

Okay, auf den letzten zweihundert Metern habe ich etwas Unterstützung gebraucht. Aber das schmälert meine Leistung nicht. Zumindest denke ich nicht, dass es das tut. Okay, vielleicht war ich nicht so inspirierend für all die anderen, die nicht über die Ziellinie getragen werden mussten, aber jemand von außerhalb der Welt des Leistungssports könnte sich sicherlich inspiriert fühlen.

Und Claire … Eine Erinnerung an sie, wie sie durch den Garten stürmt, schlägt in meinem Gehirn ein. Lachend. Wie sie den Kopf in der Sonne zurückwirft. Und dann folgt noch ein Bild. Wir, wie wir gemeinsam die Ziellinie passieren. Das gleiche Lächeln auf den Lippen. Viel weniger Matsch. Vielleicht wäre Claire von diesem Bild auch inspiriert.

»Kommst du runter zum Frühstück?«, ruft Kaz durch die Tür.

Erleichtert, dass ich nicht mehr allein mit meinen eigenen Gedanken bin, tapse ich durch das Schlafzimmer. Es ist schön, sich wieder bewegen zu können.

Ich ziehe eine Jogginghose und einen Hoodie an. Das scheinen mir die Kleidungsoptionen zu sein, von denen der geringste Widerstand zu erwarten ist. Kaz hilft mir mit den Socken. Auf keinen Fall trage ich Schuhe.

»Da ist ja unsere kleine Athletin!« Dad steht auf und

klatscht, als ich in den Frühstücksraum humple. Die anderen Gäste starren peinlich berührt in ihr Essen. Ich tue, als würde ich ihn nicht kennen.

»Äh, ein großes englisches Frühstück bitte«, rufe ich der Bedienung mit gequälter Stimme zu, während ich mich vorsichtig auf einen Stuhl sinken lasse und die Zähne zusammenbeiße, als mein Hintern in Kontakt mit der Sitzfläche kommt. Meine Pomuskeln tun wirklich weh.

»Pochiert, Spiegel- oder Rührei? Heller Toast oder Vollkorn? Tee oder Kaffee?«

So viele Optionen. »Äh. Was immer das Einfachste ist.«

»Sie mag keine pochierten Eier. Und heller Toast und Tee. Eine Extraportion Hashbrowns statt dem Black Pudding. Und das Gleiche bitte für mich«, bestellt Kaz.

Die Bedienung nickt und geht eindeutig davon aus, dass Kaz so etwas wie mein Vormund ist.

»Wie geht es dir, Liebes?«, will Mum vom Tisch nebenan wissen.

»Du warst so beeindruckend da draußen!«, mischt Dad sich ein.

»Sechzehn Kilometer, ich kann das gar nicht glauben. Kannst du das glauben, Pete?« Mum wieder.

»Absolut nicht.« Dad.

Meine Eltern lächeln so viel, dass es aussieht, als würden ihre Gesichter gleich in der Mitte auseinanderklappen. Es ist eindeutig, dass sie nach so einer langen Dürreperiode, während der keines ihrer Kinder irgendetwas Außergewöhnliches getan hat, förmlich vor elterlichem Stolz bersten. Vielleicht stopft Matt sich deshalb Würstchen in den Mund, als hinge sein Leben davon ab.

Sarah trägt ein Kleid, dessen Muster der Blumentapete des Frühstücksraums gleicht. Wie ein menschliches Chamäleon.

Nur das Weiße ihrer Augen macht sie überhaupt sichtbar für mich.

Doch das nagende Gefühl, dass meine Leistung derartige Begeisterung nicht wert ist, kann ich nicht ganz abschütteln. Ich werfe drei Zuckerwürfel in meinen Tee und rühre traurig darin.

Dads Handy pingt.

»Schon siebenundzwanzig Likes!« Er hält das Handy hoch, damit Mum es sehen kann.

Siebenundzwanzig. Keines der inspirierenden Zitate, die Dad sonst teilt, bekommt je genug Likes, um es aus dem einstelligen Bereich zu schaffen.

»Und ich habe es erst vor weniger als einer Stunde gepostet.«

Kaz ist mit einem Mal sehr an ihrem Tee interessiert.

»Dad«, frage ich mit plötzlicher Beklemmung, »was genau hast du gepostet?«

»Hier. Schau mal, Liebes«, strahlt er.

»Sicher, dass du das sehen willst, Em?« Kaz ergreift meinen Arm, bevor ich das Handy von Dad entgegennehmen kann. Sie verhält sich albern. Es kann auf keinen Fall so …

Oh, heilige Scheiße.

Aus Gründen, die auf ewig ein Rätsel in der Dimension von Kornkreisen bleiben werden, hat Dad ein Foto gepostet, auf dem mein schlaffer Körper über die abgebaute Ziellinie gezerrt wird. Ich habe den Kopf gerade genug gehoben, dass er eine volle Frontalaufnahme meines Gesichts machen konnte. Ich sehe aus, als wäre ich gestorben. Und zwar vor mehreren Tagen. Ich falle beinahe vornüber. Ein Fuß schleift hinter dem anderen. Meine Arme hängen schlaff an meinen Seiten. Und mein Gesicht ist schmerzverzerrt. Wie eine fotografische Version von *Der Schrei.*

Kaz drückt meinen Arm. »Denk einfach immer dran, du bist sehr, sehr weit gelaufen.«

Mir hat es die Sprache verschlagen. Ich habe Bilder von Läufern gesehen. Menschen, die über eine Ziellinie springen, müde, aber strahlend.

Ich hingegen sehe aus, als hätte man mich aus einem Kriegsgebiet evakuiert.

Ich bin schlammverkrustet. Mein Gesicht ist knallrot, einmal abgesehen von den seltsamen weißen Ringen um Augen und Mund. Was zum Teufel ist das?

Er hat keinen Filter draufgelegt. Noch nicht mal einen Glow.

Dad rutscht unbehaglich auf seinem Stuhl hin und her.

Ich gehe zum Angriff über.

»Wie konntest du mir das antun?«

»Wir sind einfach nur so stolz auf dich! Wir wollten angeben.«

Matt grinst, und Kaz sieht leidend aus. Sie weiß, dass es schlimm ist. Ich zwinge mich einmal mehr, das Bild anzusehen. Das zweite Mal ist es noch schlimmer.

WIR SIND SO STOLZ AUF UNSERE TOCHTER EMILY TURNER, DIE HEUTE DAS KESWICK'S TOUCH MUDDER BIS ZUM ENDE GELAUFEN IST. WIR SIND SICHER, DAS IST NUR DER ANFANG. WEITER SO, EMILY!

Und um es noch schlimmer zu machen, hat er die halbe Welt in dem Post getaggt, einschließlich des Schul-Accounts.

Der Schaden ist angerichtet. Wenn etwas erst einmal im Internet ist, entwickelt es ein Eigenleben, das weiß jeder.

Die Rückfahrt ist nicht angenehm. Ich wechsle zwischen Dads Post, der mittlerweile 117 Likes und fünf Re-shares hat, und

Klagen darüber, wie weh mir meine Muskeln tun. Die meiste Zeit starre ich ziellos aus dem Fenster. Ich habe versagt. Schon wieder. All die Mühe, und wofür? Das Bild wird die Leute abschrecken, und statt Sport verschreiben sie sich nun einem Leben voller stärkehaltiger Kohlenhydrate und Typ-2-Diabetes.

Ich schlage den Kopf gegen das Autofenster.

»Alles okay?«, fragt Kaz.

»Ja. Ich versuche mich nur vom Schmerz in meinen Beinen abzulenken.«

»Schau mal, Em. Ich weiß, das ist nicht das Bild, das du wolltest.« Ich schwöre, sie kämpft mit dem Lachen. Verräterin. »Aber du hast ein ziemlich hartes Rennen tatsächlich zu Ende gebracht. Ich hätte das nicht geschafft. Du solltest stolz auf dich sein.«

Und das ist das Problem. Hätte ich es nur für mich getan, dann wäre ich wahrscheinlich wirklich stolz. Ich habe noch nie auch nur ansatzweise etwas in dieser Art gemacht. Aber das hier hat nichts mit mir zu tun. Und Claire wäre das nicht passiert, da bin ich mir sicher.

Ich nicke traurig in der Hoffnung, dass Kaz aufhört zu reden, und stelle das Radio lauter.

Es ist unmöglich, nicht darüber nachzudenken, wie anders der ganze Tag verlaufen wäre, wenn Claire hier gewesen wäre. Vielleicht hätten ja *wir* anderen Leuten geholfen. Ich hätte den Schmerz gar nicht bemerkt, weil es eine gemeinsame Anstrengung gewesen wäre.

Ich stelle mir Claire jetzt hier im Auto vor. Hier und doch nicht hier. Was sie sagen würde.

»Ich habe dich nur um eine Sache gebeten, Emily.«

»Ich weiß. Es tut mir leid. Es ist wirklich schwer ohne dich.«

»Bin ich dir denn gar nicht wichtig?«

Die Geister-Claire ist immer noch acht Jahre alt.

»Natürlich bist du das. Du bist das Wichtigste für mich.«

»*Dann beweis es.*«

»Ich versuche es.«

Geister-Claire antwortet nicht. Sie weiß, dass ich nicht gut genug bin.

Das ist das Problem mit der Trauer. Man trauert nicht nur um die Person, die nicht mehr da ist, man trauert um den Menschen, der man sein könnte, wäre sie noch da. Um das Leben, das man hätte haben können.

Ich werde wütend. Auf wen oder was? Keine Ahnung. Vielleicht auf Claire. Vermutlich auf das Universum. Definitiv auf mich. Ich lasse einmal mehr den Kopf an das Fenster sinken und kneife die Augen zusammen. Das Letzte, was ich jetzt sehen will, ist mein Spiegelbild.

April: Sei mitfühlend!

25

Ich wünschte, ich hätte nie an dem Rennen teilgenommen, denke ich, als ich am Montagmorgen ins Lehrerzimmer humple und entdecke, dass jemand das Bild meines Zieleinlaufs vergrößert und an das Whiteboard projiziert hat. Ich glaube, ich bin mittlerweile immun gegen den entsetzlichen Anblick. Außerdem habe ich mich den Großteil der Nacht an der Tatsache festgebissen, dass ich einen weiteren Punkt auf der Lebensliste vermasselt habe, und jetzt habe ich das Gefühl, vor Müdigkeit blind zu werden. Meine Augen sind kratzig. Aber ich sehe die Leute das Gesicht verziehen, wenn sie das Foto ansehen. Also weiß ich, dass es immer noch schrecklich ist.

Ich weiß nicht, wie es so weit kommen konnte. Ich war mir so sicher, dass ich mich großartig fühlen würde, wenn das Rennen erst einmal hinter mir liegt. Stattdessen fühlt es sich an, als wäre ich in einer richtig beschissenen Version der Spielshow *Glücksrad* gelandet. Und statt Geld verspricht mir jedes Drehen am Rad eine neue Fuhre Elend.

Ich sollte es aufgeben. Ich *will* es aufgeben. Ich habe normalerweise kein Problem, Dinge aufzugeben. Ich denke, dass Aufgeben zu Unrecht einen schlechten Ruf hat.

Irgendwann zu einer unmenschlich frühen Stunde heute Morgen schwebte das Buch mit der Lebensliste sogar kurz über dem Abfalleimer. Aber ich konnte es nicht tun. Meine

Finger wollten sich partout nicht von dem Buchrücken lösen. Ein weiteres Körperteil, das sich weigerte zu tun, was ich von ihm wollte.

Ich setze mich ganz hinten ins Lehrerzimmer.

»Willkommen zurück allerseits«, flötet Mr Hughes. »Wie Sie sehen können …« Er wedelt mit der Hand Richtung Bild, was völlig unnötig ist, weil es unübersehbar ist, »hat Miss Turner den Wettbewerb am Samstag zu Ende gebracht. Was für ein Auftakt für unseren Motivationsmontag, finden Sie nicht auch? Eine Runde Applaus, bitte!« Alle beginnen gehorsam zu klatschen.

»Na los, stehen Sie mal auf, Miss Turner«, ruft er über das Klatschen hinweg. Ich bin mir ernsthaft nicht sicher, ob ich das überhaupt hinbekommen würde. Also klammere ich mich einfach nur mit einer Hand am Rand des Stuhls fest und bringe ein kleines Winken mit der anderen zustande.

Ich sehe Josh ganz vorne. Er klatscht, aber ich bin mir sicher, dass er sich auch über das Bild lustig macht.

»Sieht so aus, als wären wir hier ein Hort sportlicher Leistungsträger.« Ich nehme an, dass Mr Hughes in diesem Fall auf das königliche »Wir« zurückgreift. Von seinen Eskapaden in der Welt des Wildschwimmens mal abgesehen, sieht der Mann immer noch so aus, als würde er schon aus den Latschen kippen, wenn er nur einem Schulinspektor entgegenrennt.

»Unser lieber Mr Turnbull hat mir letztes Wochenende erzählt, dass er als Vogel verkleidet am Three-Peaks-Rennen teilnehmen und dabei nichts als Vogelfutter zu sich nehmen will. Wenn jemand gerne in seinem Namen an den Naturschutzbund spenden möchte, findet er ein Infoblatt am Schwarzen Brett.« Wieder klatschen alle. Mr Turnbull, ein Sportlehrer, wird etwas rot. Ach, hau doch ab. Warum ist immer jemand an den Seitenlinien, der nur darauf wartet, einen auszustechen?

»Sehr gut«, fährt Mr Hughes fort. »Die IT sollte mittlerweile auch wieder normal funktionieren. Wenn es Probleme gibt, ist Josh da und hilft. Und vergessen Sie nicht, dass die Leistungsberichte der Elften diese Woche fällig sind.« Ein unterdrücktes Stöhnen geht durch die Reihen.

Wir drängen aus dem Raum. Ich versuche schnell zu sein, damit ich Josh nicht begegnen muss.

»Gratulation wegen des Rennens.« Er bekommt mich am Ellbogen zu fassen.

»Danke. Es war gar nicht so mal so schlimm.« Eine dreiste Lüge.

»Kaz war gestern Abend bei uns.«

»Dann weißt du ja, dass ich mehr oder weniger bewusstlos über die Ziellinie geschleift wurde.«

Er stößt ein lautes Lachen aus. »Ich habe auch das Bild gesehen.«

Ich stöhne.

»Wie geht es dir jetzt?«

Ich würde mir lieber die Füße absägen, als weiter darauf zu laufen, so geht es mir jetzt.

»Ging mir schon mal besser. Wie du vermutlich sehen kannst.« Ich verziehe das Gesicht, als ich versuche, schneller zu gehen.

»So schlecht siehst du gar nicht aus.«

Nicht gerade das Kompliment des Jahrzehnts, aber ich spüre, wie mir Röte in die Wangen kriecht. Verdammter Durchschnitts-Teint.

»Gut, hier wären wir.« Endlich sind wir bei meinem Klassenraum. Davor wartet bereits eine lange Schlange Elftklässler. »Ihr seid ja früh da«, sage ich, ohne jemand Bestimmten anzusprechen. Niemand kommt zu früh zum Lebensunterricht.

»Aufklärungsstunde, Miss«, meldet sich Tim. »Sie haben uns Pornos versprochen.«

Mein drittes und lautestes Stöhnen an diesem Morgen.

In dem ganzen Durcheinander mit dem Rennen und meinem Dilemma zwischen Claire und Josh hatte ich ganz vergessen, dass es Zeit für den Aufklärungsunterricht ist.

»Sag Bescheid, wenn du was brauchst«, sagt Josh immer noch grinsend, als wüsste er, dass ich eine Antilope mit gebrochenem Bein in einer Löwengrube bin.

»Womit?« Ich bin peinlich berührt.

»Äh, der IT.«

»Oh, klar, natürlich.«

Tim lacht. Und verstummt, als er meinen besten Lehrerinnenblick zu spüren bekommt.

»Okay, bringen wir es hinter uns. Rein mit euch.« Ich scheuche sie ins Klassenzimmer und humple hinterher, um mein Laptop anzumachen.

Aber der Bildschirm bleibt schwarz. Ich habe heute keine Zeit für so etwas. Wieder drücke ich den Knopf. Immer noch schwarz. Ich tue, was jeder Mensch, der sich mit Computern auskennt, in dieser Situation machen würde. Ich drücke Steuerung, Alt, Entfernen, und als nichts passiert, hämmere ich mit dem schmerzenden Mittelfinger auf dem On/Off-Knopf herum.

»Miss, ich bin mir sicher, dass der IT-Typ noch draußen steht, soll ich ihn rufen?«

»Nein danke, Tim!«

»Aber ich kann es heute gar nicht erwarten, mit dem Stoff anzufangen, Miss.«

Noch ein erfolgloses Hämmern.

»Okay, gut, hol ihn!«

Tim rennt zur Tür.

»IT-MANN«, brüllt er den Flur hinunter. Ich höre eine Tür knallen. »MISS TURNER WILL WAS VON IHNEN!«

Tim hebt die Augenbraue, als Josh zurück durch die Tür kommt.

»Gibt es ein Problem?« Die Klasse ist still. Sie beobachten mich wieder.

»Es geht nicht an«, presse ich zwischen zusammengebissenen Zähnen hindurch.

»Okay, lass mich mal sehen.«

Er beugt sich vor, um an den Kabeln unter meinem Schreibtisch herumzufummeln. Als er mich dabei streift, stelle ich fest, dass er echt gut riecht. Wie Holz oder ein Feld oder so was. Ich schnüffle kurz, ehe ich ein Kichern höre und mir klar wird, dass dreißig Sechzehnjährige mich direkt ansehen. Ich werde noch röter als zuvor.

Falls Josh die angespannte Stille auffällt, lässt er es sich nicht anmerken. Er fummelt einfach weiter an den Kabeln herum.

»O-kay.« Ich bewege mich so hastig, dass ich meinen Muskeln dabei vermutlich bleibende Schäden zufüge. »Also, heute beginnen wir mit Sexualkunde.« Ein Kichern. Die Geschichte, wie ich vor einer zehnten Klasse versucht habe, ein Kondom über eine Banane zu rollen, ist eine Schullegende. »Das letzte Mal hatten wir am Ende eine Runde mit anonymen Fragen und Antworten. Also, schnappt euch ein Post-it und schreibt darauf, was ihr gerne wissen wollt, und ich versuche später, Antworten zu geben.« Ich zwinge meine Stimme, ruhig zu bleiben, aber währenddessen rinnen mir Schweißperlen den Rücken hinunter. Kompliment an meinen Körper, dass er nach der Schwitzorgie vom Wochenende überhaupt noch etwas absondern kann.

»Miss, wie schreibt man Gonorrhö?«

Ich höre einen Aufprall von unter dem Tisch. Joshs Kopf.

»Schreib einfach, wie du denkst, Tim.«

Ich beginne mir mit meinem Planer Luft zuzufächeln. Wenn Josh meinen Laptop nicht bald wieder zum Laufen bringt, muss ich improvisieren, statt meine vorbereitete PowerPoint-Präsentation zu benutzen. Dafür bin ich in keiner Weise qualifiziert. Meine einzige Erfahrung mit Pornografie ist, Kelly aus Blackpool beim Masturbieren zugesehen zu haben.

Schließlich wird das letzte Post-it gefaltet, und alle schauen mich erwartungsvoll an. Sie wollen, dass der gute Teil endlich losgeht.

»Also«, beginne ich vage, »lasst uns damit anfangen, dass wir uns überlegen, was für und was gegen den Konsum von Pornografie spricht. Sprecht mit euren Tischnachbarn darüber, und dann teilen wir es mit der ganzen Klasse.«

Aufgeregtes Geplapper brandet auf.

»Das wär's.« Josh kommt wieder unter dem Tisch hervor.

»Oh, Gott sei Dank!«, sage ich mit so viel Inbrunst, dass sich ein paar Köpfe in meine Richtung drehen.

Josh richtet sich auf.

»Sag Bescheid, falls du noch was brauchst, okay?« Er lächelt beim Gehen.

»Miss, waren Sie und der Mann nicht letzte Woche zusammen bei Costa? Millie aus der Zehnten hat Sie gesehen.«

»Äh, ich denke nicht.«

»Sie meinte, Sie hätten so um die fünfzig Kuchen gegessen.«

»Kommt, lasst uns über Pornos sprechen.«

»Du hast es also überlebt?« In der Mittagspause steht Josh in meiner Tür.

»Gerade so. Es gab eine ausgedehnte Diskussion über Genitalherpes. Sehr ausgedehnt. Ich hatte auf etwas mehr Fokus auf weibliches Empowerment und solche Sachen gehofft.«

Er lacht. Und setzt sich dann auf eines der Pulte. Ich bin verblüfft. Normalerweise esse ich allein zu Mittag und bringe mich über Social Media auf den neuesten Stand, was das Leben anderer Menschen angeht. Allerdings habe ich nach der Fotokatastrophe Facebook abgeschworen. Und all die Fitness-Accounts, denen ich auf Instagram folge, erinnern mich höhnisch an meine eigene Unfähigkeit.

»Also, was steht als Nächstes auf der Liste?«

Ich beiße herzhaft in mein Käse-Chips-Sandwich. »Ich will mitfühlender und deshalb Veganerin werden.«

Ich habe den ganzen Morgen darüber nachgedacht. Ja, die Versuchung, die ganze Sache abzublasen, ist groß. Aber gleichzeitig ist da die Sorge, welchen Schatten so ein monumentales Versagen über den Rest meines Lebens werfen würde. Und der nächste Punkt auf der Liste hat mit Essen zu tun. Wenn jemand eine Essens-Herausforderung meistern kann, dann bin ich das.

Je mehr ich darüber nachdenke, desto sicherer bin ich mir, dass Claire vegan leben würde. Sie hat Tiere geliebt. Selbst die, die keiner mag. Wie diese extrem gruseligen langbeinigen fliegenden Spinnen. Und als die einäugige Katze der Nachbarn unter dem Nistkasten in unserem Garten saß und darauf wartete, dass ein Babyvogel bei seinem ersten Flugversuch abstürzte, hockte Claire den ganzen Tag daneben und starrte das Tier finster an. Erst als es dunkel wurde, bewegte sie sich vom Fleck, weil Dad ihr versprochen hatte, dass er jetzt übernehmen würde.

Ich denke oft an Claire, wenn ich meinen Beitrag zur Rettung der Tibetanischen Schneeleoparden leiste.

»Veganerin, hm?«

Er wirft einen bezeichnenden Blick auf mein Käsebaguette.

»Noch bin ich keine.« Ich plane fest, die nächsten Tage so viel Käse zu essen, dass es für ein ganzes Leben reichen sollte.

»Wann fängst du damit an?«

»Am ersten April, also dieses Wochenende. Vielleicht mache ich einen Kochkurs oder so was. Gehe die Sache richtig an.«

Nach der Stunde hatte ich mit Casey mit den Dreadlocks gesprochen, und sie meinte, dass sie und ihre Mom in der Stadt einen gemacht hätten. Nachdem ich die Elftklässler ohnehin schon große Teile meines Lebens bestimmen lasse, dachte ich, dass es nur vernünftig ist, diesen fatalen Kurs fortzusetzen.

»Klingt gut.« Josh packt sein Essen aus. Scheint so, als würde er bleiben. »Was hast du heute Nachmittag vor?«

»Äh, noch mehr Unterricht.«

»Dachte ich mir. Was unterrichtest du? Spannender als Porno wird es nicht mehr, oder?«

Ich schaue in meinen Plan.

»Lyrik mit der Neunten. Dylan Thomas. Kennst du den?«

Er nickt. »Englisch-Abitur. *Do Not Go Gentle.*«

»Genau das.«

Josh legt den Kopf schräg. Seine widerspenstige Strähne liegt heute beinahe flach. »Du siehst traurig aus.«

»Ja?« Meine Stimme klingt wie aus weiter Ferne. »Es ist ein tolles Gedicht. Ich meine, klar, es geht um den Tod seines Vaters … aber er lässt es klingen, als wäre Sterben ein Kampf, als hätte man eine Wahl, obwohl man das in Wirklichkeit nicht hat. Ich meine, wenn die Leute die Wahl hätten, würden sie nicht einfach gehen, oder?«

Josh schaut mich an, und ich habe plötzlich dieses Gefühl. Dieses Gefühl, das mir sagt, dass ich wie eine schwarze Katze in einem Raum bin. Oder eine dunkle Wolke bei einem Picknick. Der heutige Tag war heiter und voller Pornowitze, bis ich anfing, vom Sterben zu reden. Und deshalb bin ich nicht gern unter Menschen. Wer will schon Zeit mit jemandem verbringen, der an einem Montag beim Mittagessen aus heiterem Himmel anfängt, über den Tod zu schwadronieren?

»Egal, du musst vermutlich los«, sage ich zu ihm, nachdem ich zu viel Zeit in meinem Kopf verbracht habe.

»Ich verstehe das, Emily, die Sache mit meinem Dad ist noch nicht lange her.« Mehr sagt er nicht.

Wir werden buchstäblich von der Glocke gerettet, die uns warnt, dass in zehn Minuten das Ende der Mittagszeit und unserer Freiheit bevorsteht.

»Was ich sagen wollte«, fährt Josh fort, während er aufsteht, »du kannst wirklich toll mit den Jugendlichen umgehen. Ich sehe sie in anderen Unterrichtsstunden, und da sind sie nicht so wie mit dir.«

»Danke«, sagte ich und will aufstehen, bis ich mich erinnere, dass ich schon in meinem Klassenzimmer bin und nirgendwohin muss. Ich versuche es als extremes Strecken und Gähnen zu tarnen.

»Und trotzdem willst du nicht weitermachen?«

»Von Mr Hughes Vierzig-Punkte-Plan zur Verbesserung des Unterrichts bekomme ich Ausschlag.«

Er lacht, und etwas von der Anspannung im Raum verfliegt.

»Na dann, wir sehen uns, Em.« Josh geht und wirkt etwas verwirrt darüber, dass ich die Arme immer noch in die Luft gestreckt habe.

»Bye!« Ich winke mit beiden Händen.

Mein Handy vibriert, und ich bin erleichtert, dass ich kurz aufhören kann, mich merkwürdig zu verhalten.

Mum: *Nachdem das Rennen jetzt vorbei ist, habe ich mich gefragt, ob wir uns nicht mal treffen könnten, um über die Gedenkfeier zu sprechen. Wie wäre es diesen Sonntag? Im Black Bull? Xxx*

Urgh.

Keine Chance, dass ich mich diesmal rauswinden kann.

26

1998

Dieses Weihnachten wird das beste aller Zeiten. Nicht wie letztes Weihnachten, als Claire im Krankenhaus war. Sie muss immer noch Medizin nehmen, aber sie schläft tagsüber nicht mehr so viel. Und Mum sagt, dass sie nach den Weihnachtsferien manchmal mit in die Schule kommen kann. Und das sind die allerbesten Neuigkeiten, die ich je gehört habe. Ich kann es gar nicht erwarten, ihr mein Klassenzimmer zu zeigen.

Mum sagt, dass man unser Haus vom Weltall aus sehen kann. Dad hat den ganzen Tag auf einer Leiter verbracht und Lichterketten an die Fassade gehämmert. Und der Baum drinnen ist auch voll damit. Wir haben goldene Glitzergirlanden an der Decke, und Mum hat mit Klebestrips unsere Fotos mit Lametta umrandet. Gran sagt, dass wir in Flammen aufgehen werden wie Guy Fawkes.

»Ist wirklich alles bereit für Santa?«, fragt Dad.

»Ja, Dad«, lachen Claire und ich. Ich weiß nicht, wie ich heute Nacht schlafen soll. Wir gehen und sehen noch mal nach dem Mince Pie und der Karotte und der Dose Bier, ehe Dad uns die Treppe hinaufscheucht. »Denkt dran, Santa kommt nicht, bevor er sich sicher ist, dass ihr auch wirklich schlaft.«

»Gute Nacht, Mädchen!«, ruft Mum. Sie sitzt mit einer Packung Quality Street im Wohnzimmer und isst die ganzen violetten. Sie hat heute den ganzen Tag Gemüse geschält und geschnibbelt, weil sie an Weihnachten nicht gerne Küchensklavin ist.

Abbie Browning aus meiner Klasse hat gesagt, dass es Santa gar nicht gibt. Aber sie hat sich geirrt, und nach einem Gespräch mit unserem Lehrer hat sie gesagt, sie hätte ihre Meinung geändert.

Claire und ich putzen uns die Zähne, weil man das selbst am Tag vor Weihnachten muss. In unserem Zimmer klettern wir dann auf den Schreibtisch und gucken aus dem Fenster, für den Fall, dass Santa vorbeikommt. Claires Haare wachsen wieder und reichen ihr schon bis über die Ohren.

»Er ist noch nicht da, glaube ich«, sage ich.

»Vielleicht ist er noch in Frankreich drüben.« Claire weiß mehr über Länder als ich, weil sie etwas darüber gelernt hat, während ich in der Schule war. Sie liebt Bücher immer noch, obwohl sie jetzt auch andere Sachen machen kann.

»Wir sollten schlafen gehen, damit wir schneller aufwachen.«

Claire nickt und klettert ins Bett. Der große rote Knopf ist immer noch da, aber wir müssen ihn nie drücken.

»Denkst du, Santa hat unsere Wunschzettel auch bestimmt bekommen?«, frage ich sie. Ich will wirklich, wirklich einen Furby.

»Ja, bestimmt. Wenn er sie nicht bekommen hätte, würde er sich doch wundern, wo unsere sind. Er kommt doch nicht einfach und bringt keine Geschenke. Alle sagen, dass ich sehr brav war mit dem Gehirntumor und allem. Deshalb bekomme ich sicher mehr als sonst. Ich möchte wetten, Santa ist genauso besorgt, dass ich einen Rückfall haben könnte, wie Mum.«

Claire wird aber keinen Rückfall haben, es geht ihr jetzt besser.

Wir machen die Augen ganz fest zu. Es ist, als würde ich

schon schlafen. Jetzt, wo Claire wieder zu Hause ist, schlafe ich jede Nacht wieder ganz leicht ein, wie früher. Sogar mit so hässlichen Wörtern wie Tumor und Rückfall im Kopf, wo ich sie nicht haben will.

»Em. EMILY!« Claire steht auf der Leiter zu meinem Bett. »Aufwachen. Es ist WEIHNACHTEN!« Sie beginnt im Zimmer herumzutanzen, und mit einem Mal bin ich ganz schnell wach, was mir nie passiert, wenn ich zur Schule muss.

Wir ziehen unsere gleichen Morgenmäntel an, weil es immer noch dunkel und ein bisschen kalt ist, und dann gehen wir Mum und Dad aufwecken.

Dad sagt: »Verdammt, es ist fünf Uhr morgens!«

Mum sagt: »Sei kein solcher Miesepeter, steh auf.« Beide lächeln, obwohl Dad ein Miesepeter ist. Und als sie mich und Claire zusammen am Fußende ihres Bettes stehen sehen, lächeln sie noch breiter.

Wir alle versuchen, uns in Matts Zimmer zu quetschen, aber es ist ein bisschen zu klein für uns alle. Also sagt Claire, ich soll reingehen, weil Matt nie wütend auf mich wird. Ich glaube zwar nicht, dass er seit ihrer Krankheit je wütend auf sie war, aber ich streite nicht mit ihr, weil Weihnachten ist.

Claire geht als Erste nach unten. »Schau! Er hat den Mince Pie gegessen und das Bier getrunken. Rudolph muss allerdings schon zu viele Karotten gehabt haben.« Claire hat recht. Rudolph hat nur ein kleines Stückchen vom Ende der Karotte abgebissen. Ich hoffe, dass er keinen Hunger hatte, weil er wirklich weit fliegen musste.

»FROHE WEIHNACHTEN ALLERSEITS!« Claire öffnet die Tür zum Wohnzimmer, und da sind überall Geschenke. Ich glaube nicht, dass Santa uns je so viele Geschenke gebracht hat. Claire hatte recht. Da sind zwei große Haufen für Claire und mich, und die Päckchen sind in violettes Papier eingepackt, weil Santa und seine Elfen alles wissen. Und dann ist da noch ein Haufen in blauem Papier für Matt. Und unsere Strümpfe sind auch voll.

»Sieht so aus, als wüsste Santa, wie brav ihr alle dieses Jahr wart.«

Claire hüpft auf und ab. »Können wir sie jetzt aufmachen? Ich kann nicht mehr warten.«

»Gib mir nur zwei Minuten, damit ich Wasser aufsetzen und die Kamera holen kann.«

Mum braucht länger als zwei Minuten, um eine Tasse Tee für sich und Dad zu holen.

Der Raum füllt sich schnell mit Geschenkpapier, und von Zeit zu Zeit müssen wir aufhören, während Dad alles in einen schwarzen Müllsack stopft, damit wir den Rest unserer Geschenke sehen können. Mum macht ganz viele Fotos.

Mein Lieblingsgeschenk ist der Furby, er ist gelb mit lila Augen. Claire hat auch einen bekommen, lila mit gelben Augen. Wir werden uns später Namen überlegen, weil wir jetzt zu beschäftigt sind. Ich habe außerdem eine Blast Box, ein Nagelpflegeset, drei neue Beanies, einen Hochzeitsteddy, einen Silberanhänger, von dem Claire die andere Hälfte hat, neue Turnschuhe, die beim Laufen blinken, und ein Haus von »Mein kleines Pony« bekommen.

Zusätzlich zu ihrem Furby hat Claire ein Tattoo-Studio, einen Mr Frosty, einen Globus, der im Dunklen leuchtet, einen Tanzteddy, Kostüme zum Verkleiden und einen Barbie-Porsche gekriegt.

Claire scheint ein bisschen erschöpft vom Geschenkeaufmachen zu sein, deshalb macht Dad Platz für uns auf der Couch, und wir schauen *Noddy im Spielzeugland*, obwohl wir dafür schon ein bisschen zu alt sind, aber sonst läuft nichts.

Und dann sagt Claire, dass sie sich schon viel besser fühlt und ob wir nicht nach oben gehen und uns für den Tag fertig machen sollen.

Wir nehmen ein paar von den Geschenken mit in unser Zimmer, damit wir sie uns besser ansehen können. Claire macht uns zueinander passende Tattoos ins Gesicht, und wir stecken uns Spangen ins Haar und tragen identische Kleider, die Mum für uns in dem großen Supermarkt gekauft hat, wo sie jetzt wieder arbeitet. Aber Claires ist rot und meines grün, weil Mum meint, dass lila nicht wirklich eine Weihnachtsfarbe ist. Abgesehen davon sehen wir wieder wie eineiige Zwillinge aus.

Und dann kommt Gran, und wir bekommen noch mehr Geschenke, und es gibt das Weihnachtsessen. Mum und Dad trinken Wein. Gran bekommt auch ein kleines Glas. Wir dürfen etwas Cola haben, obwohl Mum sagt, dass wir davon bekloppt werden.

Mum macht noch ein Foto von uns allen mit unseren Papierkronen. Alle Erwachsenen sagen, dass sie keinen Bissen mehr runterbekommen, schaffen es dann aber doch. Mum meint, dass Claire nur einen Rosenkohl essen muss, also hält sich Claire die Nase zu und schiebt sich einen in den Mund. Und dann isst sie noch mehr und mehr, weil sie meint, dass er gar nicht so übel ist, wenn man sich die Nase zuhält. Ich finde ohnehin nicht, dass er schlecht ist, aber ich lache zusammen mit allen anderen.

An diesem Abend sitzen Claire und ich mit ihrem leuchtenden Globus im Dunkeln, und sie zeigt auf Länder, über die sie etwas gelesen hat. »Das große da ist Australien, wo die Kängurus herkommen.«

Das weiß ich, aber ich sage nichts, weil ich nicht besserwisserisch wirken will.

»Und das ist der Nordpol. Wenn ich mal groß bin, schaue ich mir jedes Land der Welt an.«

Mir kommt es so vor, als gäbe es viel zu viele Länder für eine Person. Vor allem, weil wir schon sechs und noch nicht ein einziges Mal geflogen sind.

»Denkst du echt, dass du das machst?«

»Na klar. Aber du musst mitkommen. Wir erforschen die Welt zusammen.«

Und das klingt tatsächlich so, als könnte es Spaß machen.

27

»Emily, Schatz!«, begeistert sich Sandra. »Wir haben das Foto auf Facebook gesehen! Toll gemacht!«

Natürlich haben sie das Foto gesehen. Das hat sich niemand auf der nördlichen Hemisphäre entgehen lassen.

Selbstverständlich gehe ich jetzt auch nicht mehr zum Bootcamp. Sophie schickt mir immer bedrohlichere Textnachrichten deshalb. Ich vermute, dass etwas in meinem Gehirn dauerhaft beschädigt ist, denn ein Teil davon vermisst es, von Bruce Beleidigungen entgegengebrüllt zu bekommen, während ich Hampelmänner mache.

Leon sieht aus, als wären Ostern und Weihnachten auf den gleichen Tag gefallen; ich vermute mal, weil er mir jetzt wegen der Fotos ins Gesicht lachen kann.

»Halt bloß die Klappe«, sage ich, bevor er auch nur zu einer Beleidigung ansetzen kann. »Du bist buchstäblich ein Krimineller. Du hat nicht das Recht, dich über irgendwen lustig zu machen.«

Er lacht darüber. Das zeigt, wie weit wir inzwischen gekommen sind.

»Hier, hilf mir mal mit den Kisten. Ich muss heute pünktlich los.« Wie immer wartet ein Stapel Kartons mit alter Kleidung auf uns. Wenn Leute sagen, dass sie etwas spenden, dann meinen sie damit nur allzu oft, dass sie alten Müll loswerden wollen.

»Heißes Date?«

»Nein, ich gehe zu einem veganen Kochkurs.« Leon rollt die Augen, aber ich habe ihn schon gesehen, wie er sich einen ganzen Eimer frittierter Tierteile zum Frühstück reingezogen hat.

Sandra ist wie immer weg, um Wasser aufzusetzen.

»Wie lange musst du überhaupt noch?«, frage ich Leon und rümpfe die Nase über einen mit Farbe bespritzten Overall, den jemand großherzig »gespendet« hat.

»Nur noch sechzig Stunden, dann bin ich durch.«

»Aber was machst du dann?«

»Weißnich. Ich bin ein Krimineller, also vermutlich was Kriminelles.« Er kneift die Augen zusammen. »Versuchst du jetzt gleich, mich zu retten?«

»Wie sonst soll ich zu meinen Ehren als Lady kommen? Gibt es wirklich nichts, was du tun möchtest?«

»Na ja«, sagt er und wirkt etwas verschämt dabei. »Ich hab mal Gedichte geschrieben.«

»Wow, Leon, warum hast du das nicht früher gesagt? Ich hab mal einen Gedichtwettbewerb gewonnen. Na ja, zweiter Platz, aber das ist praktisch dasselbe, nicht?«

»Natürlich will ich kein verdammter Dichter werden.«

Oh. Wir sortieren weiter.

»Aber ernsthaft, du solltest zurück auf die Schule gehen und deinen Abschluss fertig machen. Es gibt Aufholkurse dafür.«

»Ich habe nie auch nur angefangen, meinen Abschluss zu machen.«

»Gibt es keinen Unterricht im Gefängnis?« Ich flüstere das Wort Gefängnis.

»Schon. Aber wir hatten jede Woche einen anderen Lehrer. Einer konnte nicht mal Februar schreiben geschweige denn uns beibringen, was ein verficktes Adverb oder so ein Scheiß ist.«

»Achte auf deine Ausdrucksweise, Leon. Ich kann dir beibringen, was ein Adverb ist. Ich habe sogar einen ziemlich einprägsamen Song nach der Melodie des *Skeleton Dance* dafür. Bereit?«

Ich warte nicht auf eine Antwort, sondern beginne zu singen – und verstumme zwei Zeilen später wieder. In erster Linie, weil da eine pochende Ader an Leons Stirn ist, die aussieht, als würde sie gleich explodieren.

»Ich weiß, was ein Adverb ist. Aber der Teil in der ersten Zeile, wo du versuchst hast, noch eine Extrasilbe in das Wort ›Verb‹ zu pressen, war echt interessant.«

»Okay. Ich dachte nur, weil du gesagt hast …«

»War nur ein Beispiel.« Er kneift die Augen zusammen und dehnt dann den Hals von einer Seite zur anderen. »Du bist Lehrerin, oder?«

»Im Moment. Ich suche immer noch meine Bestimmung im Leben.«

In Wahrheit habe ich keinerlei Fortschritte gemacht, was den großen Jobwechsel angeht. Im Januar ist mir der Mai sehr weit entfernt vorgekommen. Jetzt, da mir nur noch ein Monat bleibt, habe ich lediglich ein bisschen Anfangsrecherche betrieben. Das Problem ist, dass ich bei den meisten Jobs dieser Tage nicht einmal weiß, worum es bei ihnen geht. Natürlich habe ich nach Einkommen gefiltert, aber selbst nach einem ganzen Abend Recherche bin ich mir immer noch nicht ganz sicher, was ein Hedge-Fonds-Manager eigentlich macht. Ich schätze, in dem Fall ist es wohl nichts für mich. Und ich habe nicht das räumliche Sehen, um Pilotin zu werden. Ich kann ja nicht mal seitlich einparken.

»Also sieht es bei dir auch scheiße aus?«

»Es ist mehr so, dass ich einfach nicht die Energie aufbringe, mir Gedanken um all diese albernen Dinge zu machen, die dafür nötig sind. Das Springen durch brennende Reifen. Zielsetzungen.«

»Ja, klingt beschissen.«

»Weißt du, wenn du weniger fluchen würdest, wärst du ein attraktiverer Bewerber.«

Er zeigt mir den Mittelfinger.

Eine Weile wühlen wir uns weiter durch die Schachteln. Der Abfallhaufen wächst zu einem Berg an. Auf dem »Behalten«-Stapel liegt ein einziges schwarzes T-Shirt von Primark.

»Ich mochte schon immer Musik. Als DJ auflegen und so was.«

»Bist du gut?«

»Glaub schon.«

»Na, das ist doch schon was. Im Gefängnis kannst du nicht auflegen, oder? Also schau, dass du deinen Arsch da raushältst.«

Ich schaffe es, nur zehn Minuten nach dem Ende meiner Schicht zu gehen, und renne zum Half Moon Café, wo mein veganer Kochkurs stattfindet. Mit 70 Pfund pro Person war er nicht gerade billig. Aber sie haben Nudeln mit Käsesoße und Schokoladenkuchen versprochen.

Kaz wartet draußen.

»Bereit?«, fragt sie.

»Mm-hmm, ich bin am Verhungern.«

Ich war noch nie in dem Café, aber um ehrlich zu sein, erfüllt es auch wirklich jedes Veganer-Klischee. Zum einen entdecke ich ein Übermaß an Batikstoffen. Aus den Lautsprechern in den Ecken dringt etwas, was nach Walgesängen klingt. Zum Einschlafen friedlich. Vielleicht sollte ich mal nach der CD fragen.

»Setzt euch einfach, wo ihr wollt, ihr Lieben.« Ein Hauch von einer Frau mit blondem Haar schließt mit einer Geste das ganze Café ein. Ein Mann sitzt an einem Tisch und tippt etwas in ein MacBook, Tennie-Mädchen trinken moosfarbene Smoothies, Frauen in Sportklamotten essen Avocado-Toast. Das sieht vielversprechend aus. Ich muss mich mit Leuten wie diesen umgeben.

»Eigentlich sind wir wegen dem veganen Kochdings hier«, meint Kaz.

»Bitte?«

»Der vegane Kochkurs. Pasta und Kuchen?«

»Oh ja. Klar.« Verstehen gleitet in einem nahezu meditativen Tempo über ihr Gesicht. »Kommt mit, hier entlang.«

Wir ducken uns unter einem Perlenvorhang durch, der die Küche vom Café trennt.

»Tony, die beiden sind wegen des Kurses hier.«

»Ah, natürlich. Willkommen!« Tony ist auch ein Hauch. Im Abspann eines Films wäre er als »Veganer Koch« gelistet. Beide sehen nicht so aus, als kämen sie oft mit Pasta oder Kuchen in Berührung. Er hat kurzes braunes Haar und einen eindrucksvollen Bart.

Tony führt uns zu einem Arbeitsbereich, wo Zutaten in zweifacher Ausfertigung bereitstehen. Wie wir Nudeln mit Käsesoße aus etwas, das sich »Hefeflocken« nennt, machen sollen, ist mir ein Rätsel.

Kaz wirft mir einen zweifelnden Blick zu.

»Also, wie ihr vielleicht bereits wisst«, beginnt Tony und wirft sich ein Geschirrtuch über die Schulter, eine Geste, von der ich sicher bin, dass man sie Lehrlingen bereits in der Kochausbildung beibringt, »ist Veganismus der am schnellsten wachsende Ernährungstrend überhaupt. In den letzten fünf Jahren ist die Anzahl von Veganern um dreihundertfünfzig Prozent gestiegen.«

Na super. Selbst wenn ich versuche, einzigartig zu sein, schaffe ich es noch, auf einen Trend aufzuspringen.

»Vegane Ernährung schützt die Umwelt. Man braucht beinahe zweihundertmal so viel Wasser, um ein halbes Kilo Fleisch zu produzieren, wie man für ein halbes Kilo Gemüse braucht.« Tony klingt ziemlich gelangweilt. Als könnte er selbst nicht glauben, dass er diesen Quatsch immer noch runterbeten muss. »Darüber hinaus«, macht er tapfer weiter, »leben Veganer durchschnittlich zehn Jahre länger.«

Tief drin wusste ich vielleicht bereits, dass die Zeiten, in denen ich tonnenweise Fleisch essen konnte, vorbei sind. Ich meine, ich habe *Cowspiracy* gesehen. Vielleicht ist eine vegane Ernährung wirklich etwas, womit ich mich interessanter machen und gleichzeitig Gutes tun kann. Dass mir das erst jetzt einfällt, ist wirklich der Beweis, was für ein schrecklicher Mensch aus mir geworden ist.

Kaz stößt mich an. Ich war für den Großteil von Tonys Rede weggetreten.

»So, ihr Lieben, dann legt mal los, ich mache nur noch schnell den Salat hier fertig.«

»Was sollen wir noch mal machen?«

»Käse. Aus den Cashews.« Kaz schüttet pflichtbewusst eine Schale nasser Cashew-Kerne in einen Mixer und fügt die Hefeflocken und noch ein paar andere Sachen hinzu.

Ich mache es ihr nach, und während wir mixen, frage ich mich, auf welchem Planeten Nüsse bitte wie Käse schmecken sollen. Wie so ziemlich jeder weiß auch ich, dass Nüsse gesund sind. Ich weiß, ich sollte sie tagsüber als Snack zu mir nehmen. Aber seien wir mal ehrlich: Nüsse sind keine Chips.

Wir stellen den sogenannten »Käse« zur Seite und fangen mit dem Kuchen an. Tony macht sich unterdessen an die große Enthüllung unserer zweiten Box mit Zutaten. Na ja, er zieht die Geschirrtücher, mit denen sie bedeckt sind, weg.

Uns wurde Schokoladenkuchen versprochen. Aber ich

sehe hier nichts, was Schokolade ähnelt. Ich backe nicht – wenn man mal von den tausend Keksen neulich absieht. Aber ich bin mir ziemlich sicher, dass man für einen Schokoladenkuchen Schokolade braucht. Stattdessen sind da Agavendicksaft, Kakaonibs und zu meinem Leidwesen: eine Avocado.

Wir beginnen damit, die Avocado zu zermatschen. Ich habe keine Ahnung, warum die Leute auf Instagram völlig verrückt nach diesem Mist sind. Sie ist so schleimig, dass mir schlecht dabei wird.

»Die Avocado sollte immer etwas überreif sein«, fügt Tony hinzu.

Wir kombinieren die ungewöhnlichen Zutaten und füllen sie dann in eine Kuchenform. Für 70 Pfund hatte ich angenommen, dass wir jeder einen Kuchen bekommen würden. Aber offenbar habe ich mich da geirrt.

Dann widmen wir uns wieder dem Cashew-Käse. Wir schnibbeln und braten Gemüse, von dem ich zum Teil noch nie gehört habe. Romanesco zum Beispiel. Sieht aus wie eine Kreuzung aus Brokkoli und Blumenkohl. Ich unterbreche Tonys Erklärungen, indem ich ihn frage, welches Essen als vegan gilt.

Er wird ein bisschen kurz angebunden, als ich mich nach Ketchup erkundige.

Kaz verkündet, sie habe gehört, dass Oreos vegan sind, und bei dieser Neuigkeit fühle ich mich gleich besser.

Schließlich sind die Nudeln gekocht, und wir mischen alles zusammen. Ich habe mittlerweile genug. Die Chancen, dass ich diese Rezepte zu Hause nachkochen kann, liegen in etwa bei null. Nicht weil ich dumm bin. Sondern weil ich schon jetzt weiß, dass ich keine Lust darauf haben werde.

Wir richten alles an, inklusive Kuchen.

»Und das wäre es: Nudeln mit Käsesoße und Schokoladenkuchen. Super einfach«, verkündet Tony.

Wir haben viertausend Zutaten benutzt, und die Küche sieht aus, als wäre eine Bombe explodiert. Kaz blickt ihn aus zusammengekniffenen Augen an.

Tony beobachtet uns immer noch, deshalb haben wir keine andere Wahl, als zu essen. Der Käse ist sehr nussig, und es ist viel zu viel Gemüse in den Nudeln. Meiner Meinung nach sind Nudeln ein Nahrungsmittel, das sehr gut für sich stehen kann.

»Und, wie findet ihr es?«, fragt Tony, während ich versuche, unauffällig etwas von dem nussigen Käse von den Nudeln zu kratzen.

»Ja, es ist äh …« Wir fangen mit dem Kuchen an.

Ich erinnere mich an Claire und den Rosenkohl. Oder an das eine Mal, als sie eine halbe Dose Passionsfrucht-Eis gelöffelt hat. Ich nehme einen Bissen.

Am Ende ist es nicht die Avocado, die alles ruiniert, es ist der Mangel an Zucker. Zucker ist vegan. Wenn es eine Sache gibt, die ich aus diesem Kurs mitnehmen werde, dann dass ein Kuchen immer Zucker enthalten muss.

»Ich denke, wir sind hier fertig, Tony.« Kaz nickt ihm zu und schiebt den Kuchen über den Tresen zu ihm hinüber. Tony wirkt ehrlich baff, dass jemand seinen zuckerfreien Avocado-Kuchen nicht lecker finden könnte.

Ihm bleibt keine Zeit, es zu verarbeiten, denn gerade kommt eine dringende Bestellung Zucchininudeln rein. Kaz und ich bahnen uns einen Weg durch das Restaurant zurück auf die Straße.

»Das war ein verdammtes Desaster – siebzig Pfund, und ich bin am Verhungern.«

»Ich auch. Denkst du, wir sind einfach nicht zu Veganern geboren?«

»Ich habe nicht vor, vegan zu leben. Aber ich vermute mal, es ist wie mit allem: Es gibt die, die richtig hardcore sind, und die, die Pommes und normale Sachen essen.«

»Du hast vermutlich recht. Ich dachte, ihm platzt ein Blutgefäß, als ich ihn gefragt habe, ob Gin vegan ist.« Wir machen uns auf den Weg zur Hauptstraße.

»Man kann nie wissen. Honig ist auch nicht vegan.«

»Ich weiß. Ich war dabei, als Tony dir das gesagt hat.«

Wir kommen vor Greggs Laden an. Jeden Moment könnte jetzt ein Engelschor einsetzen. Denn dort im Fenster ist ein Werbeschild für vegane Würstchen im Teigmantel.

»Kaz, siehst du das?« Ich bin wie einer der Weisen, der auf den Polarstern zeigt.

»Ich sehe es. Piers Morgan fand sie scheußlich.«

Ich klatsche aufgeregt in die Hände. Piers Morgan ist praktisch mein persönlicher moralischer Kompass. Ich nehme zu allem, zu dem man eine Meinung haben sollte, einfach die entgegengesetzte Position ein.

»Gott, das ist Wahnsinn.« Ich habe gerade die Hälfte meines ersten veganen Würstchens im Teigmantel inhaliert und schnappe zum ersten Mal nach Luft. Wir sitzen auf einer Bank, die gute drei Meter von der Ladentür entfernt ist. Ich konnte nicht warten. »Und vegane Donuts gibt es auch. Warum pressen die Leute Cashews aus, wenn sie auch das hier essen könnten?«, will ich wissen.

Ich beiße noch einmal ab.

»Du willst es also durchziehen?«

»Kann ich einfach immer die hier essen?«

»Du könntest Skorbut bekommen.«

»Das ist es wert. Aber ja, ich denke, das werde ich. Es kommt mir vor wie eine gute Sache, immerhin ist es ein bisschen weniger egozentrisch, als inspirierend sein zu wollen.«

»Da stimme ich dir zu. Aber besuchst du das Bootcamp weiter?«

»Ich weiß noch nicht.« Ich inhaliere etwas von dem wunderbar knusprigen Teigmantel und muss husten. Erstickt an Greggs veganem Hotdog. Definitiv eine großartige Art abzutreten.

»Also, du hilfst in dem Laden aus, bist ein mega Rennen gelaufen, und jetzt isst du vegan. Dein Leben hat sich in wenigen Monaten von ziemlich meh zu ziemlich krass gewandelt.«

»Meh?«

»Nicht du, sondern dein Leben. Es kam mir immer ziemlich klein vor. Im Vergleich zu dir, meine ich.«

Lustig, ich hatte immer den Eindruck, dass mein Leben größer ist als ich.

»Egal, du übertreibst, was meine Lebenslisten-Erfolge angeht. Ich helfe nur so halb aus, Leon verbringt den ganzen Vormittag damit, mich fertigzumachen.«

Kaz will mich unterbrechen, aber ich rede einfach weiter.

»Und je weniger Worte wir über meine spontane Aktion im Februar verlieren, desto besser. Und ich war bestenfalls mäßig inspirierend. Ich habe ja noch nicht mal mit den wirklich schweren Sachen angefangen.«

Dann muss ich an Claire denken, und Traurigkeit überkommt mich. Das ist immer so, wenn meine Schwächen und mein Versagen so offensichtlich werden. Meine Güte, Trauer ist wirklich auslaugend. Es wäre viel einfacher, sich einfach für eine Emotion zu entscheiden – Glücklichsein, Traurigsein, Verwirrtheit, Einsamkeit – und dann dabei zu bleiben.

»Diese Challenge wirst du in jedem Fall perfekt meistern. Und was steht nächsten Monat an? Die Welt erkunden?«

»Hm-hm. Und erfolgreich sein. Um ehrlich zu sein, bereue

ich, das auf die Liste geschrieben zu haben. Im Mai steht die doppelte Herausforderung an, erinnerst du dich?«

»Wohin soll es gehen? Die Reise meine ich.«

Ich beginne mit den Donuts und stöhne auf.

»Ich glaube, ich fahre einfach zum Flughafen und nehme den ersten verfügbaren Flug.«

»Wow, das ist ziemlich abenteuerlustig.«

»Willst du mitkommen?«

»Ich bin keine Lehrerin. Ich habe nicht mein halbes Leben lang Ferien. Außerdem denke ich, dass es dir guttun wird, allein zu reisen.«

Das sehe ich ganz anders.

28

»Emily, EMILY!« Josh holt mich Montagmorgen an der Tür zu meinem Klassenzimmer ein.

Er ist wie der Tod eines Prominenten, man sieht ihn nie kommen.

»Hi Josh.«

»Hattest du ein schönes Wochenende?« Er folgt mir hinein.

»Ja, war okay.« Ich war bei dem Familientreffen im Black Bull. Wir haben uns schon in den ersten fünf Minuten für lila Ballons und Fotos entschieden, aber ich konnte einen Nervenzusammenbruch vermeiden, also verbuche ich es als Erfolg.

»Wie war das Kochding?«

»Teuer. Aber ich habe mein erstes veganes Würstchen im Teigmantel gegessen. Warte mal, ich habe auch eins für dich gekauft, damit du probieren kannst.«

Ich wühle in meiner Tasche und bringe die fettverschmierte Tüte zum Vorschein, in der sich das Würstchen im Teigmantel befindet, und präsentiere es ihm, als wäre ich Maria und die Wurst das kleine Jesuskind. Tatsächlich habe ich sie nicht speziell für Josh gekauft. Aber nachdem ich am Wochenende acht oder mehr gegessen habe, bin ich an meine natürliche Grenze gekommen und habe ein paar abzugeben.

Josh lächelt, und ich könnte schwören, dass seine Wangen sich etwas rot färben. Sicher kann man die Tatsache, dass ich ihm ein Würstchen im Teigmantel gekauft habe, nicht als Geständnis deuten, dass ich etwas von ihm will. Was ich nicht tue. Denn ich bin EXTREM auf meine Lebensliste fokussiert. Außerdem würde kein vernünftiger Mensch jemandem seine Liebe mit einem abgelaufenen Stück Fleischersatz erklären.

»Vielen Dank. Ich esse es heute zu Mittag. Bis dann?« Nach seinem ersten Tag hat Josh es sich zur Gewohnheit gemacht, die Mittage in meinem Klassenzimmer zu verbringen, was mich vermuten lässt, dass mein Exkurs übers Sterben ihn nicht abgeschreckt hat, wie es beim Rest der Bevölkerung der Fall gewesen wäre. Also habe ich jetzt einen Essenskumpel. Und Kumpel ist hier das Schlüsselwort, denn, wie ich mir zum millionsten Mal sage, Josh will nichts von mir.

»Ja, bis dann.« Er wendet sich zum Gehen.

Genau in diesem Moment kommt Stan durch meine offene Tür. Er wirft Josh einen mitleidigen und mir einen finsteren Blick zu, ehe er mir einen Stapel Kopien in die Hände drückt. Dass Stan meine Weigerung, mit ihm zu schlafen, als persönlichen Affront auffasst, ist so daneben, dass es schon nicht mehr lustig ist.

»Gibt es ein Problem?«, fragt Josh, als Stan geht.

Ich kneife mich in den Nasenrücken. In der emotionalen Achterbahn meines Alltags ist kein Platz für Stan.

»Lange Geschichte.« Und zwar eine, die ich Josh in etwa nie erzählen werde.

»Okay … Na dann, schönen Tag noch.«

»Das ist wirklich gut.« Pflichtbewusst isst Josh meine Gabe zu Mittag.

»Ja, nicht?«

»In Leeds hat gerade ein veganes Restaurant aufgemacht. Das könnten wir uns mal ansehen, wenn du magst?«

Ich ersticke fast an meinen Pommes.

»Alles okay?«

»Ja.« Meine Augen tränen. »Hab ein Stück Pommes in den falschen Hals bekommen.« Meine Güte, bin ich sexy. Ich nehme einen großen Schluck. »Was sagtest du über das vegane Restaurant?«

»Es ist in den Arkaden. Vielleicht mal nach der Arbeit?« Ich schwöre, Joshs Wangen haben wieder diesen rosa Hauch. Ich fixiere mich auf sie in der Hoffnung, dass sie mir verraten werden, was hier gerade vor sich geht. Denn das klang schwer danach, dass Josh mich um ein Date bittet. Aber er hat doch laut und deutlich erklärt, dass er nicht auf mich steht! Und ich sah in der Nacht im Wetherspoons bedeutend attraktiver aus als zu irgendeinem Zeitpunkt seitdem.

Ich habe zu lange nichts gesagt. Wir sind Freunde. Glaube ich. Freunde können mit Freunden einen Kaffee trinken gehen.

Hör auf zu denken und sag was.

Menschen heiraten ihre Freunde nicht. Man muss mit dem anderen intim werden wollen, um zu heiraten.

Sag was!

Ich höre mich selbst sagen: »Nun, ja, Josh. Das wäre wunderbar, danke.«

Wenn meine übermäßig förmliche Antwort ihn verstört, lässt er es sich nicht anmerken.

»Super, wie wäre es mit morgen Abend?«

»Tut mir leid, Donnerstag ist immer Bootcamp.« Ich habe mich entschieden, wieder hinzugehen. Ich weiß auch nicht, warum. Obwohl es etwas mit Sophies zunehmend aggressiveren Memes zu tun haben könnte. Das letzte zeigte einen gezeichneten Hund, der erwürgt wurde.

»Mittwoch?«

»Okay. Ja. Cool.« Ich versuche, entspannt zu wirken.

»Wir könnten nach der Arbeit den Zug nehmen, wenn du magst.«

»Klingt gut. Mittwoch haben wir Proben für die Schulaufführung. Wenn du magst, könntest du zuschauen, bis wir fertig sind. Oder auch nicht. Falls du lieber, äh, ein andermal willst.«

»Kein Problem, ich komme.« Die Glocke erklingt. »Bis später.«

Den Rest des Tages fragen mich mindestens vier Schüler, warum ich mich so seltsam verhalte.

»Hi, Soph.«

Sie steht vor der Kirche, und ich jogge auf sie zu. Dass ich nicht allein davon schon völlig erschöpft bin, ist ein Zeichen, dass ich Fortschritte mache. Tatsächlich haben Sophie und ich uns merklich verbessert. Wir sind noch sehr weit davon entfernt, »gut« zu sein, aber wir sind auch nicht mehr völlig scheiße.

»Wurde verdammt noch mal auch Zeit.«

Ich lache nervös. Je näher Sophies Hochzeit rückt, desto mehr scheint sie durchzudrehen. »Heute gibt es Hügelsprints. Obwohl er vorgeschlagen hat, dass wir etwas machen, was sich Fahrtspiel-Training nennt. Ich habe ihn einfach ignoriert.«

»Gut so.« Ich beginne mich zu dehnen.

Irgendwie hatte ich gestern *und* heute so etwas Ähnliches wie gute Laune, die lediglich hin und wieder von kurzen Verzweiflungsanfällen durchbrochen wurde. Aber definitiv weniger als sonst. Und ich habe kein einziges tierisches Produkt auch nur angefasst. Selbst mein Shampoo ist jetzt vegan.

»Wie geht es mit den Hochzeitsplanungen voran?«

»Ein Albtraum. Meine Halbschwester und ihr Mann weigern sich zu kommen, weil wir uns für eine Feier ohne Kinder entschieden haben. Ihre sind drei und fünf Jahre alt und absolut schrecklich. Sie haben ihr Leben ruiniert. Und ich will gar nicht davon anfangen, was bei dem letzten mit ihrer Mumu passiert ist. Dammschnitt *und* Zangengeburt. Er war fünf Kilo schwer.«

Ich habe Mühe, der Geschichte zu folgen. Es ist mir schleierhaft, wie wir so schnell bei der Vagina ihrer Schwester gelandet sind. Trotzdem ist das das Schöne an Gesprächen mit Sophie. Sie übernimmt den größten Teil des Redens.

»Man würde meinen, dass sie gerne mal von ihnen wegkommt. Na ja, wie dem auch sei, zuerst dachte ich, sie blufft, aber das tut sie nicht. Und jetzt ist es zu spät für eine Kostenrückerstattung, also habe ich praktisch zweihundert Pfund für zwei leere Stühle bezahlt. Für das Geld hätte ich mir eine Zahnschiene kaufen können.«

»Das ist fürchterlich, Soph.«

»Ja, nicht? Es ist *meine* Hochzeit. Wenn ich nicht will, dass uns eine Horde Rotznasen das Essen ruiniert, dann ist das meine Sache!« Sophie ist Erzieherin.

Die Pfeife ertönt, und wir beginnen zu laufen. In letzter Zeit halten wir uns in der Mitte der Gruppe. Es ist wie bei den Pinguinen, die vier Monate lang in der Antarktis stehen: Die am Rand sterben immer zuerst.

»Hey Soph, Amys Ex, du weißt schon, Josh. Ich frage mich, was zwischen ihnen passiert ist.«

Immer und immer wieder bin ich den Moment, als Josh mich zum Essen eingeladen hat, im Kopf durchgegangen. Und ich weiß immer noch nicht, ob er das als Date gemeint hat oder nicht. So oder so will ich Informationen sammeln.

Sophie wirkt verwirrt. Aber wenn sie über den plötzlichen Themenwechsel überrascht ist, lässt sie es sich nicht anmerken.

»Er ist fürchterlich. Er hat Amy so mies behandelt, das glaubst du gar nicht.«

»Echt? Kann ich mir gar nicht vorstellen.«

Das bringt mir einen Seitenblick ein.

»Vor ein paar Monaten sagte er, er würde keine Zukunft für ihre Beziehung sehen und wolle ausziehen. Die arme Amy hat es gar nicht kommen sehen. Ihr ganzes Pinterest-Board war voll mit Hochzeitskram, und die ganze Zeit über plante er seinen Abgang.« Sie keucht jetzt schwer, obwohl ich nicht sicher bin, ob es am Laufen oder an ihrem Hass auf Josh und seine bösen Taten liegt.

»Und dann, als Amy ihn gebeten hat, es erst einmal mit einer Pause zu versuchen, bevor sie sich ganz trennen, hat er sie über Monate hingehalten, bevor er endgültig Schluss gemacht hat. Und er war zur Hochzeit eingeladen. Zum Glück haben sie sich früh genug getrennt, sodass ich meine Anzahlung zurückverlangen konnte – nicht dass er sich dessen bewusst gewesen wäre.«

Diese Informationen klingen nicht nach Josh, und ich kann nicht anders, als mich zu fragen, ob Amy wirklich das Opfer ist, als das Sophie sie darstellt. Amy sieht aus, als könnte sie einen Mann allein mit ihren Acrylnägeln umbringen.

Unsere Unterhaltung hat dazu geführt, dass wir zum Ende der Gruppe zurückgefallen sind. Und wie die kalte Arktisnacht ist Bruce zur Stelle, um uns zu terrorisieren.

Es gibt da diesen Moment kurz vor dem Gipfel des Berges, als Bruce uns entgegenbrüllt, dass wir fett sterben werden, und Soph ihm antwortet, dass sie ganz gern tot wäre, in dem ich ernsthaft daran zweifle, ob ich in der Lage bin, gute Entscheidungen zu treffen.

Und dann ist es vorbei. Ich zwinge meine zitternden Beine zu ein paar Dehnübungen, die mir bislang noch nie etwas gebracht haben.

»Gute Session, Mädels!«, strahlt Bruce. Ich beäuge ihn misstrauisch. »Ich habe mich nur gefragt, ob ihr vielleicht an einem kleinen Wettlauf interessiert wärt, den wir planen. Keine Hindernisse, nicht allzu hoher Berg, sollte für euch mittlerweile kein Problem mehr sein.« Er lächelt.

»Äh, ich denke, ich habe am Wochenende schon was vor«, sage ich.

»Und ich will einfach nicht«, fügt Soph hinzu.

Er lacht, als würden wir Witze machen. Es ist mehr als offensichtlich, dass er uns nicht gut kennt. Ich versuche nicht länger, inspirierend zu sein.

»Hier sind die Infos dazu, solltet ihr eure Meinung ändern. Wir planen einen ganzen Tag mit allen möglichen Aktivitäten. Ich glaube, ein paar Leute sammeln Geld für einen guten Zweck.« Er reicht uns einen Flyer, und wir sehen beide schuldbewusst aus, als wären wir durch unsere Absagen ganz persönlich dafür verantwortlich, dass nicht genügend Spenden generiert werden.

Er joggt davon, und ich stopfe das Blatt in meine Jackentasche und weiß schon jetzt, dass ich es erst wieder zu Gesicht bekommen werde, wenn es als Matsch am Grund meiner Waschmaschine klebt.

Soph streckt den Arm aus, um mich festzuhalten. »Em, mir ist gerade was eingefallen.«

»Wegen des Laufs?«

»Scheiße, nein, auf keinen Fall mache ich da mit. Wegen der Hochzeit. Du solltest kommen. Und du kannst ein Date mitbringen!«

Ich beschließe, die Tatsache zu ignorieren, dass ich nur eingeladen werde, weil jemand anderer sich weigert zu kommen. Ich war tatsächlich noch nie von Anfang bis Ende bei einer Hochzeit, allenfalls mal bei den abendlichen Feierlichkeiten von jemandem aus dem Kollegenkreis. Es gab ein Spanferkel, und selbst vor meinen Veganer-Tagen hatte ich meine Zweifel, inwiefern ein rotierendes verbranntes Schwein sich als Symbol für die Liebe zweier Menschen eignet.

»Wow, echt? Ich komme sehr gerne, danke!«

Sie klatscht richtig schnell in die Hände und tanzt auf der Stelle.

»Und Amy kennst du ja schon, sie ist Brautjungfer. Wie ich schon sagte, du kannst einen Begleiter mitbringen. Meine Schwägerin kriegt einen Anfall, wenn sie rausfindet, dass ich ihre Plätze anderweitig vergeben habe. Du kommst also wirklich?«

»Nicht mal wilde Pferde könnten mich abhalten.«

»Haha, du bist lustig. Wie ein alter Mensch im Körper eines jungen.«

Ich lache nur halb, denn ihre Erkenntnis kommt mir auch halb wie eine Beleidigung vor.

»Lass uns zur Feier des Tages was trinken gehen.«

Drei Drinks später taumle ich in meine Wohnung. Zum Glück hatte ich Flashbacks an unsere letzte durchzechte Nacht und habe mich nach einer Flasche Wein geweigert, mehr zu trinken. Mir ist ein bisschen schwindelig, aber nach allem, was ich in letzter Zeit getrunken habe, vertrage ich mittlerweile deutlich mehr. Kein Wunder, dass Gran eine halbe Flasche Baileys beim Abendessen wegstecken kann. Man muss sich einer Sache nur mit ganzem Engagement verschreiben.

Kaz sitzt auf dem Sofa und schaut *Line of Duty*. Sie ist der einzige Mensch, den ich kenne, der in Loungewear gut aussieht.

»Kaz, ich brauche deine Hilfe.« Ich lalle etwas, aber es ist nicht allzu schlimm.

Sie hebt die Augenbraue. »Was, jetzt? Das ist das Serienfinale.«

»Kannst du kurz auf Pause drücken? Ich muss jemanden auf Facebook stalken.«

Ihre Augen leuchten auf. Das zeigt, wie tief der Graben zwischen den Generationen mittlerweile ist. Meine Oma hatte mit fünfundzwanzig schon Kinder. Für Kaz und mich ist jemanden auf Facebook zu stalken eine legitime Freizeitaktivität. Kein Wunder, dass die Leute ernsthaft Angst um die Zukunft des Planeten haben.

Sie zückt ihr Handy. Das ist praktisch eines ihrer Spezialgebiete.

»Wer ist unser Opfer?«

»Äh, Josh. Musst du es wirklich so creepy klingen lassen?«

Wieder die angehobene Augenbraue. »Brians Josh?«

»Er hat mich für morgen Abend zum Essen eingeladen.«

»Klingt nach einem Date.«

»Es klang nicht nach einem Date, als er gefragt hat.«

Ich bin so durcheinander, dass ich mich selbst verwirre. Natürlich will ich nicht, dass Josh mich auf ein Date einlädt. Weil ich jedem aus dem Weg gehe, der mein Seelengefährte werden könnte. Und doch macht mich der Gedanke etwas traurig.

»Okay, nehmen wir trotzdem mal an, es wäre ein Date. Was wird dann aus der Seelengefährten-Vermeidungsstrategie?«

»Keine Sorge, da bin ich immer noch fest entschlossen. Ich habe noch bis Juli, bis ich authentisch sein muss. Trotzdem wäre alles leichter, wenn wir etwas wirklich Hässliches auf seinem Facebook-Account finden. Vielleicht haben wir Glück, und er ist ein Großwildjäger.«

»Du bist echt komisch. Brian meinte, er hätte es nicht leicht in letzter Zeit. Seine Ex war ziemlich durchgeknallt.«

»Sie ist eine Freundin von Sophie«, nicke ich.

»Angeblich hat sie Bräunungsschaum auf alle seine weißen Hemden gesprüht. Und sein Handy gekocht. Also es so richtig in der Pfanne gebraten.«

Okay, das klingt wirklich ein bisschen durchgeknallt.

»Also, wie ist sein Familienname?«

»Du weißt Brians Familiennamen nicht?«

»Warum sollte ich?«

»Smith. Josh Smith.«

»Du machst Witze, oder?«

»Nope. Ich gehe mit einem Mann aus, dessen Familienname der einzige ist, den es häufiger gibt als meinen.«

»Na toll, es gibt in etwa vierhundert Josh Smiths. Wir müssen über Brian gehen.«

Sie scrollt ein wenig und hebt dann ihr Handy in die Luft, als könnte es helfen, wenn sie einem der Satelliten ein paar Zentimeter näher ist.

»Ich hab ihn. Er hat ziemlich strenge Privatsphäre-Einstellungen. Ich weiß nicht, wie viel ich da rauskriegen kann.«

»Er arbeitet in der IT-Branche. Schätze, er liest sich die aktualisierten Nutzungsbedingungen, die Facebook von Zeit zu Zeit rausschickt, wirklich durch. Lass uns mal sein Profilbild ansehen.«

Selbst das ist ein wenig verschwommen. Aber soweit ich erkennen kann, ist es Josh auf einem Feld. Ziemlich nichtssagend.

»Vielleicht werden wir ja bei Brian fündig.«

Kaz beginnt zu scrollen.

»Hier sind sie.« Ein Bild von Josh und Brian in einem Club. Sie halten jeder eine Flasche Bier in der Hand. Josh trägt dunkle Jeans und Stiefel, dazu eines dieser ausgeblichenen T-Shirts, die er zu mögen scheint. Als ich ihn sehe, schlägt mein Bauch einen kleinen Purzelbaum.

Wir schauen weiter.

»Das muss ihr Dad gewesen sein«, sage ich. Es zeigt, wie weit wir zurückgegangen sind, dass wir Bilder von jüngeren Versionen von Josh und Brian finden, die sie mit ihrem Dad zeigen. Sie tragen Wanderschuhe und stehen auf dem Gipfel eines Berges. Brian sieht auf dem Bild mehr wie Josh aus. Sein Haar ist kürzer, und ich kann keine Tattoos entdecken. Kaz scrollt wieder nach oben.

»Er ist schon attraktiv, oder?«, sagt sie.

»Wer, Josh?«

»Nein, Brian. Obwohl Josh auch okay ist.«

Ich bin gezwungen zuzustimmen. Und was noch schlimmer ist: Es gibt leider keine Anzeichen, dass sie Mitglieder eines Kults sein könnten.

»Gehst du jetzt ins Bett, Em?«, fragt Kaz plötzlich.

»Äh, ja. Hatte ich schon irgendwann vor.«

»Na, dann mach mal, ich frage Brian, ob er vielleicht vorbeikommen will.«

»Was, jetzt? Es ist fast zehn!«

»Genau, die Nacht ist noch jung. Aber du hast morgen ein großes Date. Du brauchst deinen Schönheitsschlaf. Morgen früh wirst du mir danken. Zieh das lila Kleid an.«

»Findest du das nicht etwas übertrieben?«

»Was willst du sonst anziehen, dein Arbeitskostüm?« Sie hämmert auf ihrem Handy herum.

Es pingt.

»Er ist unterwegs. Hinfort mit dir. Obwohl, warte, lass mich das Bad zuerst benutzen.« Sie zieht mich am Arm die Treppe hinauf.

»Okay, okay, ich geh ja schon. Viel Spaß mit Brian.«

»Keine Sorge, den werde ich haben.«

Ich wünschte wirklich, ich hätte den letzten Teil nicht gehört.

29

1999

Es beginnt mit Kopfschmerzen.

Kaz durfte diesen Sommer mit nach Butlin's kommen, und wir nahmen alle gemeinsam am Talentwettbewerb teil. Und dann bekamen wir zueinander passende Freundschaftsbändchen, weil wir wieder gewonnen hatten. Claires Haare waren so lang wie meine, und alle sagten wieder und wieder, wie gut es sei, dass wir diesen Krebs-Quatsch hinter uns haben.

Und dann haben wir unseren achten Geburtstag bei McDonald's gefeiert. Wir haben beide ein Tamagotchi bekommen und die gleichen Roller Skates. Mum hatte solche Angst, als wir rausgingen, um sie auszuprobieren, dass ich mich gefragt habe, warum sie sie uns überhaupt geschenkt hat.

Aber jetzt sagt Claire, dass sie Kopfschmerzen hat.

Anfangs weiß ich nicht, ob sie die Wahrheit sagt. Wir sollen Tante Nelly im Altenheim besuchen, wo es immer nach Bratensoße riecht. Claire ist nicht gern da. Aber dann vermute ich, dass es doch wahr sein muss, weil sie auch nicht mit mir und Kaz im Garten spielen will. Stattdessen geht sie und legt sich hin, während wir Handstand üben.

Dann denke ich an den Krebs, der in Claires Gehirn war und dass eine gute Zwillingsschwester gehen und sich vergewissern würde, dass Claire okay ist, und ich will eine gute Zwillingsschwester sein.

Kaz und ich gehen nach oben. Mum ist in der Küche, und wir können hören, wie sie zu *Mambo Number Five* im Radio mitsingt.

»Alles okay, Claire?«, frage ich und stoße die Tür auf. Aber Claire antwortet nicht, weil sie mit geschlossenen Augen auf dem Boden liegt und die Arme und Beine bewegt und dabei zuckt. Ich renne zu ihr und versuche sie aufzuwecken, aber ich schaffe es nicht, deshalb drückt Kaz den roten Knopf, den wir nie zuvor drücken mussten, und Erwachsene strömen in den Raum.

Mum hält Claire in den Armen und sagt: »Oh nein, oh nein, oh nein.« Wieder und wieder. Ich habe das Gefühl, dass der Raum bebt. Mir wird richtig kalt, und ich mache den Mund auf, um zu schreien, aber es kommt nichts raus. Meine Arme und Beine funktionieren nicht mehr richtig. Ich kann mich nicht bewegen. Der Krankenwagen kommt und nimmt Claire mit, und der Schrei steckt immer noch in meinem Hals fest.

30

Ich schlafe die ganze Nacht schlecht. Ein gesichtsloser Arzt folgt mir diverse Flure hinunter. Ich wache verstört auf.

Beim Anziehen denke ich an mein Könnte-ein-Date-sein-ist-aber-wahrscheinlich-kein-Date mit Josh später an diesem Tag. Hoffentlich wird sich dabei herausstellen, dass Amy richtiglag und er einen fürchterlichen Charakter hat. Aber ich habe so die Ahnung, dass das nicht passieren wird.

Ich gehe alle meine vorhergehenden halbgaren Beziehungen durch und denke eine Weile über Sam nach. Wir waren lose Bekannte an der Uni, und irgendwann bat er mich um ein Date. Das dann genau achtzehn Minuten dauerte. Nachdem ich Claire erwähnt hatte, ging Sam aufs Klo und kam nie zurück. Wir mussten die nächsten zwei Jahre damit verbringen, uns in der Bibliothek aus dem Weg zu gehen.

Die Gedanken an Sam festigen mich in meinem Entschluss.

Auch wenn das Date-das-wahrscheinlich-kein-Date-ist sich doch als Date entpuppt, ist es nicht sehr wahrscheinlich, dass was auch immer ich mit Josh anfange, bis Juli überlebt. Und überhaupt, wenn ich wählen muss, dann besteht kein Zweifel, dass eine tote Zwillingsschwester über niedlichen Grübchen steht.

Kaz' Vorschlag folgend packe ich das lila Kleid ein und leihe mir ein Paar Sandalen von ihr. Dann packe ich sicherheitshalber noch eine Haarbürste, Parfum und die Hälfte meines

Make-ups in die Stofftasche, die ich mit in die Schule nehmen will. Ich werde das Kleid dort irgendwo aufhängen müssen, es besteht aus Satin mit einem Überkleid aus Chiffon und einer Schärpe um die Taille, also wäre es ein Verbrechen gegen das Material, es den ganzen Tag in einer Tasche liegen zu lassen.

Um drei wartet Josh vor meinem Klassenzimmer auf mich.

»Tut mir leid, die Proben dauern von drei bis vier, ich dachte, ich hätte das erwähnt«, murmle ich.

»Hast du. Ich dachte, ich komme vorbei und sehe zu.« Er hat sein Jackett ausgezogen und die Ärmel hochgerollt. Seine widerspenstige Strähne steht beinahe senkrecht ab, auch sie ist jetzt am Ende des Tages endlich frei.

»Schönes Kleid«, sagt er, während wir den Flur hinuntergehen, und nickt in Richtung des Kleidungsstücks, das ich über meinen Arm gelegt habe.

»Es ist lila.« Ich klinge wie eine Vollidiotin. In Joshs Beisein werde ich mich unmöglich auf die Proben konzentrieren können.

»Tim, komm her«, rufe ich, sobald wir in der Aula sind. »Das ist Mr Smith, er kennt sich mit IT-Sachen aus.«

»Ja, ich erinnere mich. Okay, IT-Mann.«

»Er hat *auch* einen Abschluss in Englisch.«

Josh sieht ein wenig beunruhigt aus.

»Tim ist für die Beleuchtung verantwortlich. Allerdings ist das Licht die ganze Zeit einfach nur ›an‹. Er ist hier, um Stunden zu schwänzen.«

»Miss, das verletzt mich.« Tim tut, als hätte ich ihn erschossen.

»Ich habe die Wände der Beleuchtungskabine mit Zitaten gepflastert, die Tim für sein GCSE können muss«, erkläre ich Josh. »Vielleicht könntest du ihn ja ein wenig abfragen?«

Josh wirkt jetzt extrem beunruhigt. Tim grinst.

»Keine Sorge, Tim wird dir keinen Ärger machen.« Ich tippe mir auf den Nasenflügel. »Ich weiß, wo er seinen Bonbon-Vorrat versteckt.«

Tim lacht. »Okay dann, IT-Mann, bringen wir es hinter uns.«

Ohne Josh und die Adern an seinen Armen als Beobachter gehen die Proben gut über die Bühne. Uns gelingt eine donnernde Interpretation von *Skid Row,* was meine Laune deutlich hebt, und dann üben wir das Verfüttern diverser Darsteller an die Pflanze. Wir haben einen provisorischen Tunnel in das Podest gebastelt, auf dem Cade, aka Audrey II, stehen wird. Cade sieht noch immer panisch aus, wann immer er sprechen statt singen muss. Tatsächlich könnte er nicht weniger wie eine blutsaugende manipulative Pflanze wirken. Ich bestelle grüne Schminke, damit man wenigstens nicht mehr sieht, wie rot er wird. Sie kommt zusammen mit den zwanzig Litern Kunstblut an. Jan und ich haben beschlossen, dass wir uns das bis zur Aufführung aufheben, wenn wir nicht mehr diejenigen sind, die putzen müssen.

Ich sorge mich immer noch, dass die ganze Sache zu makaber für eine Schulaufführung sein könnte; praktisch jede Figur findet ein blutiges Ende. Aber jetzt ist es zu spät, um die zentralen Stellen des Musicals abzuändern. Wir stecken zwanzig Liter Kunstblut zu tief in der Sache drin.

Mit der Stofftasche in der Hand stürme ich um vier Uhr zur Toilette. Ich bürste mir das Haar und schichte noch eine Lage Make-up auf das bereits vorhandene. Dann schlüpfe ich in das Kleid und sprühe mich mit etwas Parfum ein.

Als ich in den Spiegel schaue, überkommen mich kurz schreckliche Selbstzweifel. Teilweise weil, egal wie sehr ich mich anstrenge, nicht Claire mir heute aus dem Spiegel entgegenblickt; ich bin auf mich allein gestellt. Dann besteht auch noch die sehr realistische Möglichkeit, dass Josh und ich heute als Kumpels in ein Café gehen und ich in jeder Hinsicht übertrieben habe. Doch da meine Arbeitskleidung jetzt ein knittriges Häufchen ist, habe ich gar keine andere Wahl, als Kaz' Plan zu folgen.

Ich trete aus der Toilette.

Josh steht auf der anderen Seite des Flurs. Er hat den obersten Knopf seines Hemdes geöffnet und die Krawatte abgenommen. Ich bekomme weiche Knie.

Er steht nur da und sieht mich an.

Aber dann sagt er: »Wow, Emily, du siehst großartig aus.« Und dann hustet er, als könnte er gar nicht glauben, dass es mir möglich ist, so auszusehen, was ich als Beleidigung auffassen könnte, wenn ich wollte.

»Ich lege nur die Tasche schnell in mein Klassenzimmer, einen Moment.«

Vor der Tür treffe ich Josh wieder.

»Ist es okay für dich, wenn wir zum Bahnhof laufen? Es sind nur zehn Minuten.«

»Sicher.«

Wir gehen schweigend. Josh hat das Jackett über seinen Arm gehängt. Ich will mit ihm sprechen, damit ich einen Grund habe, ihn anzusehen, aber es ist, als wäre der Teil meines Gehirns, der für das Bilden von Wörtern verantwortlich ist, außer Betrieb.

»Also äh, wolltest du schon immer ein Computer-, äh, Mensch werden?« Das muss der Weltrekord für die langweiligste Frage bei einem Date sein.

»Ich hatte eine Phase, da wollte ich Astronaut werden. Aber dann habe ich mich im Oblivion übergeben, du weißt schon, diese Achterbahn mit dem freien Fall in Alton Towers? Danach dachte ich, dass Computer vielleicht doch die sicherere Wahl sind.«

»Interessant. Ich habe das Gefühl, dass Computer etwas gegen mich persönlich haben. Bei diesen kleinen Raupen-Achterbahnen wurde mir allerdings auch immer schlecht, also verstehe ich, was du meinst.«

»Du glaubst, dass Computer dich nicht mögen?«

»Jep. Sie sehen mich kommen und gehen sofort kaputt, um mir eins auszuwischen. Und seit meinem ersten Arbeitstag liegen auch die Drucker im Clinch mit mir.«

Er lacht, als würde ich Witze machen.

»Bist du nicht etwas zu jung, um technophob zu sein?«

»Versteh mich nicht falsch, ich bin ein Ass, wenn es um Social-Media-Stalking geht.«

»Tatsächlich?« Er sieht mich auf eine Weise an, die sagt, dass er weiß, dass ich versucht habe, mich bei ihm einzuhacken.

»Jep. Solange der Gestalkte nicht Privatsphäre-Einstellungen auf dem Level eines Geheimdiensts hat.«

Er lacht, und dann sind wir auch schon am Bahnhof.

Wir müssen nur fünf Minuten auf den Zug warten, aber am Gleis ist die Hölle los, schließlich ist gerade Berufsverkehr.

Wir quetschen uns hinein, und Josh bietet mir ganz galant den einzigen Sitzplatz an, den wir finden können. Ich setze mich und bereue es sofort, weil ich mich jetzt zwangsläufig den Rest der Fahrt mit seinem Intimbereich unterhalten muss.

Ich fürchte, ich könnte etwas zerzaust aussehen. Meine einzige Hoffnung ist, dass wenigstens noch eine der Make-up-Schichten auf meinem Gesicht sitzt.

»Sollen wir vorher noch was trinken? Ich habe für halb sieben reserviert.«

Das klingt wie etwas, was man bei einem Date machen würde.

»Okay.« Ich lächle und versuche verstohlen nachzusehen, ob ich Schweißflecken habe. Als Josh mich dabei erwischt, presse ich schnell die Arme an die Seiten und schwöre mir, sie nie wieder zu heben.

Ich bestelle einen Gin Tonic in einer schicken Bar, denn auch die Lebensliste wird mich nicht daran hindern, Gin, dem Getränk meiner Generation, treu zu bleiben. Josh hat eine Flasche Bier, und wir sitzen draußen. Es ist schön. Viel zu schön. Bevor ich mich's versehe, habe ich drei Gin intus und beschreibe ihm meine geliebte Teddy-Sammlung.

Ich bin mir ziemlich sicher, dass er nur so tut, als würde es ihn interessieren. Aber er sieht mich mitfühlend, wenn auch ein wenig verstört, an, als ich ihm erzähle, dass ich zum neunten Geburtstag zweimal den gleichen Teddy bekommen und geweint habe. Ich verschweige, dass ich meine Kinderpsychologin bezüglich des Vorfalls angelogen habe. Ich habe Josh noch immer nicht von Claire erzählt. Mein Gerede vom Tod war für ihn okay, aber sobald die Leute erfahren, dass man so etwas wirklich selbst durchgemacht hat, sehen sie einen zwangsläufig mit anderen Augen.

»Sollen wir zum Restaurant gehen?«

Ich nicke. Josh bietet mir sein Jackett an, weil die Luft kühl geworden ist. Ich nehme es an, während mein Kopf *date, date, date* singt, und ich hoffe, dass ihm nicht auffällt, dass ich an dem Ärmel schnuppere.

»Magst du den Geruch?« Erwischt.

»Machst du Witze? Ich will dich schnupfen.« Stumm schwöre ich dem Alkohol ab, denn selbst wenn das hier ein Date ist, war das wirklich verdammt seltsam.

Das Restaurant liegt in den Arkaden, die immer mein liebster Ort in Leeds waren. An der Glasdecke funkeln winzige Lichter, und vor einem Brunnen klimpert jemand auf einem Klavier.

Wir setzen uns. Auf dem Tisch steht ein Glas mit einer Lichterkette darin, und der Kellner reicht mir eine Speisekarte, von der ich alles bestellen will. Ich bin so in die Auswahl vertieft, dass ich kaum achtgebe, als Josh fragt, welchen Wein ich mag, und dann eine Flasche weißen ordert.

Wir geben unsere Bestellungen auf. Und dann, weil ich immer noch ich bin, schaffe ich es, alles kaputtzumachen, indem ich sage: »Ich wusste, dass du nicht schrecklich bist.«

Seine Augen werden groß, und ich bemühe mich schnell um Schadensbegrenzung.

»O Gott, es tut mir so leid. Es ist nur, wir haben schon so oft die Mittagspause miteinander verbracht, und falls du auch nur ein kleines bisschen fürchterlich bist, dann versteckst du es sehr gut. Nein, das trifft es irgendwie auch nicht. Ignorier mich einfach.« Ich muss wirklich aufhören zu reden. Ich nehme einen großen Schluck Wein.

»Amy, ja?«, fragt er.

»Ja, aber du bist mir keine Rechenschaft schuldig. Es geht mich wie gesagt nichts an. Wir sind nur Kumpels, ja?« Warum ich mir dachte, dass das hier eine gute Gelegenheit wäre, das Wort »Kumpel« auszuprobieren, wird mir auf ewig ein Rätsel bleiben.

Er zögert einen Moment, während ich noch mehr Wein in mich hineinschütte. Beim Mittagessen hatten wir nie solche Gespräche.

»Ich weiß nicht, wie ich das sagen soll, ohne wie ein Arschloch zu klingen, aber Amy, äh, hatte Probleme zu akzeptieren, dass es vorbei mit uns war, selbst als ich schon nicht mehr bei ihr wohnte.« Er fährt sich durchs Haar. »Ich habe mir Sorgen um Bri gemacht und war mit dem Kopf woanders, aber ich hätte früher erkennen müssen, dass wir verschiedene Vorstellungen vom Stand unserer Beziehung hatten.«

Ich nicke, aber dann schüttle ich den Kopf und versuche gleichzeitig, mit den Schultern zu zucken.

»Klingt nachvollziehbar. Du brauchst nicht mehr zu erklären.«

»Jetzt bin ich dran.«

»Oh, über mein Liebesleben gibt es nichts zu berichten, alles total durchschnittlich.«

»Ach ja?« Sein Blick fixiert meinen, und mein Magen schlägt unwillkürlich einen Purzelbaum. Er wird rot. »Also, was läuft zwischen dir und Stan?«

Ich stöhne und lasse den Kopf auf den Tisch fallen. Der Kellner kommt zurück, und ich muss ihm versichern, dass alles in Ordnung ist. Ich muss wirklich sparsamer mit den dramatischen Gesten umgehen.

»Wie kommst du darauf, dass zwischen mir und Stan was laufen könnte?«

»Zum einen deine Reaktion gerade«, lächelt er. Diese Grübchen! Ich streiche mit den Händen über meine Wangen. »Und er sieht dich oft ziemlich finster an. Habt ihr beide …?« Er hebt lediglich die Augenbrauen. Augenbrauen-Zeichensprache für Knick-knack.

»Nein. Definitiv nicht. Ich, äh, habe es in Erwägung gezogen, aber dann meine Meinung geändert. Und Stan hat das als persönlichen Affront aufgefasst.«

Joshs Kiefer zuckt. »Was für ein Arschloch.«

Ich kann ihm nicht in die Augen sehen. Ich habe das Gefühl, dass der Boden unter mir und Josh sich bewegt und ich nichts tun kann, um es aufzuhalten. Letztlich rettet mich die Ankunft unseres Essens. Ich stoße einen glücklichen Schrei aus, als der Kellner einen riesigen »Chicken«-Burger vor mir abstellt. Mit Käse und BBQ-Soße und Zwiebelringen und so groß, dass er nur durch eines dieser Stäbchen zusammengehalten wird.

Ich habe nie in meinem Leben das Wort Foodporn benutzt. Aber hier bin ich bereit, eine Ausnahme zu machen.

Ich sehe, dass Josh sich für ein Nudelgericht entschieden hat, das aussieht, als wäre es einfacher zu essen. Ich haue rein. Es ist großartig. Ich bin so in meinen Burger vertieft, dass ich Josh völlig vergesse. Wenn der Burger mich um ein Date gebeten hätte, hätte ich zugesagt.

»Also, erzähl mir von deinem Bruder und deiner Schwester.«

Ich werde in die Gegenwart zurückgezerrt.

»Wer, Matt? Da gibt es nicht viel zu erzählen. Er ist vier Jahre älter als ich.«

»Er heiratet nächstes Jahr, richtig?«

»Genau. Sarah. Matt ist wie diese Leute in *Star Trek,* die keine Gefühle haben, und Sarah ist Arielle, nachdem sie ihre Stimme für einen Mann aufgegeben hat. Ich kann mir nicht vorstellen, dass auch nur einer von ihnen je einen Orgasmus hatte.«

»Und du denkst oft über die Orgasmen deines Bruders nach, ja?« Ich bin mir nicht sicher, ob er mich gerade auslacht. Aber ich könnte es ihm nicht verübeln. Ich bin eine schreckliche Gesprächspartnerin. Das kommt davon, wenn man es sein ganzes Leben lang vermeidet, das Haus zu verlassen. Plötzlich spricht man an einem Mittwochabend über das Sexleben seines Bruders.

»Ha, nicht wirklich. Ich habe keine seltsamen Vorlieben oder so was.« Warum zur Hölle versuche ich überhaupt, mit normalen Menschen zu sprechen?

Er nimmt einen Bissen. »Manchmal wünschte ich ehrlich gesagt, dass Bri etwas langweiliger wäre.« Ich schlucke schwer, aber Josh spricht weiter. »Nach Dads Tod ging er durch eine wilde Phase.«

Ich nicke. »Das verstehe ich. Trauer lässt uns den Verstand verlieren.«

Josh sieht mich an, und ich weiß, dass es an der Zeit ist.

Ich atme tief durch. Ich kann das. »Ich war ein Zwilling. Meine Schwester, Claire, starb, als wir acht waren. An Krebs.«

»Gott, Emily, das tut mir so leid.« Ich suche nach Anzeichen für Unbehagen in seiner Miene, kann aber nichts entdecken.

»Danke. Es ist lange her. Diesen Juni sind es zwanzig Jahre.«

»Trotzdem. So etwas lässt man nicht einfach hinter sich.«

»Nein, das tut man nicht. Oder wenn, dann habe zumindest ich es nie getan.« Ich will weitersprechen, Josh erzählen, dass der Verlust von Claire die eine Sache war, um die sich mein ganzes bisheriges Leben gedreht hat. Die Sonne, um die alle anderen Ereignisse und Erfahrungen kreisen. Ich will sagen, dass die Lebensliste im Prinzip Claire ist. Dass sie all das war, was ich nicht bin. Die Dinge auf meiner Liste. Das ist sie. Ich will ihm von meiner tiefsten Angst erzählen, dass es besser gewesen wäre, wenn Claire am Leben geblieben und ich gestorben wäre.

»Lila war ihre Lieblingsfarbe.« Meine Stimme klingt klein. Ich blicke an meinem Kleid hinunter und blinzle.

»Du siehst wunderschön darin aus, Em.« Josh streckt den Arm über den Tisch aus. Wir sehen beide zu, wie seine Hand sich vorwärtsbewegt, als wäre sie nicht Teil seines Körpers. Als sie sich um meine schließt, stoße ich ein Seufzen aus. Ich frage mich, ob Josh meine Hand gehalten hätte, hätte ich ihm nicht von Claire erzählt. Ich schiebe den Gedanken beiseite.

Den Rest des Essens unterhalten wir uns locker. Josh macht Bonuspunkte gut, als er vorschlägt, unsere Desserts zu teilen, nachdem ich ungebührlich lange gebraucht habe, um mich zwischen Zitronen- und Schokoladenkuchen zu entscheiden.

Im Restaurant ist es leer geworden. Wir streiten so lange, wer bezahlen darf, dass der Kellner vorschlägt, dass wir einfach ein weiteres Date planen und uns abwechseln. Ich sage: »Das hier ist kein Date«, obwohl ich glaube, dass es doch eines sein könnte, und Josh die Stirn runzelt. Am Ende gebe ich nach und lasse Josh zahlen. Ich erhasche einen Blick auf die Rechnung und beschließe, dass ich mich glücklich schätzen kann. Josh schlägt vor, dass ich es als kleinen Ausgleich für die Paygap zwischen Männern und Frauen sehen soll.

Und dann sind wir am Bahnhof. Mein Zug kommt in fünf Minuten. Wir stehen uns etwas angespannt gegenüber und schauen uns an, und mein Gehirn schreit: *LAUF, LAUF, du Idiotin, du wirst dich Hals über Kopf in diesen Mann verlieben. LAUF, ich sage es dir!*

Aber meine Beine haben eindeutig die Nase voll davon, dass mein Gehirn ihnen vorschreiben will, was sie zu tun haben, und sie bewegen sich nicht von der Stelle.

Und als er »Emily« sagt, nicke ich einfach nur.

Er legt eine Hand in meinen Rücken, und ich lasse zu, dass er mich an sich zieht. »Du hast gesagt, es sei kein Date.« Er klingt ein wenig traurig.

»Ich dachte, es wäre keins.« Ich habe keine Ahnung, warum wir flüstern. »Ich dachte, du magst mich nicht auf diese Art.«

Er verzieht nachdenklich das Gesicht. Unvermittelt hebe ich die Hand und streiche seine Strähne glatt. Er fängt meine Hand ein und drückt mir einen Kuss in die Handfläche.

Der Himmel ist klar und voller Sterne. Wir sind die perfekte Valentinstag-Postkarte, eingerahmt in das Licht des Bahnhofs. Und als Josh sich zu mir beugt, schließe ich die Augen. Selbst der Obdachlose, der brüllt »Mach hinne, Junge!« kann diesen Augenblick nicht zerstören. Ich habe das Gefühl zu schmelzen. Meine Haut ist so heiß. Als wir uns schließlich voneinander lösen, rast mein Herz, und Joshs Pupillen sind riesig geworden.

»Sexy Augen.«

»Was?«, murmelt er.

»Deine Augäpfel sind einfach nur so … sexy gerade.«

Er lacht und lehnt die Stirn an meine.

Wir bleiben so stehen. Mein Herz pocht heftig, bis ich mich schließlich löse.

»Ich sollte los … meine Bahn.«

»Besser ist es. Behalt das Jackett.«

Mai: Sei erfolgreich, erkunde die Welt!

31

Nach der ersten Nacht erholsamen Schlafs seit Monaten erwartet mich beim Aufwachen eine Textnachricht.

Josh: *Wie geht es deinem Kopf? Ich fand, es war ein schöner Abend x*

Ich: *Besser als erwartet. Gut, dass ich so viel gegessen habe. Fand ich auch.* ☺ *Es ist heutzutage so leicht, vegan zu leben. Ich habe sogar vegane Seife und alles x*

Josh: *Freut mich zu hören. Wir sollten wieder mal hingehen und auch die anderen Sachen auf der Karte probieren.*

Meine Finger sind drauf und dran, aus eigenem Antrieb JA! zu tippen. Aber ich zögere. Es besteht kein Zweifel daran, dass der vergangene Abend ein Date war. Ich kann Joshs Kuss immer noch spüren, als hätte er ein Brandmal auf meinen Lippen hinterlassen. Und ich stelle schon jetzt infrage, dass die Sache wirklich wie erwartet im Sande verlaufen wird. Ich habe Josh von Claire erzählt, und er hat mich trotzdem geküsst. Er hat nicht die Flucht ergriffen oder versucht, das Thema zu wechseln. Ich bin noch nie so geküsst worden. Ich kann mir schon jetzt vorstellen, wie schwer es sein wird, solche Küsse ab Juli aufzugeben.

Josh (wieder): *Obwohl es auch andere vegane Optionen gäbe x*

Ich: *Ha, nicht schlecht.* Meine Güte, wer schreibt so was?

Ich würde sehr gerne irgendwann in der Zukunft noch einmal Fleischersatz essen gehen, aber im Moment habe ich zu viel um die Ohren mit der Schulaufführung. Außerdem muss ich meinen Kleiderschrank nach tierischen Produkten durchforsten.

Bis jetzt habe ich festgestellt, dass nahezu alles, was ich besitze, synthetisch ist. Ich tippe weiter.

Aber vielleicht, wenn ich damit und mit dem Stück durch bin? X

Ich hasse mich dafür, dass ich mich nicht überwinden kann, die Sache ein für alle Mal zu beenden. Diese verdammten Grübchen!

Nervös sitze ich da und beobachte mein Handy.

Josh: *Klingt gut. Sag Bescheid, falls du Hilfe mit dem Stück brauchst, ja? Und jetzt entschuldige mich, ich muss mein Ledersofa vier Stockwerke nach unten hieven.*

Ich weigere mich, über die Vorstellung eines Josh mit nacktem Oberkörper, der ganz männlich ein Sofa hebt, in Schwärmereien auszubrechen.

Ich: *Haha. Nein, ganz im Ernst, bitte wirf es nicht wegen mir weg. Ich meine, die Kuh ist schon tot, also …*

Ich: *Und vielleicht habe ich tatsächlich eine Aufgabe für dich bei dem Stück. Ich melde mich x*

Josh: *Tut mir leid, kann gerade nicht sprechen, muss das Sofa schleppen.*

Nach dem Date vergehen mehrere Wochen. Mittlerweile ist Mai, und das bedeutet, dass die Doppelherausforderung auf mich wartet, Phileas Fogg und eine erfolgreiche Karrierefrau in Personalunion zu werden.

Josh hat mich nicht wieder um ein Date geben, was mir sehr recht ist. Ich denke nur höchstens jede halbe Stunde daran.

Wie dem auch sei, heute müssen alle Gedanken an Josh und die Lebensliste vorübergehend Pause machen. Die Schulaufführung ist in zwei Tagen. Und ich bin nur eine Paillette entfernt von einem Nervenzusammenbruch.

»Mir bluten die Finger«, klagt Josh.

Wie immer verbringen wir den Mittag in meinem Klassenzimmer. Ich esse Nudelsalat, der zu neunundneunzig Prozent aus Nudeln besteht.

»Ich hab dir gesagt, du sollst einen Fingerhut benutzen. Mach bloß nicht das Kostüm blutig.«

Er hebt den grünen Jumpsuit hoch, den er in den letzten drei Wochen in mühevoller Kleinarbeit mit Pailletten bestickt hat.

»Erinnere mich bitte daran, dir nie wieder Hilfe anzubieten.«

»Leitung der Kostümabteilung ist eine sehr wichtige Position bei einer Schulaufführung.«

Besänftigt widmet er sich wieder dem Nähen. Obwohl ich ihn glaube murmeln zu hören: »Jetzt habe ich den verdammten Faden verloren.«

Die nächsten Minuten verbringen wir schweigend. Josh näht, während ich via Amazon Prime ein paar zusätzliche Liter Kunstblut bestelle. Nur für alle Fälle.

Josh durchbricht die Stille. »Äh, das hier ist übrigens meine letzte Woche.«

Ich schlucke einen Mundvoll Nudeln. »Das wusste ich nicht.«

»Das neue System ist eingerichtet und läuft.«

»Oh.«

Aus irgendeinem Grund bin ich traurig, wenn ich daran denke, meine Mittagspausen in Zukunft wieder mit Scrollen auf Facebook zu verbringen.

»Ich glaube, ein paar von uns gehen Freitag nach der Show etwas trinken, falls du auch Lust hast?«

»Wie hast du es geschafft, innerhalb von zwei Monaten mehr Freunde zu finden als ich während mehrerer Jahre hier? Ich bin mir ziemlich sicher, dass niemand kommen würde, wenn das mein Abschied wäre.«

»Ich weiß nicht. Stan möglicherweise, aber nur, um dir ein Haar für eine Emily-Voodoopuppe auszureißen.« Er scherzt, aber ich habe Josh mehr als einmal dabei erwischt, wie er Stan mit schmalen Augen anstarrte. Und inzwischen holt er meine Kopien ab und bringt sie mir, wodurch ich seltener mit Stan in Kontakt komme. Die Höhlenfrau in mir genießt das.

»Witzig. Du bist so ein witziger Typ.«

»Also, kommst du?«

»Äh.«

»Ich meine, du schuldest mir einen Drink.«

»Okay, gut. Und jetzt wieder zurück zu den Pailletten. Außerdem hing bei der Kostümprobe gestern Audreys Spitzensaum runter. Nur damit du Bescheid weißt.«

Als wir uns kurz vor der Premiere hinter der Bühne aneinanderdrängen, bin ich tatsächlich nervös.

»Okay, also, hört alle zu. Ich will, dass ihr da rausgeht und alles gebt, verstanden? Wen kümmert es, wenn die Leute nicht viel von euch erwarten? Sie irren sich, ihr seid großartig. Also, haut rein.«

Die ganze Gruppe jubelt, und alle gehen und nehmen ihre Positionen für die Eröffnungsnummer ein. Ich stehe mit Josh hinter den Kulissen. »Braucht Tim dich nicht?«

»Ich glaube, er kommt zurecht.« Wir können Tim in der Kabine den Flur runter sehen. Er zeigt uns zwei Daumen nach oben.

Die Musik setzt ein, das Publikum verstummt. Die Tänzer beginnen in funkelnden Fetzen über die Bühne zu kriechen.

»Ich will endlich raus …«

»Downtown«, singt Cade von hinter der Bühne, und bei seiner tiefen Stimme beginnt das Publikum schon jetzt zu lachen.

»Diese Pailletten machen echt was her«, flüstert Josh.

»Das tun sie wirklich«, stimme ich zu.

Die glitzernden Tänzer hüpfen einen Can-Can über die Bühne und kicken dabei Bühnenmüll aus dem Weg.

Schließlich kommen wir zu der Stelle, an der Cade in Limettengrün als Audrey anfängt, Menschen zu essen. Josh und ich schütten Eimer mit Kunstblut auf die Bühne. Der Effekt ist ziemlich dramatisch. Und dazu noch ganz schön glitschig. Seymour geht zu Boden, überspielt es jedoch perfekt, indem er auf Händen und Knien kriecht und Cade anfleht, ihn nicht zu verspeisen. Cade stößt nur ein fieses Lachen aus. Die ganze Sache ist düsterer, als wir geplant hatten, von Seymours Gesicht tropft Kunstblut, aber ich bin extrem stolz darauf, wie er in der Situation improvisiert hat. Ich entdecke eine Mutter, die einem Kind im Publikum die Augen zuhält. Ich frage mich, ob wir Beschwerden von Eltern bekommen werden. Offenbar verwandle ich mich allmählich in eine Anarchistin, denn ich hoffe beinahe, dass das passiert.

Von dem Blutbad mal abgesehen, geht die erste Vorstellung reibungslos über die Bühne.

Am zweiten Abend fährt der Zahnarzt beinahe mit dem Fahrrad, das wir so dekoriert haben, dass es aussieht wie ein Motorrad, von der Bühne. Ich höre jemanden aus seiner Familie einen Schrei ausstoßen. Der Zahnarzt legt einen schlecht getimten, aber dennoch effektiven Trick hin, bei dem er auf dem Hinterrad balanciert und sich einen Ausflug in die Notaufnahme erspart. Dann bleibt Audrey I beim Gefressenwerden auf halbem Wege stecken, und alle singen den Finalsong, während ihre Beine noch aus dem Tunnel unter Audrey II ragen.

Bei der letzten Vorstellung sind alle perfekt. Niemand macht auch nur einen falschen Schritt. Cade, dessen Selbstvertrauen durch den tosenden Applaus zum Himmel geschossen ist, wackelt in seinem grünen Anzug mit dem Hintern und verlangt so überzeugend »*Füttere mich, Seymour*«, dass man eine Stecknadel fallen hören könnte. Statt seine soziale Stellung vollends zu ruinieren, hat die Rolle der Audrey II Cade zu einem gottgleichen Status unter den Schülern verholfen. Schon die ganze Woche habe ich ihn dabei beobachtet, wie er im Flur links und rechts Fistbumps erwidert hat.

Als sie sich alle zum letzten Mal verbeugen, ist das gesamte Publikum auf den Beinen. Blut tropft vom Rand der Bühne, aber das scheint niemanden zu stören. Ich stehe hinter den Kulissen und schniefe mit etwas Glitter in den Augen.

Dann kommt Mr Hughes auf die Bühne, dankt allen und erzählt, wie wundervoll die Bilder sich auf der Schulwebsite machen werden und dass die Schulinspektoren beeindruckt sein werden, wenn sie demnächst kommen. Letzteres drückt ziemlich auf die Stimmung.

Alle kommen von der Bühne, und ich gratuliere ihnen noch einmal.

»Was führen wir nächstes Jahr auf, Miss?«, fragt Cade.

Ich kann keine richtige Antwort geben. Weil ich natürlich hoffe, bis dahin nicht mehr hier zu arbeiten. Nicht dass ich bislang viel darüber nachgedacht hätte. Ich hatte zu viel zu tun. Ich schwöre mir, etwas von meiner Welterkundungszeit auf die Überlegung zu verwenden, wie ich erfolgreich werden kann.

Josh kommt an meine Seite. »Fertig?«

»Ich denke, das sind die Letzten.«

Cade hat sich seinem Vater angeschlossen. Nur noch Tim ist da.

»Ist jemand hier, der dich nach Hause bringen kann?« Es ist nach neun, und mir gefällt der Gedanke nicht, dass er im Dunkeln allein nach Hause geht.

»Keine Sorge, Miss, ich wohne doch gleich da drüben.«

»Okay, dann lauf los. Wir warten, bis du im Haus bist.«

Er macht sich auf den Weg zu dem Block mit Sozialwohnungen auf der anderen Straßenseite, deren Hauseingänge von einem grellen orangefarbenen Licht erhellt werden.

32

»Ab in den Pub?«, fragt Josh.

Mir ist nicht entgangen, dass er einen großen Teil seines Abschieds damit verbracht hat, sich die Schulaufführung zum dritten Mal anzusehen.

»Klar.« Ich war in der letzten Zeit so beschäftigt, dass ich immer noch nicht ganz begriffen habe, dass ich Josh ab jetzt nicht mehr täglich sehen werde. Der Gedanke macht mich seltsam traurig.

Als wir den Pub erreichen, erwartet uns bereits eine Truppe praktisch sturzbetrunkener Lehrer, die um einen klebrigen Tisch sitzt. Der Effekt eines Freitags, dazu noch der letzte Tag vor den Ferien.

»JOSH!«, schreien sie alle im Chor, als wir eintreten, und einmal mehr frage ich mich, wie er es geschafft hat, sich so schnell so viele Freunde zu machen. Andererseits kennt er sich mit IT aus, und Lehrer umgeben sich gerne mit Menschen wie ihm. Sie sind die Lösung zu den vielen technischen Problemen, die unser Dasein prägen.

»Willst du was trinken?«, fragt er.

»Ja, aber heute bezahle ich. Geh und begrüße deine Leute. Was möchtest du?«

»Ein Pint Kronenbourg, bitte.«

Ich bestelle einen Gin und das Lager für Josh und frage mich, ob sich so Triumph anfühlt. Die Show war super. Sonntag breche ich zu einer Reise auf. Ich bin noch keine erfolgreiche Karrierefrau, aber darüber kann ich nachdenken, wenn ich unterwegs bin.

Das einzige Haar in meiner Triumphsuppe ist die Tatsache, dass Josh bald nicht mehr da sein wird. Ich kann nicht anders, als mich zu fragen, ob er die Mittagsunterhaltungen mit mir vermissen wird. Ich bin immer am witzigsten, wenn ich meine Dosis Kohlenhydrate hatte.

Ich bringe Josh sein Lager und muss zugeben, dass ich nur eine Handvoll der Leute hier kenne. Josh unterhält sich gerade, also stelle ich das Bier neben ihn.

»Haben Sie schon Pläne für die Ferien?« Eine Frau, die dem Aussehen nach Kunstlehrerin sein könnte und die ganz offensichtlich Mitleid mit mir hat, kommt herüber. Sie hat einen kurzen Bob und ein Septum-Piercing, von dem ich gar nicht glauben kann, dass Hughes es übersehen hat. Ich frage mich, ob sie die Verwandte von jemandem ist.

»Ich, äh, werde tatsächlich verreisen. Wie sieht es bei Ihnen aus?«

»Verreisen, wow! Wohin? Ich habe mir vor dem Studium ein freies Jahr genommen und bin nach Asien geflogen, das war großartig. Vor allem Indien. Die Leute waren alle so warmherzig, verstehen Sie?«

»Kann ich mir vorstellen. Ich, äh, werde wohl nicht so weit reisen. Europa ist auch ziemlich nett, glaube ich. Na ja, abgesehen vielleicht von Russland.«

»Guter Plan. Haben nicht Sie an diesem Tough Mudder teilgenommen? Auf dem Foto war das so schwer zu erkennen. Emily, oder?«

»Jep, das war ich.« Ich versuche mich an einem verlegenen Lächeln.

»Hat sie dir schon erzählt, dass sie am Wochenende ehrenamtlich in einem gemeinnützigen Laden aushilft?«, mischt Josh sich ein.

»Was sind Sie, so eine Art Heilige?«

»Ich weiß nicht mal, ob ich überhaupt getauft bin.« Alle lachen.

»JOSH!«, schreit jemand über die Bar hinweg.

»Entschuldigt mich kurz.«

»Er ist so ein netter Typ. Läuft da was zwischen euch? Obwohl ich Sie noch nie am Freitagabend hier gesehen habe.« Das hier ist also offensichtlich ein regelmäßiges Treffen. Wenn ich tief genug in dem Teil meines Gehirns grabe, der der Arbeit gewidmet ist, erinnere ich mich vielleicht dumpf, dass es jemand mal erwähnt hat. Vor Jahren.

Und um ehrlich zu sein, habe ich keine Ahnung, was zwischen mir und Josh läuft. Es gab keine weiteren Küsse mehr, also muss ich mir wohl keine Sorgen machen, wie ich es schaffen könnte, im Juli noch Single zu sein. Im Prinzip war ich ja noch nie etwas anderes als Single.

»Und Josh, äh, wir sind … ehrlich gesagt, weiß ich es nicht«, stammle ich.

Sie lacht. »Typisch Mann, oder? Ich glaube aber, er steht auf Sie. Er schaut ständig herüber.«

»Tut er?«

»Ja.«

Ich drehe mich nach Josh um und erwische ihn auf frischer Tat. Etwas Schweres regt sich in meiner Brust. Leute unterhalten sich mit ihm, aber er sieht stattdessen mich an. Ich schaue einfach nur zurück. Er weist mit dem Kopf auf die Tür, und ich nicke und stelle mein Glas ab, ohne etwas zu sagen.

Meine Haut brennt wieder.

Wir sprechen nicht auf dem Weg aus dem Pub und in die Seitengasse daneben, wo die Mülltonnen stehen.

Draußen ist es warm. Im Licht der Straßenbeleuchtung sieht Josh noch attraktiver aus. Seine Wangen sind ein wenig gerötet von all den Drinks, die die Leute ihm spendiert haben.

Ich schaue ihn nur aus großen Augen an.

»Emily«, haucht er und streicht mit dem Daumen über meine Wange. Ich schmiege mich dagegen. Nur leicht, aber Josh bemerkt es.

»Ich kann nicht aufhören, an dich zu denken.« Er lacht auf eine Weise, von der ich weiß, dass es sein nervöses Lachen ist.

Das ist der Moment. Ich muss dieser Sache ein Ende machen und mich auf meine Lebensliste konzentrieren. Die Kunstlehrerin dadrin war ziemlich beeindruckt von mir, also funktioniert es vielleicht doch. Ich befehle meinem Gehirn, dass es Josh erklären soll, dass wir nur Freunde sind.

Aber mein Gehirn ist leider nicht der einzige beteiligte Körperteil.

Ich stürze mich auf ihn. Josh bleibt nur eine Sekunde vor dem Aufprall. Der Kuss am Bahnhof war der klassische »Erstes Date«-Kuss, und das hier ist definitiv der klassische »Zweites Date«-Kuss bei den Mülltonnen. Ich spüre seine Hände in meinem Haar, auf meinem Hintern.

Ich habe das verzweifelte Bedürfnis, seine Haut zu spüren. Ich schiebe meine Hände unter sein Hemd und lasse sie über seinen Rücken gleiten. Er schaudert, und ich glaube, gleich explodieren zu müssen. Irgendwelche primitiven Kräfte, die mir bislang nicht bewusst waren, haben die Kontrolle übernommen. Ich bin nicht ich selbst. Ich bin eine besessene Frau.

Irgendwann müssen wir beide nach Luft schnappen.

Josh stößt ein atemloses Lachen aus, und schon bin ich wieder bei ihm. All meine Überlegungen zur richtigen Technik sind längst vergessen. Ich weiß nur, dass ich nicht aufhören darf, Josh zu küssen. Mein Leben hängt davon ab, ich darf nicht aufhören.

»Em«, flüstert er. Da ist ein Stöhnen. Ich weiß nicht, woher es kommt, könnte ich sein.

Wir lösen uns voneinander, in erster Linie aus der Angst heraus, dass einer von uns hypoxisch wird, wenn wir nicht langsam wieder durchatmen.

Ich frage mich, ob es möglich wäre, Sex in dieser Gasse zu haben. Meine Tetanus-Impfung ist noch aktuell.

Und wieder küssen wir uns. Ich bin mir nicht sicher, ob ich mich noch an meinen eigenen Namen erinnere.

»Wann geht deine Reise los?« Er löst sich leicht von mir und küsst meine Stirn.

»Sonntag.« Ich habe immer noch das Gesicht in seine Halsbeuge gepresst und atme seinen Geruch ein.

»Kannst du den morgigen Tag mit mir verbringen? Ich fahre dich dann Sonntag zum Flughafen.« Ich weiß, ich sollte es nicht tun. Mehr denn je sollte ich jetzt Distanz zwischen mir und Josh aufbauen. Aber es sieht so aus, als hätte mein Gehirn sich für den Abend verabschiedet. Jetzt kann ich nur hoffen, dass es auch den Rest des Wochenendes wegbleibt.

»Okay.«

»Wir können einfach nur Zeit miteinander verbringen.« Ich bin überrascht, dass mein Höschen sich nicht spontan in Luft auflöst, weil Josh so verlegen wirkt.

»Ich habe morgen früh eine Schicht. Ich könnte danach zu dir nach Leeds kommen.«

»Okay, ich koche was.«

»Ich mag Essen.«

Er presst die Stirn gegen meine. »Dann bis morgen?«

»Ja.« Ich will nicht bis morgen warten. Aber dann wird mir klar, dass wir nicht bis morgen durchhalten, wenn ich noch länger hierbleibe. Und ich habe eine längst überfällige Verabredung mit etwas Veet.

»Ich schreibe dir eine Nachricht, sobald ich mich auf den Weg mache.« Es kostet mich echte Mühe, mich von Josh zu lösen und zu gehen – zweifellos ein Vorgeschmack auf das, was mich in Zukunft erwartet.

33

»Da hat aber jemand gute Laune«, begrüßt mich Kaz, als ich am Samstagmorgen in die Küche gleite. Und gleiten ist definitiv das passende Wort. Die letzten zwei Stunden habe ich damit verbracht, mich zu waschen, zu rasieren und Feuchtigkeitscreme aufzutragen. Nicht dass ich erwarte, dass etwas passiert, wenn ich bei Josh bin, aber ich will nicht, dass *nichts* passiert, weil ich mir die Beine nicht mehr ordentlich rasiert habe, seit Destiny's Child noch zusammen waren.

»Danke, Kaz. Ja, ich habe gute Laune. Ach, kann ich was davon abhaben?« Ich nicke in Richtung des grünen Smoothies, den sie in ein Glas abfüllt. Er sieht aus wie Teichwasser.

Sie gießt mir ein Glas ein und schiebt es über den Tresen, wobei sie mich misstrauisch beäugt.

»Prost«, rufe ich mit gespielter Munterkeit. Wow, ist das widerlich.

»Woher kommt's?«, will Kaz wissen und zieht den Reißverschluss meiner Sportjacke zu. »Kann ich mir die leihen?«

»Klar. Und was meinst du damit, woher es kommt?«

»Dein ungewöhnlich sonniges Gemüt.«

»Ich kann auch mal sonnig sein.«

»Du bist nicht sonnig.«

»Ach, ich weiß auch nicht«, antworte ich verträumt, als wäre ich eine liebeskranke Maid aus dem tiefen Süden. Wenn ich Locken hätte, würde ich sie mir um den Finger wickeln.

»Möglicherweise hat es damit zu tun, dass ich gestern Josh geküsst habe.«

»Hört, hört. Freut mich für dich, Em. Es ist besser, eine kleine Affäre mit jemandem zu haben, auf den du auch stehst.«

Ich lache nervös. Und dann platze ich heraus: »Haha, ja, kleine Affäre.«

Kaz leert den Rest ihres Smoothies. »Oder ist es was Ernstes?«

»Darüber denke ich nicht nach.«

»Du denkst über alles nach.« Kaz macht sich auf dem Weg zur Tür.

»Ich bin eine neue Frau. Mein Gehirn wurde zeitweilig versetzt.«

»Okay, Spinnerin. Bis später dann.«

»Bye, Kaz!«, rufe ich ihr hinterher.

Die Tür geht zu, und ich schütte augenblicklich den widerlichen Smoothie in die Spüle.

Kaz irrt sich. Ich muss über diese Sache nicht mehr nachdenken als nötig. Ich habe beschlossen, einen Tag mit Josh zu verbringen, und nicht, ihn zu heiraten. Und wenn er mich fragt, ob ich ihn heiraten will, sage ich Nein. Na also, ein ganz rationaler Gedankengang.

Ich werde einfach hingehen, Spaß haben und vor allem nicht denken.

»Also, Emily«, fragt Leon, »was ist deiner Meinung nach der Sinn des Lebens?«

»Willst du mich veraschen?«

»Das ist ernsthaft eine Frage in meinen Bewerbungsunterlagen.«

Die Tür schließt sich mit einem Bimmeln. Wir hatten einen Kunden. Hier steppt nicht gerade der Bär, denn wie meine

Oma sagen würde, man kann aus Scheiße kein Gold machen, aber wir haben jetzt durchschnittlich zwei Kunden pro Stunde, was ein eindeutiger Zuwachs ist.

»Worauf bewirbst du dich? Mensa-Mitgliedschaft?«

»Nein, Kartonfabrik.«

»Die haben aber auch gar keine hohen Ansprüche, was?«

»Angeblich wollen sie dadurch ein besseres Bild von uns als Mensch gewinnen. Soll ich ›sex, drugs and rock 'n' roll‹ schreiben?«

»Als Vorbestrafter würde ich das Wort ›drugs‹ möglichst vermeiden.«

»Ich nehme keine Drogen, hab ich noch nie.«

»Nein, du befriedigst deine Süchte mit Brötchen, oder? Verstehst du? Weil du einen Sandwichladen überfallen hast.«

Ich stoße ihn mit dem Ellbogen an und zwinkere.

Er wirft mir einen vernichtenden Blick zu. »Ich hab's verstanden, danke.«

»Gern geschehen.« Ich reiche ihm mein Handy. »Hier, google ein paar Zitate übers Leben.«

Er fängt an zu scrollen.

»Dafür hast du dich also entschieden? Die Kartonfabrik drüben in Fartown?«

»Wurde mir von der Bewährungshilfe vermittelt. Heute ist mein letzter Tag hier. Ich bin offiziell ein freier Mann.«

Irgendwie habe ich das seltsame Gefühl, dass ich es vermissen werde, samstagmorgens nicht mehr von Leon beschimpft zu werden.

»Kommst du noch mal zurück? Freiwillig, meine ich?«

»Scheiße, nein.«

Nun, dann wäre das auch geklärt.

Ich habe keine Ahnung, wie lange Leon es in der Kartonfabrik aushalten wird. Er ist viel zu clever.

»Ich hab eins, wie wäre es damit? *Die Würde des Menschen liegt in der Erkenntnis, dass alles sinnlos ist.*«

»Wie optimistisch.«

»Oder das hier: *Das Leben ist eine Zwiebel. Man schält es Schicht um Schicht, und manchmal muss man weinen.*«

»Wow, du hast ja wirklich einen positiven Blick auf die Zukunft, Leon. Gib mal her.«

Ich scrolle durch genug pseudotiefsinnige Zitate, dass mir leicht schlecht wird. Schließlich finde ich eines, das passen könnte.

»Hier … *Zu sein, wer wir sind, und zu werden, wer wir sein können. George Stephenson.*«

»Soll das heißen, was ich werden kann, ist ein Fließbandarbeiter in einer Kartonfabrik?«

»Definitiv nicht. Ich denke, dass du Potenzial hast, das weißt du.« Er legt sich in gespielter Dankbarkeit die Hand an die Brust. »Das Zitat ist etwas, was du im Kopf behalten solltest, nicht sie. Dir bleibt noch Zeit.«

»*Das Problem ist, dass du denkst, noch Zeit zu haben.*«

»Stammt das von dir?«

»Nein. Buddha.« Er weist mit dem Kopf auf mein Handy.

»Nun, da hat Buddha mal den Ball ins Aus geschossen. Du hast definitiv noch Zeit. Aber nicht unendlich. Du musst nur herausfinden, was du willst, und dann darauf hinarbeiten.«

Leon tut so, als würde er sich in einer dramatischen Geste eine nicht vorhandene Träne aus dem Auge wischen, als Sandra mit einem Tablett mit Tee und Cupcakes zu uns kommt. Samstagmorgens sitzt sie jetzt meistens in der Küche und liest einen Erotikroman. Das ist nichts, was wir selbst herausfinden mussten. Sie hat es uns einfach direkt gesagt.

»Lasst uns anstoßen«, sagt sie und greift nach einer Tasse Tee. Leon und ich tun es ihr gleich. »Auf unseren kleinen

Leon.« Leon ist eins neunzig groß. »Hinaus mit dir in die große weite Welt. Halt dich von Ärger fern.«

Wir stoßen mit den Tassen an, und ich verziehe das Gesicht über den fürchterlichen Geschmack des Schwarztees.

»Hier.« Ich schreibe meine Telefonnummer auf einen Fetzen Papier und reiche ihn Leon. »Ruf mich an, wenn du was brauchst.«

»Willst du mich anmachen, Em?«

»Nein. Aber wenn du daran denkst, etwas Illegales zu machen, ruf stattdessen mich an, und ich versuche es dir auszureden.«

Sandra wischt sich eine ehrliche Träne aus den Augen.

»So was wie ein Sponsor für Anonyme Alkoholiker?«

»Genau das.«

»Ich wusste, dass du mich schon seit unserer ersten Begegnung retten wolltest.« Ich sehe, dass er die Nummer einsteckt.

Er hat recht, aber ich kann nicht anders, als zu denken, dass er höchstwahrscheinlich wirklich jemanden brauchen wird, der ihn rettet.

Sandra heult jetzt unverhohlen. »Ihr beide«, sagte sie und zieht uns in eine Umarmung. Ich wünschte wirklich, sie würde anfangen, einen BH zu tragen.

34

2000

Sie haben Claire irgendwohin verlegt, wo es genau so aussieht wie in einem Krankenhaus, obwohl mir alle sagen, dass es kein Krankenhaus ist.

Ich mochte das Krankenhaus nicht, und ich mag das hier auch nicht.

Claire war noch im echten Krankenhaus, als das Millennium passiert ist und alle dachten, dass die Computer explodieren würden. Außer uns. Wir hatten keine Zeit, uns darum Sorgen zu machen. Am letzten Abend von 1999 bin ich ganz normal ins Bett gegangen, und als mich das Feuerwerk um Mitternacht aufgeweckt hat, wusste ich, dass jetzt 2000 ist. Die Computer sind nicht explodiert, und es hat sich auch sonst nichts geändert.

Egal, auf jeden Fall reden in dem Krankenhaus, das kein Krankenhaus ist, immer alle davon, es Claire angenehm zu machen, und das geht mir echt auf die Nerven. Sie muss es nicht *angenehm* haben, es soll ihr *besser* gehen. Ärzte und Krankenschwestern sorgen dafür, dass es einem besser geht. Das weiß doch jeder!

Mum und Dad weinen ständig. Und manchmal höre ich auch Matt in seinem Zimmer weinen. Aber er macht dann immer die Tür zu. Und einmal, als ich geklopft habe, hat er nicht aufgemacht, also glaube ich, dass er mich nicht sehen will, wenn er traurig ist.

Wenn sie dann bei Claire sind, tun sie alle so, als wäre nichts, und reden über dummes Zeug wie, dass die Kirschbäume bald blühen werden oder wie gut Craig David aussieht.

Kaz' Mum bringt mich jetzt jeden Morgen zur Schule. Ich mag die Schule nicht mehr so. Außer Kaz will niemand mit mir befreundet sein. Ich glaube, das liegt daran, dass ich immer traurig bin, und niemand mag traurige Freundinnen.

Oder vielleicht auch, weil manchmal meine Klamotten dreckig sind. Wie heute Morgen, als ich ein Shirt aus der Schublade holen wollte und keine drin waren. Ich glaube, Mum hat mal wieder vergessen zu waschen. Entweder das, oder wir können uns kein Waschmittel mehr leisten, weil Mum jetzt endgültig aufgehört hat, für den großen Supermarkt zu arbeiten. Ich habe einfach eins aus dem Korb mit der Schmutzwäsche geholt und angezogen. Sam Killen hat gesagt, dass ich stinke, und Kaz hat ihm eins auf die Nase gegeben. Ich habe der Lehrerin gesagt, dass ich das war, weil ich nie Ärger kriege in der Schule, egal, was ich mache.

Jeden Tag nach der Schule darf ich Claire besuchen und bei ihr sitzen. Wenigstens ist ihr Zimmer schöner als das in dem richtigen Krankenhaus. Es hat große Fenster und Türen, die in einen kleinen Garten hinausgehen. Sie haben sogar gesagt, dass ich mal bei ihr übernachten darf. Ich gehe immer noch nicht gerne ohne Claire schlafen.

»Wie war's in der Schule?«, fragt sie, als ich an diesem Tag reinkomme. Sie sitzt in ihrem Bett und trägt einen Pyjama. Mum musste ihr neue kaufen, weil Claire so klein geworden ist, dass ihre normalen ihr nicht mehr passen.

»Okay. Bisschen langweilig.« Ich will ihr von Scott Killen erzählen, aber ich will nicht, dass Mum es mitbekommt.

»Ich glaube, ich will mal Lehrerin werden«, sagt sie.

Ich rümpfe die Nase, weil ich keine Rotznasen abwischen wollen würde, wie unsere Lehrerin das ständig macht.

»Dann kann ich Bücher lesen und Spiele spielen.« Claire redet weiter, obwohl sie mittlerweile außer Puste ist. »Das wäre nicht so schlecht. Oder vielleicht bin ich eine Weile Lehrerin, und dann gehe ich und gebe Tauchkurse. Ah, ich weiß es! Ich gehe als Akrobatin in den Zirkus und reise in andere Länder wie Malaysia oder Uruguay.«

Mum gibt einen erstickten Laut von sich und flieht aus Claires Zimmer, wobei sie etwas murmelt von wegen, sie brauche eine Tasse Tee. Ich weiß aber nicht, wo sie den holen will, denn eigentlich stehen ein Wasserkocher und ein Minikühlschrank mit Milch neben der Stelle, wo sie gerade noch Socken gefaltet hat.

»Ich wusste, dass wir sie so loswerden«, sagt Claire; sie hat ihr Genialer-Oberfiesling-Gesicht aufgesetzt. »Wir müssen uns mal richtig unterhalten.«

»Ich will mich nicht richtig unterhalten.« Ich weiß nicht, warum, aber ich will absolut nicht.

Claire seufzt.

»Ich habe heute in der Schule Scott Killen auf die Nase geboxt.«

Sie runzelt die Stirn.

»Hast du? Warum?

»Weil er gesagt hat, ich stinke. Und ich habe ihn nicht wirklich geboxt, es war Kaz, aber ich habe die Schuld auf mich genommen.«

Sie lacht darüber.

»Ich wusste, dass du das nicht über dich bringst. Du bist zu nett.«

»Bin ich nicht.«

»Doch, bist du, aber nett sein ist gut.« Sie sieht aus, als würde sie kurz nachdenken. »Hör mal, Em. Mum wird bald wieder da sein.«

Ich stecke mir die Finger in die Ohren und sage: »LA, LA, LA«. Das ist nicht sehr nett von mir.

»EM!« Sie versucht, meine Arme wegzuziehen, aber dafür ist sie nicht mehr stark genug, also legt sie sich wieder hin. Aber ich will Claire nicht enttäuschen, also senke ich die Arme von selbst.

»Kannst du mir morgen mein Schreibzeug mitbringen?« Ich frage mich, ob das die wichtige Sache ist, über die sie mit mir sprechen will.

»Klar kann ich das.«

»Aber sag Mum und Dad nichts davon. Ich will, dass es eine Überraschung ist.«

Claire liebt Überraschungen. Das hat sie schon immer getan.

»Okay, ich schmuggle es in meinem Rucksack rein.«

»Und ich sehe zu, dass ich Mum wieder loswerde, damit du es mir geben kannst.«

Mum kommt wieder rein. Aber sie hat keinen Tee dabei, und ihr Gesicht ist ganz fleckig.

»Was treibt ihr Mädchen so?«

»Wir haben überlegt, dass wir uns Lizzie McGuire ansehen wollen.« Claire macht den Fernseher an. Er hängt immer noch an der Wand, aber er ist größer als der in dem echten Krankenhaus.

Irgendwann während der Sendung schläft Claire ein. Mum sitzt in dem kleinen Garten und trinkt endlich eine Tasse Tee.

Claire und ich sehen nicht mehr wie eineiige Zwillinge aus. Sie hat immer noch die Sommersprosse auf der entgegengesetzten Seite. Aber ihr Gesicht ist jetzt runder, und ihre Arme und Beine sind so klein, dass sie aussieht wie ein Vögelchen. Ich frage mich, ob jemand uns jetzt noch anstarren würde wie die Frau in Butlin's, als wir den Talentwettbewerb gewonnen haben.

Früher habe ich es gehasst, wenn die Leute uns angestarrt haben. Aber jetzt denke ich, dass es mir kein bisschen was ausmachen würde.

35

Josh holt mich vom Bahnhof in Leeds ab. Ich habe meinen Koffer dabei, weil er meinte, er würde mich morgen zum Flughafen fahren. Aber jetzt, wo ich hier stehe, wird mir klar, dass es auch so aussehen könnte, als wollte ich bei ihm einziehen.

»Warte, ich trage deinen Koffer.«

»Er hat Rollen.«

»Dann ziehe ich ihn.« Er lacht sein typisches leises Lachen. Das ist das Resultat, wenn man sein Gehirn ausschaltet: Man bekommt Josh mit seinem verblichenen T-Shirt und seinem leisen Lachen.

Ich bin ihm so nahe, dass ich die Hitze seines Körpers an meinem Arm spüren kann. Ich mache mir nicht einmal die Mühe, es zu verbergen, dass ich an ihm schnüffle. Seine Pheromone sind wie Pringles.

»Was willst du machen?«

Es ist Mittag, und normalerweise würde ich niemals eine Mahlzeit verpassen. Aber mein Magen hat sich offenbar meinem Gehirn angeschlossen und ist mit ihm in die Ferien verschwunden.

»Können wir zu dir gehen?«

Er nickt, sein Kiefer ist angespannt.

Während wir zu ihm nach Hause gehen, hält Josh meine Hand. Ich glaube, er wird gleich über mich herfallen. Bislang ist noch nie jemand über mich hergefallen, aber ich kann es kaum erwarten.

Er hat eine dieser typischen Zentrumswohnungen, mit vielen glänzenden und weißen Flächen. Er hat teilweise die gleichen Möbel wie wir, nur dass sein Ikea-Sessel mit braunem Leder statt dem cremefarbenen Standardstoff bespannt ist.

»Nett hier.« Ich fahre mit dem Finger über die weiße Küche, die sich am Ende des Wohnbereichs befindet.

»Magst du was essen? Ich habe nicht viel da, aber ich könnte schnell runter zu Tesco springen. Oder wir könnten essen gehen.«

»Hier essen. Definitiv hier.«

Josh schluckt sichtbar.

»Kein Problem, bin gleich wieder da.«

Josh geht, und ich habe freie Bahn, mich etwas umzusehen.

Der Fernseher steht in einer großen Regalwand, die festgedübelt ist. Alles dunkelbraun, sehr männlich. Ich entdecke Bücher, ein paar über IT und einige Robert-Harris-Romane. Er hat auch eins von Barack Obama. Gut, ich kann also seiner politischen Einstellung trauen.

Versehentlich-absichtlich werfe ich auch einen Blick in die drei anderen Zimmer. Zunächst das Bad. Josh hat rote Handtücher und einen farblich passenden Duschvorhang. Es gibt einen unbenutzten Raum, in dem eine Menge Kisten stehen, als ob Josh nach dem Umzug noch nicht alles ausgepackt hätte. Ich entdecke auch ein paar Hanteln, die sehr meinen eigenen ähneln: Sie sind noch in Plastik verpackt. Es gibt in dieser Wohnung kein Gästebett.

Und dann ist da Joshs Schlafzimmer. Es ist ein wenig kahl. Keine Bilder an der Wand, und ein netter Traumfänger würde wirklich nicht schaden. Aber alles in allem nicht übel.

Er ist vielleicht der normalste Mensch, dem ich je begegnet bin.

»Emily!«, ruft Josh von der Tür aus.

Ich erstarre. Er muss doch erwartet haben, dass ich ein wenig herumschnüffeln würde, oder? Wenn ich nicht unter das Bett kriechen und so tun will, als wollte ich spontan Verstecken spielen, bleibt mir nichts anderes übrig, als mich Josh im Flur zu stellen.

Ich schließe die Schlafzimmertür hinter mir, wende mich Josh zu und werde dabei sehr rot.

Josh muss wirklich hoffen, dass heute etwas laufen wird, denn er sagt nichts darüber, dass er mich gerade in seinem Schlafzimmer erwischt hat. Stattdessen lächelt er einfach und sagt: »Ist ein Sandwich okay?«

»Ja klar, danke.«

Ich folge ihm zurück in die Küche und sehe zu, wie er es zubereitet.

Beim Anblick eines Käse-Chips-Sandwiches zucken meine Hände in seltsamen Greifbewegungen. Wie ein T-Rex mit seinen jämmerlichen Winzarmen. Offenbar hat mein Appetit sich doch noch nicht so ganz verabschiedet.

Wir setzen uns auf die Couch, aber Josh ist so weit entfernt von mir, wie es nur geht. Das ist definitiv mehr Abstand, als ich gehofft hatte, aber es gibt mir die Gelegenheit, ihn anzusehen. Seine Strähne hängt heute etwas herab, genießt wohl auch das entspannte Wochenende.

»Was willst du nach dem Essen machen?«

»Verzeihung?«

»Nach dem Essen. Wir könnten ins Kino gehen. Oder spazieren?«

Ich hatte wirklich darauf gehofft, dass nach dem Essen das Übereinander-Herfallen beginnen würde.

»Äh, ein Spaziergang klingt nett«, höre ich mich sagen. Obwohl ich mir wirklich nicht ganz sicher bin, ob ich zu Bewegung fähig bin, wenn nicht Bruce Beschimpfungen brüllend hinter mir her ist.

Wir essen auf, und ich ziehe die Schuhe wieder an. Mehr Kleidung ist das absolute Gegenteil von dem, was ich will.

Joshs Wohnblock geht auf den Kanal hinaus, also gehen wir dort entlang. Wir halten Händchen, und die Nähe bedeutet, dass ich wenigstens noch etwas an ihm schnuppern kann.

»Ich glaube, Bri trifft sich dieses Wochenende wieder mit Kaz«, meint Josh.

»Ach ja? Das durchtriebene Biest.« Das klang weniger seltsam, als es noch in meinem Kopf war. Ich bemühe mich um Schadensbegrenzung. »Ich meine, normalerweise hält Kaz es nie lange mit dem gleichen Mann aus. Nicht dass sie in der Gegend herumschlafen würde. Und selbst wenn, dann wäre das in Ordnung. Total in Ordnung. Es ist ein neues Jahrtausend, Frauen können sein, was immer sie wollen.«

Ich atme heftig, aber Josh lacht nur. »Fertig?«

Ich nicke, weil ich mir selbst mit den simpelsten Antworten nicht mehr traue.

»Was ich sagen wollte, ist, dass ich froh bin, Bri glücklich zu sehen.«

Ein Teil von mir hofft ehrlich, dass Bris Glück nicht von Kaz' Monogamie abhängt. Aber es gibt einen Punkt, da wird es unpassend, sich weiter über das Sexleben seiner besten Freundin auszulassen.

»Dieses Beschützender-Großer-Bruder-Ding ist übrigens ziemlich sexy.«

»Nun, möglicherweise ist es nicht mehr nötig. Der Job im Wetherspoons ist der erste, den er nicht gleich wieder verloren hat.«

Josh scheint fest entschlossen, dass unsere Unterhaltung förmlich bleiben soll.

»Hey, ist das der Grund, warum du damals mit zu uns gekommen bist? Um ihn im Auge zu behalten?« Josh wird rot, und ich weiß, dass ich ins Schwarze getroffen habe. »Und dabei dachte ich, es sei meine charmante Schlagfertigkeit gewesen.«

»Das natürlich auch. Ich weiß nicht mehr, wann mir zum letzten Mal ein Glas Milch als Getränk angeboten wurde.«

»Ich hatte nur die Gesundheit deiner Knochen im Sinn. Wenn du erst mal Osteoporose hast und deine Oberschenkelknochen morsch werden, wirst du es noch bereuen, sie ausgeschlagen zu haben.«

Ich erinnere mich an etwas mehr aus dieser Nacht. Speziell den Teil, als Josh sagte, ich sei nicht sein Typ.

Josh streckt die Hand aus und streicht das Stirnrunzeln von meinem Gesicht. »Was ist?«

»Ich habe mich nur gerade an den Teil des Abends erinnert, als du mit ziemlichem Nachdruck erklärt hast, dass du nicht auf mich stehst.«

Josh scheint ein Licht aufzugehen, und er sagt: »Hör mal, Em, ich war verwirrt. Amy und ich hatten unsere Beziehung noch nicht richtig beendet, und dann kamst du aus diesem Klo gestürmt.«

Ich krümme mich innerlich.

»Es ist so, dass ich dich definitiv abgecheckt habe. Ein bisschen wenigstens.« Er wird rot. »Ich dachte, du hättest mich dabei erwischt, also habe ich versucht, das zu überspielen. Aber ich habe es nicht so gemeint.«

»Gut, dass wir das geklärt haben.« Ich kann mein Lächeln nicht zurückhalten. Ich habe das Gefühl, dass es irgendwo im Grinsekatzen-Bereich der Skala liegt.

»Sollen wir zurück?«, fragt Josh. Ich nicke heftig, und wir drehen um.

»Sind Nudeln okay zur Teestunde?«

»Klingt super, aber ganz ehrlich, du musst dir keine Mühe machen.« Warum redet Josh immer noch vom Essen, wo es doch das Letzte ist, woran ich jetzt denke? Und normalerweise ist Essen nie das Letzte, woran ich denke.

Wir kehren zurück in die Wohnung, und ich beschließe, dass es Zeit ist für die schweren Geschütze.

»Könnte ich vielleicht kurz duschen?«, frage ich.

»Klar, den Flur runter.«

Wir wissen beide, dass ich das schon weiß. Aber es ist gut, dass wir uns nicht länger mit meinem Eindringen in Joshs Privatsphäre aufhalten.

Und ich wünschte, ich könnte in seine Intimsphäre eindringen.

Okay, vielleicht sollte ich wirklich eine kalte Dusche in Betracht ziehen.

Ich sehe mir an, wie der Wasserhahn funktioniert, und ziehe mich aus. Ich wasche mich mit Joshs Duschgel und freue mich, dass ich jetzt nur noch an mir selbst zu schnuppern brauche, um an einen Hauch von ihm zu kommen. Josh hält sich verdammt zurück für einen Mann, der gestern die klassische Knutschen-bei-den-Mülltonnen-Nummer durchgezogen hat. Ich habe meinen verführerischsten Pyjama mit ins Bad genommen, den ich vor meiner Fahrt nach Leeds noch schnell in einem Laden gekauft hatte. Jetzt denke ich, dass ich mir wohl fünf Minuten Zeit hätte nehmen sollen, um ihn anzuprobieren. Auf dem Bügel sah er nach mehr Stoff aus.

Ich denke daran, wie Josh züchtig meine Hand hielt.

Was, wenn er gar nicht erwartet, dass ich über Nacht bleibe?

Aber ich hatte doch meinen Koffer dabei. Vielleicht denkt er ja, ich hätte eine der Travellodges am Flughafen gebucht.

Mein Koffer steht noch im Flur, also kann ich mich nicht umziehen.

An einem Haken im Badezimmer hängt ein Hoodie. Ich ziehe ihn über meinen Pyjama, der so kurz ist, dass es jetzt aussieht, als würde ich keine Hosen tragen. Mir bleibt jedoch keine Zeit, darüber nachzudenken, denn die ganze Wohnung beginnt zu PIEPEN. Ich komme aus dem Bad und finde den Flur voller Rauch und Josh mit einem Geschirrtuch vor, mit dem er unter dem Rauchmelder in der Küche herumwedelt.

»Sorry!«, ruft er. »Die Etiketten an der Unterseite der Pfannen haben Feuer gefangen. Sie sind neu.«

Er drückt den Knopf am Rauchmelder, und das Piepen verstummt.

Ich beginne zu husten. Es ist ziemlich verraucht.

»O Gott, tut mir leid. Hier, etwas Wasser.«

»Nein, alles gut.« Ich unterdrücke ein weiteres Husten, und meine Augen beginnen zu tränen. Ich will nicht, dass er sich schlecht fühlt. »Warum hast du neue Pfannen?«

»Na ja, äh, die alten hat Amy bekommen.«

»Also hast du neue Töpfe und Pfannen gekauft, um für mich zu kochen?«

»Glaub schon.«

»Das ist sehr süß.«

In genau diesem Moment scheint Josh aufzufallen, was ich anhabe. Er starrt einen Moment meine Beine an, ehe er sich schnell wieder dem Herd zuwendet.

»Ich glaube, es ist fertig. Sind nur Nudeln. Nichts Besonderes.«

»Nudeln sind immer was Besonderes.«

Josh zieht nagelneues Besteck aus seinen Plastikzwangsjacken. Er hat praktisch die ganze Küche neu ausgestattet. Bei dem Gedanken wird mir warm ums Herz. Wie ein Glücksbärchi.

»Wir können den Fernseher anmachen, wenn du magst.« Er nickt Richtung Sofa. Ich stelle das Gerät gedankenverloren an und bleibe bei Wiederholungen von *Masterchef* hängen. Wer mag es nicht, erwachsenen Männern und Frauen dabei zuzusehen, wie sie Blut und Wasser angesichts von Trüffelschaum auf Seetangparfait schwitzen?

Wir setzen uns auf die Couch und essen unsere Spaghetti. Einmal mehr wird mir sehr bewusst, dass Josh neben mir sitzt. Näher diesmal. Nur ein paar Zentimeter von meinem nackten Oberschenkel entfernt.

Nur für den Fall, dass das Übereinander-Herfallen unmittelbar bevorsteht, beginne ich, meine Zähne sauber zu saugen. Unterdessen hat Terrance aus Berkshire einen kompletten Nervenzusammenbruch, weil sein Taubenkompott zu salzig ist, aber das nehme ich kaum wahr.

»Du kannst die Füße auf meinen Schoß legen, wenn du magst«, sagt Josh. Unsere Teller stehen auf dem Boden.

Ich denke nicht darüber nach. Ich schwinge einfach die Beine herum und lasse sie ohne viel Aufhebens auf Joshs Schoß fallen. Meine Shorts rutschen etwas hoch, aber ich wage es nicht, sie runterzuziehen und damit auch noch Aufmerksamkeit auf diese Tatsache zu lenken.

Ich habe keine Ahnung, was als Nächstes im Fernsehen kommt. Stattdessen bin ich ganz auf den Kontakt meiner Füße zu Josh fixiert. Zuerst regt er sich nicht. Aber dann legt er die Hand über meinen Knöchel und bewegt sie auf und ab. Das passiert, wenn man zu viel nachdenkt.

Josh starrt geradeaus in den Fernseher, als wäre das hier ganz alltäglich, während ich eindeutig nicht jugendfreie Gedanken habe. Ich bin wie erstarrt. Denn wenn ich mich bewege, dann realisiert er vielleicht, was er da tut, fürchte ich. Also bleibe ich in diesem regungslosen Zustand. Was mir durch den Kopf geht, ist absolut schmutzig. Einfach nur, weil Josh fernsieht und meinen Knöchel streichelt. Nur dass er dabei kurzatmig wird und sein Kiefer wieder angespannt ist.

Schließlich halte ich es nicht mehr aus. »Also wegen des Übernachtens …«

»Ich schlafe auf der Couch. Du kannst mein Bett haben.«

Was? Das ist eine fürchterliche Idee.

Josh lacht, und ich habe keine Ahnung, ob ich mir das nur eingebildet habe oder nicht.

»Nein, im Ernst.« Ich setze mich auf. »Diese Couch ist winzig.« Ich lache nervös. »Wir können doch einfach in deinem Schlafzimmer schlafen. Zusammen.« Ich frage mich, ob das schon als Nötigung durchgeht. »Ich meine, es muss ja nichts zwischen uns passieren. Einfach nur schlafen.«

»Klar.« Josh räuspert sich. »Ich meine, wenn du das so willst.«

Ich nicke viel zu eifrig. »Aber klar. Weißt du was, ich gehe und putze mir die Zähne.«

Es ist acht Uhr abends.

Zum Glück hat Josh mich ohnehin noch nie mit einem normalen Verhalten gesehen, deshalb scheint mein aktueller Wahnsinn ihn nicht sehr zu schockieren.

Als ich im Bad bin, kribbelt meine Haut. Ich habe ernsthaft Angst, dass ich über den schlafenden Josh herfallen könnte.

Als ich wieder rauskomme, geht Josh ins Bad.

Er findet mich am Fuß seines Betts stehend vor.

»Bevorzugst du eine bestimmte Seite, oder …«, frage ich und blicke zu ihm auf. Es ist sehr enttäuschend, Josh in einer ganzen Menge Nachtwäsche zu sehen. Er hat dicke Jogginghosen und ein langärmliges Shirt an. Allerdings keine Socken. Ich spähe über das Bettende. Durchschnittlich viel Zehenbehaarung, obwohl er in diesem Moment auch Hufe haben könnte, und mir wäre es egal gewesen. Es muss an der Brille liegen.

»Ich wusste gar nicht, dass du eine Brille brauchst?«

Er setzt sich auf die rechte Seite des Bettes, also gehe ich nach links. Seine Stimme klingt, als würde ihm die Luft abgedrückt.

»Tagsüber trage ich Kontaktlinsen.«

»Sie ist sehr sexy.« Das ist meine Version von Dirty Talk.

Josh scheint mich nicht zu hören. Seine Augen sind groß geworden, als ich aus dem Hoodie geschlüpft bin, unter dem ich nur mein leichtes Oberteil trage.

Wie der Blitz schlüpft er unter die Decke. Er beginnt schwer zu atmen.

»Josh, bist du okay?«

Sein Kiefer verspannt sich schon wieder.

»Ich kann gehen, wenn das hier zu komisch ist.«

»Gott, nein«, presst er hervor. »Tut mir leid, das ist definitiv nicht, was ich will. Es ist nur …« Er unterbricht sich. »Ich versuche, es langsam angehen zu lassen. Nach unserem Date bist du irgendwie in Panik verfallen … und dann ist da ja die Sache mit deiner Liste. Ich habe die Befürchtung, wenn wir, du weißt schon … dass ich dich dann nie wiedersehe. Ich versuche einfach, kein Arschloch zu sein. Es ist nur wirklich schwer. Kein Arschloch zu sein, wenn du so aussiehst und in meinem Schlafzimmer bist.«

Der arme Josh, was ich mit ihm mache, ist sozusagen seelische Grausamkeit.

»Und ich will wirklich nicht, dass du gehst, Emily«, endet er.

»Hey, hast du deshalb so viel an?«

Er lacht, als hätte ich ihn ertappt.

Doch selbst ich gehe nicht so weit, dass ich jemanden bitte, Sex mit mir zu haben. Stattdessen sage ich: »Vielleicht könnten wir ja kuscheln?«

Josh streckt den Arm aus, und ich schlüpfe in seine Schulterbeuge. Passt perfekt. Er legt den Arm um meine Schultern. Es fühlt sich an wie der sicherste Ort auf Erden. Ich gehe hier nie wieder weg.

Ich bin Dorothy, und Joshs Wohnung ist Oz. Alles hier ist leuchtend bunt. Jenseits dieser Mauern gibt es keine Munchkins, und mein Haus wurde von einem Tornado zerstört.

Ich weiß nicht genau, ab wann Joshs Berührung mir eine Gänsehaut verursacht. Meine Haut kribbelt. Ich drehe den Kopf zur Seite und schaue ihm in die Augen.

»Was würdest du davon halten, nur ein klein wenig ein Arschloch zu sein?«

Joshs Entschlossenheit löst sich mit einem hörbaren Knall auf.

»Emily.« Er haucht meinen Namen und schiebt mir das Haar hinters Ohr. Sein Daumen streicht dabei über meine Sommersprosse. Es ist so eine süße Geste, dass mir Tränen in den Augen brennen.

Ich stemme mich hoch und küsse den Punkt direkt neben seinem Mund.

Es sollte eine sanfte Geste sein, und für eine Nanosekunde ist sie es auch. Aber dann küsst Josh mich zurück. So richtig. Er schmeckt nach Zahnpasta. Ich schmiege mich an ihn.

Er bewegt sich weiter zu meinem Hals, küsst sich vom Kiefer zum Schlüsselbein.

»Josh.«

Er küsst mein Schlüsselbein hinunter. Ich mühe mich mit

den vielen Lagen Kleidung ab, die er trägt, um ihn berühren zu können. »Ahh«, seufze ich, als ich endlich Hautkontakt habe.

Als Haut auf Haut trifft, ist es, als würden wir elektrisch aufgeladen. Plötzlich zerre ich sein T-Shirt hoch, und seine Hände wandern über meinen Rücken. Ich strecke die Arme in die Luft, und mein Top landet auf dem Boden. Keiner meiner üblichen Gedanken ist da. Mir ist egal, wie ich aussehe. Ich kann nur daran denken, dass ich Josh so nah sein will wie möglich.

»Wow, Emily … mein Gott …«

Er ist über mir. Wo auch immer er mich anfasst, fühlt meine Haut sich statisch aufgeladen an. Seine Hände, sein Mund. Es ist zu viel.

Ich taste herum, greife nach jedem Stückchen Haut, das ich zu fassen bekomme. Seine sexy Augen sind wieder da. Er atmet heftig.

»Wir können aufhören, wenn du willst.«

»Josh, wenn du jetzt aufhörst, dann schwöre ich, ich verzeihe dir das nie im Leben.« Ich ergreife seine Arme, um meiner Aussage Nachdruck zu verleihen.

Er braucht keine weitere Einladung. Jetzt ist nichts mehr zwischen uns. Und es fühlt sich genau richtig an, so wie es sein soll.

Nun, eine Sache ist absolut klar. Josh ist so eine Art Huddersfield-Sexgott.

Er räuspert sich. »Nun, war das, äh …?«

»Der Beste.« Ich spüre, wie er an meinem Hals lächelt. »Ist das bei dir immer so?«

»Äh, was meinst du, technisch, oder …«

»Gib mir keine Antwort, es war eine komische Frage.«

»Nein, es ist nicht immer so. Vor allem nicht beim, äh, ersten Mal.«

Ich sehe Joshs Gesicht nicht, aber ich stelle mir vor, dass seine Wangen gerade rot werden.

»Willst du einen Schluck Wasser?« Er blickt auf mich herunter. Wir liegen so da wie vorhin. Nur ohne Kleidung. Und da ist mehr Schweiß. Ich fühle mich, als wäre ich einen Triathlon gelaufen.

Er holt zwei Gläser Wasser.

»Na, sieh mal einer an, mein privater nackter Butler.«

Ich trinke in großen Schlucken, während Josh sich neben mich auf die Bettkante setzt. Mittlerweile ist es spät, und es ist dunkel draußen. Nur Joshs Nachttischlampe spendet Licht.

»Du bist so schön, Emily.« Es sind schmeichelnde Lichtverhältnisse. Er malt mit den Händen kleine Muster auf meine Haut, dreht Kreise über meinen Hüften, meiner Taille, meinen Rippen. Meine Haut prickelt schon wieder. Seine Hände schieben sich noch weiter hinauf, und ich höre gänzlich auf zu reden. Ich glaube, ich habe die Fähigkeit, Worte zu bilden, schlicht verloren. Deshalb werde ich ab jetzt nur noch mit Stöhnen kommunizieren. »Ohh, ahh, und oooh, das ist gut.«

Er küsst meine Schläfe, und ich schiebe meine Hände in sein Haar. Ich bin fasziniert, wie lange es her ist, seit ich jemanden so berührt habe.

Deshalb machen also alle immer so ein Gewese darum.

36

»Und Sie sind sich sicher, absolut sicher, dass es keine anderen Optionen gibt?«

»Ich fürchte nein, Miss Turner, die einzigen Flüge mit freien Sitzen gehen nach Alicante.«

In vergangenen Monaten hätte so ein Rückschlag die Macht gehabt, mich aus der Ruhe zu bringen. Doch heute bin ich sextrunken. Ich weiß nicht, ob es das wirklich gibt, aber meine Glieder sind schwer und entspannt und meine Lippen geschwollen.

»Haben Sie nichts nach Osteuropa?«

»Nein.«

»Oder in die Kulturhauptstädte? Paris? Berlin? Auch alles weg?«

»Wie ich schon sagte, Miss, Alicante oder gar nichts. Könnten Sie jetzt bitte zur Seite treten und eine Entscheidung treffen, während ich mich um den nächsten Kunden kümmere?«

Nein, das könnte ich nicht. Ich habe Zeit in dieser Schlange verschwendet, die ich genauso gut in Joshs Bett hätte verbringen können. Oder unter der Dusche. Oder auf dem Sofa. Wow, ich denke schon wie ein notgeiler Teenager. Josh hat mich vor einer Stunde am Flughafen abgesetzt. Ein kleiner Teil von mir wollte nicht gehen, wollte sich nicht von ihm trennen. Aber der größere Teil hat den kleineren Teil in die Kapitulation gedrängt. Ich denke immer noch ganz bewusst nicht daran, wie eine Zukunft für mich und Josh aussehen könnte, aber es kommt nicht infrage, dass ich die Liste aufgebe. Das könnte ich nie mit meinem Gewissen vereinbaren.

»Und wann geht der Flug?«

»Fünfzehn Uhr.«

Sieht so aus, als würde ich meinen ersten Reisetag größtenteils am Flughafen Leeds Bradford verbringen. Doch selbst wenn sich die Hölle auftut, ich werde heute ein Flugzeug besteigen. Ich stelle mir Claires Facebook-Feed vor. Voller Bilder vom Tauchen. Oder als Akrobatin in Uruguay.

»Okay, ich nehme es. Wie viel?«

»Rückflug Mittwoch oder Freitag?«

»Freitag.«

»Vierhundertzwanzig Pfund.«

»Mittwoch.«

»Zweihundertfünfzig Pfund. Liegt am Feiertag«, erklärt sie.

Ich gebe nach. Fünf Minuten später bin ich um 250 Pfund ärmer und habe ein Ticket mit Rückflug nach Alicante.

»Vergessen Sie nicht, sich die App herunterzuladen, damit Sie an den Boarding Pass kommen und Ihr Gepäck dort drüben selbst einchecken können.«

Als mein Gepäck sicher eingecheckt ist, mache ich mich auf den Weg zur Sicherheitskontrolle. In der Gegenwart von Autoritätspersonen fühle ich mich immer gleich schuldig, und ich bin mir nicht sicher, ob es besser ist, den Augenkontakt zum Sicherheitspersonal zu suchen oder nicht. Ist schon eine Weile her, seit ich das hier das letzte Mal gemacht habe.

Natürlich habe ich keinerlei Absichten, so etwas wie einen Terrorakt zu begehen, trotzdem bin ich einigermaßen erleichtert, dass ich es durch die Sicherheitskontrolle schaffe, ohne dass jemand, der nicht Josh ist, sich an meinen Körperöffnungen zu schaffen macht. Ich muss wirklich aufhören, an Josh zu denken.

Ich nutze die halbe Stunde freies Internet, die der Flughafen anbietet, google »Was kann man in Alicante tun« und bin positiv überrascht. Es gibt ein Museum der Gegenwartskunst, ein archäologisches Museum, ein Schloss. Das sieht vielversprechend aus. Vielleicht ist Alicante doch ein Ort, den Claire besucht hätte. Außerdem gibt es einen Strand. Sicherlich wird mir ein Strand die nötige Inspiration für meine Karriereplanung liefern.

Das Zeitguthaben läuft aus, und es sind immer noch zwei Stunden, bis mein Flug geht. Ich bestelle mir eine große Portion Pommes bei McDonald's und nutze die Gelegenheit, dem Servicemitarbeiter zu erzählen, dass ich Veganerin bin. Er ist angemessen unbeeindruckt. Ich quetsche eine unanständige Menge Ketchup aus dem Spender und setze mich ans Fenster, wo ich den Flugzeugen beim Starten zusehe, während ich esse.

Je länger ich sitze, desto sicherer bin ich mir, dass Claire das hier getan hätte. Sie wäre allein in den Urlaub geflogen. An einem Ort zu sein, wo die erwachsene Claire hätte sein können, verschafft mir eine gewisse Zufriedenheit. Es ist ein sehr friedliches Gefühl.

Mein Handy pingt.

Josh: *Ich hoffe, du hast Spaß. Lass es mich wissen, wenn du möchtest, dass ich dich bei deiner Rückkehr abhole x*

Die Taxis hier in der Gegend sind teuer, deshalb teile ich Josh aus rein finanziellen Gründen den Tag und die Uhrzeit meiner Rückkehr mit. Falls er schockiert ist, dass meine große Weltreise sich als kleine Auszeit in Alicante entpuppt, dann sagt er es nicht. Stattdessen antwortet er: *Klingt super, schöne Reise x*

Ich schiebe Josh in den »Dinge, über die ich später nachdenke«-Ordner in meinem Gehirn, der zu diesem Zeitpunkt zugegebenermaßen meine ganze Zukunft enthält. Aber jeder weiß, dass es sich am Strand, in der Sonne viel besser nachdenken lässt.

Ich kaufe mir ein paar billige Taschenbücher von der Sorte, die meine Uniprofs in Tränen ausbrechen lassen würde, dann mache ich mich auf den Weg zum Gate. Ich breche gerade zu einer kulturellen Reise durch Spanien auf, ein Land, in dem ich nie zuvor war. Das ist gut.

Es besteht die ganz reale Möglichkeit, dass ich gerade an einem Hitzschlag sterbe. Die letzten vier Stunden habe ich damit verbracht, einen Koffer bei dreißig Grad durch Kopfsteinpflasterstraßen zu schleifen. Schweiß sammelt sich zwischen meinen Brüsten, und unter meinem Sommerkleid reiben meine Schenkel unangenehm aneinander. Jedes Hotel, bei dem ich es versucht habe, ist ausgebucht. Verdammter Feiertag.

Als ich vor »Jaggers Bar«, die sich ohne Apostroph schreibt, stehe, habe ich mich bereits mit dem Gedanken abgefunden, dass ich meine Standards werde senken müssen. Sie hat eine Front aus künstlichem Holz, und eines der Gs hängt riskant. Aber im letzten Hotel, wo ich es versucht habe, sagte man mir, dass es in der Jaggers Bar, die eigentlich eine Pension ist, noch ein freies Zimmer geben könnte.

Es ist zwar kein entzückender kleiner Rückzugsort, wo ich mein wahres Selbst finden kann, aber die Jaggers Bar kostet dreißig Euro die Nacht, und vor allem hat sie noch ein Zimmer frei. Zwar ist das Bad auf dem Flur, und für einen Farbfernseher muss man extra bezahlen, aber nach meiner Odyssee durch die Straßen Alicantes hat meine Wunschliste sich auf ein Wort reduziert: frei.

»Das sind dann neunzig Euro, Schätzchen.« Der Besitzer ist das Gegenteil aller Spanienklischees. »Und wir servieren hier in der Bar all die Klassiker. Pastete und Erbsen, Würstchen mit Kartoffelbrei, Fish and Chips. Hier bei uns kommt kein Heimweh auf.« Er reicht mir den Schlüssel, und ich frage mich, ob es überhaupt möglich ist, nur vier Stunden nach Verlassen des Vereinigten Königreichs schon Heimweh zu haben. Er unterbricht sich, um jemandem namens Babs zuzubrüllen, dass sie ihm ein Schinkensandwich machen soll.

»Äh, danke. Ich denke, ich werde heute Abend mal eines der Restaurants am Strand ausprobieren. Vielleicht morgen.«

»Ich hab einmal da unten gegessen. Hatte richtig fiese Verstopfung danach. Wie dem auch sei, Schätzchen, zum Frühstück gibt es Gebratenes und Bier für sechs Euro, wenn dir danach ist.«

»Ich, äh, überleg es mir.«

Ich weiche langsam zurück und checke die Nummer auf meinem Schlüssel. Zimmer elf befindet sich im ersten Stock, also hieve ich meinen Koffer die Treppe hinauf. An den Wänden hängen Schwarz-Weiß-Aufnahmen von berühmten Leuten. Na ja, von *alten* berühmten Leuten. Ich nehme an, das Ziel ist, den irreführenden Eindruck zu erwecken, dass diese Leute irgendetwas mit dem Hotel zu tun haben.

Das Zimmer ist trist. Es gibt eine einzige Glühbirne, die alles in ein unvorteilhaftes Licht taucht, und keine Klimaanlage. Die Wände sind limettengrün und der Teppich blau, als wäre der Raum Marge Simpson gewidmet. Ich sage mir, dass es egal ist. Ich werde ohnehin nicht viel Zeit auf dem Zimmer verbringen. Ich schlafe lediglich hier und wasche mich. Dieses Zimmer wird mich dazu zwingen, Alicante auf tiefe und bedeutsame Weise kennenzulernen.

Schnell ziehe ich mir ein anderes Kleid über und schlüpfe

zum Schutz meiner Oberschenkel in ein Paar Shorts, ehe ich mich wieder auf den Weg nach draußen mache. Seit meinem Pommes-mit-Ketchup-Marathon vorhin habe ich nichts mehr gegessen, und ich bin halb verhungert. Ich mache mich auf den Weg zum Strand und versuche dabei, die Atmosphäre in mich aufzunehmen. Mir fällt vor allem auf, dass es hier eine Menge Souvenirläden gibt, und ich finde es faszinierend, wie groß der Markt für spanische Kühlschrankmagnete zu sein scheint.

Aber es ist trotzdem nett hier. Draußen ist es warm. Die Sonne lässt alles ansprechender erscheinen.

Ich blicke nach oben, die universelle Geste, wenn man sich an verstorbene geliebte Menschen wenden will, und ich denke, dass Claire in diesem Moment stolz auf mich wäre. Dann wird mir klar, dass ich heute schon in zwei voneinander unabhängigen Momenten an Claire gedacht habe und dabei glücklich war. Nicht ein Mal habe ich geweint. Endlich tut die Lebensliste, was sie soll.

Die Bars am Strand sind brechend voll. Familien drängen sich auf dem Gehweg. Kinder rasen in einem Rausch bunter Zöpfchen an mir vorbei. Überall riecht es nach Meer und Sonnencreme. Ich entdecke eine Gruppe Schlümpfe, die sich an Biergläsern festhält und ziemlich fertig aussieht. Ein Stück weiter hat schon jemand mit der Karaoke begonnen. Gerade stirbt »My Heart will go on« einen grausamen Tod. Es ist wie Butlin's auf Drogen.

Es gibt eine Reihe von Restaurants, die sich alle bemerkenswert ähnlich sehen. Viele Tische im Freien, die sich bis auf den ohnehin schon überfüllten Bürgersteig ergießen, und gestreifte markisenähnliche Dinger vor jedem davon. Man hat sich darauf geeinigt, nur entweder Burger oder Pizza zu servieren. Abgesehen von noch mehr Pommes, von denen mir ein unterbezahlter Oberkellner nicht sicher sagen kann, ob sie nicht in einem tierischen Produkt frittiert wurden, sieht es so aus, als stünde es schlecht um meine veganen Optionen. Ich erinnere mich an die Liste. Ich werde etwas Authentisches essen, zumindest heute. Morgen setze ich mich dann noch mal mit der Pommes-Situation auseinander. Es muss doch wenigstens *ein* spanisches Restaurant hier geben.

Am Ende der Promenade, gleich neben einer Spielhölle, entdecke ich ein kleines Gebäude aus Holz. Es wirkt sehr viel schlichter als der Rest. Eine spanische Flagge flattert davor. Ich eile darauf zu.

Und ich habe mich nicht getäuscht: Es ist ein spanisches Restaurant. Neben der Tür entdecke ich das ausgedruckte Bild zweier Paella-Gerichte. Auf dem einen ist das Bild eines Zeichentrickhäschens, auf dem anderen eine Paprika. Möglicherweise habe ich ja Glück.

In dem spanischen Restaurant ist es deutlich ruhiger als in den anderen Lokalen. Tatsächlich ist es beinahe leer, nur an der Bar sitzt ein über einer Ansammlung von Schnapsgläsern zusammengesunkener Mann. Darüber hinaus entdecke ich sehr viel dunkle Holzvertäfelung.

»Hola«, rufe ich. »Äh, kann man auch draußen sitzen?«

Eine Frau kommt aus der Küche. »Si, si.« Sie treibt mich gestikulierend nach draußen, und ich bin nicht sicher, ob ich nicht gerade rausgeworfen werde. Ich trete wieder auf die Straße. Die Frau folgt mir und schleppt mit der Kraft eines kleinen Ochsen einen der schweren Holztische durch die Tür. Sie knallt ihn ungerührt auf das Pflaster und geht noch einmal los, um mir einen Stuhl zu holen. Als ich sitze, fragt sie: »Was trinken?«

Sie bewegt die Hand vor dem Mund.

»Ja, bitte. Äh, Rotwein bitte.« Sie nickt. Obwohl ich mir nicht sicher bin, dass sie verstanden hat, was ich gerade gesagt habe. Sie ist so breit wie hoch und trägt ein schwarzes Kleid und eine Schürze, die einmal weiß war. Über ihrer Schulter hängt ein noch schmutzigeres Geschirrtuch.

»Sie essen?«

»Ja, bitte. Äh, Paella?«

»Fein, fein. Sie wollen …« Sie macht ein kleines fiependes Geräusch und hält die Händen wie kleine Pfoten vor sich, und ich nehme an, dass das Hase heißen soll. »Oder nein?«

»Nein, definitiv nein. Danke.« Gibt es wirklich Kaninchen-Paella? Normalerweise lehne ich ja kulturelle Aneignung schon aus Prinzip ab, aber das Kaninchen in der Paella gegen Chorizo auszutauschen war eindeutig eine der besseren Aktionen der Briten. Was es natürlich nicht besser macht, dass wir all die Jahrhunderte die halbe Welt versklavt haben, aber trotzdem, das ist ein Punkt für uns.

Die spanische Lady verschwindet nach drinnen und kommt kurz darauf mit einer Karaffe Rotwein und einem Brotkorb wieder. Ich rümpfe die Nase über die Touristen, die in dreihundert Metern Entfernung ihre Burger essen. Das hier ist das wahre Spanienerlebnis.

Ich erlaube mir fünf Minuten am Handy, ich bin schließlich hier, um Erkenntnisse zu gewinnen. Ich finde eine Reihe von Nachrichten vor.

Mum: *Denk daran, dass das Wasser dort nicht sicher ist. Putz dir die Zähne mit Trinkwasser aus Flaschen. Hab dich lieb x*

Ich antworte: *Mom, ich bin in Spanien, hier gibt es keine Cholera. Hab dich auch lieb x*

Und noch eine.

Kaz: *Ich trage deinen Morgenmantel, und es gibt nichts, was du dagegen tun kannst x*

Ein Tag. Ich bin erst einen Tag weg.

Und schließlich eine von Josh: *Ich hoffe, es ist schön und sonnig dort. Amüsier dich gut, bis Mittwoch x*

Ich antworte. *Danke, amüsier du dich auch gut x* Was absolut keinen Sinn ergibt.

Ich habe niemanden sonst, dem ich schreiben könnte, also stecke ich das Handy zurück in die Tasche und frage mich ernsthaft, was ich jetzt tun soll. Wie haben die Menschen vergangener Zeiten sich beschäftigt? Soll ich etwa denken? Es gibt nichts sonst, was ich tun könnte, also versuche ich es mal.

Josh kommt mir zuerst in den Sinn. Josh mit seinen sexy und freundlichen Augen, seinen Grübchen und der widerspenstigen Strähne. Josh, der entzückend ist. Josh, der nackt ist. Okay, das hilft mir so gar nicht weiter. Auf Wiedersehen, nackter Josh. Ich werde später über dich nachdenken. Ich glaube immer weniger daran, dass die Sache zwischen Josh und mir bis Juli im Sande verlaufen wird. Die letzte Nacht fühlte sich wie das Gegenteil von etwas an, das sich verläuft.

Und ich habe immer noch keine Ahnung, was meine Leidenschaft ist. Es war wirklich leichtsinnig, »sei erfolgreich« mit auf die Liste zu setzen. Zweifellos gibt es Aspekte des Lehrerinnendaseins, die ich wirklich mag. Sogar sehr mag. Die Kids. Ich liebe es, mit ihnen zu arbeiten. Und alle sagen immer, dass ich gut darin bin. Na ja, bis auf Hughes und Higginbottom, aber bevor ich deren Meinung irgendeinen Wert beimesse, würde ich eher Leon mit dem Namen meines ersten Haustiers betrauen.

Leon. Obwohl er im Prinzip kein Kind mehr ist, mag ich es irgendwie, mit Jugendlichen wie ihm zu sprechen.

Ich denke darüber nach und futtere mich dabei durch den ganzen Brotkorb.

Was ich nicht mag, ist der ganze andere Kram. Das Setzen von festen Zielen, die gefürchteten Unterrichtsbesuche. Das Gefühl, dass ich wirklich mies in meinem Job bin.

Gerade, als ich den Mund voller Brot habe, trifft es mich wie ein Blitz. Vielleicht brauche ich ja etwas, das sich mehr auf die Jugendlichen konzentriert, mit denen ich gerne arbeite. Die, die immer Ärger machen, die Rüpel, wenn man so will. Leon hat doch erwähnt, dass er im Jugendgefängnis immer miesen Unterricht hatte. Ich könnte besser sein als mies. Da bin ich mir beinahe sicher.

Ich bin ungemein zufrieden mit dem, was vermutlich mein erster von Google unabhängiger Gedanke seit 2008 ist. Und je länger ich darüber nachdenke, desto besser klingt es für mich. Ich finde Unterrichten in Ordnung. Teilweise tue ich es sogar richtig gerne. Die Idee zu diesem Adverbien-Lied ist eindeutig ein Highlight meines Lebens. Außerdem wäre jugendliche Straftäter zu unterrichten doch eine Möglichkeit, mein Leben sinnvoll zu nutzen und etwas zu bewirken.

Ich unterrichte im Jugendgefängnis, sage ich in meinem Kopf.

Als die Spanierin mit meiner Paella zurückkommt, habe ich ein breites Lächeln auf dem Gesicht. Ich bin nur noch Sekunden davon entfernt, am Tischbein zu nagen, also ist es ein willkommener Anblick. Die Paella wird in einer großen schwarzen Pfanne serviert und ist randvoll mit Gemüse, das mir teilweise völlig unbekannt ist. Da ist auch Fleischersatz. Ich bin froh, dass es auch in Spanien Quorn zu geben scheint. Ich nehme einen ersten Bissen, und es ist absolut himmlisch.

Nachdem ich die Paella, von der ich vermute, dass sie für mehrere Personen gedacht war, verspeist und dafür Applaus von der Spanierin erhalten habe, bitte ich um die Rechnung. Beim Zahlen reite ich auf einer veritablen Kohlenhydratwelle und schenke ihr ein ehrliches »Gracias«. Und nicht nur das, die Tatsache, dass ich so etwas wie einen Plan für den Rest meines Lebens gefunden habe, stimmt mich ehrlich optimistisch.

37

Ich will gerade gehen, da erinnere ich mich an das Stückchen vegetarischer Chorizo, das ich mir in eine Serviette eingewickelt habe.

»Entschuldigen Sie?« Die Spanierin wendet sich mir von der Bar zu, wo sie gerade im weitesten Sinne des Wortes Gläser mit ihrem Geschirrtuch sauber gemacht hat. »Was ist das, bitte? Es ist herrlich.«

Sie blickt auf mein Stückchen hinunter und beginnt Oink-Geräusche zu machen.

»Ja, ich weiß, schmeckt wie Schwein, aber was ist es wirklich?«

»Schmeckt nicht wie Schwein, *ist* Schwein. Oink, oink.«

Mir dreht sich der Magen um.

»Aber ich dachte, Sie sagten kein fi fi fi?« Ich mache den Hasen.

»Kein fi fi fi, aber oink oink und gack gack und muh muh.« Es ist wie eine völlig bekloppte Version von »Old MacDonald«.

Mir ist plötzlich schlecht.

Ich habe bis vor Kurzem Fleisch gegessen, deshalb sollte es echt keine große Sache sein, trotzdem fühle ich mich plötzlich solidarisch mit allen Veganern dieser Welt. Niemand sollte gegen seinen Willen eine Schlachtplatte vorgesetzt bekommen.

Ich zeige auf eine Kopie des Bilds vor dem Restaurant, das hier an die Bar getackert ist. »Aber schauen Sie, Gemüse.«

»Ja. Das hier ist nur fi fi fi.« Sie zeigt auf das andere Bild. »Das hier …« Sie breitet die Arme weit aus, um damit anzudeuten, dass ich gerade jede Substanz auf dem Planeten außer Kaninchen gegessen habe.

Wieder dreht sich mir der Magen um.

Plötzlich wirkt das Restaurant mehr schmuddelig als charmant auf mich. Die Bar ist mit einer dicken Schicht Staub bedeckt, und seit ich hier bin, hatten sie keinen weiteren Gast. Ich sehe mich um und suche nervös nach einem Zertifikat der Lebensmittelhygiene. Es gibt keines, zumindest kein öffentlich ausgestelltes. Allerdings wird zunehmend klar, dass mein dringendstes Bedürfnis jetzt sein sollte, zum Hotel zurückzukehren.

Ich humple auf die Straße hinaus und schnappe nach Luft. Die Bilder von Burgern und Pizzas vor den Strandrestaurant lassen meinen Magen gleich wieder rebellieren. Das hier ist ernst.

Plötzlich schwitze ich, obwohl die Luft mittlerweile kühler ist.

Ich muss einfach nur zurück ins Hotel, mich übergeben, und dann geht es mir sicher wieder besser. Das muss mein Körper sein, der den Fleischmix ablehnt, den ich ihm nach Wochen veganer Ernährung zugemutet habe.

Ich krümme mich bereits, als das Jaggers in meinem Sichtfeld auftaucht. Die Bar ist voll. Menschen versammeln sich um einen an der Wand angebrachten Fernseher und schauen Fußball. Jemand landet einen Treffer, und alle grölen.

Ganz offensichtlich sehe ich nicht gut aus. Als ich die Lobby beinahe kriechend durchquere, ruft der Besitzer: »Babs, blockier die Toilette im ersten Stock. Sie ist für die Nacht besetzt.« Was mich mit Furcht erfüllt. Okay, vielleicht muss ich mich ein paarmal übergeben. Aber morgen wird es mir sicher besser gehen.

Ich spüre die Galle durch meine Zähne kriechen und verspanne den Kiefer. Nur noch ein paar Meter.

Ich stürme ins Bad und knalle die Tür hinter mir zu.

Die avocadogrüne Toilette ist alles, was es jetzt noch braucht. Ich versuche, Dreck und Haare auf dem Boden zu ignorieren, und schließe die Augen. Erbrochene Multifleisch-Paella kann kein schöner Anblick sein.

Als ich fertig bin, krieche ich zurück in mein Zimmer. Morgen wird besser, verspreche ich mir, morgen wird besser.

Morgen ist nicht besser. Tatsächlich habe ich keine Ahnung, wann es Morgen wird. Mir ist ständig schlecht. Die Toilette im ersten Stock ist irgendwann so verstopft, dass sie mich bitten, mich für eine Weile in Schüsseln zu übergeben, damit sie die Rohre reinigen können.

Gegen Mittag bin ich so dehydriert, dass die Ränder meines Sichtfelds verschwimmen. Die Wände wabern, und die fehlende Klimaanlage hilft auch nicht. Ich bin mit kaltem Schweiß bedeckt. Eine Frau mit ledriger Haut, blondem Haar und pinken Nägeln, die so lang sind wie ihre Finger, tupft meine Stirn mit einem feuchten Handtuch ab. Sie versucht, mir Wasser einzuflößen, aber alles, was reingeht, kommt gleich wieder raus, und am Nachmittag sehe ich Sterne.

Es ist offensichtlich, dass ich gerade sterbe.

»Sag meiner Mum und meinem Dad, dass es mir leidtut«, bitte ich Babs. »Und Kaz kann meinen Morgenmantel haben, wenn sie mag. Josh soll wissen, dass der Sex ausgezeichnet war. Wirklich ausgezeichnet«, flüstere ich. »Ich habe nichts, was ich ihnen vermachen kann, aber wenn jemand meine Kreditkarte ausgleichen könnte, wäre das wirklich nett. Ich will nicht, dass die Bank schlecht von mir denkt.«

»Mach dir deshalb keine Sorgen, Schätzchen, wir kriegen dich schon wieder hin.«

»Und kannst du ihnen sagen, dass ich gestorben bin, als ich etwas Beeindruckendes getan habe, zum Beispiel ein kleines Kind oder wenigstens einen Hund gerettet. Sag ihnen nicht, dass es die Fleischpaella war.«

Alles wird schwarz.

»Miss Turner, mir scheint, Sie sind tot. Zumindest technisch gesehen.«

»Claire?«, presste ich schwach hervor. Ihre Stimme ist männlicher, als ich sie in Erinnerung habe.

»Versuchen Sie es noch einmal.«

»Petrus?« Ich hatte ihn mir nicht mit einem derart starken spanischen Akzent vorgestellt. Oder in der Kleidung eines Rettungssanitäters. Gab es die schon in den Jahren vor Christus?

»Wieder falsch, Miss Turner. Ihr Blutdruck ist zu niedrig. So können wir keine aussagekräftige Messung machen. Wir werden Sie mitnehmen müssen.«

»Wohin mitnehmen?«

»Ins Krankenhaus.«

»Krankenhaus? Nein, ich muss nicht in ein Krankenhaus. Ich habe mich nur übergeben. Obwohl ich glaube, dass ich irgendwie ein bisschen blind geworden bin, wenn jemand sich das mal ansehen könnte?« Ich kann niemanden klar erkennen.

»Sie sind stark dehydriert. Sie brauchen eine Infusion. Ist das in Ordnung für Sie?«

Krankenhaus. Infusion.

Nein.

»Nein.« Ich setze mich auf, und der Raum dreht sich.

»Meine Versicherung wird eine Infusion nicht zahlen«, nuschle ich. »Versorgen Sie mich einfach notdürftig hier. Bitte nehmen Sie mich nicht mit.«

Wieder wird alles schwarz. Von ganz weit weg höre ich den

Sanitäter sagen: »Wir tragen Sie jetzt runter. Unten wartet ein Krankenwagen. Verstehen Sie?«

Ich bringe nicht einmal die Energie zur Gegenwehr auf. Stattdessen bin ich gezwungen zuzulassen, dass man mich vom Bett hievt. Der nette Sanitäter muss auf dem Weg zur Tür den Schüsseln mit Erbrochenem ausweichen. Ich sehe mich kurz selbst im Spiegel und stoße einen innerlichen Schrei aus, weil ich für einen echten keine Energie habe. Meine Augen rollen nach hinten.

Im Krankenwagen komme ich wieder etwas zu mir. Ich habe bereits eine Infusion im Arm und ein Pulsoximeter am Finger. Ich nehme alles mit kaum verhohlenem Entsetzen wahr.

»Alles wird gut, Miss Turner.«

Ich versuche, tief durchzuatmen. Es fühlt sich an, als hätte ich ein Gummiband um die Brust.

»Wo bringen Sie mich hin?«

»Ins Krankenhaus.«

»Nein, bitte. Das geht nicht.«

Der Sanitäter starrt mich an.

»Ich muss Mittwoch nach Hause fliegen.«

»Sprechen Sie mit dem Arzt. Ich denke, die Lebensmittelvergiftung ist nach einem Tag vorbei.« Der Sanitäter lächelt und schreibt etwas auf ein Klemmbrett.

Er prüft noch einmal meinen Blutdruck.

»Ein bisschen hoch, aber wenigstens sind Sie nicht tot.«

Ich beginne zu keuchen, was mir eine gehobene Augenbraue einbringt.

Wir kommen im Krankenhaus an, und man bringt mich in einen kleinen Raum. Meine Fingerknöchel sind weiß, weil ich mich so sehr an die Trage klammere. Der Fluchtinstinkt ist überwältigend, aber mein Körper ist im Eimer. Ich habe schlicht nicht die Kraft für eine Flucht.

»Ihr Puls ist etwas schnell, Miss Turner«, sagt eine Ärztin in einem weißen Kittel. Ich habe keine Ahnung, seit wann sie hier ist.

»Ich mag Krankenhauszimmer nicht. Kann ich wenigstens in einen Krankensaal verlegt werden?« Ich klinge außer Atem.

Sie mustert mich neugierig.

»Irgendwelche vorangegangenen Erkrankungen, von denen wir wissen sollten?«

Ich schüttle den Kopf. »Ich war nie im Krankenhaus.«

»Wir sieht es mit der direkten Familie aus?«

»Meine Schwester ist gestorben, als wir acht waren. Krebs.«

Ich schlucke hart. Wenn ich noch Flüssigkeit in mir hätte, würde ich weinen.

»Verstehe.« Die Ärztin nickt.

»Es tut mir leid, in den Krankensälen ist kein Bett mehr frei, Miss Turner, aber ich kann Ihnen versichern, dass Sie sich schon sehr bald besser fühlen werden. Sie müssen über Nacht bleiben, aber vermutlich schon morgen werden Sie ins Hotel zurückkehren können. Sie müssen kleine Schlucke Wasser trinken, wann immer Sie können. Ich werde eine der Schwestern bitten, Ihnen beim Umziehen zu helfen. Jemand aus dem Hotel hat ein paar Sachen für Sie bringen lassen.«

»Vielen Dank. Im Grunde fühle ich mich jetzt schon besser. Vielleicht gehe ich lieber gleich zurück ins Hotel.« Ich will mich aufsetzen, aber bei der Bewegung fühlt mein Kopf sich an, als würde er gleich explodieren.

»Legen Sie sich hin und ruhen Sie sich aus. Sie werden heute Abend ziemliche Kopfschmerzen kriegen. Wir geben Ihnen ein Schmerzmittel.«

»Danke noch einmal.« Meinen Augen gelingt es, eine einzelne Träne zu formen.

Die Ärztin nickt und geht. Kurz darauf öffnet sich die

Tür wieder, und eine Krankenschwester mit einer Plastiktüte kommt herein.

»Guten Tag, Miss Turner«, strahlt sie. »Ich bin hier und helfe Ihnen, damit Sie es etwas gemütlicher haben.« Sie streckt mir die Tasche hin. »Etwas Nachtwäsche aus dem Hotel. Wir müssen nur kurz die Infusion trennen, während Sie sich anziehen.«

Ich lege mich hin und schäle mich aus meinem Kleid. Dann setze ich mich langsam auf und wühle in dem Beutel.

Mir ist sofort klar, dass Babs mir etwas von ihrer eigenen Kleidung geschickt hat. Ein pinker Nylon-Pyjama, Flauschpantoffeln und ein dazu passender Satin-Morgenrock. Bei dem Anblick entspanne ich mich etwas.

Die Schwester bekommt große Augen, als ich angezogen bin. Ich sehe vermutlich wie eine Art Halloween-Barbie aus.

»Sie sollten sich jetzt ausruhen. Soll ich Ihre Kleidung in den Beutel tun?«

»Ja, äh, danke.«

Sie lächelt.

»Sie sollten sich erst mal an Wasser halten, aber heute Abend versuchen wir es mal mit etwas Brühe und sehen, ob Sie das drinbehalten können.«

Ich nicke. »Ihr Englisch ist extrem gut.« Ich will noch nicht, dass sie geht. Ich weiß nicht, ob ich es aushalten kann, allein zu sein.

»Danke. Ich bin übrigens Selena. Mein Freund kommt aus Rochdale. Ich habe ihn kennengelernt, als er vor einigen Jahren mit einer Alkoholvergiftung hier eingeliefert wurde.« Sie hält inne, als hätte sie mir gerade die größte Liebesgeschichte aller Zeiten erzählt. »Er lebt jetzt hier bei mir, aber er hat nie Spanisch gelernt.«

Ich habe den Anstand, etwas schuldig dreinzuschauen,

stellvertretend für all die Leute, die sich in der Schule nicht die Mühe gemacht haben, andere Sprachen zu lernen.

»Wie schön.«

»Erholen Sie sich. Ich komme später wieder.« Mir fällt nichts ein, was ich zu ihr sagen könnte, um sie zum Bleiben zu bewegen.

Als sie weg ist, kehrt die nagende Panik wegen meiner Umgebung zurück. Ich presse die Augen zu und beschließe, das Krankenhauszimmer einfach nicht wahrzunehmen. Mein Instinkt sagt mir, dass ich geringe oder gar keine Chancen auf Schlaf habe. Allerdings muss ich dann doch eingedöst sein, denn als ich die Augen wieder öffne, ist es draußen dunkel.

Ein Gerät beginnt zu piepen, und ich zucke zusammen. Ich bin entschlossen zu gehen und schwinge die Beine über den Bettrand.

Selena kommt wieder herein.

»Ihr Puls ist wieder zu schnell.« Sie wirkt etwas verwirrt. Ich zwinge meine Atmung zurück auf Normalzustand. Wenn ich ständig die Maschinen alarmiere, lassen sie mich nie wieder raus.

Das Piepen hört auf.

»Ich habe Ihnen etwas Suppe gebracht. Dr. Cruz hat vorhin nach Ihnen gesehen. Sie meinte, wenn Sie das Essen unten behalten können, dürfen Sie morgen zurück ins Hotel. Obwohl Sie sich immer noch etwas schlecht fühlen werden. Sie werden Bettruhe wahren müssen.«

Super. Also verbringe ich praktisch meinen ganzen Urlaub im Bett.

Ich bin zu schwach für Widerspruch. Oder um zu fragen, was für eine Suppe das ist. Sie schmeckt sehr nach Huhn. Als ich mit der Schüssel fertig bin, fühle ich mich energiegeladen genug, um zur Toilette zu tapsen und die Zahnbürste zu benutzen, die Babs für mich gekauft hat.

Ich versuche, so wenig wie möglich von dem Zimmer wahrzunehmen. Trotzdem fällt mir auf, dass ich entschieden weniger panisch bin. Tatsächlich fühle ich mich einfach nur seltsam taub. Nicht im Kopf, der tut immer noch weh wie die Hölle, sondern der ganze Rest von mir. Meine Beine fühlen sich nicht an wie meine Beine. Während des Zähneputzens wende ich mich vom Spiegel ab und hebe die Hand vors Gesicht. Sie sieht nicht aus wie meine Hand.

Ich habe ein leichtes Summen in den Ohren. Wie weißes Rauschen. Vielleicht waren Medikamente in der Suppe.

Ich schwebe zurück ins Bett.

»Schlafen Sie noch etwas«, sagt Selena. »Wir sehen dann, wie Sie sich am Morgen fühlen.«

Eine seltsame Ruhe überkommt mich, als ich zurück ins Bett schlüpfe. Ich fühle keine Panik wegen meiner billigen Reisekrankenversicherung oder weil ich wegen einer zweifelhaften Paella ein Bett belege. Stattdessen schwebe ich einfach in einen ruhigen Schlaf.

Zu meiner Überraschung ist am Morgen Dr. Cruz da, löst meine Infusion und erklärt mir, dass ich jetzt wieder zurück ins Hotel kann. Jemand hat Toast und eine Tasse Tee auf das kleine Tablett neben meinem Bett gestellt. Ich kaue, ohne etwas zu schmecken.

»Äh, Verzeihung«, frage ich Dr. Cruz. Meine Stimme klingt, als käme sie von weit weg.

»Si?«

»Wie bezahle ich? Ich habe meine Kreditkarte im Hotel gelassen.« Sie hat ein Limit von 1500 Pfund. Und 250 habe ich schon für den Flug bezahlt.

»Bezahlen?«

»Ja, ich muss doch bezahlen, oder?« Meine Reiseversicherung hat 4,22 gekostet. Der Gedanke, dass sie vermutlich noch nicht mal das Frühstück deckt, löst seltsamerweise keinen wirklichen Stress bei mir aus. Wenn es hart auf hart kommt, dann holt Kaz mich mit Crowdfunding hier raus.

»Haben Sie eine Versicherung?«

Ich nicke, und stechender Schmerz schießt in meinen Hinterkopf. »Ja. Ich möchte wetten, es war alles einfacher, als wir noch diese kleinen Karten hatten. Weniger Papierkram für euch alle. Verdammter Brexit. Ich meine, wir haben dafür gestimmt, obwohl ich das übrigens nicht gemacht habe, für den Fall, dass das beeinflusst, wie viel Sie mir berechnen wollen. Nicht dass ich Leute hasse, die dafür gestimmt haben, meine Mum hat das gemacht, und wir haben eigentlich ein ganz gutes Verhältnis.« Dr. Cruz blickt von ihren Notizen auf.

»Ist schon in Ordnung. Ihre Versicherung wird dafür aufkommen. Wollen Sie noch etwas Toast, bevor Sie ins Hotel zurückkehren?«

Ich bin bereits aus dem Bett geklettert.

»Nein, danke, ich bin schon unterwegs.«

Ich warte im Eingangsbereich des Krankenhauses auf ein Taxi. Dabei trage ich weiterhin Babs' pinken Schlafanzug und stelle fest, dass Nylon ein ziemlich gnadenloses Material bei hohen Temperaturen ist.

Das Taxi fährt vor, und wie auf Autopilot steige ich ein. Sollte der Fahrer sich über mein Outfit wundern, lässt er es sich nicht anmerken. Vermutlich hat er auch schon alles gesehen.

An der Jaggers Bar bitte ich ihn zu warten, während ich mein Geld hole. Selbst nachdem Babs mir mitgeteilt hat, dass ich in ein anderes Zimmer verlegt wurde, weil mein altes einer gründlichen Reinigung bedurfte, brauche ich noch ewig, bis ich das Geld habe, das ich brauche. Eindeutig habe ich in den letzten zwei Tagen ordentlich Gehirnmasse verloren, die jetzt zweifellos die Abflüsse der Jaggers Bar verstopft.

Mein neues Zimmer ist wie mein altes, nur dass die Wände jetzt kanariengelb sind. Ich vermute, man will nicht mit dem Simpsons-Motto brechen. Ich schnappe mir meine Geldbörse und bezahle, ehe ich Babs verspreche, dass ich mich gleich umziehen werde, damit sie ihre Kleidung zurückbekommt.

»Mach dir keine Sorgen, Schätzchen. Entspann dich erst mal in einem schönen heißen Bad. Lass die Sachen auf dem Boden liegen, ich hole sie dann, wenn du morgen auscheckst.«

Unter all der ledernen Haut hat Babs ein Herz aus Gold.

»Danke, Babs, auch dafür, dass du den Krankenwagen gerufen hast. Und es tut mir leid wegen der Abflüsse und dem Zimmer. Ich habe euch so viel Ärger gemacht.«

»Mach dir keine Sorgen. Du hast uns ganz schön Angst eingejagt. Hier.« Sie reicht mir eine Flasche Wasser. »Geht aufs Haus. Und jetzt geh und ruh dich aus.«

Wenn Babs allen Gästen gegenüber so großzügig ist, dann ist es ein Wunder, dass die Jaggers Bar noch Gewinn macht.

Zurück in meinem Zimmer fühlt mein Gehirn sich immer noch an, als bestünde es aus Zuckerwatte. Ich brauche sehr viel länger, als ich sollte, um saubere Kleidung zusammenzusuchen und mein Handy aufzuladen.

Im Badezimmer gibt es eine Wanne, aber keine Dusche. Obwohl am Hahn eine Vorrichtung angebracht ist, die als Duschkopf dienen kann und vermutlich von etwa 1810 stammt.

Ich stehe in Flipflops im Bad und lasse eiskaltes Wasser über mich rinnen, bei dem ich kaum zusammenzucke. Ich fühle mich wie gebrochen. Ausgelaugt und erschöpft. Als ich fertig bin, wickle ich mich in ein Handtuch und putze mir die Zähne, bis meine Zunge von der Zahnpasta taub ist.

Als ich mein Abbild im Spiegel über dem Becken entdecke, treten mir Tränen in die Augen. Möglicherweise liegt es daran, dass ich endlich wieder genug Flüssigkeit in mir habe, um ordentliche Tränen zu produzieren. Oder weil mir klar geworden ist, dass mein großes Reiseabenteuer vom Anfang bis zum Ende ein Desaster war.

Es gibt nicht eine gute Sache, die ich über diesen Ausflug sagen könnte.

Ich gehe zurück zu meinem Zimmer und lehne mich gegen die Tür. Meine Brust fühlt sich wieder eng an. Ich wünschte, Kaz wäre hier. Ich schreibe ihr eine Nachricht.

Ich: *Ich mache es kurz: Lebensmittelvergiftung am ersten Abend. Bin gerade aus dem Krankenhaus zurück x*

Ich füge ein Lächel-Emoji hinzu, das ausdrücken soll, dass ich eher niedergeschlagen als aufgebracht bin.

Kaz: *Was zur Hölle, Em! Bist du okay? Du brauchst Salz, Flüssigkeit und Ruhe. Ich kann nicht glauben, dass du allein in einem Krankenhaus warst. Hab dich lieb xx*

Okay, jetzt weine ich nur noch mehr.

Ich: *Ja, mir geht es gut, ehrlich.* Absolute Lüge. Aber eine, von der ich mir sicher bin, dass ich sie nicht als einzige ständig erzähle. *24 Stunden lang war ich EXTREM krank. Hab eine Infusion gebraucht. Der Sanitäter meinte, dass ich praktisch tot sei, also kann ich mich vielleicht als medizinisches Wunder verkaufen. Wünschte, ich wäre daheim xxx*

Kaz: *Soll ich dich morgen abholen? Ich kann die Schicht tauschen xxx*

Ich: *Ja. Bitte. Josh sollte mich eigentlich abholen, aber ich kann ihm so nicht gegenübertreten xxx*

Kaz: *Mach dir keine Sorgen. Ruh dich aus, und wir sehen uns morgen xxx*

Ich schlüpfe in Leggins und ein T-Shirt und lege mich auf die Decken, weil mir das als der hygienischste Ort erscheint.

Josh.

Etwas knackt tief in meiner Brust.

Ich sehe mich zwischen den gelben Wänden um.

Wie sehr ich mich doch geirrt habe, als ich dachte, ich könnte so etwas Gutes wie Josh in meinem Leben haben. Menschen wie ich kriegen keine guten Sachen.

Ich werde ihm das nicht antun. Ich kann nicht.

Ich: *Hi Josh, es tut mir leid, aber ich glaube nicht, dass aus der Sache zwischen uns etwas werden kann. Ich weiß, dass es wirklich mies von mir ist, dir das in einer Textnachricht mitzuteilen, aber ich bin ein absoluter Feigling. Nun weißt du es also. Bitte, kontaktiere mich nicht. Ich könnte es nicht ertragen. Emily x*

Ich nehme einen kleinen Schluck von dem Wasser, das Babs mir gegeben hat, und presse die Augen zu, um die Tränen zurückzuhalten.

Ich erwache von wässrigem Licht, das durch die Fenster dringt. Innendrin bin ich völlig leer, wie ein ausgehöhlter Kürbis. Die Art, die man eigentlich als Futter für die Wildtiere rausstellen soll, die dann aber doch nur auf dem Pflaster zu Matsch zerfällt.

Als ich nach unten komme, steht Babs hinter der Bar.

»Da ist sie ja! Siehst schon viel besser aus. Was darf's sein? Ein Whiskey, um wieder in Schwung zu kommen? Geht aufs Haus.« Es ist acht Uhr morgens. Und selbst wenn es das nicht gewesen wäre, glaube ich nicht, dass Whiskey auf der Liste der Dinge steht, die man nach einer ernsthaften Lebensmittelvergiftung mit Dehydrierung zu sich nehmen sollte.

»Könnte ich lieber einen Orangensaft und eine weitere Flasche Wasser haben, bitte?«

»Natürlich. Wie fühlst du dich, Liebes?«

Beschissen.

»Gut, danke.« Ich versuche mich an einem halben Lächeln.

Babs reicht mir meine Getränke.

Ich gebe ihr zwanzig Euro Trinkgeld und verabschiede mich.

»Danke noch mal, vielleicht komme ich ja mal wieder.« Das ist sehr unwahrscheinlich. Aber ich werde ihnen wenigstens eine gute Bewertung auf Trip Advisor hinterlassen.

»Genau, Liebes, das hoffe ich doch. Du hast ja noch nicht mal das Kunstmuseum gesehen!«

Bei meiner Landung regnet es. Ich meine, natürlich tut es das. Den ganzen Flug über habe ich mit dem Kopf am Fenster gelehnt und innerlich geweint. Der Mann neben mir las sehr entschlossen Zeitung.

Kaz wartet im Abholbereich des Parkplatzes auf mich. Ich fühle mich schlecht, weil es nicht Josh ist. Aber als sie mich in eine Umarmung schließt, wird mir klar, dass es niemanden gibt, den ich lieber hier gesehen hätte.

»Wie fühlst du dich?«, fragt Kaz.

»Nicht gut.« Ich sinke im Sitz zusammen.

»Inwiefern nicht gut?«

»Ich will nicht darüber reden. Können wir einfach nur heim, bitte?«

Kaz nickt und fährt los.

Das Handy in meiner Hand bleibt entschlossen still. Keine Nachrichten von Josh. Er hat nicht einmal auf die geantwortet, die ich geschickt habe.

Erneut brennen Tränen in meinen Augen. Ich weiß nicht

einmal mehr, weswegen ich eigentlich weine. Ich meine, vermutlich hat es etwas mit der Tatsache zu tun, dass ich mein großes Reiseabenteuer vermasselt habe. Wie ich so ziemlich alles vermassle.

Ich habe mir etwas vorgemacht, als ich meinte, so leben zu können, wie Claire gelebt hätte.

Plötzlich habe ich die Hände zu Fäusten geballt. Ich bin unfassbar wütend. Auf mich, auf Mum, Dad. Auf alle, die je gedacht haben, dass Claire es besser machen würde.

Und ich bin wütend auf Claire. Mehr als wütend. Ich bin fuchsteufelswild. Weil sie mich verlassen hat. Weil ich diejenige bin, die dageblieben ist und weitermachen muss.

Sterben ist einfach. Leben ist die Sache, die unendlich schwer ist.

38

2000

»Psst«, flüstert Claire im Dunkeln. »Em, wach auf.«

Ich öffne die Augen nur langsam, weil es draußen immer noch dunkel ist. Aber dann fällt mir ein, dass es Claire vielleicht nicht gut geht, also setze ich mich schnell auf, und mir wird ganz schwummerig im Kopf.

»Was ist? Soll ich einen Arzt holen?«

Mum regt sich auf der Gästeliege neben Claires großem Krankenhausbett.

»Schh, nein. Weck Mum nicht auf.«

Ich höre, wie Claire in ihrem Bett herumrutscht und leise keucht. Mittlerweile tut es ihr sogar weh, wenn sie sich bewegt. Obwohl sie das nie zugeben würde. Die Ärzte kommen ständig vorbei und geben ihr Medizin durch einen speziellen Schlauch in ihrer Brust, also denke ich, dass es ihr bald besser gehen wird.

Heute darf ich bei ihr übernachten, wie man es mir versprochen hat. Mum ist auch da, aber sie schläft eh jede Nacht hier. Wir haben uns *South Pacific* angeschaut und zu *Wash that man right out of my hair* getanzt. Na ja, Claire hat gelächelt, und Mum und ich haben getanzt. Und wir haben Popcorn gegessen. Aber als mir aufgefallen ist, dass Claire ihres nicht gegessen hat, wollte ich meines auch nicht.

Langsam gewöhne ich mich an das Licht in Claires Zimmer. Die Maschinen färben alles ein bisschen grün. Die Pflegerinnen dachten, das könnte mich stören, aber Mum sagte, ich könne immer und überall schlafen, schon seit ich ein Baby war. Ich sage Mum nicht, dass ich nicht mehr so gut schlafe.

Claire hat sich zur Seite gedreht, sodass sie mich in meinem Gästebett sehen kann. Ihr Gesicht ist rund und straff und glänzt.

»Denkst du, sie glauben, ich weiß es nicht?«, fragt Claire etwas außer Atem, obwohl sie nicht mehr gemacht hat, als sich umzudrehen. Ich sehe, wie sie zusammenzuckt, und überlege, ob ich Mum nicht doch aufwecken soll. Ich will aufstehen, aber Claire hebt die Hand und gibt mir zu verstehen, dass ich mich wieder setzen soll.

»Was weiß?«, antworte ich flüsternd.

»Ich sterbe, Em.« Ihre Augen glänzen jetzt, und es liegt ein kleines Grinsen auf ihrem Gesicht, wie immer, wenn sie weiß, dass sie ein schlimmes Wort gesagt hat. Wie damals, als sie mitten im Supermarkt »Scheiße« gerufen hat und Mum knallrot wurde und uns an den Armen rausgezerrt hat.

»Tust du nicht! Wer hat das gesagt!«, keuche ich. Es fühlt sich an, als wäre keine Luft mehr im Raum. Plötzlich zittere ich, obwohl mir gerade noch warm war. »Du musst einfach nur weiter deine Medizin nehmen, dann wird alles wieder wie früher.«

»Niemand sagt mir irgendwas. Mum und Dad gehen raus, wenn sie mit den Ärzten reden, und wenn sie zurückkommen, dann sehe ich, dass sie geweint haben.« Ihr Flüstern ist jetzt wütend. »Und Kaz' Mum arbeitet hier.«

»Sie ist eine Krankenschwester. Die machen, dass Menschen gesund werden!«

»Nein. Sie nicht. Erinnerst du dich, als wir Kaz kennengelernt haben? Sie meinte, dass ihre Mum mit Menschen arbeitet, die nicht mehr gesund werden. Und sie arbeitet hier, oder?«

Ich kann nicht mehr atmen. Weil ich mich erinnere, dass Kaz das gesagt hat. Aber es kann keine Welt ohne Claire geben. Man kann nicht einfach nur als halber Mensch leben.

»Du darfst nicht aufgeben, Claire. Ich weiß nicht, was ich ohne dich machen soll.« Ich kann nicht mehr aufhören zu weinen. Es ist wirklich albern. Dabei bin ich doch die, die gesund und munter ist. Und nicht die, die irgendwo zwischen lebendig und nicht mehr ganz lebendig schwebt.

»Ich will nicht krank sein, Em. Ich kann nichts von den Sachen machen, die ich gerne mache. Es macht keinen Spaß, immer krank zu sein.«

»Ich weiß.« Meine Stimme ist so klein, dass es ist, als würde sie von ganz weit weg kommen.

»Denkst du, es gibt einen Himmel?«, fragt Claire.

»Ja, definitiv.« Sie weiß, dass ich lüge. Wir singen manchmal Lieder in der Aula, aber sehr viel mehr haben wir uns nicht mit Gott beschäftigt. Na ja, außer das eine Mal, als Kaz nach Mallorca geflogen ist. Da habe ich sie gefragt, ob sie ihn auf seiner Wolke im Himmel gesehen hat. Hat sie nicht.

»Hey, denkst du, ich komme in die Hölle, weil ich Matt letzten Sommer mit der Wasserpistole bespritzt habe?«

»Auf keinen Fall. Das hatte er total verdient.«

»Vielleicht für das Spülmittel im Wasser, wodurch ihm die Augen so doll gebrannt haben.«

»Okay, dafür vielleicht.« Wir kichern. Und es fühlt sich an, als würde wieder etwas Luft in den Raum kommen. Ich hatte den Atem angehalten. Mum dreht sich herum, und wir erstarren. Aber dann schläft sie weiter.

»Matt ist traurig«, sage ich.

»Ich weiß«, antwortet Claire. »Aber Em, wenn ich mal nicht mehr da bin, musst du all diese Sachen machen.«

»Welche Sachen? Außerdem: Ich hab dir gesagt, du gehst nirgendwohin.«

»Sei still. Die spannenden Sachen. Ich will nicht eingebildet klingen, aber alle werden ziemlich traurig sein, wenn ich sterbe. Sie werden Ablenkung brauchen. Versprich mir, dass du aus allem ein großes Ding machst.«

»Aus was?«

»Manchmal bist du echt schwer von Begriff. Aus deinem Leben, du Dummerchen. Ich werde nicht mehr da sein, um mir die besten Ideen auszudenken. Ich gebe den Stapelstab jetzt an dich weiter.«

»Ich glaube, das heißt Staffelstab.«

»Egal. Wie unhöflich von dir, jemanden zu verbessern, der im Sterben liegt, Emily!«

Sie zeigt mit dem Finger auf mich. Ihre Hand ist winzig. Es ist nicht die Hand von jemandem, der acht, fast neun, ist.

»Tut mir leid.«

»War nur ein Witz. Meine Güte. Okay, also, haben wir einen Deal?«

»Ich weiß nicht«, stottere ich.

»Du musst es machen, Emily. Siehst du nicht, wie wichtig das ist?« Sie verzieht erneut das Gesicht. »Du musst so leben, dass es für uns beide reicht. Das ist das Einzige, was mich weitermachen lässt. Das Wissen, dass jemand, der genauso aussieht wie ich, weiterleben wird. Du endest besser nicht als Langweilerin.«

»Ich weiß nicht, wie man *nicht* langweilig ist.« Irgendwie ist meine Stimme noch kleiner geworden.

»Natürlich weißt du das. Es ist einfach. Hilf Menschen, sei spontan. Inspiriere Leute! Schau dir die Welt an, sei super erfolgreich!« In diesem Moment frage ich mich, ob Claire schon lange so über mich denkt. Ihre Augen funkeln in der Dunkelheit.

»Ich kann das nicht«, hauche ich.

»Doch, du kannst das. Sei mutig, Em.«

»Aber das klingt nach so viel.«

»Sei du selbst, dann kannst du gar nichts falsch machen.«

Ich will schreien: »Nein!«

Stattdessen nicke ich. Weil ich eine Lügennase bin.

Claire sinkt in ihre Kissen zurück.

»Eine Sache noch.«

»Was?«

»Da ist ein Umschlag, den habe ich in deine Tasche gesteckt, als du beim Zähneputzen warst. Nimm ihn mit nach Hause und gib ihn Mum oder Dad, wenn ich tot bin. Versprochen?«

»Versprochen.«

»Dann ist mein Werk hier getan.«

In diesem Moment öffnet sich die Tür einen Spalt. Kaz' Mum kommt, um nach Claire zu sehen und ihr mehr Medizin zu geben.

Ich tue so, als würde ich schlafen, weil ich nicht wirklich mit Kaz' Mum reden will, also wälze ich mich auf die Seite und weine, bis es Morgen ist.

39

Es stand nie auf meiner Liste. Ich weiß, dass es mir nie zustand.

»Em, du fühlst dich sicher besser, wenn du dich mal anziehst.«

Ich sehe das anders.

»Brian hat mit Josh geredet.«

Ich spüre nur ein leichtes Kitzeln von Neugierde.

»Was hat er gesagt?«

»Nicht viel, nur dass Josh todunglücklich war.«

Und jetzt kommen die Schuldgefühle. Seit ich die Nacht mit Josh verbracht habe, ist eine Woche vergangen. Eine Menge kann sich im Lauf einer Woche ändern.

»Mmm, hmm«, ist alles, was ich rausbekomme. In den ersten Tagen habe ich so viel geweint, dass jetzt keine Tränen mehr übrig sind. Die Beschäftigung meiner Wahl ist, mit glasigen Augen in den Fernseher zu starren. Die Couch hat mich in ihren abgewetzten Kissen willkommen geheißen wie eine alte Freundin.

Das Ausmaß meines Versagens ist auf ironische Weise beeindruckend. Allerdings gibt es niemanden, der außergewöhnlich scheiße sein möchte. Im Moment kommt mir alles dunkel vor, als stünde die Welt dauerhaft kurz vor einem Gewittersturm. Selbst Blinzeln scheint mehr Kraft zu kosten, als ich habe.

»Pizza oder Chinesisch?«, fragt Kaz. Sie ist gerade von wer

weiß wo nach Hause gekommen, hat mich in der gleichen Position gesehen, in der ich die letzten neunundsechzig Stunden verbracht habe, und beschlossen: *Ich greife jetzt ein.*

Ich ignoriere sie.

»Chinesisch. Pizza hatte ich gestern.«

Tatsächlich liegt die Schachtel noch auf dem Boden neben der Couch, aber Kaz tut so, als würde sie es nicht sehen. Jeder sollte eine Freundin wie sie haben.

»Ich rufe an. Veganes Chow Mein?«

»Normalerweise nehme ich Hühnchen.«

»Ich weiß, ich dachte nur, wegen der Veganer-Sache …«

»Ich habe dir doch erzählt, dass ich dabei versagt habe.«

»Du hast versagt? Oder hast du *aus Versehen* einmal Fleisch gegessen?«

»Es war nicht nur ein bisschen Fleisch, es war Noahs Arche in Paella-Form.«

»Trotzdem ein Unfall.«

»Egal, spielt keine Rolle.«

»Aber warum wolltest du überhaupt Veganerin werden?«

Ich antworte ihr, weil sie so dicht neben dem Morgenmantel sitzt, den ich jetzt schon seit zwei vollen Tagen und Nächten trage.

»Eine Fernsehsendung hat mir bewusst gemacht, dass ich möglicherweise der Prototyp des durchschnittlichen Menschen bin. Lebensliste. Weißt du doch alles.«

»Gibt es noch andere Gründe?«

»Die Sache mit der Umwelt auch, denke ich. Und vielleicht auch ein wenig die Tiere.«

Und weil sich die Erinnerung an eine vierjährige Claire, die es mit einer einäugigen Katze aufnimmt, in mein Gehirn eingebrannt hat. Ich beiße die Zähne zusammen, um die Erinnerung auszusperren.

»Warum wirst du nicht einfach Teilzeit-Veganerin?«, fährt Kaz fort. »Ich hab da mal einen Artikel drüber gelesen. Offenbar nennt man das Flexitarier. Leb vegan, wenn es möglich ist, und wenn nicht, dann mach dir keine Sorgen. Beyoncé ist auch eine.«

»Aber das ist nicht so beeindruckend, oder? ›Hallo, ich bin Flexitarierin. Ich habe beschlossen, nur manchmal mein Bestes zu geben.‹«

»Emily, niemand gibt immer sein Bestes. Wenn alles den Bach runtergeht, steht man auf und versucht es einfach am nächsten Tag noch mal. Es ist nicht immer alles oder nichts. Es ist, was du schaffen kannst, *wenn* du es schaffen kannst.«

Okay, das ist kein so schlechter Gedanke. Flexitarierin. Ich werde drüber nachdenken.

»Okay, bestell mir die vegane Variante. Und vergiss die Beilagen nicht.« Eine Krise dieser Tragweite verlangt nach mindestens einer Portion Pommes mit Salz und Pfeffer.

»Sehr gut. Im Kühlschrank ist Wein, geh und mach ihn auf.«

Ich seufze. Ich habe den ganzen Tag meine Flüssigkeitszufuhr eingeschränkt. Keine leichte Sache, wenn man bedenkt, dass meine Ernährung komplett aus salzigem Fastfood bestand. Aber es war sehr unpraktisch, meine kleine Elendsgrube zu verlassen, um aufs Klo zu gehen.

»Alles bestellt«, sagt Kaz, als ich den Wein auf den Wohnzimmertisch stelle und uns etwas eingieße. »Hast du das mit der Versicherung geklärt?«, fragt sie.

»Ja. Sie zahlen.«

»Gut.«

Wir verfallen in Schweigen und schauen *Das perfekte Dinner.* Ich habe diese Episode schon gesehen, also weiß ich, dass das Schokoladensoufflé zusammenfallen wird. Als der Abspann läuft, stellt Kaz ihr Glas ab und dreht sich zu mir.

»Was ist passiert, Em? Warum hast du einfach so mit Josh Schluss gemacht?« Sie ist nicht wütend auf mich. Kaz ist immer auf meiner Seite. Aber in dieser Sache verdiene ich es nicht, jemanden auf meiner Seite zu haben.

»Ich will nicht darüber reden.«

»Sehr erwachsen.«

»Ich habe nie behauptet, erwachsen zu sein.«

Kaz murmelt etwas, was sich verdächtig nach »Herr, gib mir die Kraft …« anhört.

»Na gut«, schnaube ich. »Es war zu gut, okay?«, würge ich hervor. »Können wir jetzt bitte über irgendetwas anderes reden?«

Kaz bedenkt mich mit einem durchdringenden Blick, während ich versuche, das Gespräch in eine andere Richtung zu lenken. »Ich glaube, der Schimmel im Badezimmer wuchert wieder, oder? Kann nicht gesund für unsere Lungen sein.«

Sie ignoriert mich.

»Aber es ist doch gut, wenn es gut war, oder?«, fragt sie dann.

Ich stoße ein frustriertes Knurren aus. »Kaz, bitte.«

»Sag mir, was du denkst.«

»Kaz«, wimmere ich.

»Emily.«

»Na gut«, fauche ich. »Es würde nicht gut bleiben, das weiß ich.« Ich nehme einen tiefen Atemzug. »Und selbst wenn, würde ich es vermasseln. Ich kann das nicht, Kaz.«

Die Tatsache, dass ich weiß, dass ich mir dieses Elend zum Teil selbst auferlegt habe, macht es noch schmerzhafter.

»Aber genau das verstehe ich nicht. *Warum* solltest du es vermasseln? Du magst ihn, er mag dich, wo ist das Problem?«

Ich sitze da und denke ein paar Minuten darüber nach. Als ob ich mich in den letzten zwei Tagen mit etwas anderem beschäftigt hätte. Mich für Claire und ihre Liste zu entscheiden war richtig. Das ist alles, was ich habe. Claire. Ich kann ihr jetzt nicht den Rücken zuwenden.

Ich versuche es mich einem schwachen »Ich weiß nicht«, und dann rettet mich die Ankunft des chinesischen Essens. Wir breiten alles auf dem Wohnzimmertisch aus, und ich lasse mir ewig Zeit, verschiedene Sachen auf meinen Teller zu häufen.

»Kannst du mir sagen, wie du dich fühlst?«

»Warum?«

»Mach es einfach.«

Okay. Ich stelle den Teller ab. »Nun, hauptsächlich fühle ich mich scheiße.«

Kaz schüttelt den Kopf. »Nicht was du denkst, das du fühlst. Fang mit der Lebensmittelvergiftung an.«

»Ich kann nicht.«

Kaz stellt ihren Teller ab.

»Ich kann mich nicht erinnern.«

»Was meinst du damit?«

»Es ist alles schwammig. Ich erinnere mich an die Sanitäter und dass ich mir auf den Weg ins Krankenhaus fast in die Hose gemacht hätte. Ich war richtig panisch. Du weißt ja, dass ich Krankenhäuser hasse.«

»Ja, weiß ich.«

»Aber dann war es … ich weiß nicht, ich war innerlich taub, als ich dort war. Es war seltsam. Um ehrlich zu sein, war ich völlig durcheinander.«

Ich beschließe, Kaz nichts davon zu erzählen, wie wütend ich kurz auf meine tote Zwillingsschwester war.

Kaz nimmt ihren Teller wieder auf. »Okay, ich habe eine Theorie.« Sie löffelt sich Nudeln in den Mund.

»Wie schön für dich.«

»Du, meine Liebe, standest unter Schock.«

»Schock?«

»Nicht körperlich, sondern emotional. Das kann nach einem traumatischen Erlebnis passieren.«

»Ich bin mir nicht sicher, ob eine Lebensmittelvergiftung als besonders traumatisch durchgeht.«

»Ich spreche nicht von der Lebensmittelvergiftung. Es muss im Krankenhaus passiert sein. Es braucht kein Genie, um zu erkennen, dass du nach der Sache mit Claire Angst vor Hospitälern hast. Du siehst in ihnen einen Ort, wo Menschen zum Sterben hingehen.«

»Na, aber das sind sie doch!«

»Das stimmt nicht, Em. Die meisten Menschen werden gesund und können nach Hause. Es wird immer fürchterlich bleiben, dass Claire nicht eine von ihnen war.«

Ich sitze im Schneidersitz heulend auf der Couch.

»Aber, Em, gegen einen Schock kann man nichts machen. Du bist nicht schuld an deiner Reaktion. Als du Josh geschrieben hast, warst du vermutlich nicht klar bei Verstand. Dein Körper hat gemacht, was er für das Beste hielt, um dein Überleben zu sichern. Das warst nicht du, die sich schrecklich verhalten hat.«

»Argh, ich weiß nicht …«

»Googel es. Mach schon. Wenn du mir nicht glaubst.«

Ich googele *psychischer Schock.* Ich muss jedes Wort dreimal lesen, bevor es bei mir ankommt. Trotzdem, vielleicht hat Kaz nicht unrecht. Auch wenn es jetzt egal ist.

»Und was, wenn du recht hast?« Ich sinke tiefer in die Couch. »Es ändert gar nichts.« Ich schniefe. »Selbst wenn Josh mir vergibt, habe ich immer noch Claire verraten. Es wäre eben doch besser gewesen, wenn ich gestorben wäre und nicht sie.«

Ich presse beide Hände vors Gesicht, aber es ist zu spät.

Meine tiefste, grimmigste Angst hat es ins Universum hinaus geschafft.

»Denkst du das wirklich?«, fragt Kaz.

Ich nicke durch meine Hände hindurch.

»Ich wusste, dass es nicht um die verdammte Sendung geht.«

Mein Kopf liegt immer noch in meinen Händen. Die Lebensliste war wie alles andere. Seit Claires Tod bleibt alles hinter den Erwartungen zurück. Alles, was ich mache, ist dazu verdammt, dass ich es nur halb genieße, weil sie nicht hier ist, um es zu erleben. Ich schätze, wenn man einmal akzeptiert hat, ein Leben ohne Farben zu leben, ist es schwer, sich aus diesem Grundzustand zu lösen. Die Liste sollte die Farben zurückholen. Beweisen, dass mein Leben bunt sein kann, genau wie Claire es haben wollte.

Kaz schließt mich in eine Umarmung.

»Okay, nur damit ich das richtig verstehe, die Lebensliste ist voller Eigenschaften, die du mit Claire verbindest, und du hast gehofft, wenn du sie abschließt, hörst du auf, dich wie eine billige Kopie von ihr zu fühlen?«

Ich bringe nur ein trauriges Nicken zustande. Jetzt gibt es kein Entkommen mehr.

»Es war Claire. Vor ihrem Tod hat sie mir gesagt, dass ich all diese Dinge machen soll. Aber ich weiß nicht. Ich habe es einfach nicht getan. Und dann habe ich diese Sendung gesehen und bin durchgedreht.«

Kaz sieht nachdenklich aus. Wir haben beide aufgehört zu essen. »Nur ganz nebenbei: Mit der Liste hast du sie perfekt getroffen. Wenn Claire noch da wäre, wäre sie in irgendeinem Land, von dem niemand von uns je gehört hat, und würde auf einem Elefanten reiten. Mit pinken Haaren und mindestens einem Lover namens Miguel.«

Ich bringe ein schwaches Lachen zustande.

»Aber Em, der Rest ist unfassbar falsch.« Selbst angesichts meines Zusammenbruchs nimmt Kaz kein Blatt vor den Mund. »Claire wäre nicht perfekt. Niemand ist das. Sie hatte nur nicht die Gelegenheit, uns zu zeigen, wie unvollkommen sie war, denn wenn man auf so tragische Weise stirbt, kümmert es niemanden, ob man seine nassen Handtücher im Bad auf den Boden wirft oder nie seine Toastkrümel wegmacht.«

»Claire hat nie …«

»Das sind bloß Beispiele. Claire war toll. Du weißt, dass ich sie gernhatte. Aber sie war selbstsüchtiger als du. Sie hat dich immer gezwungen, Sachen zu machen, die du nicht tun wolltest. Du hast den ganzen Tag geweint, bevor sie dich gezwungen hat, in Butlin's auf die Bühne zu gehen.«

Das hatte ich vergessen.

»Ich wollte sie nicht enttäuschen.« Die Tränen werden heftiger.

»Em, du bist selbstloser, als Claire es je war. Und du kümmerst dich um andere und bist mitfühlend.«

Ich weine so heftig, dass ich nicht sprechen kann.

»Du brauchst keine Lebensliste. Du brauchst keine Claire, die dir sagt, wie du leben sollst. Und es ist scheißegal, dass ihr Leben anders ausgesehen hätte als deines. Niemand, ich wiederhole, niemand denkt, dass Claire statt deiner hätte leben sollen. Du bist hier. Du musst weitermachen.«

Die ganze Sache erscheint mir so riesig, dass ich mich überwältigt fühle.

»Ich weiß nicht. Claire war immer glücklich. Ich scheine genetisch so angelegt zu sein, dass ich Glück abstoße.«

»Erstens glaube ich nicht, dass das überhaupt möglich ist. Und zweitens ist Glück wie ein Orgasmus: Wenn man zu lange drüber nachdenkt, ist es weg.«

»Ist der Spruch von dir?«

»Nein, Tim Minchin. Ist trotzdem wahr.«

»Also, soll ich die Lebensliste fertig machen oder nicht?«

»Das ist deine Entscheidung, meine Liebe. Es ist dein Leben.«

Ich denke an all die guten Dinge, die aus der Liste entstanden sind. Ich würde Sandra, Leon und Sophie nicht kennen. Ich wäre nicht in der Lage, einen halben Liegestütz zu machen. Ich hätte nie so viel über die ökologischen Vorteile veganer Ernährung gelernt.

Kaz redet immer noch. »Aber eines weiß ich sicher: Du musst aufhören, dir selbst leidzutun. Außerdem fängst du an zu stinken.«

»Dein Mitgefühl ist überwältigend.«

»Ich halte mich eher für weise.«

Ich bin total verwirrt. Hat Kaz möglicherweise recht? Eines stimmt auf jeden Fall: Ich bin hier und Claire nicht. Sicherlich schulde ich es mir selbst, dass ich wenigstens *versuche,* glücklich zu sein. Es sagt eine Menge über die Tiefe meines inneren Aufruhrs aus, dass ich nur zwei Pommes gegessen habe.

Jetzt oder nie.

»Was mache ich jetzt?«

»Was willst du machen?«

»Ich denke, ich will mir Hilfe holen. Richtige Hilfe. Wieder eine Therapie machen.«

Selbst in meinem Schockzustand ist mir mehr als klar, dass da Dinge sind, die ich aufarbeiten muss. Ich kann nicht den Rest meines Lebens in Angst verbringen. Trotzdem fühlt es sich seltsam an, es laut ausgesprochen zu haben.

»Ich finde, das ist eine ausgezeichnete Idee.«

»Echt?«

»Definitiv.«

Kaz' Zuspruch gibt mir Antrieb.

»Und ich will Josh schreiben«, sage ich, ohne nachzudenken. Josh ist der Mensch, den ich am dringendsten sehen will. Bevorzugt ohne Kleidung.

»Dann mach.«

»Denkst du, er vergibt mir?«

»Ich weiß es nicht. Aber du hast nichts zu verlieren.«

Sie hat recht. Tränen tropfen auf mein Handy, während ich tippe.

Ich: *Hi Josh. Ich weiß, dass du vermutlich nichts mehr von mir hören willst. Aber mir tut so leid, was ich neulich Abend geschrieben habe. Würde es helfen, wenn ich sage, dass ich in Spanien eine Lobotomie hatte? Ich würde mich wirklich gerne noch mal mit dir treffen, damit ich es dir von Angesicht zu Angesicht erklären kann. Em xxx*

Drei Küsse. Wer kann schon drei Küssen widerstehen?

Ich drücke auf Senden. Dann starre ich mein Handy an und warte auf eine Antwort. Die App zeigt nur einen Haken, also ist die Nachricht noch nicht angekommen.

»Was sonst noch?« Ich komme in Fahrt.

»Das ist dein Rodeo, sag du es mir.«

»Mein Job! In Spanien, bevor ich krank wurde, habe ich mir überlegt, dass ich gerne jugendliche Straftäter unterrichten würde. Was hältst du davon?«

»Ehrlich gesagt glaube ich, dass das perfekt für dich wäre. Mach schon, google es.«

»Was, jetzt?«

»Wie heißt es in dem alten Sprichwort? Was du heute kannst besorgen …«

»Okay.« Ich öffne Google.

»Oh, es gibt ein Jugendgefängnis in Wetherby. Das ist gar nicht mal so weit weg!«

Je mehr ich lese, desto stärker wird meine Überzeugung, dass das der perfekte Ort für mich wäre. Die Chance, etwas bei Jugendlichen wie Leon zu bewirken.

»Es sind keine Stellen ausgeschrieben. Was, denkst du, bedeutet das?«

»Äh, ich kann nur raten, aber ich nehme an, es bedeutet, dass sie gerade keine freien Stellen haben. Vielleicht könntest du ihnen trotzdem schreiben? Wer wagt, gewinnt, nicht wahr?«

»Genau. Mache ich morgen. Nächste Woche fängt die Arbeit wieder an, und am Wochenende ist Sophies Hochzeit, du erinnerst dich?«

»Na, dann haben wir ja einen Plan. Und jetzt iss. Ich will nicht dafür verantwortlich sein, dass du eine Mahlzeit verpasst hast.« Sie hebt das Glas. »Auf Claire.«

Ich stoße mit ihr an.

In mir toben die Gefühle. Trauer, natürlich. Aber da ist auch ein wenig Erleichterung. Erleichterung, dass das Geschehene einen Namen hat. Psychischer Schock. Mit einem Namen fühlt es sich weniger beängstigend an.

Es ist überwältigend. Aber vielleicht ist das Leben manchmal einfach so. Irgendwie ahne ich, dass Gefühle nur selten in praktischen kleinen Paketen kommen, selbst die, die einen Namen haben. Sie kommen wie ein Tornado und schütteln einen mächtig durch. Und alles, was man tun kann, ist zu versuchen, nicht in Stücke gerissen zu werden.

Ich schaue noch mal in meine Nachrichten, bevor ich mich über das mittlerweile kalte Essen hermache. Josh hat immer noch nicht geantwortet. Aber er wird. Eine große Liebesgeschichte endet doch nicht mit einem Reinfall wie einer ungelesene WhatsApp-Nachricht.

Juni: Sei mutig!

40

Sonntagmorgen ist die Traurigkeit immer noch da. Aber sie ist jetzt dumpfer. Erträglicher.

Ich hole die Schicht im Katzenladen nach, die ich gestern abgesagt habe, und nicke an genau den richtigen Stellen, während Sandra mir von den Vorzügen des Kriegsrechts erzählt.

Am Nachmittag schütte ich mein Herz und meine Seele in einer Mail an die Jugendstrafanstalt aus. Es ist nicht unwahrscheinlich, dass ich ein wenig dick aufgetragen habe, als ich es als meinen »Lebenstraum« bezeichnete, mit jungen Straftätern zu arbeiten. Natürlich sage ich nicht, dass mir das erst seit Kurzem klar ist. Ich drücke auf Senden, und jetzt liegt es nicht mehr in meinen Händen.

Josh hat nicht geantwortet, aber aus irgendeinem Grund ist die Nachricht auch nicht angekommen. Ich schicke sie noch einmal als richtige SMS und verbringe den Abend damit, mir kreative Szenarien auszudenken, wie das passiert sein könnte. Kaz kommt von ihrer Schicht nach Hause, und ich dränge sie, Brian zu schreiben und ihn zu fragen, was los ist. Brian verrät, dass Josh auch auf seine Nachrichten nicht antwortet. Nach weiterem Nachbohren finden wir heraus, dass Brians WhatsApp-Nachrichten sich blau färben, was bedeutet, dass sie gelesen, aber ignoriert werden.

Ich gehe früh ins Bett, liege im Dunkeln und denke über Claire nach. Ich erinnere mich an das Weihnachten, als sie uns

Gesichtstattoos im Partnerlook verpasste, ich erinnere mich daran, wie dunkel es nach ihrem Tod war. Ich denke, dass alles irgendwann wieder okay sein wird, selbst wenn Josh nicht antwortet.

Montagmorgen frage ich mich, ob das stimmt. Josh antwortet immer noch nicht.

Ich muss mich mit der Tatsache arrangieren, dass er vielleicht einfach nicht mit mir reden will. Und dann beschließe ich, ihm eine Nachricht nach der anderen zu schreiben, in der Hoffnung, ihn mit diesem Text-Flächenbombardement zur Kapitulation zu zwingen. Ich rechtfertige es damit, dass diese Woche Junibeginn ist. Und auch wenn ich mich der Lebensliste nicht mehr vollkommen verpflichtet fühle, hilft es mir, jeden Anflug von Selbstachtung in den Wind zu schießen, wenn ich Josh schreibe. Die Nachrichten sind alle verschieden, aber die Kernbotschaft ist: *Es tut mir leid. Bitte gib mir noch eine Chance.*

Bis Donnerstag fühle ich mich hundeelend wegen der Josh-Situation. Sophie ist komplett gestresst wegen ihrer Hochzeit in zwei Tagen und beißt mir fast den Kopf ab, als ich sie frage, ob Amy in letzter Zeit von ihm gehört hat.

»Ich hoffe doch verdammt noch mal nicht! Ich habe keine Zeit für diesen Scheiß«, antwortet sie, während sie eine beinahe terminatorgleiche Pose einnimmt und den Berg hinaufrast, an dem wir heute unsere Hügelsprints machen.

Freitagabend suche ich nach Ausreden, um nicht zu der Hochzeit gehen zu müssen. Ein Tag, der komplett der Romantik gewidmet ist, erscheint mir angesichts des aktuellen Zustands meines Liebeslebens als zu große Herausforderung.

»Kann ich nicht einfach sagen, dass ich wieder eine Lebensmittelvergiftung habe?«, frage ich Kaz.

»Wenn du möchtest. Mir ist das egal. Obwohl es ein Tag mit kostenlosem Essen und Trinken ist.«

»Stimmt. Das hatte ich vergessen. Donnerstag hat sie mir erzählt, dass es riesigen Familienzoff gab, weil sie uns die Plätze ihrer Schwägerin gegeben hat. Sie sah ziemlich glücklich darüber aus. Trotzdem frage ich mich, ob sie ihre Entscheidung mal bereuen wird, wenn sie zwanzig Jahre nicht miteinander geredet haben.«

»Das war's. Wir gehen hin.«

Am nächsten Morgen werden wir alle in eine winzige Kirche auf einem Berg gestopft. Sie ist sehr charmant. Sophie hat mir anvertraut, dass sie nicht an Gott glaubt, aber nicht der Meinung ist, deshalb auf eine traditionelle Zeremonie verzichten zu müssen. Sie und der Bräutigam haben sechs Monate lang pflichtschuldig den Gottesdienst besucht, so sehr will sie es. Natürlich hat sie nicht vor, diesen Irrsinn nach der Hochzeit fortzusetzen.

»Es ist scheiße kalt hier drin.«

»Ich weiß, ziemliche Leistung, wenn man bedenkt, wie heiß es draußen ist.«

Kaz hat ein trägerloses kobaltblaues Kleid an, dazu hellbraune Schuhe und diverse Silberarmreifen. Die Leute drehen sich nach ihr um, als wir eintreten. Ich trage ein fließendes gelbes Sommerkleid. Es ist eines von denen, die Kaz gekauft hat, weil sie ihr angeblich gefielen, aber in Wirklichkeit sind sie für mich gedacht, damit ich zu Gelegenheiten wie diesen etwas anzuziehen habe. Kaz hat mein Haar zu einem tief sitzenden Dutt frisiert und eine Sonnenblume reingesteckt. Egal, wie ich mich also fühle, ich sehe wenigstens aus wie ein sehr sonniger Mensch.

Der Hochzeitsmarsch erklingt, und die Brautjungfern betreten die Kirche als Erste. Ganz eindeutig gibt es ein Farbschema: dunkelgrün und rosa. Amy sieht atemberaubend in ihrem blassrosa Halterneck-Kleid aus. Und dann kommt Sophie am Arm ihres Dads. Sie ist so schön, dass mir Tränen in die Augen steigen. Ihr Kleid besteht aus eng anliegender Spitze, und sie trägt einen langen Schleier, den sie hinter sich herzieht. Ihr Bräutigam, ein etwas untersetzter Typ mit freundlichen Augen, steht bereits heulend am Altar.

Wir singen Kirchenlieder, und jemand liest aus *Corellis Mandoline.* Kaz reicht mir ein Taschentuch.

Als sie ihre Gelübde sprechen und sich dabei ansehen, als gäbe es niemanden sonst auf der Welt, ist mehr als klar, dass sie total ineinander verliebt sind. Ich frage mich, weshalb ich mir die ganze Zeit solche Sorgen gemacht habe. Claire hat uns alle so sehr geliebt. Und wer soll ihr das verdenken. Zu lieben scheint mir eine ziemlich gute Sache zu sein.

Für den Empfang ist ein riesiges Zelt auf einem Feld neben der Kirche aufgebaut, und es gibt die schicksten Dixi-Klos, die ich je gesehen habe. Ich beschließe, dass ich nur die Option habe, meine Gefühle einfach wegzuessen. Kaz und ich stellen uns am Hintereingang an, bereit, die Angestellten mit Tabletts voller Kanapees abzufangen.

Das Festzelt sieht ganz anders aus als erwartet. Es gibt richtige Kronleuchter und eine Tanzfläche in Schwarz und Weiß. Ein beleuchtetes LOVE mit Buchstaben so hoch wie ein mittelgroßes Kind erinnert uns an das Motto des Tages. Es gibt eine Fotobox und eine Süßigkeitenbar. In der Ecke spielt leise eine Cellistin. Kein Wunder, dass Sophie gestresst war. Sie hat praktisch ein kleines Festival organisiert.

Die Kanapees beginnen zu fließen. Ich habe um veganes Essen gebeten, deshalb fühle ich mich nicht schlecht dabei, als ich Mini-Fish-and-Chips in mich hineinstopfe, als gäbe es kein Morgen. Ich bin eine ausgezeichnete Flexitarierin.

Kaz kommt mit zwei Gin Tonics von der Bar zurück.

»In der ersten Stunde ist alles an der Bar kostenlos, dann nur noch der Wein am Tisch und der Sekt zum Anstoßen.«

»Ausgezeichnet.« Wir stoßen an. Natürlich gibt es die unausgesprochene Regel, dass man in der Gratisstunde so viel wie nur möglich trinken muss.

Ich verschlucke mich.

»Es sind doppelte«, lacht Kaz.

»Emily.« Ich drehe mich um und stehe Amy gegenüber.

»Hi Amy, du siehst atemberaubend aus. Ich mag dein Kleid.«

»Danke, deines ist auch hübsch.« Ich erkenne ein aus Pflichtbewusstsein erwidertes Kompliment, wenn ich es sehe. »Und ich wusste gar nicht, dass du lesbisch bist. Du hättest was sagen sollen.« Sie wirft einen vielsagenden Blick auf Kaz.

»Äh, nein, bin ich nicht. Aber selbst wenn ich es wäre, denke ich nicht, dass ich mich mit irgendwelchen Armbinden oder so was zu erkennen geben müsste. Das ist meine Mitbewohnerin. Kaz, Amy. Amy, Kaz.«

»Ohh, du bist die, die mit Brian vögelt?«

Kaz wirft mir einen sehr bezeichnenden Blick zu.

»Gelegentlich, ja, das bin ich.«

»Ausgezeichnet. Ich bin eigentlich hier, um zu sagen, dass wir am gleichen Tisch sitzen, aber das ist großartig. Ich weiß nicht, ob du es weißt, aber Brians Bruder Josh und ich waren ewig zusammen. Wir haben gerade ein paar Schwierigkeiten, aber ich glaube, dass wir das klären können. Ich würde zu gern deine Meinung dazu hören.«

»Klar.« Kaz sieht aus, als würde sie lieber eine Mahlzeit im *Dschungelcamp* zu sich nehmen. Ich habe keine Ahnung, wie es mir gelingt, aufrecht zu bleiben, denn das Bedürfnis, mich zu einer winzigen Kugel zusammenzurollen, ist überwältigend.

Die Erkenntnis, dass ich einen psychischen Schock erlitten habe, macht mich immer noch unsicher, deshalb klammere ich mich an Kaz.

Ich meine, Josh denkt, ich hätte ihm gesagt, dass ich nichts mit ihm zu tun haben will, was ich im Prinzip auch getan habe, aber nicht aus den Gründen, die er wahrscheinlich vermutet. Vielleicht habe ich ihn also zurück in Amys Richtung gestoßen. Mein Herz pocht. Bloß gut, dass dieses Organ einiges aushält. Ich mute ihm wirklich eine Menge zu. Kein Wunder, dass Herzkrankheiten Todesursache Nummer eins sind.

Ich esse ein weiteres Mini-Fish-and-Chips als emotionale Unterstützung.

Amy geht wieder. »Denk immer dran«, sagt Kaz an mich gewandt, »was Amy denkt, was passiert, und was wirklich passiert, sind möglicherweise zwei verschiedene Dinge.«

Meine Antwort ist halb Zustimmung, halb Stöhnen.

Sicher ist Josh nicht wieder mit Amy zusammen. Mir ist schlecht. Und das liegt nicht an den vier Gin Tonics, die ich mir in der ersten Stunde hinter die Binde kippen konnte.

Ein Mann in einem roten Anzug taucht auf und schreit, wir sollen unsere Plätze einnehmen. Wir sind an Tisch *Nummer 44 nach Birkby.* Ich sehe andere Tische, auf denen *Paris* und *Salendine Nook School* steht, und überlege, welcher Schlüsselmoment in der Beziehung des glücklichen Paares sich wohl in der Buslinie 44 zugetragen hat.

Das rosa-grüne Farbmotto setzt sich an den Tischen fort. In der Mitte steht eine große Vase mit Blumen, und batteriebetriebene Teelichter sind darüber verteilt. Für jeden gibt es einen grünen oder einen rosa Macaron in einer braunen Papiertüte mit Namen.

Amy macht beinahe Sophies Großonkel den Garaus in ihrem Bestreben, neben Kaz zu sitzen. Sie tauscht schnell die

Macaron-Tütchen und wirft dem Großonkel, der einen Militärorden an die Brust geheftet hat, einen »Fordere mich bloß nicht heraus«-Blick zu.

Der Onkel ergibt sich in sein Schicksal und setzt sich neben mich, während ich mir ein zugegebenermaßen sehr volles Glas Wein eingieße.

»Also, wie gesagt«, höre ich Amy zu Kaz sagen, »ich glaube wirklich, dass es da diese tiefe Verbindung zwischen mir und Josh gibt. Hier, lies mal diese Nachrichten. Was denkst du?«

Stumm gieße ich Kaz ein nicht minder volles Glas Wein ein.

»Hättest du auch einen Schluck für mich, Liebes?«, fragt Sophies Onkel, und ich gieße ihm die Hälfte von dem ein, was Kaz und ich gerade wegstecken, weil er aussieht, als wäre er in etwa einhundertundzwei, und so weit vornübergebeugt ist, dass er schon fast wieder seine Füße erreicht. Als hätte sich der Prozess des Zusammenklappens bei ihm über Jahre und Jahrzehnte hingestreckt.

»William.« Er streckt mir die Hand entgegen. »Aber alle nennen mich Billy.«

»Emily.« Ich schüttle die Hand von William, den alle Billy nennen. »Mir gefällt Ihre Medaille.«

»Ach, das alte Ding. Sophie meinte, ich solle stolz darauf sein und sie tragen. Ich glaube, die dachte, es würde sich gut auf den Fotos machen.« Er lacht leise.

»Wofür haben Sie die bekommen?«

»El Alamein.«

»Sie haben ganz schön Glück«, lautet meine völlig unpassende Antwort.

Er lacht, und dann werden die Vorspeisen serviert.

»Die vegane Option?«, fragt der Kellner, und ich wedle mit den Armen wie eine Tänzerin. Es ist derselbe Kellner, der mir noch vor einer Stunde dabei zugesehen hat, wie ich Fish-and-Chips-Kanapees inhaliert habe. Ich bekomme vietnamesische Frühlingsrollen, und sie sehen ehrlich gesagt besser aus als die Melone und der teure Schinken, den die anderen haben.

»Nun könnten Sie mir vielleicht erklären, warum ich ganz schön Glück habe, in einem Krieg gewesen zu sein«, erkundigt sich Billy, aber seine wässrigen Augen lächeln.

»Was ich damit meine, ist, dass Sie die Gelegenheit hatten, etwas Besonderes zu leisten. Sie wissen, dass Ihr Leben für etwas gut war. Natürlich ist Krieg schlecht, sehr schlecht. Aber es ist ja nicht so, als hätten Sie ihn angefangen. Und wenn es schon einen geben muss, dann ist es besser, als Held rauszugehen, oder?« Ich schütte mehr Wein in mich hinein.

»Sehr interessant. Darf ich Ihnen etwas zeigen?«

Ich nicke. Natürlich schlägt man einem hundertjährigen Kriegsveteranen nichts ab, und Amy quatscht immer noch Kaz mit Händen und Füßen gestikulierend zu. Ich sehe, wie Kaz das Buttermesser zwischen den Fingern dreht. Ich hoffe, sie ersticht Amy nicht. Sophie würde uns niemals verzeihen, wenn wir ihr an ihrem großen Tag die Show stehlen.

Billy braucht eine Ewigkeit, um seine Geldbörse aus der Hosentasche zu ziehen. Seine Hände haben Knoten an den Fingerknöcheln und scheinen nicht besonders gut zu funktionieren. Doch mit sehr viel Sorgfalt gelingt es ihm, eine Schwarz-Weiß-Aufnahme hervorzuziehen. Es ist ein viel jüngerer Billy in einem Anzug an seinem Hochzeitstag. Er trägt den gleichen Orden wie heute, und seine Braut steht in einem hellen zweiteiligen Kostüm und mit einem kleinen Pillbox-Hut auf dem Kopf strahlend neben ihm. Sie sind so glücklich, dass sie es richtig ausstrahlen.

»Würde ich nicht von der Bettkante stoßen. Beide nicht.« Diese doppelten Gin Tonics hatten es in sich.

Billy bricht in schallendes Gelächter aus.

Die Kellner räumen unsere Vorspeisen ab. Billy nutzt die Zeit, um sich wieder zu fassen.

»Danke Ihnen, aber da sind Sie ein gutes halbes Jahrhundert zu spät dran. Und wir hatten es nicht so mit Dreiern.« Er lacht immer noch.

»Wie hieß sie?« Ich nehme an, wir sprechen hier in der Vergangenheitsform. Denn ich bezweifle schwer, dass Billy ohne seine Braut hier wäre.

»Unsere Edna. Das hübscheste Mädel, das ich je gesehen hab.«

Ich nicke, denn Edna ist zweifellos eine Granate. »Wie alt sind Sie beide auf dem Bild?«

»Da sind wir zweiundzwanzig. Ich hatte gerade angefangen, sie zu umwerben, als der Krieg losging. Das Erste, was ich nach meiner Heimkehr gemacht habe, war, um ihre Hand anzuhalten. Tatsächlich noch am gleichen Tag. Natürlich haben die Leute damals viel jünger geheiratet.«

»Sie sehen so glücklich aus.«

Mein Butternut-Kürbis-Risotto kommt. Mir fällt auf, dass Billy dasselbe hat.

»Ich tue mich dieser Tage schwer, Rindfleisch zu schneiden«, erklärt er mir.

»Wie lange waren Sie verheiratet?«, frage ich.

»Dreiundsechzig Jahre. Und ich war jeden Tag dankbar, dass sie meine Frau war. Selbst jetzt, da das Leben einsam und langsam geworden ist, bin ich froh, dass wir einander hatten. Das hier«, er zeigt auf die Medaille, »ist nichts. Das hier«, er tippt auf das Bild auf dem Tisch, »ist alles.«

Ich will ihn berichtigten. *Zeit* ist alles. Zeit ist das, was nicht jeder bekommt. Aber man streitet nicht einfach mit Kriegsveteranen.

Glücklicherweise ist Billy zu höflich, um anzusprechen, dass ich in mein Risotto heule. Der einzige Mensch, der immer noch redet, ist Amy.

»Die Sache ist die, dass jemand wie Josh nicht weiß, was er will. Ich meine, hast du diese alten T-Shirts gesehen, die er unbedingt anziehen muss? Ich weiß nicht einmal, wo er die kauft. Ohne mich scheint er gar nicht richtig zurechtzukommen.«

Es könnte an Billys Ansprache über die Liebe liegen oder an meinem Blutalkoholspiegel, aber irgendwo in mir knallen ein paar Sicherungen durch. Ich beuge mich an Kaz vorbei.

»Nur damit du es weißt: Ich glaube nicht, dass Josh nicht zurechtkommt. Ich denke sogar, dass er verdammt gut zurechtkommt.« Ich knalle die Hand auf den Tisch.

Kaz leert gerade ihr Glas, aber ihre Augen werden groß.

»Niemand hat nach deiner Meinung gefragt, Emily, danke auch. Du kennst Josh nicht mal.«

Kaz murmelt etwas, das verdammt nach »Oje« klingt.

Ich richte mich zu meiner vollen Größe auf, was zugegebenermaßen immer noch etwas kleiner als die gazellengleiche Amy ist.

»Tatsächlich kenne ich Josh sogar ziemlich gut. Josh ist lustig und freundlich und aufmerksam, und ja, verblichene Bandshirts sind vielleicht von gestern, aber wenn irgendwer sie tragen kann, dann ist er es.«

»Und woher genau weißt *du* diese Dinge?«, zischt Amy. Tatsächlich bekomme ich etwas Angst, dass sie mich gleich an den Haaren ziehen wird.

Ich atme tief durch. »Weil er der beste Mann ist, dem ich je begegnet bin, Billy hier vielleicht mal ausgenommen.« Billy nickt dankbar.

»Was?! Es reicht. Lass uns rausgehen«, ruft sie. Die Leute an den anderen Tischen fangen an, uns anzustarren.

»Gott, nein.« Ich bin in keiner Verfassung für einen Boxkampf.

»Ich glaube, wir gehen besser aufs Klo, Em, nicht?«, fragt Kaz, die sich zwischen mich und Amy gestellt hat.

Ich stehe auf. Obwohl ich innerlich ernsthaft Angst habe, dass Amy mir eine verpassen könnte. Aber ich habe die Dokumentationen von Bear Grylls gesehen – man darf sich seine Angst nicht anmerken lassen.

»Emily.« Billy nickt mir zu, als wir den Tisch verlassen.

Es ist vielleicht der beste Abgang, den ich je hatte oder haben werde.

Den Rest der Hochzeit sitzen Kaz und ich auf einer Wiese hinter dem Zelt. Sie ist reingeschlichen und hat unsere Desserts rausgeschmuggelt. Angeblich hat Amy sich angeregt mit Billy unterhalten. Kaz meint, Billy sei eingeschlafen.

»Also, liebst du ihn?«

»Ich glaube schon. Nicht dass das eine Rolle spielt – er wird mir nie verzeihen.«

»Das weißt du nicht.«

»Doch, das weiß ich. Er hat meine Nummer geblockt. Wenn er bis jetzt seine Meinung nicht geändert hat, wird er es auch nicht mehr tun. Und ich möchte auch nicht, dass andere ihn überzeugen müssen«, unterbreche ich Kaz, die etwas sagen will. »Er muss es aus eigenem Antrieb tun.« Ich bin mir nicht sicher, woher diese plötzliche Überzeugung kommt. Vielleicht hat sich ein bisschen von Billys Heldentum auf mich übertragen. Zumindest äußerlich. Innerlich habe ich das Gefühl, dass mir das Herz bricht. Sei mutig, erinnere ich mich.

Kaz nickt nur.

»Aber du denkst nicht, dass er wieder was mit Amy anfängt,

oder? Ich will, dass er glücklich ist, aber darüber würde ich nicht hinwegkommen. Sie meinte, er habe ihr geschrieben.«

»Ich habe die Nachrichten gesehen. Alles einsilbige Antworten.«

»Gott sei fucking Dank.«

»Was du brauchst, ist eine Ablenkung, meine Liebe.«

»Denkst du nicht, dass ich davon in letzter Zeit genug hatte?«

»Nö. Schau mal, ich hatte gehofft, dass es nie so weit kommen würde.«

Sie öffnet ihre Clutch und reicht mir einen Flyer. Es ist der, den ich vor einigen Wochen im Bootcamp bekommen habe.

»Der hier war in deiner Jacke, als du sie mir fürs Laufen im Park geliehen hast. Ich habe ihn für einen Tag wie diesen aufbewahrt.«

»Weißt du noch, was passiert ist, als ich das letzte Mal bei einer Sportveranstaltung war?«

»Schau dir doch mal den verdammten Flyer an, Emily.«

Ich streiche ihn glatt. *Birkby Bootcamp Familientag! 10-Kilometer-Lauf, Stände mit Essen und Trinken, Spiele, Tombola.* Und dann sehe ich es. *Bungee-Jumping.*

»Du machst Witze, oder?« Ich gebe Kaz den Flyer zurück.

»Sei mutig. Hast du selbst gesagt.«

»Also, meiner Meinung nach war ich in diesem Juni schon mutig genug.«

»Du könntest es für einen guten Zweck machen. Mum sagt, das Hospiz …«

»Ich kann nicht glauben, dass du mich überzeugen willst, indem du versuchst, mir ein schlechtes Gewissen zu machen.«

»Glaub mir, du brauchst das.«

Ich schniefe laut. »Ich habe mal gelesen, dass einem dabei die Augäpfel rausspringen können.«

»In meiner Funktion als Krankenschwester versichere ich dir, dass das anatomisch unmöglich ist.«

Meine Arme und Beine kribbeln ein wenig. Und nicht, weil ich seit Stunden im Gras sitze und mich vor Amy verstecke. Discomusik dröhnt aus dem Zelt.

»Glaubst du echt, dass ich das schaffen kann?«

»Ich weiß es. Beweis dir selbst, dass du mutiger bist, als du denkst.«

»Okay, ich mache es.« Mein Alkoholkonsum hat an diesem Abend eine Menge zu verantworten.

»Versprochen?« Kaz hebt den kleinen Finger, und ich hake ein. »Ausgezeichnet. Jetzt kannst du nicht mehr kneifen.«

»Wann ist das?«

»Nächstes Wochenende.«

Ich schlucke.

»Prost.« Wir stoßen an. »Auf mutige beste Freundinnen.«

»Darauf trinke ich. Prost!«

41

»Du willst einen Bungee-Sprung machen?«, fragt Dad.

Mum ist mit der Gabel auf halbem Wege zum Mund erstarrt. Bratensoße tropft auf ihren Teller.

Matt und Sarah schnappen nach Luft, und Gran sagt: »Geil.« Alles in allem fallen die Reaktionen auf meine Ankündigung also gemischt aus. Aber Schreckstarre ist die häufigste.

Kaz hat keine Zeit verschwendet und eine Spendenseite eingerichtet, die sie irgendwie innerhalb von etwas mehr als zwölf Stunden bis in die entlegensten Teile des Universums verbreiten konnte. Sie hat ein Bild von Claire und ein bisschen von ihrer Geschichte beigefügt, dazu einen Link zum Huddersfield-Kinderhospiz, wo ihre Mum bis heute arbeitet. Das und nicht meine überwältigende Popularität ist der Grund, warum wir schon fünfundsiebzig Prozent meines Ziels von fünfhundert Pfund erreicht haben.

»Genau. Keine Sorge, ich habe mich informiert. Es ist dieser Tage sehr sicher. Das Todesrisiko ist sehr gering.«

Mir wird klar, dass für Eltern, die ein Kind verloren haben, jede Chance auf einen tödlichen Ausgang zu viel sein könnte, aber jetzt ist es zu spät, um es zurückzunehmen.

Niemand sagt etwas. Ich bemühe mich, die Stille zu füllen.

»Davor findet noch ein Rennen statt. Das nehme ich möglicherweise auch gleich mit. Schlimmer als das Tough Mudder kann es nicht sein, es sind nur zehn Kilometer. Und eine Tombola, das magst du doch, Gran, oder? Und es gibt Essensstände und so was. Matt, Sarah, ihr esst doch gerne.«

Sarah will etwas sagen, aber Mum fällt ihr ins Wort.

»Ich meine, wenigstens ist es schnell vorbei«, sagt sie. Ich bin mir nicht sicher, ob sie den Sprung oder mein potenzielles Ableben meint.

»Das ist die richtige Einstellung.«

»Und es ist wirklich eine nette Geste, dass du es für das Hospiz machst.«

Ich schlucke schwer.

Es wird ungewöhnlich friedlich am Tisch, während ich meine vegane Pastete esse. Teilzeit-Veganerin zu sein ist ziemlich leicht. Dem Himmel sei Dank für veganes Junkfood.

»Oh, und ich habe einem Jugendgefängnis drüben in Wetherby geschrieben. Ich habe beschlossen, dass ich gerne in einem Gefängnis unterrichten würde. Das erscheint mir als eine Möglichkeit, ernsthaft etwas zu bewirken, versteht ihr?«

Nachdem alle beschlossen hatten zu schweigen, dachte ich mir, es wäre eine gute Gelegenheit, gleich alles rauszulassen. Es erscheint mir unmenschlich, es ihnen häppchenweise zu präsentieren, wo sie doch alle solche Probleme mit Veränderungen haben.

»Ich kenne Leute da.« Der Satz hängt in der Luft, als hätte der Wind ihn geflüstert. Dann wird mir klar, dass das unmöglich ist.

Mein Kopf ruckt unwillkürlich in Sarahs Richtung, die auf ihre Hände hinunterstarrt und leise sagt: »Wenn du möchtest, kann ich bei Angie ein gutes Wort für dich einlegen.«

»Wirklich?«

Sie nickt.

Ich lege mein Besteck weg und widme ihr meine ganze Aufmerksamkeit.

»Tut mir leid, Sarah. Nur damit ich das richtig verstehe, hast du gerade gesagt, du kennst da Leute?«

»Genau.«

»Im Jugendgefängnis?«

»Ja.«

»Als was arbeitest du noch mal genau?« Zugegebenermaßen ist es ziemlich jämmerlich, dass ich das nicht weiß.

»Ich bin Bewährungshelferin.«

»Ach was!« Ich kann mir niemanden vorstellen, der weniger geeignet wäre, mit knallharten Kriminellen zu arbeiten. Dad räuspert sich, und Gran reibt sich die Hände, als wäre das Essen gerade interessant geworden.

»Wie du schon sagtest, es geht darum, etwas zu bewirken.« Matt plustert sich auf. Matt, der Buchhalter, wie ich erinnern möchte.

»Und du denkst, es wäre möglich, ein gutes Wort für mich einzulegen?«

»Ja. Die bekommen die meisten ihrer Lehrer von einer Agentur. Ich rufe ein paar Leute an.«

»Danke. Ich meine: vielen, vielen Dank.«

»Kein Problem.« Sie widmet sich wieder ihren Bratkartoffeln.

»Nun, ich nehme an, dann …« Mum sucht nach Worten.

»Keine Sorge. Mehr Aufregendes habe ich nicht zu erzählen.« Alle atmen auf. »Also, abgesehen davon, dass ich vorhabe, diese Woche mehr zu trinken als sonst. Ich finde die Aussicht auf einen Bungee-Sprung auch nicht so berauschend.«

Wie sich herausstellt, ist es unmöglich, dauerhaft betrunken zu sein, vor allem, wenn man mit Kindern arbeitet. Deshalb bin ich gezwungen, die Woche nüchterner zu verbringen, als ich gehofft hatte. Mit jedem Tag, an dem ich nichts von Josh höre, schmerzt mein Herz ein bisschen mehr.

Am Montag fragt meine Klasse, warum ich mich so seltsam verhalte, und ich platze mit dem Bungee-Sprung heraus. Es ist die letzte Stunde, bevor die Schüler einige Tage freibekommen, um sich auf ihre Prüfungen vorzubereiten, und ich habe es aufgegeben, so zu tun, als wollte ich ihnen den vorgeschriebenen Lebensunterricht über Zinsberechnungen halten. Ich habe sie vor Wonga.com gewarnt, das muss reichen. Stattdessen unterschreibe ich T-Shirts und posiere für Fotos.

Dienstag besuche ich das Bootcamp allein, weil Sophie in den Flitterwochen ist. Sie hat mir geschrieben und gestanden, wie unglaublich erleichtert sie ist, dass die ganze Tortur – ihre Worte – jetzt ein Ende hat. Ich bringe es zu einer Dreiviertel-Liegestütz, und Bruce sagt, dass ich ausgezeichnete Fortschritte mache. Er verrät uns, dass der Großteil der Einnahmen des Familientags ausgesetzten Hunden zugutekommen wird.

Mittwoch bekomme ich eine Mail von der Jugendstrafanstalt mit einer Einladung zu einem Vorstellungsgespräch am Freitag. Ich spüre einen Schub der Zuneigung für Sarah, gefolgt von Gewissensbissen, weil ich eine so miese zukünftige Schwägerin war. Vor allem, nachdem sie sich in dieser Sache wirklich für mich eingesetzt hat.

Ich bin jetzt ein Mensch mit Vitamin B. Ich bin Teil des Problems mit der sozialen Durchlässigkeit in diesem Land, und das fühlt sich großartig an. Meine wachen Stunden werden bestimmt von der abwechselnden Panik wegen des Sprungs und des Vorstellungsgesprächs. Und wenn mir dazwischen Zeit bleibt, verbringe ich sie damit, mich zu grämen, dass Josh mich nicht liebt und meine Schwester immer noch tot ist.

Am Morgen des Vorstellungsgesprächs bin ich eine nervöse Katastrophe. Ich melde mich auf der Arbeit krank und fahre die fünfundvierzig Minuten nach Wetherby in einem Zustand nervöser Erschöpfung, wobei ich die hundertfünfzig Karteikarten mit möglichen Fragen durchgehe.

Der Einstellungsprozess an meiner aktuellen Schule war ein regelrechter Spießrutenlauf. Ich wurde mit einer derartigen Masse von Herausforderungen bombardiert, dass ich danach eine Woche erschöpft im Bett lag. Ich wurde zu Notenvergabe und Planung getestet, und für eine Aufgabe bekam ich eine To-do-Liste, die ich nach Prioritäten sortieren musste, und dann taten sie so, als würden Eltern anrufen und mich anbrüllen. Und das alles noch vor der Testunterrichtsstunde und den eigentlichen Vorstellungsgesprächen. Ich habe in keinem Teil wirklich geglänzt und bin mit vielen »Ähs« und »Ähms« durch die Gespräche gestolpert. Dem Himmel sei Dank für den landesweiten Lehrermangel, sonst wäre ich wohl immer noch arbeitslos.

Ich warte am Besuchereingang und versuche wie jemand auszusehen, der noch alle Tassen im Schrank hat. Ich bin mir nicht sicher, ob ich erfolgreich damit bin, denn die Rezeptionistin wirft mir nervöse Blicke zu.

»Miss Turner?« Eine Frau mit grauem Haar erscheint. Sie trägt kein Kostüm. Stattdessen hat sie ein langes blaues Kleid und Sandalen an.

»Ja, das bin ich. Freut mich, Sie kennenzulernen.« Ich reiche ihr die Hand.

»Angie«, erwidert sie mit einem Lächeln. »Sarah hat erwähnt, wie motiviert Sie sind.« Die gute alte Sarah. Ich konnte sie schon immer gut leiden. »Wir haben uns überlegt, dass Mo Sie ein wenig herumführen wird, wenn Sie einverstanden sind. Er ist einer unserer Aushilfslehrer und wirklich gut. Und dann unterhalten wir uns ein wenig in meinem Büro?«

Ich vermute mal, dass dann die harten Sachen folgen.

»Ja, das klingt wunderbar, danke. Und Sarah hat recht, ich bin sehr motiviert.«

Ich bin mir nicht sicher, wie normal das klingt. Aber sie lächelt. »Dann kommen Sie mit.«

Es gibt eine Menge Summen und Klappern, als Angie Tür um Tür öffnet.

Kurz fühle ich mich beklommen bei dem Gedanken, dass ich gerade ein echtes Gefängnis betrete. Mit echten Kriminellen. Als ob Angie meine Gedanken lesen könnte, sagt sie: »Daran gewöhnt man sich. Ah, da ist Mo, wir sehen uns dann in meinem Büro.«

Mo steht wartend vor einem der Klassenzimmer. Es hat eine blaue Tür mit einem Fenster in der Mitte, genau wie in einer normalen Schule.

»Bereit?«, fragt er. Ich nicke.

»Also, das hier ist der Unterrichtsraum für Englisch.« Er öffnet die Tür. Ich hatte erwartet, dass der Raum etwas gefängnismäßiger aussehen würde, aber er gleicht beinahe eins zu eins meinem aktuellen Klassenzimmer, mit reihenweise Pulten und einem Mischmasch aus Plastikstühlen. Ich nehme an, dass die Tour Teil des Einstellungsprozesses ist, und mache mich daran, schlaue Fragen zu stellen.

»Äh, was für einer Art Lehrplan folgen die Schüler?«

»Hauptsächlich die Grundfertigkeiten. Bei vielen liegt die Lesekompetenz deutlich unter ihrem Alter, deshalb gibt es keinen so starken Fokus auf Prüfungen wie in einer normalen Schulumgebung. Das Personal wechselt häufig. Nur Angie und Michelle, die Kunstlehrerin, sind fest hier.«

»Und woran liegt das?«

»Mein Sohn hat eine Behinderung, deshalb kann ich keine Vollzeitstelle annehmen. Aber bei den meisten anderen liegt es wohl daran, dass sie lieber in einer normalen Schule arbeiten würden. Angie hatte überlegt, noch einmal eine Stelle auszuschreiben, aber so etwas kostet, und die meisten Kandidaten sind nicht geeignet oder bewerben sich nur aus Verzweiflung. Das ist hier nicht der Ort dafür.« Ich richte mich etwas auf. Ich meine, das klingt sehr danach, als könnte ich hier wirklich Glück haben. Sie wollen Lehrpersonal, haben es nur noch nicht ausgeschrieben. So ein Aufeinandertreffen glücklicher Umstände ist mir noch nie zuvor passiert. Allerdings meinte mein Horoskop, dass eine gute Woche vor mir liege. Wurde auch Zeit.

»Ich bin alles andere als verzweifelt. Ich liebe Kriminelle.«

Mo sieht mich komisch an. »Neben dem Pult ist ein Knopf, den Sie drücken können, sobald es Anzeichen für Ärger gibt, aber es stehen auch immer Beamte an den Türen. Wenn Sie mitkommen wollen, ein paar der Jungs haben gerade Kunstunterricht.«

Wir schließen die Tür des Englischraums und gehen über den Flur zu einem weiteren Klassenzimmer. Vor diesem stehen Beamte.

»Und die Jungs sind fünfzehn bis achtzehn Jahre alt?«, frage ich, obwohl ich das bereits weiß. Ich will nur zeigen, dass ich meine Hausaufgaben gemacht habe.

»Genau.«

Er stößt die Tür zur Kunstklasse auf. Kurz schauen alle auf, dann widmen sie sich wieder ihrer Aufgabe. Sie tragen alle graue Jogginghosen und Turnschuhe. Eine Kunstlehrerin, Michelle, nehme ich an, sitzt neben einem der jüngeren Jungs und zeigt ihm, wie man zeichnet.

Mich schockiert, wie jung alle sind. Ich versuche, mir mich selbst mit fünfzehn vorzustellen, weit weg von meiner Familie und allen, die ich kenne, aber es gelingt mir nicht.

Ich gehe hinüber zu einem Jungen, der auf einen hohen Stuhl hockt.

»Hi, was machst du da?«

Er wirkt nervös, aber Michelle nickt ihm zu.

»Ich zeichne einfach nur den Apfel.« Er zeigt auf einen Apfel, der auf einem Buch in der Mitte des Tisches sitzt.

»Ausgezeichnet. Ich finde es super, wie du die Schatten gezeichnet hast.« Ich habe keine Ahnung, ob das ein angemessenes künstlerisches Kompliment ist, aber er nickt.

»Bereit weiterzugehen?«, fragt Mo.

»Jep.«

Als Nächstes kommen wir in die Turnhalle und zu den Fußballplätzen. Dazu gibt es noch zwei weitere Klassenzimmer für Lebensunterricht und Mathe. Mo erzählt mir, dass die Lehrkräfte sich mit dem Lebensunterricht abwechseln. Es wäre karrieretechnischer Selbstmord zu erwähnen, dass ich definitiv nicht die geeignete Person bin, diesen Unterricht zu geben, deshalb bin ich einfach still.

»Ich bringe Sie jetzt zurück zu Angie, wenn das okay ist?«, fragt Mo. »Mein Unterricht fängt gleich an.«

»Ja, absolut. Vielen Dank noch mal.«

»Kein Problem. Ich hoffe, wir sehen uns.«

Wir kommen bei Angies Büro an. Ich hoffe, bei Mo einen ausreichend guten Eindruck hinterlassen zu haben. Ich glaube, ich habe nicht genug intelligente Fragen gestellt. Ich bin vor allem mit offenem Mund herumgelaufen, denn was auch immer ich erwartet habe, es war ganz anders.

Es ist eigentlich ganz nett hier. Ganz und gar nicht so, wie man sich ein Gefängnis vorstellt.

Ich klopfe.

»Herein!«, ruft Angie. »Das Wasser kocht gerade.«

Ich setze mich ihr gegenüber, während sie Tee aufgießt, und

frage mich, ob das alles hier ein ausgefeilter Trick ist, um mich in Sicherheit zu wiegen, bevor es mit dem brutalen Teil losgeht. Vielleicht stürzt sich ja jemand überraschend auf mich, während ich hier sitze, und ich muss reagieren. Ich bin plötzlich nervös und schaue mich um. Angie beginnt zu sprechen.

»Natürlich bekommen Sie, bevor Sie anfangen, einen Kurs, in dem es um Ihre persönliche Sicherheit und all diese Dinge geht. Sie würden möglicherweise auf einen Teil Ihrer Sommerferien verzichten müssen, wenn Sie im September anfangen wollen. Wie klingt das für Sie?«

Vor allem verwirrend. Habe ich den Job bereits?

»Ja! Super. Ich habe im Sommer ohnehin nie etwas zu tun.«

Angie lacht, als hätte ich einen Witz gemacht.

»Und es wird ganz anders sein, als Sie es gewohnt sind. Unsere Jungs sind fünfzehn und älter, aber geistig und bildungstechnisch sind sie viel jünger.«

Ich glaube tatsächlich, es könnte sein, dass ich den Job bereits habe.

»Das verstehe ich. Sie müssen eine Menge durchgemacht haben.«

»Da liegen Sie nicht falsch. Für viele ist das hier ein Ort der Sicherheit. Die Jungs, die am ehesten Schwierigkeiten machen, sind die, die gerade erst angekommen sind, und die, die im Begriff sind zu gehen. Aber wir haben wöchentliche Treffen, während der wir über alle Klienten sprechen. So wissen wir immer, wer möglicherweise etwas mehr Aufmerksamkeit braucht.«

»Das klingt vernünftig. Äh, Verzeihung, aber habe ich den Job bereits? Ich habe das Gefühl, ich habe etwas verpasst.«

Angie lacht leise. »Es gibt nicht viele, die sich darum reißen, im Gefängnis zu unterrichten. Und um ehrlich zu sein, es ist auch hart. Die meisten unserer Jungs hatten eine unglaublich schwere Kindheit, sie sind verwirrt und verängstigt. Sie haben das starke Gefühl, dass die Welt sie nicht will.«

Ich denke an Leon. Da liegen sie nicht falsch, sie will sie wirklich nicht.

»Viele werden schnell wieder straffällig. Dies ist die einzige Gelegenheit, die wir bekommen, etwas dagegen zu tun. Wenn ich also eine Mail bekomme, in der jemand förmlich darum bettelt, dass er kommen und helfen darf, und wenn darauf dann auch noch die Empfehlung einer unserer kompetentesten Bewährungshelferinnen folgt …« Ich werde Sarah küssen, wenn ich sie das nächste Mal sehe. »Nun, dann werde ich einen Teufel tun und diese Person abweisen.«

»Aber Sie haben gar nicht gesehen, wie ich unterrichte! Wollen Sie mich nicht dabei beobachten oder so etwas?«

»Sie müssen wissen, Miss Turner – ach, wollen wir uns vielleicht duzen?«

»Ja. Klar, gerne. Ich bin Emily.«

»Okay, was du wissen solltest, Emily, ist, dass das hier keine normale Schulumgebung ist. Es geht sehr viel mehr um das große Ganze. Bist du denn eine gute Lehrerin?«

»Ja, ich denke schon.«

»Gut. Aber vor allem: Denkst du, dass du dich um die Jungs hier kümmern möchtest?«

Ich kann jetzt schon sagen, dass ich das will. Es kommt mir nicht gerecht vor, diese Jungs einfach abzuschreiben.

»Definitiv.«

»Dann hätten wir gerne, dass du mit uns arbeitest. Willst du das auch?«

Als ich das Gefängnis verlasse, trete ich hinaus in einen sonnigen Tag. Irgendwie habe ich das Gefühl, als wäre ich hier genau an dem Ort, an dem ich sein sollte. Und zum ersten Mal seit sehr langer Zeit bin ich glücklich.

42

2000

»Wenn ihr das lest, bin ich schon tot. Aber macht euch keine Sorgen, viele der Besten sterben jung. Ich habe es nachgeschlagen. Dieser Sänger von Queen, Freddie, glaube ich heißt er, oder Judy Garland, die ›Somewhere over the Rainbow‹ gesungen hat. Ich weiß, dass keiner davon so jung gestorben ist wie ich, aber darum geht es nicht.«

Dad macht eine Pause, um in ein Taschentuch zu schnäuzen. Er hat so viel geweint, dass sein Gesicht ganz nass ist. Kaz drückt meine Hand ganz fest. Dad atmet tief durch und liest weiter.

»Ich weiß, dass ihr vermutlich alle ziemlich traurig seid. Ich denke, das ist nur natürlich. Ich wäre wirklich sauer, wenn es niemanden kümmern würde! Vor allem, weil ich so eine gute Sängerin und Tänzerin war. Außerdem wäre ich wirklich traurig, wenn jemand von euch sterben würde. Ich würde nicht ohne Matt oder Emily leben wollen. Matt, es tut mir leid, dass ich dich mit Spülmittelwasser vollgespritzt habe, und Emily, es tut mir leid, dass ich dich zu den ganzen Shows in Butlin's gezwungen habe. Ich weiß, dass du nur mitgemacht hast, weil ich das wollte. Ich glaube, dass es wichtig ist, sich zu entschuldigen, wenn man stirbt. Wobei es auch wichtig ist, sich zu entschuldigen, wenn man nicht stirbt.«

Die Leute lachen an dieser Stelle, und die Kirche ist erfüllt von schluchzenden Lachern. Ich kann aber nur weinen. Ich will den Deckel von der Kiste nehmen, in der Claire eingeschlossen ist. Mum sagt, sie trägt ein spezielles lila Kleid und ihre Hälfte unseres gemeinsamen Anhängers, aber das ist egal. Claire würde nicht so eingeschlossen sein wollen.

»Aber wisst ihr was, ich wäre wirklich sauer, wenn ihr alle für immer traurig wärt. Weil Leben so viel Spaß macht. Man kann Fish and Chips mit Ketchup am Strand essen. Man kann rote Slushies trinken, und wenn Emily behauptet, dass die blauen am besten schmecken, hat sie absolut unrecht. Ihr könnt die Sachen, die ihr gerne macht, jeden Tag machen. Wenn ich leben würde, wäre ich verdammt gut darin. Und das erwarte ich auch von euch.«

Wieder Lachen. Ich verstehe nicht, warum die Leute lachen. Nichts daran ist lustig.

»Also bitte, macht keine traurige Sache aus meiner Beerdigung. Alle sollen ihre Lieblingsfarben tragen. Und bitte keine langweiligen Kirchenlieder. Sorry, Herr Pfarrer. Bitte nur Musicals. Mum, ich weiß, dass du auf Craig David stehst, also macht es mir nichts aus, wenn du eines seiner Lieder spielst, wenn es dir dann besser geht.«

Mum lacht, als würde sie gleich ersticken.

»Mir fällt nichts ein, was ich sonst noch sagen möchte, und mein Arm wird müde, also belasse ich es dabei. Ich bin froh, dass es nicht mehr wehtut.

Alles Liebe, Claire Rose Turner, acht Jahre und neun Monate alt.

PS. Sagt Emily, dass sie alle meine Teddys haben darf.«

Alle beginnen zu klatschen, und Dad geht zurück zu Mum und setzt sich neben sie. Selbst der Pfarrer sieht traurig aus, und er muss auf Hunderten Beerdigungen gewesen sein.

Claire ist an einem sonnigen Tag gestorben. Am Ende machte es keinen großen Unterschied mehr, ob sie tot oder lebendig war. Wir saßen alle an ihrem Bett im Hospiz, und Kaz' Mum kam vorbei und sagte, dass sie gegangen sei. Aber wohin, das weiß ich nicht.

Ich konnte nur daran denken, dass Claire nie wieder eine Umarmung bekommen würde. Sie könnte nie wieder ein Chicken McNuggets Happy Meal essen. Nie wieder ein Musical hören. Lila war nicht mehr ihre Lieblingsfarbe. Aber irgendwie war es immer noch meine.

Nach der Trauerfeier in der Kirche gehen wir in einen Golfclub. Mum sagt, dass wir eine Party für Claire geben. Claire mochte Partys.

Percy aus dem Kuchenladen bringt ein ganzes Blech voll für alle. Ich bin echt hungrig, weil zu Hause kein Essen ist. Also stecke ich heimlich Kuchen ein, als niemand hinschaut. Als ich ihn esse, fühle ich mich schlecht, weil Claire jetzt keinen Kuchen mehr essen kann. Ich wünschte, ich hätte ihn nicht gegessen.

Und dann stehe ich neben Mum, als die Leute kommen und ihr die Hand schütteln. Manchmal geben sie ihr ein braunes Getränk, das sie nicht besonders zu mögen scheint. Aber sie trinkt es trotzdem direkt.

»Sie war so inspirierend«, sagt einer.

»Eine Inspiration für uns alle«, sagt eine andere.

Aber ich merke, dass die Leute nicht lange in unserer Gegenwart bleiben wollen. Sie haben diese Sachen nur gesagt, damit sie schnell wieder wegkönnen. Und als Granny mit mir im Supermarkt war und ich Haffsah bemerkte, meine vierte Freundin aus der Schule, ist Haffsah nicht gekommen und hat Hallo gesagt, obwohl sie mich direkt angeschaut hat.

Ich frage mich, ob sich das immer so anfühlt, wenn jemand stirbt. Grandad ist auch gestorben. Aber da war ich noch zu klein, deshalb erinnere ich mich nicht daran. Und Dads Mum und Dad sind gestorben, bevor ich geboren wurde. Aber es scheint ihnen allen ganz gut zu gehen, also hat es ihnen vielleicht nicht so viel ausgemacht, als diese Leute gestorben sind. Oder vielleicht ist es deshalb so schlimm für mich, weil Claire und ich eineiige Zwillinge waren. Und jetzt gibt es niemanden mehr, der seine Sommersprosse genau auf der anderen Seite hat.

Während seiner kleinen Rede sprach der Pfarrer, den ich nie zuvor gesehen hatte, von Claires Seele. Aber ich verstehe nicht, wie ihre Seele nicht gestorben sein soll, wenn es doch der Rest von ihr ist.

»Glaubst du, sie schaut uns von irgendwoher zu?«, frage ich Matt.

»Nein«, sagt er. Matt redet nicht mehr gern mit mir. Nicht seit Claires Tod. Er spricht mit niemandem so wirklich.

Dad kommt und stellt sich zu uns. Ich, Mum, Dad und Matt. Hätte jemand uns gesehen, hätte er denken können, wir seien eine normale Familie. Claire hat uns zu etwas Besonderem gemacht. Und jetzt werden wir nie wieder besonders sein.

43

Wie ich feststelle, bedeutet einen Job zu bekommen, weil niemand sonst ihn will, nicht, dass man sich nicht darüber freut, besagten Job zu bekommen.

Ich bin so glücklich, dass ich sogar für einen Moment vergesse, dass ich mich morgen möglicherweise vor Publikum in meinen Tod stürzen werde. Ich bin beinahe glücklich genug, um zu vergessen, dass Josh sich immer noch nicht gemeldet hat. Beinahe. Natürlich bin ich ein bisschen nervös. Aber vor allem habe ich das Gefühl, dass das Gefängnis wirklich der richtige Ort für mich ist. Also zumindest in meiner Funktion als Lehrerin.

»Ich hab den Job! Ich hab den Job!«, tanze ich nach meiner Heimkehr glücklich durch die Küche.

»Ich wusste es! Gratuliere!«

»Ich kann es gar nicht erwarten, Hughes zu sagen, dass er sich seine Stelle dorthin schieben kann, wo die Sonne nicht scheint.«

»Solange du einen würdevollen Abgang planst.«

»Sollen wir was trinken?«

Ich gehe, um den Kühlschrank zu öffnen, aber Kaz schubst ihn mit der Hüfte wieder zu.

»Nichts da, Schätzchen. Eine von uns wird morgen einen Bungee-Sprung machen, und ich habe keine Lust, dich auf dem ganzen Weg nach unten kotzen zu sehen. Denkst du, es ist okay, wenn Brian mitkommt? Ich überlege, ihn Mum vorzustellen.«

»Brian? Der gelenkige Brian? Brian, mit dem du dich, wenn ich es mir genau überlege, in den letzten Monaten mehrmals getroffen hast?« Ich fange an zu singen: »Brian und Kaz sind verliiiebt … verliebt, verlobt, verheiratet!«

»Reiß dich zusammen, okay?«

»Aber Kaz, das ist eine große Sache.« Kaz hat sich richtig oft mit Brian getroffen. Häufiger als normal. »Sag es mir einfach ehrlich: Hast du meinen ausgedehnten Nervenzusammenbruch genutzt, um dich heimlich in eine Beziehung zu schleichen?«

»Äh, nein, ich habe dir von jedem Treffen mit Brian erzählt.«

»Heißt das, ich bin eine schlechte Freundin, weil ich nichts gemerkt habe?«

»Ist schon okay. Wenn ich dich morgen bei dem Bungee-Sprung sehe, vergesse ich jede mögliche Kränkung sofort.«

»Also bist du gerade auf deiner eigenen Lebensreise.«

»Äh, ich mag ihn einfach nur etwas mehr als die anderen, das ist alles.«

»Oh. Warum?«

»Er ist lustig. Und er kann ziemlich aufmerksam sein, wenn er will.«

»Kaz, bist du echt verliebt?«

»Gott, ich hoffe doch nicht.« Aber sie schaut dabei weg, und ich denke, es könnte sein, dass sie ein bisschen verliebt ist.

Ich freue mich für sie. Natürlich ist da der Drang, mich an ihre Knöchel zu klammern und sie anzuflehen, mich nicht wegen Brian zu verlassen. Aber ich habe mir vorgenommen, die dramatischen Gesten etwas zurückzufahren. Also sage ich stattdessen: »Ich würde mich sehr freuen, wenn er kommt und zusieht, wie ich in meinen Tod springe.«

Samstagmorgen ist es mehr als klar, dass meine morbide Vorhersage Wirklichkeit werden wird. Jemand hat einen riesigen Kran auf den Parkplatz vor der Wiese gestellt, wo der Familientag stattfindet. Was die Kranfahrer dazu getrieben hat, ihn auf Beton abzustellen, obwohl in jede andere Richtung Gras wächst, werde ich wohl nie erfahren. Ich schätze, wenn man so tief fällt, ist es ohnehin egal, worauf man stürzt.

Es ist unfassbar hoch.

»Da bist du ja.« Kaz und Brian sind da. Ihnen folgen Kaz' Mum und meine ganze Familie. Dad schiebt Grans Rollstuhl. Sie hat sich eine Karodecke über die Beine gelegt, obwohl es kochend heiß ist. Aber mich kann sie nicht täuschen; ich weiß, dass sie ihren Flachmann darunter versteckt. Sarah und Matt klammern sich mit großen Augen aneinander.

»Sarah!«

Sie zuckt zusammen.

»Vielen, vielen Dank, dass du bei Angie ein gutes Wort für mich eingelegt hast. Sie hat mir die Stelle sofort gegeben.«

»Ich mag Angie wirklich gern«, flüstert Sarah.

»Ich würde dich gerne auf ein Getränk einladen. Als Dankeschön.«

Sarah lächelt schüchtern, und ich frage mich, ob wir nicht auch eine Familie sind, die es einem schwer macht, ein Teil von ihr zu werden. Ich schwöre mir, dass ich mich mehr bemühen werde.

Wie dem auch sei, ich hatte allen Anwesenden die Nachricht von meinem neuen Job schon etwa drei Sekunden nach Verlassen des Gefängnisses erzählt. Trotzdem bade ich mich kurz in ihrer Begeisterung. Als alle sich umdrehen, um Sarah zu danken, wird sie tiefrot, aber sie hält Augenkontakt; ein deutlicher Fortschritt.

»Der Wettlauf startet gleich«, sagt Kaz.

»Ja, klar, das darf ich auf keinen Fall verpassen. Als wäre der Tag nicht schon aufregend genug.« Ich zeige mit beiden Armen wedelnd auf den Kran hinter mir, und alle schauen nach oben. In meiner Stimme klingt ein Hauch von Hysterie mit.

»Du bist so tapfer, Liebes«, sagt Mum.

»Denkst du, es ist sicher?«, fragt Matt.

»Ich weiß es nicht. Ich habe zehn Minuten davorgestanden, und bislang war niemand dumm genug, es zu versuchen.«

Irgendwo ruft jemand, dass das Rennen gleich starten wird. Wenigstens wird das meinen Sprung hinauszögern.

»Wir warten am Ziel, Liebes. In zwei Stunden, was meinst du?«

»Mindestens.«

»Willst du, dass ich ein Bild von deinem Zieleinlauf mache?« Das kommt von Kaz.

»Mach dir keine Sorgen. Ich glaube, das ist mir mittlerweile egal.« Es fühlt sich zumindest teilweise wie ein Durchbruch an. Aber ich bin zu sehr von Panik erfüllt, um dem die gebührende Aufmerksamkeit zu widmen.

An der Startlinie begrüßt uns Bruce.

»Guten Morgen«, strahlt er. »Danke, dass ihr den Familientag unterstützt. Die Welpen in Huddersfield werden euch sehr dankbar sein.«

Aus der Menge kommt ein »Ahh«. Niemand der hier Versammelten würde mir glauben, wenn ich verraten würde, dass Bruce im Kurs diese Woche eine Diabetikerin, die stehen geblieben ist, um ihren Blutzuckerspiegel zu prüfen, als Fotze beschimpft hat.

Wir sind nur dreißig, und ich sehe vor allem Bootcamp-Teilnehmer. Ich wünschte, Sophie wäre hier. Gemeinsam Letzte zu werden ist ein sehr verbindendes Erlebnis.

»Auf die Plätze …«

Ein Pfiff, und wir sind unterwegs. Bruce und seine enormen Muskeln hüpfen vor uns auf und ab.

Am Anfang ist die Stecke noch flach, und ich bin erleichtert, keine Hindernisse vorzufinden. Tatsächlich ist es viel einfacher, so etwas wie einen Rhythmus zu finden, wenn man nicht ständig gezwungen wird, stehen zu bleiben und durch einen schlammigen Sumpf zu kriechen.

Nach einem Kilometer bin ich nicht mal annähernd am Ende des Felds, und ich schwöre mir, langsamer zu machen. Wenn ich mich jetzt überanstrenge, dann komme ich nicht nur als Letzte ins Ziel, sondern auch mit einem peinlichen Abstand zu den anderen.

Wir beginnen mit der Steigung. Ich keuche schwer, aber irgendwie bewegen meine Beine sich weiter. Es ist, als wären es nicht wirklich meine Beine. Sie treiben mich mit einem bislang nie gekannten Durchhaltevermögen vorwärts. Der Gipfel des Berges und mit ihm der Marker für die Hälfte der Strecke ist bereits in Sicht. Eine kleine orange Flagge flattert im Wind. Diese Flagge ist ein helles Licht, und ich bin eine Motte, die durch irgendeine unsinnige Kraft davon angezogen wird. Nur noch ein paar Augenblicke, und ich bin da.

Ich drehe mich um und laufe wieder hinunter, fasziniert, wie wenig wackelig meine Beine sich anfühlen. Ich trinke einen Schluck Wasser. Auf dem Weg nach unten komme ich sogar an Läufern vorbei, die noch nach oben unterwegs sind, und sie schauen mich mit einem Ausdruck an, der Neid sein könnte. Ich bin mir nicht ganz sicher, weil ich Schweiß in den Augen habe, aber es sieht verdammt nach Neid aus.

Es kommt mir vor, als wäre kaum Zeit vergangen, als die Strecke wieder flach wird. Nun liegt nur noch ein Kilometer vor mir, und ich fühle mich gut. Ich tue etwas, was ich nie zuvor in Erwägung gezogen habe: Ich gehe in einen Sprint über.

Als ich mich der Ziellinie nähere, höre ich Jubel aufbranden. Er spornt mich an, und ich beschleunige, bevor ich die Ziellinie passiere.

Ich stehe keuchend mit den Händen auf den Knien da, während alle zu mir kommen.

»Em! Du warst genial!«, sagt Kaz.

»Wir hatten dich erst in einer Stunde erwartet, Liebes.« Danke, Dad.

»Das war doch schon recht gut, Emily.«

»Wow, übertreib es mal nicht, Matt. Sonst tust du dir noch weh.«

»Ich glaube, du warst eine der schnellsten Frauen, Em.« Das kommt von Mum.

Ich fühle mich großartig. Ich meine, sicherlich sehe ich furchtbar aus. Ich scheine beim Sport überdurchschnittlich viel zu schwitzen. Also weiß ich, dass ich rot und aufgequollen sein muss. Aber ich glaube, ich bin zum ersten Mal in meinem Leben regelrecht enthusiastisch. Und ich hätte mich niemals mit diesem Wort in Verbindung gebracht. Ich weiß genau, was ich jetzt tun muss.

»Kommt, lasst mich diesen Bungee-Sprung hinter mich bringen.«

»Das ist mein Mädchen.« Kaz klopft mir auf den Rücken. Mir fällt auf, dass sie und Brian Händchen halten.

Als wir uns erneut dem Kran nähern, erkenne ich, dass sich unten eine kleine Menge versammelt hat. Ich hoffe gegen alle Vernunft, dass das bedeutet, dass jemand anderes den Aufbau gleich testen wird.

»Hi, Miss!«, winkt Tim.

»Tim!« Und dann fällt mir auf, dass es keine Fremden sind, die sich hier versammelt haben. Es sind die Kids aus der Schule.

»Was macht ihr alle hier? Und … Leon?!«

»Ich und Tim, äh, wir kennen uns.« Ich ignoriere, dass diese Aussage einen kriminellen Hintergrund andeuten könnte. »Egal, hast du erwartet, ich würde mir die Gelegenheit entgehen lassen zuzusehen, wie du dir da oben in die Hosen machst?«

Da hat er nicht unrecht.

»Es ist echt hoch, Miss!«, quiekt der kleine Cade.

Das ist es. Aber jetzt kann ich natürlich nicht mehr zurück. Wortlos reicht Kaz mir meine Schwimmbrille. Ich habe beschlossen, dass ich auf der sicheren Seite sein will: Sollten mir tatsächlich die Augäpfel rausfallen, ist es auf diese Weise viel einfacher, sie wieder einzusetzen, als wenn sie erst auf dem Asphalt herumrollen.

Ich gehe zu den beiden Männern am Fuß des Krans. Sie teilen sich circa drei Barthaare und lesen die *Sun.* Sie sehen in etwa so schockiert aus, eine Kundin zu haben, wie ich mich als besagte Kundin fühle.

»Sicher?«, fragt Mann Nummer eins.

»Ist es ungefährlich?«

»Glaub schon«, meint Mann Nummer zwei.

»Dann ja, ich bin sicher.«

»Wir sollen ein kleines Promovideo von der ersten Person machen, die es benutzt. Stört Sie das?« Die Stimme von Mann eins bricht mitten im Satz.

»Moment, bin ich die erste heute? Oder die erste überhaupt?«

»Ja.«

Wenn ich genau darüber nachdenke, will ich es eigentlich gar nicht wissen.

»Okay, was muss ich dafür machen?«

»Lassen Sie uns einfach filmen, während wir Sie angurten und hochbringen und so. Und dann winken Sie einmal vor dem Sprung. Wenn Sie möchten, können Sie auch ein paar Worte sagen. Es soll zwei Minuten lang werden.«

»Und dieses Video wird dann …?«

»Nur auf der Website zu sehen sein.«

Ich schlucke schwer. »Okay, ich mach's.«

»Wir haben unsere erste Kundin, Jungs!«

Ich wünschte, er würde aufhören, das zu sagen. Trotzdem steigt Jubel von der Versammlung aus Familie und Freunden auf.

Kommt Zeit, kommt Frau. Ich sitze in dem kleinen Käfig und warte, während Mann Nummer eins stabile Seile an meinen Beinen befestigt. Mein Atem geht stoßweise, aber ich versuche trotzdem, den Schein zu wahren, und winke und lächle.

Mann Nummer zwei bläst unterdessen am Boden so eine Art flache Hüpfburg an der Stelle auf, wo ich den Aufprallpunkt vermute. Er nennt es ein Luftkissen. Es gibt mir die Sicherheit, dass meine Eltern nach meinem etwaigen Tod wenigstens nicht mitansehen müssen, wie man mich vom Asphalt kratzt. Von etwas entfernt zu werden, das so unschuldig klingt wie Luftkissen, erscheint mir sehr viel erträglicher.

»Okay, wir sind bereit«, sagt Mann Nummer eins und macht die Kamera an. »Wenn wir da gleich hochfahren, ist es am besten, Sie richten den Blick auf den Horizont und trödeln nicht herum. Wir helfen Ihnen an die Kante und zählen dann runter. Nicht denken. Einfach springen.«

Einfach springen, springen, springen, singe ich mir selbst vor.

»Mich würde es nicht stören, wenn Sie mir einen kleinen Schubs geben würden.«

Er lacht. »Sorry, das müssen Sie schon selbst machen. Keine Sorge. Immer dran denken: drei, zwei, eins, los.«

Ich nicke. Mein Herz klappert in meiner Brust herum, als wollte es sich befreien. Meine Hände zittern, als ich mich aufrichte, um mir die Brille zurechtzurücken, und sie dann vor dem Körper falte.

»Ladies and Gentlemen, lassen Sie uns hören, was unsere erste Kundin gerade denkt!« Er reicht mir unerwartet ein Mikro.

Die Kamera wird auf mich gerichtet. Die Menge, die nur zwei Meter entfernt steht, wird still. Der Wind pfeift. Aber ich habe keine Ahnung, was ich sagen soll. Ich fürchte, mein Kiefer ist vor Angst erstarrt.

Alle meine Schüler haben die Handys gezückt und machen Fotos. Wenigstens sehen sie alle aufgeregt aus. Meine Familie ist dagegen etwas blass. Abgesehen von Gran, die an ihrem Flachmann nippt, als würde sie eine große Show erwarten. »Miss, irgendwelche letzten Worte?«, schreit Tim.

»Ja, die habe ich tatsächlich.« Das Mikro kreischt, und mir wird klar, dass ich tatsächlich eine Menge zu sagen habe.

»C.S. Lewis sagte mal, dass niemand ihm je verraten hätte, dass Trauer und Furcht sich sehr ähneln. Er hatte recht. Solange ich denken kann, habe ich getrauert, und ich hatte Angst.« Meine Stimme bebt. Ich achte nicht darauf, dass die Menge größer wird.

»Meine Schwester Claire war der mutigste Mensch, den ich kannte. Sie wäre jetzt schon gesprungen. Ohne jeden Zweifel. Und nicht nur das, ihr Leben wäre voller großartiger Dinge gewesen, und es ist unfair und schrecklich, dass sie nicht die Gelegenheit bekommen hat, es zu leben.« Dad hat den Arm um Mum gelegt. Ich versuche mich aufzurichten.

»Claire hätte keine Angst gehabt, sich zu verlieben. Sie hätte alles und jeden um sie herum geliebt. Sie wäre nicht weggelaufen, nachdem sie Sex mit Josh hatte. Zweimal.« Kaz hält Cade die Ohren zu.

»Das ist für dich, Claire! Und die Spenden, die ich gesammelt habe, gehen an das Hospiz, das sich vor all den Jahren so gut um dich gekümmert hat. Ich verspreche, dass ich keine Angst mehr haben werde.«

Allen steht der Mund offen, während ich mich in den kleinen Sitz zurückfallen lasse.

Wortlos betätigt Mann Nummer zwei einen kleinen Hebel, und der Kran fährt sehr langsam nach oben.

Ich glaube ein Jubeln von unten zu hören, das mir besorgniserregend weit weg vorkommt. Der Kran hat angehalten, und wir sind enorm hoch oben. Ich blicke Richtung Horizont. Die Sonne scheint über die Hügel. Und obwohl ich nicht an einen Himmel oder irgendetwas sonst glaube, habe ich das Gefühl, dass Claire hier neben mir ist und meine Hand hält, während ich mich der Kante nähere.

»Drei, zwei, eins, BUNGEEEE!«

Ich denke nicht nach. Nicht mal eine Sekunde lang. Ohne auch nur einmal nach unten zu schauen, springe ich über die Kante. Mein Herz und all meine inneren Organe sind in meinem Mund, und ich rase so schnell auf das Luftkissen zu, dass ich sicher bin, dass es das Letzte ist, was ich sehen werde. Aber dann zieht etwas an meinen Beinen und schleudert mich wieder nach oben. Und runter, und hoch, und runter.

Als ich immer noch auf dem Kopf stehend zum Stillstand komme, wird mir klar, dass mir nicht nur das Blut in den Ohren rauscht. Die mittlerweile ziemlich große Menschenmenge hüpft auf und ab und jubelt ohrenbetäubend laut. Sachte werde ich auf das Hüpfkissen hinuntergelassen.

Ich liege dort, blicke in den Himmel hinauf und weiß mehr als alles andere, dass Claire stolz auf mich wäre. Scheiße, sie wäre so stolz auf mich! Und von jetzt an muss das alles sein, was wirklich zählt.

Schließlich sind meine Beine wieder frei, und ich klettere vom Kissen. Die Zuschauer jubeln immer noch. Durchhaltevermögen haben sie, das muss man ihnen lassen.

»Okay, das ist genug.«

Mum weint ungeniert, woraufhin auch Dad damit anfängt. Kaz bittet Brian nachzusehen, ob sie was im Auge hat, und ihre Mom beobachtet die Szene staunend. Gran hebt eine Augenbraue, was sowohl *gut gemacht* als auch *war das schon alles* bedeuten könnte.

Leon sagt: »Nicht schlecht für ein Bonzenkind«, und Tim nennt mich »ganz okay für eine Lehrerin«, was tatsächlich ein hohes Lob darstellt. Ich bin froh, dass dies sein letztes Jahr ist, sonst hätte ich tatsächlich ein schlechtes Gewissen, ihn zurückzulassen.

Mann Nummer eins kommt und verlangt fünfzig Mäuse von mir. Anscheinend ist das dieser Tage der Preis für Nahtoderfahrungen.

Ich reiche sie ihm in dem Bewusstsein, dass ich fürs Erste genug habe. Ich will nur noch essen und trinken und in absehbarer Zeit nichts auch nur annähernd Abenteuerliches mehr tun. Es ist schön, meine innere Claire gefunden zu haben. Aber ich glaube, ich sollte jetzt einfach nur ich sein. Die unerschrockene Emily ist ermüdend.

»All diese Dinge, die du über Claire gesagt hast«, schluchzt Dad. »Es ist so lange her.« Ich war auf einer Art Adrenalinhoch, deshalb kann ich mich nicht mehr an meine ganze Rede erinnern. Ich hoffe ehrlich, dass ich mir den Teil, als ich meiner ganzen Familie vom Sex mit Josh erzählte, nur eingebildet habe.

»Wisst ihr, Emily hat mich inspiriert.« Mum versucht ihre Augen zu trocknen. »Ich denke, wir sollten morgen Lachs zu Mittag haben. Was meinst du, Pete?« Das ist es also. Der Höhepunkt meines Versuchs, mein Leben umzukrempeln, besteht darin, dass Mum und Dad aus ihrer Rotation von Sonntagsgerichten ausbrechen.

»Absolut. Außerdem müssen wir noch ein paar Dinge wegen der Gedenkfeier besprechen. Es wird großartig, das weiß ich jetzt schon«, sagt Dad.

Das wiederum lässt Mum erneut in Tränen ausbrechen. »Ganz bestimmt. Aber Pete, erinnere dich, wir brauchen immer noch wen für die Musik.«

»Braucht ihr einen DJ?«, frage ich.

»Genau, Liebes.«

»Überlasst das mir. Ich kenne da wen.«

An diesem Abend sitze ich mit Kaz und Brian zusammen. Sie sitzen auf dem Sofa, ich in dem Ikea-Sessel. Wenn ich sie ansehe, spüre ich Reue wegen der Sache mit Josh. Aber ich weiß, dass alles gut wird. Irgendwann.

Wir schauen *Große Träume, große Häuser* und sprechen, als wären wir Kevin McCloud.

»Ich finde, die Symmetrie mit dem Rauchmelder ist großartig, nicht wahr, Emily? Es spricht mich auf einem atomaren Level an.«

»Große Zustimmung. Ich bin ja so froh, dass wir die zusätzliche Million auftreiben konnten, als wir schon dachten, kein Geld mehr zu haben. Natürlich mussten wir auf die in den Feuern von Mordor geschmiedeten Wasserhähne verzichten.«

»Äh, Em.« Brian scrollt durch sein Handy. »Ich denke, das möchtest du vielleicht sehen.«

Kaz schaut auf das Display und reißt die Augen auf. Ich tapse hinüber.

»Omeingott. Wo hast du das her?«

Es ist das Video. Das Bungee-Video. Ich, die an den Kran

gefesselt ist und der Welt von Claire und Josh erzählt. Selbst in meiner Vorstellung hätte ich nicht lächerlicher aussehen können. Meine Schwimmbrille ist viel zu klein und lässt meine Augen hervortreten. Und ich bin völlig verschwitzt von dem Rennen.

Wir kommen zu dem Teil, wo ich verkünde, dass ich zweimal Sex mit Josh hatte, und ich schreie: »Lösch es!«

»Em, das kann ich nicht, es ist auf YouTube. Ich habe nicht mal danach gesucht, es tauchte einfach auf.«

Ich schaue auf das Display. Es wurde bereits siebzehntausendmal angeschaut. Mir bleibt nichts, als meinen eigenen Tod zu fingieren und einen Neuanfang im Jemen zu wagen.

»Wie kann das sein?«

»Es ist viral gegangen.«

Wer auch immer das Video bearbeitet hat, hat es auch mit Musik hinterlegt.

Ich bin wütend. Nachdem Kaz und Brian allerdings den ersten Schock überwunden haben, scheinen sie meine Demütigung ziemlich lustig zu finden.

»Es ist nicht so schlimm, Em«, lacht Kaz. »Hui, da fliegt sie.«

Ich sehe zu, wie ich wie eine Lumpenpuppe Richtung Boden rausche. Jetzt lachen sie beide. Freudentränen rinnen über Kaz' Wangen. Ganz unten steht in Grün *Bungee Mania,* was vermutlich der einfallsloseste Name aller Zeiten für ein Bungee-Unternehmen ist.

»Sie sagten, sie würden es nur auf die Website stellen.«

»Hast du nachgefragt, welche Website?«

»Nein.« Ich habe das Gefühl, einen Geist gesehen zu haben. Tatsächlich wäre mir eine außerirdische Begegnung jetzt lieber als das hier.

»Komm schon, Em, es ist lustig.« Das Video startet von

vorne, und einmal mehr beginnt der Kran seinen Aufstieg. Ein Glück, dass ich C.S. Lewis zitiert habe. Das Zitat mochte ich schon immer. Wenigstens klinge ich dadurch schlau.

»Und schau dir mal die Kommentare an.« Brian liest ein paar davon vor.

»So mutig, gut gemacht! Ich hoffe, Josh weiß, was er verpasst. Ich habe auch meine Schwester verloren. Fühl dich umarmt. Du schaffst das, Hamstermädchen.«

»Wie hat sie mich genannt?«

»Nun, mit der Schwimmbrille siehst du ein bisschen wie ein Hamster aus.« Kaz ist nun auf Händen und Knien und japst nach Luft. So sieht also Verrat aus.

Ich schnappe mir Brians Handy und schalte mich selbst stumm. Ich lese noch mehr Kommentare. Sie sind überwältigend nett. Und okay, ein oder zwei erwähnen einen Cameltoe, was meiner Meinung nach nicht stimmt, aber das ändert nichts daran, dass es sich irgendwie gut anfühlt, wenn einem Hunderte Fremde virtuell auf den Rücken klopfen.

Ich scrolle wieder nach oben und entdecke einen Link. Wer auch immer das Video hochgeladen hat, hat meine Spendenseite in die Kommentare gesetzt. Ich klicke und lasse das Handy fallen.

Kaz lacht immer noch. »Was ist?« Sie wischt sich eine Träne aus dem Auge.

»Ich bin bei fünftausend Pfund.«

»Hm?«

»Die Spendenseite ist hier. Die Leute haben gespendet. Wir sind bei fünftausend Pfund.«

»Ahhhh!«, schreit Kaz und beginnt durchs Wohnzimmer zu springen. Ich schließe mich ihr an.

Vielleicht wird sogar Josh es sehen. Ich frage mich, ob er die Sorte Mann ist, der abends YouTube-Videos schaut. Ich bin mir nicht sicher. Wenn, dann würde er wissen, dass ich nur wegen der Sache mit Claire von ihm weggerannt bin. Sicherlich vergibt er mir, wenn ihm klar wird, dass es nur an meiner toten Zwillingsschwester lag.

Mein Gehirn spinnt sich ein kleines Szenario zurecht, in dem Josh unerwartet an meiner Haustür auftaucht. Er hat einen Stapel Pappen dabei, auf die er Nachrichten geschrieben hat, mit deren Hilfe er mir im Verlauf mehrerer Sekunden mitteilt, dass er mir verziehen hat. Und dann erklärt er mir seine Liebe. Da sieht man mal, was passiert, wenn man das ganze Jahr über *Tatsächlich Liebe* schaut.

Trotzdem habe ich bei meiner glücklichen Fantasie ein warmes Gefühl im Bauch. Und eingehüllt in dieses gute Gefühl gehe ich schließlich ins Bett.

44

Mein ungläubiges Staunen angesichts der Tatsache, dass ich über Nacht zu einer YouTube-Sensation, wenn auch einer belustigenden, geworden bin, hält sich etwa vier Minuten weit in den Montagmorgen.

»*Miss Turner, ins Büro des Direktors bitte, ich wiederhole, Miss Turner ins Büro des Direktors*«, plärrt die Lautsprecheranlage. Ich weiß nie so genau, warum unsere Rezeptionistin solche Sachen wiederholt. Wer so schwerhörig ist, dass er es beim ersten Mal nicht versteht, bekommt es sicher beim zweiten Mal auch nicht mit.

Nervös warte ich vor Mr Hughes' Büro. Ich kann durch die Tür hören, wie er Befehle an jemanden am Telefon blafft. Ich glaube zu hören: »Meine Güte, Frau, tau einfach den Kabeljau auf. Den essen wir dann mit der Dillsoße.« Aber es klingt, als hätte er gerade die Ermordung aller Erstgeborenen im Land angeordnet, ich bin mir nicht sicher.

»Herein«, kommt es von drinnen. Ich gehe hinein und setze mich, verärgert, weil ich meine Freistunde für dieses plötzliche Treffen opfern muss. Die Elfte hat frei, damit die Schüler sich auf die Prüfungen vorbereiten können.

Mr Hughes starrt mich über seinen riesigen Schreibtisch hinweg an, und ich beginne unfreiwillig zu zittern. Ich beiße die Zähne zusammen. Ich werde mich von diesem Mann nicht mehr einschüchtern lassen.

Nach einer Weile in unangenehmer Stille blafft er: »Mir ist zu Ohren gekommen, dass ein gewisses Video im Internet die Runde macht.«

Ich schlucke.

»Wissen Sie vielleicht, von welchem Video ich spreche?«

Er dreht das Laptop auf seinem Schreibtisch. Ich bin gezwungen, mich einmal mehr meine Rede halten zu sehen. Er knallt den Laptop zu, bevor ich zu dem Teil mit dem Sex komme.

»Das ist natürlich alles sehr bewundernswert, diese Sache mit«, er wedelt mit der Hand, als suchte er nach den richtigen Worten, »der toten Schwester, aber im Mitarbeiterhandbuch unter Absatz zwei, Paragraf vier, Punkt sechs steht ganz deutlich, dass Mitarbeiter dazu angehalten sind, im Internet kein anstößiges Verhalten zu zeigen.«

Ich weiß zwar nicht genau, was an einem Bungee-Sprung anstößig sein soll, aber ich bin so wütend, dass ich kaum sprechen kann.

»Sie reden über Dinge, die sich in Ihrem privaten Schlafzimmer abspielen.« Ich schnaube belustigt. »Und das ist schlicht inakzeptabel. Finden Sie das witzig, Miss Turner?«

»Ich finde *Sie* witzig.« Es ist eine kindische Antwort, und ich bin nicht stolz darauf. Ich bin allerdings stolz darauf, wie rot er wird. Ich muss nur aufpassen, dass er mir nicht aus den Latschen kippt. Das Letzte, was ich will, ist der rachsüchtige Geist dieses Vollpfostens, der mich den Rest meines Lebens verfolgt.

»Nun, ich kann Ihnen versichern, dass der Schulbeirat und ich derartige Dinge sehr ernst nehmen. Ich fürchte, ich muss Sie einer Befähigungsprüfung unterziehen.«

Auf keinen Fall werde ich das während meiner letzten Wochen hier über mich ergehen lassen. Natürlich weiß Hughes noch nicht, dass dies meine letzten Wochen sind. Er hat wohl schon Fantasien von einer zehn Jahre andauernden Befähigungsprüfung. Ich bin fuchsteufelswild.

»Ich werde mich keiner Befähigungsprüfung unterziehen, weil ich nämlich kündige.«

»Sie können nicht kündigen.«

»Doch das kann ich. Absatz fünf im Mitarbeiterhandbuch, Paragraf drei, Punkt eins. *Jede/-r Mitarbeiter/-in, der oder die sich einer Befähigungsprüfung unterziehen muss, verwirkt das Recht auf eine Kündigungsfrist, sofern es für nötig befunden wird, den Arbeitsvertrag aufzulösen. Das trifft ebenso zu, sollte der oder die Mitarbeiter/-in beschließen, sich eine andere Stelle zu suchen.* Danke für die Fragestunde am Anfang des Schuljahrs.«

Kleine Blutgefäße treten wie winzige Äste an seinen ohnehin schon geröteten Wangen hervor. Eine violette Stresslandkarte.

»Das ist der Grund, warum aus Ihnen niemals eine herausragende Lehrerin werden kann, Miss Turner.«

»Ich will auch keine herausragende Lehrerin werden. Mir sind die Kids wichtig. Damit könnten Sie es übrigens auch mal versuchen, schließlich sind Sie Direktor einer Schule und nicht einer Fabrik.« Er will mich unterbrechen, aber ich bin in Fahrt. Mein erstes Streitgespräch. Es ist großartig. »Und noch etwas. Leute wie Sie sind der Grund, warum so viele Lehrer ihren Job aufgeben. Ich dachte, ich würde das Unterrichten hassen. Aber jetzt weiß ich, dass ich es nur hasse, *unter Ihrer Aufsicht* zu unterrichten. Also werde ich Ihnen die Mühe ersparen, mich zu feuern, und von mir aus kündigen. Auf Wiedersehen, Mr Hughes.«

Und damit stoße ich den Stuhl zurück und stürme heftig atmend aus seinem Büro.

Ich kann nicht glauben, dass ich das gerade wirklich getan

habe. Okay, natürlich habe ich nicht bedacht, was diese Entscheidung finanziell für mich bedeutet, aber es sind maximal zwei Monate, bis ich meine neue Stelle antrete. Vielleicht verkaufe ich einfach etwas von meiner Sportkleidung. Oder wenn das nicht klappt, eine meiner Nieren.

Ich bin frei. Ich bin tatsächlich frei. Ich bin eine Frau mit einer Mission, und es gibt noch eine weitere Person, mit der ich sprechen muss, bevor ich gehe.

Ich finde Stan am Fotokopierer.

»Hi, Stan.« Ich stelle mich neben ihn.

»Emily.«

»Schau mal, das hier ist mein letzter Tag. Dein Onkel wird vermutlich jeden Moment die Security auf mich ansetzen.« Ich lache und sehe mich um, weil ich mir sicher bin, dass Hughes gerade bei den Zwingern am Ort Hunde ordert, mit denen er mich vom Grundstück jagen kann.

Stan hört auf zu kopieren, jetzt habe ich seine Aufmerksamkeit.

»Ich wollte nur sagen, solange ich die Gelegenheit dazu habe, dass du absolut kein Recht hast, wegen dieser einen Nacht sauer auf mich zu sein. Und obwohl es mir leidtut, wenn ich deine Gefühle verletzt haben sollte, können Frauen *immer* ihre Meinung ändern, und wir schulden dir absolut gar nichts. Vor allem keinen Orgasmus.«

Zwei leidenschaftliche Ansprachen in einer Woche. Wer bin ich überhaupt?

»Das ist okay, Emily. Du brauchst dich nicht zu entschuldigen, als Feministin ist das sogar eher schwach von dir. Es war allein mein Fehler. Ebony hilft mir, höhere Erwartungen an mich zu stellen. Ich entschuldige mich uneingeschränkt für mein Verhalten.«

Wie bitte?

»Das ist super«, lächle ich trotz der halben Beleidigung. »Entschuldigung angenommen. Ich dachte nur, dass du mich hasst, weil du meine Kopien nicht mehr gemacht hast.«

»Nein, ich wollte nur nicht.« Es kommt mir unpassend vor anzumerken, dass Kopieren so ziemlich genau die Beschreibung von Stans Job ist.

»Ebony ermutigt mich, nach Höherem zu streben. Wir sind jetzt zusammen«, verkündet er. Seine Ohren werden etwas rosa, und ich beschließe, ihm die Stunden, die ich gestresst am Kopierer verbracht habe, zu verzeihen, weil er wirklich sehr in Ebony verschossen zu sein scheint. Und mehr kann man sich nicht wünschen, oder?

Es ist schwer, nicht darüber nachzudenken, wie es mit Josh hätte sein können. Die Enttäuschung über eine mögliche Zukunft überkommt mich und dämpft das Nachglühen, das ich immer noch wegen meiner Ansprache empfinde. Entweder hat Josh das Video gesehen und beschlossen, dass ich tatsächlich nicht die Liebe seines Lebens bin, oder er hat es nicht gesehen. Egal, wie, in jedem Fall ist er nicht mitten in der Nacht mit einer Pappe bei mir aufgetaucht, um mir seine ewige Liebe zu gestehen.

Wenn man mal von traurigen Josh-Gedanken absieht, verlasse ich die Schule in dem Wissen, dass ich nie wieder einen von Mr Hughes' Unterrichtsbesuchen über mich ergehen lassen muss. Und selbst wenn ich den Rest meines Lebens allein verbringen sollte, ist schon das ein Grund zum Glücklichsein.

45

Am Samstag nach meinem großen Abgang aus Mr Hughes' Büro machen Kaz und ich uns für Claires Gedenkfeier fertig. Zwanzig Jahre sind seit ihrem Tod vergangen, inzwischen ist das mehr als das Doppelte ihrer Lebenszeit. Es ist für mich beinahe unfassbar.

»Ich denke, du solltest einen Teil hochstecken und den Rest lang tragen.« Kaz fummelt an meinen Haaren herum.

»Mach, was du für das Beste hältst.« Ich kann mich nicht entscheiden, ob ich mich auf die Feier freue oder traurig bin, dass wir eine haben müssen. Wenn ich in den letzten Monaten eines über Trauer gelernt habe, dann dass sie verdammt verwirrend ist.

Wir hören Brian durch die Wände von Kaz' Zimmer telefonieren. Er wohnt praktisch bei uns, und ich habe mehr durch diese Wände gehört, als ich zugeben will. Ich weiß nicht mal, was die Hälfte davon bedeuten soll. Selbst nachdem ich es gegoogelt habe, weiß ich nicht, wie ein *flat doggy* in der Praxis funktionieren soll.

»Was macht er dadrin?«

»Wer weiß das schon?« Kaz weicht meinem Blick aus.

Ich trage ein neues Kleid. Es ist weiß mit kleinen aufgestickten violetten Blüten. Ich konnte es mir absolut nicht leisten, selbst vor meiner Arbeitslosigkeit wäre es knapp geworden. Ich schätze mal, wenn in ein paar Wochen der Hunger einsetzt, nage ich einfach an den Trägern, damit mein Mund etwas zu tun hat.

»Seid ihr fertig?«, ruft Brian.

»Fast.« Ich lege meine Hälfte des Silberanhängers an, den Claire und ich zu Weihnachten bekommen haben, als wir Kinder waren. Auch wenn es nur Modeschmuck ist, ist er mir normalerweise zu kostbar, um ihn zu tragen. Aber für den heutigen Tag fühlt er sich genau richtig an.

Interessanterweise scheint meine plötzliche und zwischenzeitliche Arbeitslosigkeit niemanden zu überraschen, obwohl es mir vermutlich zugutegekommen ist, dass ich es meinen Eltern in der Woche gestanden habe, in der sie der zwanzig Jahre ohne eines ihrer drei Kinder gedenken.

Kaz hat meine Haare in lose Wellen gelegt und die Hälfte davon nach hinten genommen. Heute macht sie besonders viel Gewese. »Bereit?«, fragt sie. »Du siehst sehr hübsch aus.«

»Bereit«, nicke ich. »Und danke, du auch.«

Stumm fahren wir zum Haus meiner Eltern. Brian schreibt ständig Textnachrichten. Ein Bündel violetter Ballons ist an der Eingangstür meiner Eltern befestigt.

Drinnen sammeln sich bereits die Menschen, und mir wird klar, dass wir tatsächlich ein wenig spät dran sind. »Emily, Liebes, du siehst umwerfend aus!« Ich sehe meiner Mutter an, dass sie schon ziemlich viel geweint hat. Sie betreibt die Art von übertriebenem Aufwand, den Mütter besonders gut beherrschen.

»Kannst du diese Würstchen im Teigmantel auf eine Platte legen? Und vergiss nicht, die kleinen Flaggen reinzustecken, damit die Leute wissen, welche die veganen sind.« Ich tue, wie mir geheißen.

»Und die Chips! Wir brauchen mehr Chips!«

Mit Essen beladen trete ich hinaus in den Garten. Dad

kommt zu meiner Rettung, als die Schüssel mit den Chips gefährlich zu wanken beginnt.

»Es sieht umwerfend aus, Dad.« Ich küsse seine Wange. Und ich meine es, wie ich es sage. Mum und Dad haben violette Schmetterlingswimpel über die Hecken gehängt. Leon steht in der Ecke und spielt *Magical Mr Mistoffelees* aus *Cats.* Er blickt zum Himmel und wünscht sich vermutlich, er wäre auch tot.

Alle, die wir kennen, sind hier. Unser alter Lehrer, Mr Jones, Kaz' Mum und ein paar der Ärzte, die sich um Claire gekümmert haben. Sophie und ihr Mann, die gerade aus den Flitterwochen zurück sind, winken uns zu. Sandra und Gran unterhalten sich angeregt. Außerdem sind da ein paar Leute aus dem Hospiz. Ich habe mich vielleicht digital zum Narren gemacht, aber wir haben auch 10 000 Pfund eingenommen.

Auf einem Tisch, der sich vor Essen biegt, stehen Bilder von Claire aus den vielen Alben meiner Mutter. Claire und ich als Babys, rot und verschrumpelt. In Butlin's am Strand. Am ersten Schultag. Im Garten beim Theaterspielen. Und dann Claire, die krank ist. Im Krankenhaus. Im Hospiz. Auf jedem Schnappschuss hat sie ein riesiges Lächeln im Gesicht. Mir wird klar, dass ich in all den Jahren, die ich nicht über die schlechten Zeiten sprechen wollte, auch verpasst habe, an die guten zu denken.

Eine Träne rinnt mir aus dem Auge, und ich schniefe.

Ich bin erst zehn Minuten hier. Gibt es Benimmregeln, die besagen, wann es okay ist, in Tränen auszubrechen?

»Emily.« Matt kommt an meine Seite.

»Hi, Matt.« Ich blicke zur Sonne hinauf. »Solltest du dich wirklich direktem Sonnenlicht aussetzen? Ich dachte, deine Spezies schmilzt dann?« Ich bin stolz darauf, dass ich ihn selbst dann noch piesacken kann, wenn ich den Tränen nahe bin.

Er reicht mir ein Taschentuch, mit dem ich mir über die Augen tupfen kann.

»Ich trage mein größtes Kruzifix bei mir«, antwortet er.

»Matt, war das etwa … ein Witz?«

Er räuspert sich. »Der, äh, Sprung letzte Woche.«

Ich nicke, während ich mich immer noch von dem Witz erhole. »Nun, er war besser als recht gut. Er war sehr beeindruckend. Mutig.« Matt hustet.

»Danke«, lächle ich.

»Vermisst du sie?« Er neigt den Kopf in Richtung eines der Bilder von Claire.

»Wie verrückt.« Und das stimmt. Meine Trauer um Claire ist wild und unbezähmbar. Das war sie schon immer, ganz ungeachtet der Lügen, die ich mir selbst erzählt habe.

»Ich auch.«

»Weißt du, ich hatte immer diese dumme Vorstellung«, beginne ich.

»Red weiter.«

»Nein, es ist nichts.«

»Okay.« Er bleibt dabei.

»Ich hatte immer diesen dummen Gedanken, dass ihr es lieber gehabt hättet, wenn Claire diejenige gewesen wäre, die überlebt hätte.« Ich lache nervös.

»Wer, ihr?«

»Ihr alle. Dass ihr vielleicht darüber gesprochen habt, wenn ich nicht da war. Kaz sagt, das sei dumm.« Ein weiteres nervöses Lachen. Nur dass es jetzt klingt, als würde ich ersticken.

Matt wirkt überrascht. Ich auch. Es ist vermutlich das Ehrlichste, was ich je zu ihm gesagt habe.

»Nie.«

»Verzeihung?«

»Nie.« Er hustet leise. »Es war einfach nur hart. Es gab zwei von euch, und dann war da nur noch eine. Ich wusste nicht, was ich sagen sollte. Ich hatte Angst, das Falsche zu tun. Und irgendwie sind wir so geworden.«

Ich nehme mal an, »so« heißt, dass wir uns zanken wie Fünfjährige.

»Ich dachte immer, dass du so viel besser damit zurechtkommst als ich.«

Matt schüttelt den Kopf. Er nimmt einen Schluck aus der Coladose in seiner Hand.

»Ich denke, ich wollte dich nur nicht noch trauriger machen. Ich habe gelernt, es zu verbergen. Kam mir so gut wie jede andere Art vor, es zu verarbeiten.«

Plötzlich fallen in meinem Kopf ein paar Puzzlestücke an die richtige Stelle. Scheint, als wäre dies die Zeit für Geständnisse.

»Geht mir nicht anders, Matt.«

»Tut mir leid, wenn du dich deshalb schlecht gefühlt hast.«

»Mir tut es auch leid. Waffenstillstand?«

»Was, du willst mich nicht mehr aufziehen? Worüber sollen wir dann reden?« Er lächelt schwach.

Ich strecke die Hand aus und fühle mit dem Handrücken seine Stirn.

»Wirst du etwa krank? Zwei Witze in fünf Minuten. Jemand sollte den Notarzt rufen!«

Er lacht kurz und laut auf. Es ist ein Matt-Lachen. Kontrolliert. Aber es ist echt, und deshalb fühlt es sich schön an. »Ich gehe besser zurück zu Sarah. Sie ist immer etwas schüchtern bei solchen Veranstaltungen.«

Wir schauen beide in ihre Richtung. Sie versucht gerade, in einer Hecke zu verschwinden.

Ich nicke. »Danke.« Er hebt einfach nur seine Dose und geht.

Ich verbringe ein paar Minuten damit, so zu tun, als würde ich mir überlegen, was ich essen soll. Obwohl ich mir in Wirklichkeit einfach nur Bilder von Claire ansehe. Ich muss total überreizt sein, denn ich habe keinen Hunger.

»Sie sieht so glücklich aus.«

Der Schock raubt mir den Atem. Aber ich drehe mich nicht um. Nur für den Fall, dass ich mich verhört habe.

»Das war sie.«

Ich kann die Hitze seines Körpers hinter mir spüren. Seine Hand an meinem Ellbogen.

Und jetzt weine ich.

»Schh, Emily.« Er kommt noch näher. Nahe genug, dass er mir eine Träne von der Wange wischen kann.

Das reicht aus, um mich zu überzeugen, dass er keine Erscheinung und auch kein Hirngespinst ist. Ich drehe mich um.

»Josh! Was machst du hier?«

Er steht hier vor mir, neben der Brokkoli-Quiche. Blaue Augen und Grübchen und die widerspenstige Strähne und alles.

Ich fange an zu lachen, als hätte ich nicht mehr alle Tassen im Schrank. »Emily, es tut mir so leid. Ich habe einfach …«

Er unterbricht sich und streicht mir mit den Knöcheln über die feuchten Wangen, nur um noch mehr Tränen aufzufangen.

Aus dem Augenwinkel sehe ich Dad, der versucht, uns zu beobachten. »Warte mal, komm mit hier rüber.« Ich ziehe Josh mit mir zur Seite des Hauses. Wir kommen an Kaz und Brian vorbei, die sich abklatschen.

»Warum bist du … Ich verstehe nicht …« Ich bringe kaum einen Satz heraus. Mein Herz zieht sich zusammen, wenn ich daran denke, dass er vielleicht nicht aus dem Grund hier ist, auf den ich hoffe.

»Ich musste kommen. Emily, es tut mir so leid, ich war ein echter Vollidiot. Kannst du mir verzeihen?«

»Warte. Was? *Dir* tut es leid? Ich bin diejenige, die Schluss gemacht hat, erinnerst du dich?«

»Ich hätte dich nicht einfach so gehen lassen sollen …«

»Hast du meine Nachrichten bekommen?«

»Ich hab deine Nummer geblockt. Du hast gesagt, ich solle dir nicht schreiben, und ich habe mir selbst nicht getraut.«

»Es tut mir so leid, Josh. So schrecklich leid. Es war alles so ein Durcheinander. Warte mal, woher wusstest du, dass ich hier bin?«

»Ich habe das Video gesehen.«

»Oh, hast du das?«

»Erst heute Morgen. Ich bin nicht ans Telefon gegangen, nicht mal, wenn Brian anrief. Aber er hat ständig angerufen, bis ich nachgegeben habe. Ich kann nicht glauben, dass du den Sprung echt gewagt hast.«

»Und ich kann nicht glauben, dass du mich mit dieser Taucherbrille gesehen hast. Heißt das, du vergibst mir? Mir tut es nämlich wirklich leid. Dich so wegzustoßen war richtig feige.« Er bringt mich mit einem Finger auf meinen Lippen zum Schweigen. »Nein, warte, lass mich das zu Ende sagen. Es war der beste Sex, den ich je hatte, und dann habe ich diese seltsame Paella gegessen und hatte eine Lebensmittelvergiftung. *Überall* war Kotze. Babs musste mir die Haare halten. Sie haben mich ins Krankenhaus gebracht, und ich bin durchgedreht. Ich gehe wieder zur Therapie«, verkünde ich.

»Okay, das waren eine Menge Informationen.« Er zieht mich in eine Umarmung, und ich schniefe so laut und offensichtlich, wie es nur geht. »Du hattest all diese Probleme, und ich habe es einfach ignoriert. Ich hätte es besser wissen müssen. Wie es ist.«

Jetzt lächle ich. Meine Tränen sind alle getrocknet. Oder Joshs T-Shirt hat sie aufgesaugt.

»Ich verzeihe dir. Kannst du mich jetzt bitte küssen? Sonst sterbe ich.«

»Nur noch eins: Können wir noch mal über etwas sprechen, was du gerade gesagt hast? Der beste Sex, den du je hattest?« Ich stürze mich auf ihn. Der Kuss wechselt von liebevoll zu etwas, was völlig unangemessen für die Gedenkfeier einer toten Schwester ist. Josh presst mich gegen die Hauswand, als Brian ihm auf die Schulter tippt.

»Okay, ihr beiden Turteltäubchen, dein Dad will eine Rede halten, Em, er fragt nach dir.«

Josh und mir bleibt nichts anderes übrig, als Brian am Haus entlang und in den Garten zu folgen, wo sich bereits alle versammelt haben. Kaz bricht in einen kleinen Jubel aus, und Mum klatscht in die Hände. Leon tippt ans Mikro, bevor er zu sprechen beginnt. »Schön, dass sich uns nun auch die YouTube-Berühmtheiten Josh und Emily anschließen. Josh, du hast Lippenstift im Gesicht, und ich glaube, da ist auch etwas an deinem Hals.« Das, nehme ich an, ist die Rache für die Playlist, die ich ihm gegeben habe und die ausschließlich aus Musical-Stücken besteht. Josh wird rot, während Dad das Mikrofon übernimmt und sich laut räuspert.

Alle stehen auf und halten sich an ihren Drinks fest. Josh drückt meine Hand, als Dad beginnt.

»Es heißt immer, ein Kind zu verlieren sei das Schlimmste, was Eltern passieren kann. Vor zwanzig Jahren wurde uns unsere Tochter Claire viel zu jung von einer wirklich schrecklichen Krankheit genommen. Ich hasse diese ganzen Klischees, die die Leute über Krebs erzählen. All dieser ›Sie hat so tapfer gekämpft‹-Mist. Krebs lässt niemals einen fairen Kampf zu. Wenn ein fairer Kampf möglich wäre, dann wäre Claire hier heute bei uns. Denn dieses Kind hatte mehr Lebenswillen und Kampfgeist als irgendein Mensch, den ich je kannte. Das Schlimmste an Claires Tod war nicht ihr eigentlicher Tod. Der war ruhig und friedlich, dank der Unterstützung einiger wundervoller Pfleger und Pflegerinnen.« Er neigt den Kopf in die Richtung von Kaz' Mum. »Und dank der Tatsache, dass Claire ganz sicher wusste, wie besonders sie war und wie sehr sie geliebt wurde.« Er nickt in Mums Richtung.

»Nein, das Schlimmste ist, dass wir bis heute alle jeden Tag ohne sie leben müssen. Einen Witz zu erzählen, und sie lacht nicht darüber. Jeden Abend Essen zu kochen, und sie ist nicht da, um es zu essen. Claire war eine Naturgewalt, und ich werde sie bis zu meinem letzten Atemzug vermissen.«

Alle haben Tränen in den Augen.

»Ich bin dankbar«, fährt Dad fort, »dass Claire uns einen kleinen Teil von ihr in ihrer Schwester Emily hinterlassen hat. Emily, dich und Matt aufwachsen zu sehen, war ein großes Privileg.« Mum nickt zustimmend.

»Wir lieben euch beide. Und wenn Claire hier wäre, würde sie uns sagen, wir sollen endlich mit der Party anfangen. Also bitte: auf Claire.« Er hebt sein Glas.

»Auf Claire«, antworten wir.

Leon macht die Musik an, und *I'm gonna live forever* dringt aus den Lautsprechern. Die Anwesenden schwanken zwischen Lachen und Weinen. Dass Menschen gleichzeitig so unerträglich traurig und doch so lächerlich glücklich sein können, ist wirklich eine große Leistung der Evolution. Aber ich verstehe es jetzt.

»Das war eine sehr schöne Rede, Dad«, sage ich zu ihm. Josh steht immer noch neben mir und hält meine Hand.

»Danke, Liebes. Auch für all die Spenden, die du gesammelt hast. Sie richten zu Claires Gedenken einen neuen Snoezelenraum im Hospiz ein.« Ich schließe ihn in eine dicke Umarmung. Ich würde den Bungee-Sprung noch zehnmal machen, um das zu ermöglichen.

»Und Sie müssen Josh sein?« Er reicht ihm die Hand. Claire hätte sich wegen der ganzen Situation nicht mehr halten können vor Lachen.

»Schön, Sie kennenzulernen.«

»Großartige Rede, Pete.« Kaz und Brian schließen sich uns an.

»Danke, Kaz. Und danke, dass du auf sie aufgepasst hast.« Er nickt in meine Richtung. »Du warst eine gute Freundin.«

»Was kann ich sagen? Sie ist die Liebe meines Lebens.«

»Ich lasse euch Junge dann mal allein. Sieht so aus, als bräuchte deine Mum Hilfe mit den Käsespießen.«

Kaz wendet sich an Josh. »Du hast dir ja Zeit gelassen.«

Er hebt die Hände. »Sorry! Ich wäre eine Woche eher hier gewesen, hätte ich das YouTube-Video früher gesehen.«

»Was, hab ich so unwiderstehlich ausgesehen?«

Sophie und ihr Mann kommen zu uns. Sie sehen braun gebrannt und glücklich aus.

»Okay, seid ihr zwei jetzt zusammen?« Sie schaut zwischen mir und Josh hin und her.

»Ja, das sind wir«, antwortet er ein klein wenig streitlustig.

»Hmmm«, macht Sophie. Ich bin mir ziemlich sicher, dass mich in naher Zukunft eine Retourkutsche von Amy erwartet.

Wir stehen den ganzen Nachmittag dort, trinken und tanzen ungelenk in der Sonne. Ich erzähle Sandra von meinem neuen Job, und sie meinte, sie habe schon immer gewusst, dass ich so etwas tun sollte. Angeblich war das der Grund, warum sie mich immer mit Leon im Laden allein gelassen hat. Nicht, um in der Küche Erotikromane zu lesen, sondern damit ich meine wahre Bestimmung finden konnte.

Sie ringt mir das Versprechen ab, dass ich weiter Freiwilligenarbeit leisten werde. Kurz frage ich mich, ob ich jetzt eine moderne Sklavin bin. Aber bald bekommen wir einen neuen Sträfling, es gibt also etwas, worauf ich mich freuen kann. Sandra geht hinüber zu Gran, ein Glas Sherry in jeder Hand.

Juli: Sei authentisch!

(Denn alles andere ist verdammt anstrengend)

46

Josh und ich sind in seiner Wohnung. Wir verbringen hier zunehmend mehr Zeit, seit Brian beinahe zur Konstante in meiner geworden ist. Die Wände sind wirklich sehr dünn.

»Ich kann gar nicht glauben, was du in den letzten Monaten alles gemacht hast.« Wir liegen auf der Couch, und er küsst mein Schlüsselbein. Ich nehme nur vage wahr, dass er Englisch spricht. Ich habe eine National-Geographic-Sendung über Biber gesehen – seit ich arbeitslos bin, habe ich eine Menge Freizeit –, und offenbar binden sie sich fürs Leben. Wir Menschen halten uns vielleicht für intelligent mit unseren Daumen und Computern, aber in Wirklichkeit besteht gar kein so großer Unterschied zwischen uns und dem größten Nagetier Englands. Der einmal gefundenen Liebe aus dem Weg zu gehen widerspricht jedem unserer Instinkte. Dass ich die ganze Zeit vor Josh weglaufen konnte, ist im Grunde schon ziemlich beeindruckend. Verdammt traurig, aber trotzdem beeindruckend.

»Äh, ja, ist nichts Besonderes.« Ich will, dass die Unterhaltung endet und es mit mehr Küssen weitergeht. »Ja, genau das, mach weiter.«

Er lächelt an meinem Hals.

»Gab es nicht für den Juli auch eine Herausforderung?«

»Mmm, hmm – sei authentisch. Ich dachte, das würde am schwierigsten, aber eigentlich ist es ziemlich einfach. Solange man versucht, nur man selbst zu sein, meine ich.«

»Ich kann nicht glauben, dass du ihn gefunden hast.«

»Was gefunden?«

»Den Sinn des Lebens.«

Ich lache. Um ehrlich zu sein, habe ich immer noch das Gefühl, keine Ahnung zu haben. Aber vielleicht ist das bei allen so. Vielleicht ist das Leben etwas, worüber wir nicht so viel nachdenken, sondern es einfach erleben sollten.

Und um meinen Worten auch Taten folgen zu lassen, küsse ich ihn leidenschaftlich. Ich glaube, jedes Leben, in dem ich Josh küssen kann, ist eines, das es wert ist, gelebt zu werden.

»Was gibt es morgen zu essen?«

»Offenbar versucht Mum sich an einem Kichererbsen-Curry. Sie hat mir gerade geschrieben, wie überrascht sie war, dass es Kichererbsen in der Dose gibt. Mir tut es wirklich leid, verantwortlich für diesen Teil ihrer Persönlichkeitsentwicklung zu sein.«

Josh lacht.

»Übrigens, würde es dich stören, wenn wir etwas früher losfahren? Ich muss noch wohin.«

»Natürlich nicht.«

»Sehr gut. Gibt es sonst noch etwas, was wir klären müssten?«

»Nein.«

»Gut.«

Ich setze mich auf, damit er mir das Kleid ausziehen kann. Sexy Augen.

Ich beuge mich vor, um mir einen weiteren Kuss abzuholen. Es wird mir nie langweilig werden, diesen Mann zu küssen.

Er blickt zu mir auf, und ich habe das Gefühl, mein Herz müsse explodieren, so voll ist es von Liebe und Trauer und allem dazwischen.

***

»Wirst du mir jemals verzeihen? Dafür, dass ich all die Jahre nicht über dich gesprochen habe?«

Mir ist bewusst, dass es nicht gerade für einen klaren Verstand spricht, sich mit einem Grabstein zu unterhalten. Nie im Leben würde Claire die Ewigkeit damit verbringen, um einen winzigen Flecken Gras in Huddersfield zu schweben. Also ist es definitiv einfach nur ein Grabstein.

Natürlich bekomme ich keine Antwort. Eine alte Frau schlurft mit einem Strauß weißer Blumen vorbei. Sie sieht mich mitfühlend an, wie Menschen es tun, wenn sie sehen, dass man an einem Grab mit der Form eines Schmetterlings sitzt. In der Hierarchie der Trauer stehen Kinder ganz oben.

»Was los war?« Ich tue so, als hätte Claire mich etwas gefragt. »Nun, ich habe einen neuen Job angenommen. In einem Jugendgefängnis. Ich glaube, ich arbeite wirklich gerne da. Und ich habe eine Therapeutin. Die für Erwachsene sind besser, denke ich. Sie hat noch nicht von mir verlangt, dich zu zeichnen. Natürlich vermissen dich alle. Aber das weißt du vielleicht schon, wo auch immer du gerade bist. Und ich bin ganz offiziell so vegan wie möglich. Bei Fat Joe's führen sie jetzt vegane Pizza ein. Ihre Einnahmen sind, seit ich dem Käse abgeschworen habe, wirklich in den Keller gerauscht.«

Ich plappere. Ich muss zum nächsten Teil kommen.

»Also, wie dem auch sei. Ich habe jemanden kennengelernt. Den richtigen Jemand. Genau nach Plan. Und obwohl ich nicht mehr versuche, so zu leben, wie du es getan hättest, kann ich nicht anders, als mich zu fragen, ob du nicht ein wenig enttäuscht wärst. Ich hoffe nicht. Nicht nach deiner Liste, die übrigens sehr anstrengend war, mir aber wirklich sehr geholfen hat.«

Es ist immer noch still. Abgesehen vom Wind in den Bäumen.

Ich lüge nicht. Es ist keine Schande zuzugeben, dass ich vor

Claires Lebensliste komplett verloren war. Sie hat mich gerettet. Oder ich habe mich selbst gerettet. Vermutlich irgendwas dazwischen. Aber jetzt, da ich tatsächlich lebe, erscheint es mir alles sehr offensichtlich. Es gibt keine Wunderwaffe für ein großartiges Leben. Das verstehe ich jetzt. Man muss es selbst mit so vielen guten Dingen füllen, wie man nur kann. Solange man kann.

Und obwohl ich heute glücklich bin, werde ich es nicht immer sein. Aber auch das ist okay. Vielleicht ist es Menschen gar nicht bestimmt, diese dauerhaft glücklichen und dankbaren Wesen zu sein. Vielleicht müssen wir es einfach nehmen, wie es kommt, die harten und die schönen Zeiten.

»Also, Josh …«

»Klingelt es mir in den Ohren?«

»Er hat so viele Haare auf den Zehen wie Frodo. Ich weiß nicht, ob ich damit leben kann.«

»Das war's. Ich lasse sie weglasern!«

Ich lache und küsse ihn.

»Brauchst du noch? Ich kann warten.«

»Nein, ich bin fertig. Ich habe nur gerade Claire von … unserem traumhaften Leben erzählt.«

»Du meinst das mit Netflix und bestelltem Essen?«

»Das ist das Beste, oder?«

Er nickt und küsst mich auf den Kopf. »Heute Abend Fat Joe's?«

»Ich dachte schon, du fragst nie.«

Er zieht mich aus dem Gras hoch. Ich werde es immer traurig finden, dass Claire und Josh sich nie begegnet sind. Dass sie immer nur im Geiste bei allem dabei ist. Dass der Tod bedeutet, dass sie für immer weg ist. Aber wenn ich um Claire trauere, erinnert mich das daran, dass sie da war. Sie war ein echter Mensch, und sie wurde geliebt.

Als wir den Friedhof verlassen, blicke ich zurück zu ihrem Schmetterling. Ich schätze, was all die schlauen Leute sagen, ist wahr. Am Ende zählt wirklich nur die Liebe.